KB271969

잃어버린 환상 3

Illusions perdues

잃어버린 환상 3

세계문학전집 488

잃어버린 환상 3

Illusions perdues

오노레 드 발자크

송기정 옮김

민음사

일러두기

1 인명, 지명 등은 모두 국립국어원의 외래어표기법을 따랐다.

2 번역 저본은 갈리마르 플레이아드판 『인간극』 총서 5권(*La Comédie humaine, Tome V*, Bibliothèque de la Pléiade, Éditions Gallimard, 1977)이다.

3 프랑스어 판본의 편집자 주는 [편]으로 표시했다. 그 외의 주석은 모두 옮긴이 주이다.

4 원문에서 이탤릭체 등으로 강조한 부분은 고딕체로 구분했다.

차례

서문

지금 내놓는 이 책은 『잃어버린 환상』의 3부다. 1부는 전체 제목과 같은 「잃어버린 환상」이고, 2부는 「파리의 지방 위인」이다. 그리고 3부 「발명가의 고뇌」는 지방 생활과 파리 생활의 대조를 보여주는 이 방대한 3부작을 마무리한다. 또한 이 3부는 '지방 생활 장면'에 들어가는 마지막 작품이기도 할 것이다.[1]

---

1) 『잃어버린 환상』 3부의 본 서문은 1843년 11월, 뒤몽 출판사에서 『다비드 세샤르』라는 제목의 단독 단행본으로 출간될 때 쓰인 것이다. 그렇지만 이보다 앞서, 같은 해 7월 퓌른 출판사가 출간한 『인간극』 전집에서 3부작이 처음 통합되었을 때는 1부 제목이 「두 시인」, 3부 제목은 「에브와 다비드」였다. 3부는 1845년 수정 퓌른판에서 현재의 「발명가의 고뇌」로 최종 확정되었다. 독자의 혼동을 줄이기 위해, 발자크가 1부를 지칭할 때는 홑낫표를 쓴 「잃어버린 환상」으로, 전체 제목을 가리킬 때는 겹낫표를 쓴 『잃어버

끊임없이 작용하는 모종의 힘에 의해 지방이 파리로 편입되는 데에는 세 가지 동기가 작용한다. 귀족의 야망, 부자가 된 상인의 야망, 그리고 시인의 야망이다. 재기와 돈과 명성은 그에 걸맞은 무대를 찾아 파리로 몰린다. 『골동품 진열실』과 「잃어버린 환상」은 젊은 귀족과 젊은 시인의 야망에 관한 이야기였다. 이제 부자가 된 부르주아의 이야기가 남았다. 그는 고향이 싫다. 자신의 인생 초기 모습을 지켜본 이들 사이에 머물고 싶지 않고, 파리에서 중요한 인물이 되고자 한다.

정치 운동, 즉 국회의원의 야망에 대해서는 '정치 생활 장면'에서 다룰 하나의 장면이 있는바, 거의 완성된 그 소설의 제목은 『파리의 국회의원』이다.[2]

지방의 옹색한 부르주아에 대한 그림을 그리고 나면, '지방 생활 장면'의 완성을 위해 필요한 것은 그리 많지 않고, 앞으로 채워야 할 빈틈을 발견하는 일도 어렵지 않다. 우선 국경 수비대가 주둔하고 있는 변방 도시에 대한 묘사, 바닷가 항구에 대한 묘사, 극장에서 한몫 챙기려 몰려든 파리의 배우들 때문에 풍속이 문란해진 지방 도시에 대한 묘사가 필요할 것이다. 하지만 좋은 일을 할 계획으로 지방에 정착한 파리의 혁신자들이 그곳에서 이루어낸 성과를 보여주지 않는다면, 지방에 대한 풍경은 완성되지 않을 것이다.

이 네댓 개의 장면은 전체의 세부일 뿐이다. 하지만 그 장면

린 환상』으로 표시한다.
2) 1847년 작품이 실제로 출판되었을 때는 제목이 『아르시의 국회의원』으로 바뀌었다.[편]

들을 통해 저자는 잊히고 만 몇몇 전형적 캐릭터들을 묘사할 수 있을 것이다.

이 오랜 계획에 하나라도 빠진 것이 있다면 이미 완성한 작품들에 대한 평판까지 나빠질 수 있다. 사회 전체를 있는 그대로 묘사하고 재현하겠노라 큰소리치고는 단 하나라도 소홀히 한다면, 독자는 저자가 일부 특정 부분만 묘사했다고 비난할 테니 말이다. 비평가들은 말할 것이다. "당신은 부도덕한 인물들이나 추잡한 장면들을 특별히 선호하는군요. 이러이러한 자비로운 인물을 그린다면 영혼에 얼마나 좋은 영향을 줄지는 고려하지 않고, 이러이러한 인물만 언급하시네요."

그러나 『잃어버린 환상』에 대해서는 더 이상 그런 비난을 할 수 없다. 지방에 파묻혀 사는 세샤르 부부의 삶은 파리의 풍속과 극단적으로 대비된다.

거의 여섯 권에³⁾ 달하는 이 작품의 대미를 장식하는 다비드 세샤르는 그 자체로 완결성을 갖춘 인물이며, 앞선 1, 2부와 밀접하게 연결되어 있을지라도 완전히 독립적이기에, 이전 사건들을 반드시 알아야 할 필요는 없다는 사실을 밝혀두겠다.

두 개의 지방 생활 장면 사이에, 즉 『잃어버린 환상』이 시작되는 장면과 끝나는 장면 사이에 파리에서의 문학 활동을 삽입하는 데는 크나큰 문학적 노력을 기울여야 했다. 하지만 아마도 이 소설이 끝나는 장면에 대한 사회적 관심은 매우 클

---

3) 19세기 프랑스에서는 작품 하나를 대개 여러 권(volume)으로 나눠 출판했다. 『잃어버린 환상』의 경우, 1부는 한 권, 2부와 3부는 각 두 권씩 분권 출판되었다.

것이다. 왜냐하면 이 장면을 통해 인생에서 경험이 어떻게 다가오는지 알 수 있기 때문이고(적어도 그러기를 저자는 바란다.) 또한 지방 생활과 파리 생활이 접합된 이 장면이야말로 본 작품이 말하려는 위대한 교훈을 얻을 수 있는 지점이기 때문이다.《풍속 연구》에 속하는 작품 중 가장 주목할 만한 이 3부작에는 저자가 말하고 싶은 교훈과 윤리가 잘 드러나 있다. 따라서 『인간극』 전집의 8번째 권에 해당하는 이 작품은 그 전체 틀 안에서 읽혀야 하며, 세 개의 부로 나눈 그 형식에 따라 평가되어야 한다.

1부 「잃어버린 환상」은 1835년,[4] 2부 「파리의 지방 위인」은 1839년, 그리고 1843년 마지막 3부 「발명가의 고뇌」가 출판되었다. 이만한 작품을 완성하는 데 8년이라는 시간이 필요했다고 믿고 싶은 사람은 별로 없을 것이다. 저자는 이 작품을 만들었다기보다, 전체 내용을 적절히 배치하고 거기에서 에피소드들을 이끌어냈다고 말하고 싶다. 오늘날, 벌써 몇몇 사람은 저자가 심혈을 기울인 여러 작품들 중 이것이 가장 좋다고 한다. 그러니 이제는 이 작품 창작의 어려움도 인정할 것이다.

실패한 뤼시앵의 특징에 성공한 라스티냐크의 특징을 포개 보면서, 저자는 성공하는 야망, 실패하는 야망, 순진한 야망, 인생 초년기의 야망 같은 주요 현상이 우리 시대에 얼마나 큰 비중을 차지하는지 그려 보일 것이다.

파리는 마력을 지닌 성채와도 같기에, 지방의 모든 젊은이

---

4) 1837년 출판되었는데, 오기(誤記)로 보인다.

는 그 성채를 공격할 준비가 되어 있다. 따라서 살아 움직이는 우리네 풍속사에 존재하는 젊은 포르탕뒤에르 자작(『위르쥘 미루에』)이나 데그리뇽 백작(『골동품 진열실』) 또는 뤼시앵 같은 '지방 위인'들은 에밀 블롱데, 라스티냐크, 루스토, 다르테즈, 비앙숑 같은 '파리지앵'들과 필연적으로 나란히 갈 수밖에 없다. 수단과 의지와 성공 여부를 비교해 보면, 30년 전부터 젊은이들의 비극적 이야기는 계속 있었다. 그러기에 저자는 윤리적 문제에 관해서는 한 부분이 아닌 전체를, 한 인물이 아닌 집단 전체를 줄기차게 다뤄온 것이다.

다비드 세샤르에게는 깊은 우수가 있지만, 저자는 이를 겉으로 드러내지 않았다. 아타나즈 그랑송(『노처녀』)은 체념하는 삶을 원치 않았기에 물속에 몸을 던진다. 반면 다비드 세샤르는 순수하면서도 자존감 높은 여인의 사랑을 받으면서, 발명으로 인한 재산권을 포기한 채 지방에서의 평온하고 순박한 삶을 받아들인다. 저자는 포기했던 10년의 삶 이후, 넘치는 행복 가운데서 지난날을 후회하는 다비드를 그릴 것인가를 두고 망설이기도 했다! 총명한 사람들은 머릿속으로 이 인물의 초상을 완성할 것이고, 그렇지 못한 사람들은 다비드의 후회에서 에브 샤르동에 대한 배은망덕을 볼 것이다. '지방 생활 장면'의 두 인물, 뤼시앵과 다비드에 대한 비교에는 가족을 옹호하려는 의도가 있다. 그것은 『잃어버린 환상』이라는 작품을 쓴 취지이기도 하다.

이 책에는 탁월한 정신을 가진 사람들, 파리라는 거대한 전장에서 투쟁하기 위해 가정이라는 보호막을 떠나는 헤라클레스의 힘과 용기를 가진 자들만이 존재한다.

말도 안 되는 비난이 매일같이 되풀이되지 않았다면, 그리고 그런 비난을 하려고 별로 유식하지도 않으면서 당당하고 고매한 부르주아를 연단과 국가 앞에 세우지 않았더라면,[5] 저자는 이런 서문을 쓰는 것을 한사코 사양했으리라.

항의의 에너지는 언제나 맹렬한 공격만큼 강렬할 것이다.

프랑스에 존재하는 400명의 입법권자는 문학이 그들보다 우위에 있다는 사실을 알아야 한다. 공포정치도 나폴레옹도 루이 14세도 티베리우스 황제도, 가장 견고한 체제만큼이나 가장 강력한 권력도, 자신의 시대에 대해 목소리를 내는 작가들 앞에서는 다 사라졌다. 그들은 타키투스, 루터, 칼뱅, 볼테르, 장 자크 루소, 샤토브리앙, 뱅자맹 콩스탕, 스탈이라 불리는 자들이며, 오늘날에 그것은 신문이라 불린다. 볼테르와 백과전서파는 성전기사단과 똑같은 일을 하려는 예수회를 제압했다.[6] 그 당시 예수회는 기생충과 같은 존재이면서도 가장

---

5) 손에루아르 지역 국회의원 브누아 마리 드 샤퓌 몽라빌(Benoît-Marie de Chapuys-Montlaville, 1800~1868)이 1843년 6월 13일 의회에서 예산 관련 연설을 하며 신문 연재소설을 비판한 일을 암시한다. 몽라빌은 국가가 신문에 과도한 세금을 부과함으로써 재정난에 시달린 신문이 독자들의 흥미를 끌고자 연재소설이라는 새로운 형식을 모색하게 되었고, 이것이 풍속의 타락을 유발한다고 했는데, 이때 발자크를 명시적으로 거론하지는 않았지만, 발자크가 1843년 3월부터 4월까지 장편소설 『지방의 뮤즈』를 연재했던 문예지 《르메사제((Le Messager, 메시지)》를 지목했다. 발자크는 한스카 부인에게 보낸 편지에서 몽라빌을 조롱한 바 있다.[편]
6) 성전기사단은 십자군 전쟁기에 순례자들을 보호하기 위해 1119년 설립된 수도회로, 기독교 국가들에서 받은 기부금을 토대로 거대 금융 집

큰 권력을 가진 집단이었다. 프랑스에 재능 있는 사람 15명이 서로 동맹을 맺고, 그들 중 볼테르에 견줄 만한 지도자가 나온다면, 보잘것없는 자들만 자리를 차지한다는 불변의 법칙을 기본으로 삼는, 소위 입헌정부라 불리는 웃기는 집단은 곧 사라지고 말 것이다.

이 시대의 가장 큰 실수 중 하나는 언론에 대한 탄압이다. 당신들은 억지로 신문 하나를 폐간시킬 수 있을지언정, 작가를 죽일 수는 없다.(여기서 작가라는 단어는 집합적 의미로 쓰였으니 오해 없으시길.) 당신들이 작품에 법적 조치를 취할지라도 작품은 다시 살아날 것이고, 수많은 저작의 출판을 통해 자기 사상을 전하는 작가는 넘쳐날 것이다. 따라서 정부는 둘 중 하나를 택해야 한다, 투쟁을 받아들이거나 투쟁을 불가능하게 만들거나. 루이필리프가 발표한 헌장은 투쟁을 초래했다.[7]

단으로 성장했다. 그러나 기사단에 부채가 많았던 프랑스 왕 필리프 4세(Philippe IV, 1263~1314)는 성전기사단을 이단과 음란죄로 몰아 처형하고 재산을 몰수했다. 프랑스의 압력에 못 이긴 교황은 1312년 빈 공의회에서 성전기사단의 해체를 선포한다. 한편, 1539년 창립된 예수회는 개신교의 확산에 맞서 가톨릭의 정화와 교권 보호를 표방한 종교 단체다. 예수회의 활동들 가운데 사회적으로 가장 큰 영향을 끼친 것은 오늘날 대학에 준하는 교육 기관의 설립이고, 이로써 사제 지식인 집단이 형성되었다. 하지만 18세기에 접어들면서 교황권이 쇠퇴하자, 절대군주를 표방한 서유럽 군주들은 예수회 해산을 명령하도록 교황을 압박했다. 프랑스의 경우, 1764년 예수교 추방령이 내려졌으나, 1814년에는 예수회가 복원되었다. 예수회는 19세기에 이르면 대중에게 매우 부정적으로 인식되어, 음흉한 위선자의 상징이었다.
7) 1830년 7월혁명 이후 의회에 의해 선출된 입헌군주로서 프랑스 왕에 즉위한 루이필리프는 '1830년 헌장'에서 언론의 자유를 보장하지만, 실제로는 각종 법령을 통해 언론에 대한 검열과 탄압을 강화한다. 발자크는 이러한

이 몇 마디 말은, 100수(5프랑)짜리 동전 몇 개에 대한 문제를 가지고 높은 의회 연단에 서서 이해하지도 못하는 책들을 심판하는, 그럼으로써 입법자보다 훨씬 더 웃기는 아카데미 회원이라도 된 양 잘난 체하는 국회의원들을 향한 충분한 답이 될 것이다. 우리의 즐거움을 위해 그런 연설을 계속하시라!

옛날에 로마 원로원은 가자미 요리에 어떤 소스를 사용해야 하는지를 결정하는 중요한 문제를 논의한 바 있다.[8] 그런가 하면 1843년 6월 회의에서 프랑스 의회는 외젠 쉬의 『파리의 미스터리』가 《주르날 데 데바》의 구독자들에게 건전한 영향을 주는지 해로운 영향을 주는지를 놓고 설전을 벌이기도 했다.[9]

카를 5세는 과오를 범하자 그 시대의 볼테르라 할 수 있는 아레티노에게 금 목걸이를 보냈는데, 그걸 받은 아레티노는 "무거운 잘못의 대가치고는 아주 가볍군!"이라고 했단다.[10] 양

위선적 태도를 비판하고 있다.

8) 고대 로마의 시인 데키무스 유니우스 유베날리스(Decimus Junius Juvenalis, 기원전 55?~서기 130?)의 『풍자시』 4권에 있는 내용이다. 유베날리스는 당시 사회에 대한 통렬한 풍자시를 썼으며, 이로 인해 황제의 노여움을 사 추방되어 이집트에서 유배 생활을 한 것으로 알려져 있다.

9) 외젠 쉬(Eugène Sue, 1804~1857)가 1842년부터 1843까지 《주르날 데 데바》에 90부작으로 연재한 『파리의 미스터리』는 도시의 어두운 곳에서 벌어지는 다양한 범죄적 사건들을 다뤄 선풍적 인기를 누렸고, '도시 미스터리'라는 장르로 굳어지며 숱한 모방작을 낳았다.

10) 이 일화는 꾸며낸 이야기일 가능성이 높다. 하지만 발자크가 "공갈의 창시자"로 일컬은 이탈리아의 풍자가 피에트로 아레티노는(2권 432쪽 참조) 말년에 위정자들로부터 돈을 갈취하며 살아갔다. 특히 서로 앙숙이었던 프

원제가 도입되면서[11] 문학은 많은 것을 잃었다. 주권자가 너무 많아진 것이다.

여기서 우리는, 자기가 문학을 위해 20만 프랑을 기부했음에도 배은망덕하다고 주장하며 문학을 탄압한 '명망 높은 국회의원'에게 다시 한번 강조하겠다. 문학은 그중 2리아르도[12] 받지 않았다!(십진법을 도입하려는 법 제정에도 불구하고 리아르는 사라지지 않았다.) 혹여 몇 푼이라도 받았더라면, 문학은 설사 오베르뉴 사투리로 낭독하는 그 연설문을 들어야 하는 고역을 치를지라도, 그가 무척 고급스러운 연설을 할 수 있도록 도와주었으리라! 끝으로, 우리 시대 문학의 '엄격한 검열관'들을 놀라게 할 간단한 관찰로 이 보잘것없는 훈계를 마치려 한다. 400명에 달하는 그의 동료들이 그러하듯이, 검열관이라는 존재는 파리 고등법원의 판결에 따라 사형집행인의 손에 불태워진 『사회계약론』과 『에밀』의 직접적 산물이다.

랑스의 프랑수아 1세와 신성로마제국 황제 카를 5세에게 가, 상대측에 비밀을 누설하겠다고 협박해 양쪽으로부터 연금을 받은 것으로 전해진다.

11) 프랑스 의회는 1814년 왕정복고와 더불어 양원제를 취한다. 상원에 해당하는 귀족원 위원은 왕이 임명했고, 하원의 국회의원은 제한선거에 의해 선출되었다.

12) 리아르(liard)는 수(sou)의 4분의 1, 프랑의 80분의 1로 아주 적은 액수의 화폐단위다. 1792년 이후로 리아르 동전은 새로 주조되지 않았지만 나폴레옹 3세의 제2제정기까지도 유통되었다.[편]

3부

발명가의 고뇌

　다음 날, 뤼시앵은 통행증을 받았고[13] 호랑가시나무 지팡이를 샀다. 앙페르가의 광장에서 10수를 내고 승합마차에 올랐고, 마차는 롱쥐모까지 그를 데려다주었다. 첫 여정으로 그는 아르파종에서 8킬로미터 떨어진 곳에 있는 농가의 외양간에서 잤다. 오를레앙에 이르렀을 때는 벌써 상당히 지치고 피곤했다. 다행히 힌 뱃사공이 3프랑을 받고 그를 두르까지 태워다 주었고, 도중에 음식 값으로는 2프랑밖에 쓰지 않았다. 투르에서 푸아티에까지는 닷새 동안 걸어서 갔다. 푸아티에에 도착했을 때 그의 수중에는 100수밖에 안 남았지만, 있는 힘

___

13) 1807년 12월 18일 법령에 따라 거주 지역을 떠나려면 통행증이 필요했다. 이 제도는 1831년 9월 5일 법령에 따라 폐지된다.

을 다해 계속 걸었다. 어느 날, 들판에서 밤을 만난 뤼시앵은 그곳에서 야영할 결심을 했다. 그때 협곡 깊은 곳으로부터 언덕을 올라오는 사륜마차 한 대를 발견했다. 마부와 여행객들과 앞좌석에 앉은 하인 몰래 마차 꽁무니에 얹힌 두 개의 짐짝 사이로 올라탈 수 있었고, 그곳에서 마차의 요동에 잘 저항할 수 있도록 자리를 잡고 잠이 들었다. 아침이 되어 눈부신 햇살과 사람들 소리에 눈을 뜬 뤼시앵은 망르에 도착했음을 알았다. 18개월 전,[14] 사랑과 희망과 기쁨을 안고 바르주통 부인을 기다리던 바로 그 작은 마을이었다. 뤼시앵은 자신이 먼지를 뒤집어쓴 채로, 구경꾼들과 마부들에게 둘러싸여 욕을 먹고 있음을 깨달았다. 그가 얼른 뛰어내려 무슨 말인가를 하려는데, 이때 마차에서 내린 여행객 둘이 그의 말을 가로막았다. 샤랑트 도지사로 임명된 샤틀레 백작과 그의 아내 루이즈 드 네그르플리스였다.

"우연히 함께한 동행이 누구신지 알았더라면!" 백작 부인이 말했다. "우리와 함께 타세요."

뤼시앵은 공손하지만 위협적인 눈빛으로 그들 부부에게 차갑게 인사하고는 망르 앞으로 난 샛길로 사라졌다. 아무 농가

---

14) 1부에서 뤼시앵이 앙굴렘을 떠난 것은 1821년 9월경이다. 그런데 2부에서 파리 체류가 시작되는 시점은 같은 해 6월경으로 묘사돼, 3개월의 시간 오류가 있다. 한편, 3부에는 뤼시앵이 에브에게 보낸, 2일 전 코랄리가 죽었음을 알리는 편지가 소개되는데, 이 편지의 작성일은 1822년 8월 29일이다.(114쪽 참조) 그리고 뤼시앵은 코랄리 사망 후 2개월 더 파리에 머물다 귀향길에 올랐다. 종합하면, 그의 파리 체류 기간은 아무리 해도 18개월에는 못 미친다.[편]

나 가서 빵과 우유로 아침을 먹고 쉬면서 조용히 자신의 미래를 생각해 보기 위해서였다. 그에게는 아직 3프랑이 남았다. 시집 '데이지'의 저자는 격앙된 상태로 오랫동안 달렸다. 경치가 점점 더 아름다워지는 주변의 형세를 살피며 강물의 흐름을 따라 남쪽으로 내려갔다. 정오 무렵에는 버드나무로 둘러싸인 수면(水面)이 호수처럼 넓게 펼쳐진 한 지점에 이르렀다. 그곳에 멈추어 서서 신선하고 울창한 작은 숲을 바라보았다. 그 숲이 보여주는 전원의 우아함이 그의 마음을 움직였다. 강의 지류에 자리한 방앗간에 딸린 집의 초가지붕이 보였다. 나뭇가지 사이로 드러난 지붕에는 잡초가 무성했다. 소박한 건물 정면의 장식이라고는 재스민과 인동덩굴과 홉의 덤불뿐이었고, 주변에는 풀협죽도와 화려한 다육식물들이 빛나고 있었다. 아무리 큰 홍수가 나도 둑을 지탱할 수 있도록 촘촘히 세운 거친 말뚝이 받치고 있는 자갈층 위에는 햇볕에 말리려고 널어놓은 그물들이 보였다. 방앗간 위에 있는 개폐문 안으로 흐르는 두 물줄기 사이의 맑은 못에서는 오리들이 헤엄치고 있었다. 방앗간에서는 신경을 건드리는 소리가 들려왔다. 시골풍의 의자에 앉아, 닭을 괴롭히는 아이를 지켜보며 뜨개질하고 있는 뚱뚱한 아낙네가 시인의 눈에 들어왔다.

"아주머니." 뤼시앵이 그녀에게 다가가면서 말했다. "저는 너무 지쳤고, 열도 있습니다. 그런데 제가 가진 돈은 3프랑뿐입니다. 제게 흑빵과 우유를 나눠주시고, 일주일 동안 짚더미 위에서 재워주실 수 있나요? 그동안 가족들에게 편지를 써서 돈을 보내달라거나 아니면 저를 데리러 오라고 하겠습니다."

"그러죠, 우리 남편이 좋다고 하면요. 여보!"

방앗간 주인이 나와 뤼시앵을 쳐다보더니, 입에 물고 있던 파이프를 빼고 말했다. "일주일에 3프랑이라고? 차라리 한 푼도 안 받는 게 낫겠군."

"평생 방앗간 머슴으로 살 수도 있겠다." 시인은 아름다운 경치를 바라보며 혼잣말했다. 그러고는 방앗간 여주인이 마련해 준 침대로 가서, 죽었나 하고 집주인 부부가 두려워할 만큼 깊이 잤다.

"쿠르투아, 젊은이가 죽었는지 살았는지 가서 좀 봐. 잠든 지 14시간이나 되었어. 난 차마 못 가보겠어." 여주인이 다음 날 정오경 말했다.

"내 생각에는 말이야," 남편은 그물과 물고기 잡는 도구들을 펼쳐 놓으면서 아내에게 말했다. "저 미남 청년은 무일푼이 된 보잘것없는 배우인 것 같아."

"왜 그렇게 생각해?" 아내가 물었다.

"그렇다니까! 왕자도 장관도 국회의원도 주교도 아니야. 그런데 어떻게 아무 일도 안 하는 사람처럼 손이 저렇게 하얄 수 있어?"

"하긴 배가 고플 텐데도 깨지 않는 걸 보면 놀랍긴 해." 전날 우연히 그 집에 들어온 손님을 위해 아침을 준비했던 여주인이 말했다. "배우라고? 그런데 어디로 가던 중이었을까? 아직은 앙굴렘에 장이 설 철이 아닌데."

방앗간 주인도 여주인도 배우나 왕자나 주교 외에, 왕자이면서 배우인 인간, 멋진 성직자 옷을 입고 아무것도 하지 않는 것같이 보이지만 인류를 제대로 묘사하기만 한다면 인류를 지배할 수도 있는, 시인이라는 존재가 있다는 생각은 하지 못했다.

"아니면 도대체 뭐 하는 사람일까?" 쿠르투아가 아내에게 말했다.

"저 남자를 받아들이면 위험할까?" 여주인이 물었다.

"그럴 리가! 도둑이라면 더 약삭빠르지. 벌써 다 털렸을걸."

"저는 왕자도 도둑도 주교도 배우도 아닙니다." 불쑥 나타난 뤼시앵이 슬픈 얼굴로 말했다. 아마도 창문을 통해 두 사람이 주고받는 말을 들은 듯했다. "저는 파리에서 여기까지 걸어 온 가난하고 지친 청년입니다. 제 이름은 뤼시앵 드 뤼방프레이고 아버지는 루모의 약제사인 포스텔 씨의 전임자 샤르동 씨입니다. 제 누이는 앙굴렘의 뮈리에 광장에 있는 인쇄소 주인 다비드 세샤르와 결혼했습니다."

"잠깐만!" 주인이 말했다. "그 인쇄업자는 마르사크의 소유지를 잘 개발한 그 고약한 영감의 아들 아니오?"

"맞습니다." 뤼시앵이 대답했다.

"웃기는 영감이지! 이봐요," 쿠르투아가 말을 이었다. "그 영감은 자기 집과 그 안에 든 전부를 아들에게 돈을 받고 팔았다던데. 그래서 그 영감 재산이 저금을 제외하고도 20만 프랑이나 된다는 거야."

길고도 고통스러운 싸움으로 몸과 마음이 다 지쳐 기력이 소진되고 나면, 죽음이 따르거나 죽을 것처럼 기진맥진해진다. 물론 그런 종류의 위기에서도 저항할 수 있는 사람은 다시

기운을 차리지만, 어렴풋이나마 매제 다비드 세샤르에게 닥친 재앙에 관한 소식을 들은 뤼시앵은 곧 쓰러질 듯 보였다.

"아! 그럼 내 누이는!" 그는 외쳤다. "세상에! 내가 무슨 짓을 한 거지! 난 진짜 파렴치한 놈이야!"

죽어가는 사람처럼 창백하고 쇠약해진 그가 나무 의자에 풀썩 주저앉았다. 여주인은 서둘러 우유 한 사발을 가져와서는 억지로 그걸 마시게 했다. 뤼시앵은 주인에게 침대에 눕도록 도와달라고 부탁했다. 마지막 순간이 다가왔다고 생각한 그는 집주인에게 자기가 여기서 죽게 되는 폐를 끼쳐 죄송하다고 말했다. 다가오는 죽음의 환영을 본 미남 시인은 신앙심에 사로잡혀, 신부를 만나 고해성사를 받고 싶다고 했다. 뤼시앵처럼 늘씬하고 잘생긴 청년이 힘없는 목소리로 내뱉는 강렬한 탄식은 쿠르투아 부인의 마음을 크게 움직였다.

"저런, 여보, 어서 말을 타고 가서 마르사크의 의사 마롱 씨를 모셔와. 그분은 저 청년이 어디가 아픈지 아실 거야. 내가 보기에는 상태가 그리 좋지 않은 것 같아. 신부님도 모셔와. 아마 당신보다는 그분들이 뮈리에 광장의 인쇄업자에게 무슨 일이 있는지 더 잘 아실 거 아냐. 포스텔은 마롱 씨의 사위잖아."

쿠르투아가 나가자, 시골 사람들이 다 그러듯이 병이 나으려면 잘 먹어야 한다고 굳게 믿는 여주인은 뤼시앵에게 영양가 있는 음식을 해 먹였고, 뤼시앵은 지독한 후회에 빠져 있었음에도 여주인이 만들어주는 음식을 잘 받아먹었다. 그의 후회는 죽음의 문턱까지 간 그를 살렸다. 정신에 작용하는 후회라는 약이 피의 흐름을 유도함으로써 그는 죽음으로부터 구출되었던 것이다.

쿠르투아의 방앗간은 망르와 앙굴렘의 중간에 위치한 면 소재지 마르사크에서 4킬로미터쯤 떨어진 곳에 있었고, 덕분에 선량한 방앗간 주인은 신속하게 의사와 신부를 모셔올 수 있었다. 그 둘은 뤼시앵과 바르주통 부인의 관계에 대한 소문을 들은 적이 있었다. 게다가 그 부인이 결혼과 더불어 신임 도지사로 임명된 식스트 뒤 샤틀레 백작과 함께 앙굴렘으로 돌아온다는 소식이 샤랑트도 전체의 화젯거리였던 만큼, 뤼시앵이 방앗간에 있다는 전갈을 들은 의사와 신부는 혼자된 바르주통 부인이 전에 함께 도망쳤던 젊은 시인과 결혼하지 않은 이유를 알고 싶은 강한 욕망에 사로잡혔다. 뤼시앵이 매제인 다비드 세샤르를 구하러 온 것은 아닌지도 궁금했다. 호기심과 인정이라는 두 감정이 뒤섞여, 죽어가는 시인을 살려내려고 그들은 서둘러 달려왔다. 쿠르투아가 출발한 지 2시간 만에 뤼시앵의 귀에는 시골 의사의 고물 마차가 덜그럭거리며 방앗간의 자갈길 위로 접어드는 소리가 들렸다. 두 명의 마롱 씨가 모습을 드러냈다. 의사는 마롱 신부의 조카였던 것이다. 이렇게 해서 뤼시앵은 다비드 세샤르의 아버지를 잘 아는 사람들을 만나게 되었다. 포도를 재배하는 작은 마을에서 이웃끼리 그저 서로 알고 지내는 정도의 관계에 불과했지만 말이다. 죽어가는 환자를 관찰하고, 맥박을 재고, 혀를 살펴본 의사는 모든 불안을 없애 주는 미소를 지으며 방앗간 여주인을 바라보았다.

"쿠르투아 부인, 제 생각에 댁의 지하 저장고에는 분명 좋은 포도주가 있을 것이고, 연못 안에는 좋은 뱀장어가 있을 테지요. 그것들을 저 환자에게 먹이세요. 그저 과로로 인해 지쳐 있을 뿐이니까요. 그러고 나면 우리의 위인은 금방 일어날 겁니다!"

"아! 선생님, 제 병은 몸이 아니라 마음에 있습니다. 친절한 저분들 말씀이, 제 누이 세샤르 부인에게 재앙이 닥쳤다고 하니까 죽을 것 같습니다! 선생님 따님이 포스텔 씨와 결혼했다고 쿠르투아 부인이 얘기하시던데, 그러면 선생님은 다비드 세샤르에게 닥친 일에 대해 뭔가 좀 아실 테지요!"

"아마 그 사람은 지금 감옥에 있을 겁니다." 의사가 대답했다. "그의 아버지가 도움을 거절했으니……."

"감옥이라니요! 아니, 왜요?"

"파리에서 온 어음 때문이라던데요. 아마 그걸 잊어버리고 있었던 모양입니다. 뭘 하고 사는지도 모르는 사람이랍디다." 마롱 씨가 대답했다.

"신부님과 둘만 있게 해주십시오. 부탁입니다." 안색이 변한 뤼시앵이 심각하게 말했다.

의사와 방앗간 주인 그리고 그의 아내가 방을 나갔다. 신부와 단둘이 남자 뤼시앵은 울부짖으며 말했다. "죽음이 다가옴을 느낍니다. 저는 죽어 마땅합니다. 신부님, 저는 이제 오직 신의 품에 몸을 던질 수밖에 없는 불쌍한 놈입니다. 신부님, 누이와 형제를 죽음으로 몰아간 사형집행인은 바로 접니다. 다비드 세샤르는 진정 내게 형제니까요! 제가 어음을 발행했고, 다비드는 그 어음을 상환할 수 없었던 겁니다. 저 때문에 다비드는 파산했습니다. 끔찍한 가난에 시달리고 있었기에,

제가 저지른 범죄도 잊고 있었습니다. 어음 때문에 소송을 당했는데, 어느 백만장자의 도움으로 잠잠해졌었습니다. 그래서 저는 그분이 채무를 청산해 주신 줄 알았습니다. 그런데 그게 아니었나 봅니다!"

그러고 나서 뤼시앵은 자신에게 닥쳤던 불행을 이야기했다. 시인답게 시적 표현을 써가며 열광적으로 자기 이야기를 마친 후, 신부에게 앙굴렘에 가서 누이 에브와 어머니 샤르동 부인을 통해 진상을 알아봐 달라고 부탁했다. 자기가 나서면 아직은 수습의 여지가 있는지 알고 싶다는 것이었다.

"신부님이 돌아오실 때까지는 살아 있을 겁니다." 그는 뜨거운 눈물을 쏟으면서 말했다. "어머니와 누이와 다비드가 저를 냉대하고 내쫓지만 않는다면, 저는 죽지 않을 겁니다."

파리인의 능변, 끔찍한 후회의 눈물, 절망으로 죽기 직전인 창백한 얼굴의 미남 청년, 인간의 힘으로는 어쩔 수 없는 불행에 관한 이야기, 그 모든 것이 신부에게 호기심과 동정심을 불러일으켰다.

"파리에서처럼 지방에서도, 사람들이 하는 말은 반만 믿어야 합니다." 신부가 말했다. "소문만 듣고 불안해하지 말아요. 앙굴렘에서 12킬로미터나 떨어져 있는 이 마을에 떠도는 소문은 엉터리일 겁니다. 우리 이웃인 세샤르 영감이 며칠 전부터 집을 비운 것으로 보아, 아마도 아들 문제를 해결하고 있나 봅니다. 내가 앙굴렘에 가서 당신이 가족들 곁으로 돌아갈 수 있는지 알아보리다. 당신의 고백과 후회는 그들 앞에서 당신을 변호하는 데 도움이 될 겁니다."

신부는 뤼시앵이 1년 반 동안 얼마나 여러 번 회개했는지 알지 못했다. 따라서 그가 아무리 열렬하게 회개할지라도 그것은 정성을 다하여 완벽하게 연기한 극의 한 장면 정도 가치밖에 없다는 사실을 몰랐다! 신부가 나가자, 의사가 들어왔다. 의사는 환자에게서 신경 발작 증세를 확인했지만, 고비는 넘겼다고 했다. 신부가 그랬듯 조카인 의사도 환자를 위로하면서 곧 회복될 거라고 말했다.

그 지방과 돌아가는 사정을 잘 아는 신부는 뤼페크에서 앙굴렘으로 가는 마차가 곧 지나갈 망르로 갔다. 거기서 그는 마차에 올라 자리를 잡았다. 노신부는 조카사위인 루모의 약사 포스텔에게 다비드 세샤르에 관해 물어볼 작정이었다. 아름다운 에브를 두고 다비드와 경쟁 관계였던 포스텔은 의사의 딸과 결혼했다. 뤼페크와 앙굴렘을 오가는 낡아빠진 승합마차에서 내리는 노인을 약제사가 정성스레 모시는 것을 보았다면, 아무리 둔한 사람이라도 포스텔 부부가 그 노인의 상속재산을 기대하며 유복한 삶을 꿈꾸고 있음을 눈치챌 것이다.

"점심은 드셨어요? 뭘 좀 드릴까요? 이렇게 갑자기 오실 줄 몰랐어요. 무척 기쁘면서도 놀랐습니다……."

수많은 질문이 동시에 쏟아졌다. 포스텔 부인은 애초부터 루모 약제사의 아내가 될 운명을 타고난 듯한 여자였다. 땅딸한 포스텔과 비슷한 키에다, 시골에서 자란 여자답게 얼굴은 붉었고, 외모는 평범했으며, 굳이 매력을 찾자면 넘치는 생기를 들 수 있었다. 이마에 낮게 드리워진 붉은 머리칼, 태도, 둥근 얼굴형 등을 통해 알 수 있는 우직한 성격에 걸맞은 말투,

노란색에 가까운 눈, 이 모든 것은 포스텔이 재산 때문에 그녀와 결혼했음을 말해 주고 있었다. 따라서 결혼한 지 1년 만에 그녀는 벌써 지배자가 되었고, 그런 상속녀를 만나 너무도 행복한 포스텔을 완전히 장악하게 되었다. 결혼 전 성이 마롱인 레오니 포스텔 부인에게는 아들이 하나 있었는데, 노신부와 의사와 포스텔의 사랑을 한 몸에 받았으나, 부모를 닮아 지독히도 못생긴 아이였다.

"그런데 작은할아버지, 앙굴렘에는 대체 어쩐 일이세요?" 레오니가 물었다. "아무것도 안 드시겠다고 하고, 또 오자마자 가신다고 하니 말이에요."

근엄한 성직자의 입에서 에브와 다비드의 이름이 나오자 포스텔은 얼굴을 붉혔고, 레오니는 남편에게 질투의 시선을 던졌다. 남편을 완전히 장악한 아내가 미래를 위해서라도 과거는 반드시 짚고 넘어가겠다고 말하는 듯한 시선이었다.

"도대체 그 사람들이 할아버지와 무슨 상관인데, 그들 일에 참견하시는 거예요?" 레오니가 눈에 띌 만큼 독살스럽게 말했다.

"아가야, 그 사람들은 불행하단다." 신부가 대답했다. 그는 쿠르투아의 집에 있는 뤼시앵의 상태를 포스텔에게 설명했다.

"아! 그런 모습으로 파리에서 돌아오다니!" 포스텔이 외쳤다. "가엾은 친구! 하지만 재능 있는 친구였어요. 야심도 컸고요! 곡식을 구하러 갔다가 지푸라기도 건지지 못하고 돌아온 꼴이군요. 하지만 여긴 뭐 하러 왔을까요? 그의 누이는 지금 극도로 빈곤한 상태거든요. 뤼시앵도 그렇지만 다비드 같은 천재는 장사를 잘 몰라요. 법원에서 다비드에 관해 의논했는데, 상사법원 판사인 저로서는 그에 대한 판결에 서명하지 않을 수 없었어요……! 저도 마음이 아팠습니다! 지금 같은 상황에서 뤼시앵이 누이 집에 갈 수 있을지 모르겠네요. 어쨌든 뤼시앵이 쓰던 작은 방은 비어 있으니, 기꺼이 그 방을 제공하겠습니다."

"알았네, 포스텔." 신부는 삼각모를 쓰고, 레오니의 팔에 안겨 잠들어 있는 아이에게 키스한 후 약국을 나가려 했다.

"작은할아버지, 저녁 식사는 우리와 하실 거죠? 그 사람들 일을 해결하시려면 시간이 걸릴 것 아니에요? 이이가 작은 말이 끄는 이륜마차로 모셔다드릴 거예요."

그들 부부는 소중한 할아버지가 앙굴렘 쪽으로 멀어지는 모습을 지켜보았다.

"아무튼 연세에 비해 참 정정하시다니까." 약사가 말했다.

존경할 만한 사제가 앙굴렘으로 가는 언덕을 오르고 있는 동안, 그가 알아내려는 복잡한 이해관계를 설명하는 것은 무의미하지 않을 것이다.

뤼시앵이 파리로 떠난 후, 화가들이 복음사가의 동반자로 즐겨 그리는 소처럼 용감하고 총명한 다비드 세샤르는 자기 자신을 위해서라기보다 에브와 뤼시앵을 위해 빨리 큰돈을 벌고 싶었다. 에브와 함께 샤랑트 강둑에 앉아 있던 날 저녁 그녀가 그의 청혼을 받아들이며 마음을 열었을 때, 그런 의욕이 생겼다. 아내가 당연히 누려야 할 우아하고 부유한 삶을 살게 해주고 튼튼한 팔로 형제의 야망을 지원하는 것, 바로 그것이 그의 눈앞에 그려졌던 열정적인 계획이었다. 신문의 확산과 정치 담론의 활성화, 출판과 문학과 과학의 눈부신 발전, 국가의 이해관계를 공개적으로 토론하려는 경향 등 왕정복고가 안정되는 것처럼 보이던 시절의 온갖 사회적 움직임에 따라, 종이의 수요는 엄청나게 늘어났다. 그리하여 저 유명한 우브라르가 대혁명 초기에 유사한 원인으로 수요가 치솟은 종이 제조에 투자했던 것에 비해[15] 거의 10배에 달하는 대량 생산이 요구되었다. 그러나 1821년에는 제지 공장이 너무 많아져서,[16] 종이를 매점매석하고 더 나아가 주요 제지 공장들까지 사들인 우브라르처럼 독점권자가 되기를 기대할 수는 없었다. 게다가 다비드는 그런 투자를 하는 데 필요한 담력도 자본도 없었다. 그 무렵, 영국에서는 어떤 길이의 종이도 만들 수 있는 기계가 가동되기 시작했다.[17] 프랑스 문명은 모든

---

15) 제지업자의 아들로, 금융인이었던 가브리엘 쥘리앵 우브라르(Gabriel Julien Ouvrard, 1770~1846)는 2년 동안 앙굴렘과 푸아티에의 제지 공장들이 생산한 종이를 모두 사들였다가, 종이 값이 오르자 비싸게 팔아 30만 프랑의 이득을 보았다. 왕정복고 시절, 정기간행물과 출판의 놀라운 발전은 다비드의 계획과 희망이 합리적 근거에 따른 것임을 말해 준다.[편]

16) 1820년 이후 프랑스에서는 종이 생산이 크게 늘어, 1825년에는 800개 정도의 공장이 가동되고 있었다.[편]

17) 프랑스 군인 출신 엔지니어로, 니노 제지 공상에서 일하던 루이 니콜라 로베르(Louis-Nicolas Robert, 1761~1828)가 1799년 최초로 발명한 연속지(連續紙) 제조기는 용지를 교체하기 위해 인쇄기를 멈출 필요가 없는 시스템을 열었다. 로베르는 연속지 발명 특허권을 당시 막강한 인쇄업자였던 디도에게 2만 5000프랑에 팔았다. 그러나 디도는 약속한 돈을 지불하지 않았고, 프랑스 혁명의 혼란을 피해, 자신의 영국인 처남을 통해 런던에서 이 기술의 상용화를 추진한다. 결국 프랑스는 1833년에도 여전히 영국 기계에 의존할 수밖에 없었다.

사안에 대해 논쟁을 벌이고, 개인들은 저마다 끊임없이 자기의 사상을 표현했던바, 제지 산업은 무엇보다도 그 요구에 부응할 필요가 있었다. 사상만 앞세우는 그런 경향은 더없이 불행한 일이었는데, 생각을 많이 하는 민족은 좀처럼 행동에 나서지 않기 때문이다. 참으로 얄궂게도, 뤼시앵이 언론이라는 거대한 톱니바퀴 속에서 명예와 지성이 갈가리 찢기는 고난을 겪는 사이, 다비드 세샤르는 인쇄소 안에 틀어박혀 종이라는 물질의 중요성을 통해 정기간행물의 동향을 파악하고 있었다. 그는 세기의 정신이 추구하는 방향에 발맞춰 그에 필요한 방법을 찾아내고자 했다. 또한 종이 제조 단가를 낮춤으로써 돈을 벌겠다는 생각은 너무나 타당했기에, 그의 시도는 그가 선견지명 있는 사람임을 입증했다. 최근 15년 동안 특허국은 종이 제조에 쓰일 신물질을 개발했다고 주장하는 특허 신청을 하루에 100건 이상 받았다. 눈부신 것은 아니지만 막대한 이익을 가져다 줄 그 발명의 필요성을 어느 때보다도 확신한 다비드는 처남이 떠난 후 끈질기게 연구에 몰두했고, 그러다 보니 돈 문제를 해결하고 싶어 시작한 연구가 되레 돈 문제를 일으키게 되었다. 결혼을 위해, 또 뤼시앵의 파리 여행에 필요한 경비를 대느라 다비드가 가지고 있던 돈을 다 써버린 부부는 결혼 초부터 무척 빈곤한 상태에 놓였다. 그는 인쇄소 경영을 위해 1000프랑을 남겨두었고, 약제사 포스텔에게도 같은 액수의 어음을 빚지고 있었다. 따라서 이 심오한 사상가는 이중으로 문제를 해결해야 했다. 낮은 가격의 종이를, 그것도 빨리 발명해야 했고, 그래야만 그 발명의 수익으로 살림과 인쇄소 운영에 필요한 비용을 충당할 수 있을 터였다. 숨겨야 할 가난, 굶주리는 가족의 모습, 꼼꼼함이 필요한 인쇄업이 안겨 주는 하루하루의 부담, 이 모든 것이 야기하는 혹독한 근심을 떨쳐내고, 아무리 연구해도 잡히지 않는 비밀을 쫓는 학자의 열정과 도취 속에서 미지의 영역을 헤매는 그 두뇌에는 도대체 어떤 형용사를 붙일 수 있을까? 그런데 어쩌나! 앞으로 보게 되겠지만, 발명가들은 여전히 감내해야 할 고통이 많다. 대중의 배은망덕은 말할 것도 없다. 무위도식하는 자들과 무능력한 자들은 천재를 두고 이런 말을 한다. "그 사람은 애초에 발명가가 될 운명이었으니, 달리 무슨 일을 했겠어. 왕자로 태어난 사람에게 감사할 필요가 없듯이, 발명가의 발명을 감사할 필요는 없어. 타고난 능력을 발휘하는 것뿐이니까! 게다가 그 일 자체로 보상 받았잖아."

젊은 아가씨에게 결혼은 정신적으로나 육체적으로 심각한 혼란을 초래한다. 중산층의 평범한 조건에서 결혼한 아가씨는 새로운 이해관계를 공부해야 하고 경제 활동의 기초도 배워야 한다. 따라서 그녀에게는 행동하지 않고 관찰하는 시기가 꼭 필요하다. 아내에 대한 다비드의 사랑은 불행하게도 그런 교육을 지연시켰다. 그는 결혼 직후에도 그다음에도 자신들이 처해 있는 상황을 아내에게 말하지 못했다. 아버지의 인색함 때문에 심각한 곤경을 겪고 있었음에도, 고달프고 힘든 직업을 배우게 하거나 상인의 아내에게 필요한 사항들을 교육함으로써 신혼을 망치고 싶지 않았기에 차마 말을 꺼낼 수 없었다. 그래서 유일한 재산인 1000프랑은 작업장이 아니라 살림에 다 들어가고 말았다. 다비드의 무사태평과 아내의 무지는 4개월이나 지속되었다! 진실에 대한 자각은 잔혹했다. 다비드가 포스텔에게 써준 어음의 만기가 도래했을 때, 두 사람에게는 한 푼도 없었다. 부채의 원인을 잘 알았기에, 에브는 결혼할 때 받은 보석과 은 식기를 팔아 빚을 갚았다. 어음을 상환한 날 저녁, 에브는 다비드에게 사업에 관한 이야기를 들려달라고 했다. 언젠가 이야기한 적 있는 문제를 해결하기 위해 그가 인쇄소를 등한시하는 것을 눈치챘던 것이다. 결혼하고 난 다음 달부터, 다비드는 안뜰 구석에 있는 헛간의 작은 방에서 인쇄용 롤러를 주조하며 대부분의 시간을 보냈다. 그는 앙굴렘으로 돌아온 지 석 달 만에 활자에 잉크를 묻히는 가죽으로 싼 헝겊 뭉치 대신 평판과 실린더로 구성된 잉크 분배 장치를 사용했는데, 그 장치는 아교와 당밀로 만든 롤러들이 잉크를 고르게 펴 분배하는 역할을 했다. 인쇄술에서의 이 첫 번째 개선은 이론의 여지없이 훌륭했기에, 그것이 효율적임을 간파한 쿠앵테 형제도 이를 채택했다. 다비드는 시험한 롤러를 다시 녹일 때 드는 숯을 아낀다는 핑계로, 작은 부엌 같은 이 방의 벽에 구리 솥을 얹어 사용할 화덕을 만들었고, 롤러의 녹슨 주형들을 벽을 따라 가지런히 늘어놓았지만, 롤러를 한 번 이상 주조하지는 않았다. 안에 함석을 댄 참나무로 만든 단단한 문을 달고, 빛이 들어오는 더러운 격자창의 유리를 세로줄 홈들이 파인 유리로 교체해 자신이 전념하는 작업의 목적을 밖에서 들여다보지 못하게 했다. 에브가 다비드에게 그들의 미래에 대해 말을 꺼내려 하자, 그는 불안한 표정으로 그녀를 바라보며 다음과 같은 말로 그녀의 입을 막았다. "여보, 황량한 작업장의 모습과 파산 지경에 이른 사업 현황을 보고 당신이 무슨 생각을 했는지 알아. 하지만 저길 봐." 그는 아내를 창가로 데려가 비밀에 싸인 골방을 가리키면서 말을 이었다. "우리의 재산은 저기에 있어……. 아직 몇 달 동안은 더 고생해야 해. 하지만 인내심을 가지고 견디자. 우리의 가난을 끝내게 해줄 산업상의 문제, 당신도 알고 있는 그 문제를 해결할 수 있게 해줘."

다비드는 너무도 선량했고 그의 말에서는 진정한 헌신이 느껴졌기에, 다른 모든 여자처럼 하루하루 지출을 걱정하던 그 가엾은 여인은 남편에게서 살림살이 부담은 덜어주어야겠다고 생각했다. 그래서 어머니와 도란도란 이야기를 나누면서 바느질이나 하던 청백색의 예쁜 방을 떠나, 작업장 구석에 있는 목재로 된 두 개의 골방 중 하나로 내려가 인쇄술의 상업적 메커니즘을 연구했다. 임신 중인 여인으로서는 대단히 용기 있는 행동이 아닌가? 생기 없던 다비드의 인쇄소는 남아 있던 직공들마저 하나둘 떠나면서 몇 달 만에 황폐해졌다. 일감이 넘치는 쿠앵테 형제는 일당을 비싸게 쳐준다는 소문에 거기 솔깃해진 도네의 직공들뿐만 아니라 보르도에서 온 직공들까지 고용하고 있었다. 보르도에서는 특히 수습공들이 많이 왔는데, 그들은 스스로를 수습공 신분에서 벗어날 만큼 능숙하다고 믿었다. 에브가 보니 세샤르 인쇄소에 남아 있는 사람은 셋이었다. 우선, 다비드가 파리에서 데려온 수습공 세리제가 있었다. 그다음으로는 집 지키는 개처럼 붙어 있는 마리옹, 마지막으로 옛날에 디도 인쇄소에서 육체노동을 하던 알자스 출신의 콜브가 있었다. 군대에 징집되어 우연히 앙굴렘에 오게 된 그를 제대하기 얼마 전 열병식에서 다비드가 알아보았던 것이다. 다비드를 보러 들렀던 콜브는 그가 속한 계층의 남자가 여자에게 바라는 모든 장점을 뚱뚱한 마리옹에게서 발견하고는 그녀에게 반해 버렸다. 볕에 그을린 얼굴에서 느껴지는 왕성한 건강미, 활자가 빼곡히 채워진 인쇄대를 남자처럼 번쩍 들어 올리는 힘, 알자스인이 매우 중요하게 생각하는 종교적 성실성, 훌륭한 품성을 드러내는 주인에 대한 헌신, 그리고 절약한 덕분에 모은 1000프랑 정도의 저축, 촌스럽긴 해도 깨끗한 속옷과 외출복 등의 옷가지가 그녀의 장점이었다. 키는 180센티미터가 넘고 체격도 좋은 데다 보루처럼 튼튼한 흉갑기병이 자기에게 관심을 보이자 우쭐해진 서른여섯 살의 뚱보 마리옹은 자연스럽게 그에게 인쇄공이 될 것을 권했다. 그래서 알자스 남자가 제대했을 때 마리옹과 다비드는 읽고 쓸 줄도 모르는 그를 꽤나 유능한 곰으로 만들었다. 지난 석 달 동안은 전단지나 팸플릿 등의 시시한 일거리조차 별로 없었기 때문에 세리제만으로도 충분했다. 식자공이자 조판공인 동시에 인쇄소의 식자 실장이기도 한 세리제는 소위 칸트의 '현상학적 삼위일체'를[18] 구현하고 있었다. 그는 조판하고,

---

18) triplicité phénoménale. 이 표현은 칸트의 것이 아니라, 빅토르 쿠쟁(Victor Cousin, 1792~1867)이 1829년 6월 《르볼뢰르(도둑)》라는 잡지에서 쓴 표현이다. 유럽의 주요 철학 유파들을 종합한 일명 '절충주의'의 좌장이었던 쿠쟁이 칸트의 관념론을 제대로 이해하지도 못하면서 인용한 데 대한 발자크의 풍자적 재인용이다.[편]

조판한 것을 수정하고, 주문을 기록하고, 계산서를 작성했다. 하지만 대개는 할 일이 없으니 벽보나 경조사 알림장의 주문을 기다리면서 작업장 구석의 작은 방에서 소설책을 읽었다. 세샤르 영감에게 훈련받은 마리옹은 종이를 손질하고, 물에 담그고, 콜브가 인쇄하는 것을 돕고, 그 종이를 펼치고, 가장자리를 잘라내는 일을 했다. 그러면서도 부엌일을 소홀히 하지 않았으며 이른 아침에는 시장에도 갔다.

세리제에게 첫 6개월의 결산 보고를 받은 에브는 수입이 800프랑인 것을 알게 되었다. 인건비는 세리제에게 2프랑, 콜브에게 1프랑으로, 일당 3프랑씩 나갔기에, 총 600프랑이 들었다. 또 제작해서 납품한 제품에 들어간 자재비가 100여 프랑이었다. 이제 에브의 눈에 전부 확실히 보였다. 결혼하고 6개월 동안 다비드는 인쇄 장비들과 면허장을 구입한 자본금에 대한 이자와 집세, 마리옹의 급료, 잉크 비용, 그리고 인쇄업자가 당연히 남겨야 할 수익, 즉 인쇄업계 은어로 밑감이라고 부르는 것까지 모두 까먹고 있었다.(밑감은 인쇄기의 압반[壓磐, platine]을 조이는 나사의 압력이 활자에 직접 가해지지 않도록 인쇄대와 인쇄용지 사이에 끼우는, 모직 또는 비단을 덧댄 네모난 천에서 유래한 말이다.)[19] 인쇄 방법과 그 결과를 대충 파악한 에브는 지업사 소유주이자 신문 발행인이자 주교관의 인쇄 면허증을 가진 인쇄업자이자 시와 도의 납품업자인 쿠앵테 형제의

---

19) 인쇄업자들이 밑감 같은 소모품 비용을 부풀려 청구함으로써 수익을 남기곤 한 데서 '이윤'의 의미로 쓰이게 되었다.

탐욕스러운 활동 때문에 황폐해진 이 작업장에서 나오는 수
입이 얼마나 적은 것인지 알게 되었다. 2년 전 세샤르 부자가
2만 2000프랑에 인쇄권을 팔아넘긴 신문은 연간 1만 8000프
랑의 소득을 올리고 있었다. 에브는 겉으로 관대한 것처럼 보
이는 쿠앵테 형제가 속셈을 숨기고 있음을 알아차렸다. 그들
은 세샤르 인쇄소가 망하지 않고 겨우 버텨나갈 만큼, 그러나
자기들과는 경쟁이 되지 않을 정도로 최소한의 일거리를 남겨
두고 있었다. 직접 사업을 경영할 결심을 한 에브는 모든 품목
의 목록을 작성하기 시작했다. 콜브와 마리옹과 세리제를 시
켜 작업장을 청소했으며, 물건들을 정리했다. 그러던 어느 날
저녁, 들판에 나갔던 다비드가 헌옷이 가득 담긴 커다란 보따리
를 든 넝마주이 노파와 함께 돌아오자, 에브는 남편에게 시아버
지가 남긴 낡은 도구들을 어떻게 쓰는지 물었다. 혼자서 사업
을 해보겠다는 것이었다. 남편의 의견에 따라, 세샤르 부인은
쓰다 남은 종이들을 종류별로 분류한 후, 그것들을 사용해 방
랑하는 유대인의 역사, 악마 로베르, 미녀 마글론, 그 밖의 몇
몇 기담과 민간 전설들을 시골 사람들이 초가집 벽에 붙일 수
있도록 한 장에 두 단짜리 글로 써서 색칠하고 인쇄했다. 그러고
는 콜브에게 행상을 시켜 그것들을 팔았다. 세리제는 잠시도 쉬
지 않고 아침부터 저녁까지 그 소박한 내용과 투박한 장식을 조
판했다. 인쇄는 마리옹이 맡아서 했다. 에브는 판화를 채색하느
라 바빴기 때문에, 집안일은 샤르동 부인이 도맡아 했다. 콜브
가 성실하게 일한 덕분에, 세샤르 부인은 두 달 만에 앙굴렘 주
변 48킬로미터에 걸쳐 3000매를 팔았다. 제작하는 데 30프랑

들었고, 장당 2수를 받아 300프랑을 벌었다. 하지만 모든 초가집과 술집 벽에 이 전설이 붙고 나자, 다른 투자 아이디어를 찾아야만 했다. 알자스인은 통행증 없이 면(面) 밖으로 나갈 수 없었기 때문이다. 인쇄소를 샅샅이 뒤진 에브는 목동들을 위한 달력을 인쇄하는 데 필요한 그림의 견본집을 찾아냈다. 그 달력에는 여러 가지 것들이 기호와 그림과 빨간색 흰색 검은색의 판화로 표현되어 있었다. 읽을 줄도 쓸 줄도 모르는 세샤르 영감은 예전에 문맹들을 위해 이런 달력을 인쇄해 큰돈을 번 적이 있었다. 1수에 팔렸던 이 달력은 전지를 64등분한 조그만 크기의 128쪽짜리였다. 지방의 작은 인쇄소들이 열중했던 사업인 낱장 인쇄물의 성공으로 용기를 얻은 세샤르 부인은 목동 달력 사업을 대규모로 시도하기 위해 이익금을 투자했다. 프랑스에서 연간 수백만 장 팔리는 목동 달력에 사용되는 종이는《리에주 연감》종이보다 훨씬 투박했고, 1연에 4프랑이었다. 인쇄하고 난 후 장당 1수를 받으면 연당 500수를 버는 것이니 프랑으로 따지면 25프랑이다. 세샤르 부인은 초판에 100연을 인쇄하기로 했다. 그러면 달력 5만 부를 만들어 2000프랑의 순이익을 낼 수 있을 터였다. 자기 일에 몰두하는 사람이 다들 그렇듯이 다비드는 다른 일에는 아무 관심이 없었음에도, 작업장을 한번 둘러보고는 인쇄기가 끼끼거리는 소리를 내고 있고, 세리제는 자리에서 일어서서 세샤르 부인의 감독 아래 부지런히 조판하고 있는 모습을 보고 무척 놀랐다. 에브의 작업을 감독하려고 작업장에 들어온 날, 다비드는 달력 사업이 훌륭하다고 말했다. 남편으로부터 인정받은 것은 그녀에게 멋진 승리였다. 다비드는 모든 것을 눈으로 말하는 그 달력을 근사하게 만들기 위해 필요한 여러 색의 잉크 사용법을 알려 주겠다고 약속했다. 마침내 작지만 위대한 그 사업을 위해 최대한 아내를 돕고자 그의 비밀 실험실에서 직접 롤러를 다시 주조할 생각까지 했다.

달력 제작이 활기를 띠기 시작하던 이 무렵에, 어머니와 누이와 매제에게 자신의 실패와 궁핍을 전하는 뤼시앵의 절망적인 편지가 도착했다. 그러니 그 응석받이 아이에게 300프랑을 보내기 위해 에브와 샤르동 부인과 다비드는 각자 자신의 가장 순수한 피를 쥐어짤 수밖에 없었음을 짐작할 만하다. 그 소식에 낙담한 데다가 그토록 열심히 일하는데도 버는 것이 별로 없어 절망한 상태였기에, 에브는 젊은 부부가 최고로 기뻐해야 할 사건 앞에서 두려움을 느끼지 않을 수 없었다. 엄마가 될 날이 다가오자 에브는 생각했다. '출산할 때까지 다비드가 연구 성과를 내지 못하면, 우리는 어떻게 될까……? 우리의 초라한 인쇄소에서 새로 시작한 사업은 누가 이끌어 갈까?'

목동 달력은 새해가 시작되기 전까지 완성되어야만 했다. 하지만 조판 일을 맡고 있는 세리제의 작업 속도가 너무 느렸다. 세샤르 부인은 절망스러웠지만 인쇄 일을 잘 모르니 그를 질책하지도 못하고, 그저 파리 청년을 지켜볼 수밖에 없었다. 파리 보육원 출신인 세리제는 디도 인쇄소에 수습공으로 들어갔더랬다. 그는 열네 살부터 열일곱 살 때까지 다비드를 우상으로 여겼다. 다비드 세샤르가 그를 가장 숙련된 기술자 밑에 두었다가 자기의 조수로 데려와 인쇄 수습공으로 삼았고,

세리제가 영리하다는 것을 알고는 자연스레 그 아이에게 관심을 가지면서 가난 때문에 누릴 수 없었던 오락거리나 단과자 같은 기쁨을 맛보게 해주었기 때문이다. 그랬더니 그 아이는 다비드에게 정을 느끼게 되었다. 간사하고 귀여운 작은 얼굴에, 붉은 머리칼과 탁한 푸른 눈을 가진 세리제는 앙굴렘에 파리 부랑아의 문란한 생활 습관을 들여왔다. 발랄하고 빈정대는 기질을 가진 데다 짓궂고 악의에 차 있었기에, 그는 앙굴렘에서 위험한 존재였다. 다비드는 세리제에 대한 감시를 소홀히 했는데, 이제 어느 정도 나이가 든 그를 신뢰했을 뿐 아니라 지방의 선한 영향력을 믿었기 때문이다. 그러다 보니 세리제는 보호자도 모르는 사이에 챙 달린 모자를 쓴 동 쥐앙이 되어 서너 명의 어린 여공들을 동시에 사귀면서 완전히 타락해 버렸다. 파리 술집에서 터득한 그의 윤리관은 개인의 이익을 유일한 법칙으로 삼았다. 게다가 다음 해에는 시쳇말로 징집 추첨을[20] 해야 할 나이라 진로가 불투명했다. 6개월 후면 군인이 될 테니, 채권자들이 쫓아오지 못할 거라는 생각에 그는 마구 빚을 졌다. 다비드는 그 소년에 대해 어느 정도 권위를 유지하고 있었는데, 그것은 인쇄소 주인이자 스승이라는 지위 때문도 그에게 관심을 보여주었기 때문도 아니었다. 파

---

20) 대혁명 이후 1789년에 제정되어 1814년끼지 시행되었던 법령에 따르면 20~25세의 청년은 군 복무를 해야 했다. 그러나 이에 해당하는 청년의 수가 군인 수요보다 많았기 때문에 제비뽑기를 통해 징집 여부를 결정했다. 제비뽑기로 군 복무가 당첨되더라도 다른 사람으로 대체할 수 있었기에, 돈 있는 사람들은 군 복무를 대신할 사람을 사곤 했다.

리의 부랑아였던 그 아이는 다비드에게서 남다른 지성을 알아보았던 것이다. 얼마 가지 않아 세리제는 쿠앵테 형제 인쇄소의 직공들과 친해졌다. 그들의 웃옷이나 작업복, 그리고 상류층보다는 하류층 사람들에게 훨씬 영향력이 큰 동료의식에 이끌렸기 때문이다. 그들과 교류하면서 세리제는 그나마 다비드가 심어준 약간의 윤리적 신조마저 다 버렸다. 그래도 친구들이 쿠앵테 형제 인쇄소의 거대한 작업장에서 돌아가고 있는 12대의 멋진 철제 인쇄기를 보여주고, 그 작업장에서 목제 인쇄기는 교정쇄를 만드는 데 쓰이는 한 대뿐이라고 자랑하면서, 세샤르 인쇄소의 낡은 인쇄기들을 경멸적으로 나막신이라 부르며 조롱할라치면, 그는 여전히 다비드 편을 들면서 떠버리들을 향해 거만한 시선을 던지곤 했다. "우리 사장은 그 나막신을 신고도 너희 사장들보다 더 멀리 가거든. 너희 사장들은 철제 인쇄기를 가지고도 기도서밖에 못 만들잖아! 우리 사장은 전 프랑스와 나바르의 인쇄소들이 그의 앞에 와서 줄을 서게 할 비밀을 찾고 계시거든……!" 그러면 그 친구들은 이렇게 대답하는 것이었다. "그렇다 치자. 그래도 너는 40수밖에 못 받는 보잘것없는 감독이잖아. 게다가 네 여주인은 다림질하는 여자고!" 그 말에는 세리제가 다음과 같이 응수했다. "뭐라고! 우리 여주인이 얼마나 예쁜데! 너희 주인들의 콧방울을 보기보단 우리 여주인 보는 게 훨씬 즐겁다고." "주인 여자를 쳐다본다고 밥이 나오냐?" 술집이나 인쇄소 문간에서 친구들이 벌이는 이런 말싸움으로부터 쿠앵테 형제는 희미하게나마 세샤르 인쇄소의 상황을 파악하게 되었다. 그들은 에브가 투자

한 사업에 대해 알고 난 후, 이 가엾은 여자를 번영의 길로 들어서게 할 수도 있는 사업이 성공하기 전에 그 싹을 잘라버릴 필요성을 느꼈다. "장사라면 지긋지긋해지도록 그 여자를 혼내주자." 쿠앵테 형제는 이런 말을 주고받았다. 인쇄소를 경영하고 있는 두 형제 중 하나가 세리제를 만났고, 자기네 인쇄소에 일이 많아 교정자가 교정쇄를 읽을 시간이 부족하다며, 장당 얼마를 쳐줄 테니 교정자의 일을 좀 덜어주지 않겠냐고 제안했다. 세리제는 밤에 몇 시간 쿠앵테 형제를 위해 일하는 것으로 낮에 세샤르 인쇄소에서 버는 것보다 더 많이 벌었다. 그리하여 쿠앵테 형제와 세리제 사이에 모종의 관계가 형성되었다. 쿠앵테 형제는 세리제의 능력을 높이 평가하면서, 그렇게 불리한 조건의 직장에서 일하는 것이 안타깝다고도 했다. 어느 날, 두 형제 중 하나가 그에게 말했다.

"자네는 큰 인쇄소의 감독이 되어 하루에 6프랑은 벌 수 있을 텐데. 게다가 아주 명석하니 언젠가는 사업도 할 수 있겠네." 그 말을 들은 세리제가 대꾸했다. "유능한 감독이 되면 뭐 해요? 고아인 데다가, 내년에는 징집 대상이에요. 추첨에서 걸리면 누가 대리 복무자를 사주겠어요?" 그러자 부유한 인쇄업자가 말했다. "지네가 쓸모 있는 사람이라면 대리 복무자를 사는 데 필요한 돈을 빌려줄 사람이 왜 없겠나?" "그래도 우리 사장은 아닐 겁니다." "설마! 연구 중인 비밀을 그때까진 발견하겠지……." 그의 말투는 그 말을 듣고 있는 사람에게 나쁜 생각을 불러일으킬 만했다. 그래서 세리제는 제지업자에게 날카로운 질문을 던지는 듯한 시선을 보냈다. 인쇄업자가 아무 말도 하지 않자, 세리제는 신중하게 대답했다. "저는 그분이 무슨 일을 하시는지 잘 모릅니다. 하지만 소문자가 들어 있는 활자 케이스에서 대문자를 찾을 사람은 아니에요!" "이것 봐요," 인쇄업자는 교구 기도서에 들어갈 교정지 6장을 들어 보이면서 말했다. "내일까지 이걸 교정해 주면 18프랑 드리겠소. 경쟁자의 감독이 돈을 벌게 해주고 있으니, 우리는 나쁜 사람들이 아니지! 우리는 세샤르 부인이 달력 사업을 하게 놔둔 후, 그녀를 파산시킬 수 있지요. 아! 우리도 목동 달력 사업을 시작했으니, 부인한테 가서 그녀가 시장에서 일등이 되지는 못할 거라고 말해도 좋소." 이로써 독자는 세리제가 왜 그렇게 달력 식자를 느릿느릿 하는지 이해할 수 있을 것이다.

쿠앵테 형제가 자신의 소박한 투자를 방해하고 있다는 사실을 알게 된 에브는 불안했다. 그녀는 앞으로 닥칠 경쟁에 대해 세리제가 알려준, 사실은 의도적으로 흘린 정보에서 우정의 증거를 보고 싶었다. 곧이어 식자공에게서 과도한 호기심의 징후를 보았지만, 그것도 그저 나이 탓으로 돌리고 싶었다.

어느 날 아침, 부인은 세리제에게 말했다. "세리제, 당신은 문 앞에 서 있다가 세샤르 씨가 나가는 것을 기다려, 그가 감추고 있는 것을 조사하려는군요. 우리 달력의 조판 작업을 마치는 대신, 그가 롤러를 주조하려고 작업장을 나가면 안뜰을 빤히 쳐다보고 있고요. 그런 건 모두 옳지 않은 행동이에요. 아내인 나도 그의 비밀을 존중하면서 그가 자유롭게 일에 몰두할 수 있도록 얼마나 애쓰고 있는지는 잘 알잖아요. 당신이 그렇게 시간을 낭비하지 않았다면 달력은 이미 완성되어 콜브가 벌써 팔러 다녔을 테고, 쿠앵테 형제 때문에 손해 보는 일도 없었을 거예요.”

“하지만 사모님!” 세리제가 대답했다. “저는 여기서 일당 40수를 받아요. 조판 작업에 100수는 줘야겠다는 생각이 안 드세요? 저녁에 쿠앵테 형제네의 교정 일이라도 안 하면, 저는 밀기울만 먹고살라고요.”

“벌써부터 은혜를 모르다니, 큰일 낼 사람이군요.” 에브는 세리제의 비난보다도 그의 상스러운 말투와 위협적인 태도, 그리고 공격적인 시선 때문에 마음이 상했다.

“언제까지 여자를 주인으로 모실 수는 없지요. 일당을 꼬박꼬박 쳐주지 않는 날이 숱하면서.”

여자로서 자존심이 상한 에브는 세리제를 쏘아보다가 집으로 올라가 버렸다. 다비드가 저녁 먹으러 왔을 때, 그녀는 남편에게 물었다.

“여보, 저 세리제란 아이를 믿을 수 있을까?”

“세리제? 아! 그 애는 내 도제야. 내가 가르쳤지. 초고를 담당하게 했고, 정판 일을 시켰고. 말하자면 그 아이가 오늘의 세리제가 되었다면 그건 모두 내 덕이지! 그러니까 그런 질문은 아버지에게 아들을 믿느냐고 묻는 것과 같아⋯⋯.”

에브는 남편에게 세리제가 쿠앵테 형제 인쇄소의 교정 일을 하고 있다고 말했다.

“불쌍한 녀석! 그 아이도 먹고살아야 하지 않겠어.” 다비드는 주인으로서 잘못을 인정하며 겸손하게 말했다.

“그래, 하지만 여보, 콜브와 세리제의 차이를 좀 봐. 콜브는 매일 80킬로미터를 걸어 다니면서도 15수에서 20수밖에 쓰지 않아. 그러고는 장당 7프랑, 8프랑, 어떤 때는 9프랑에 팔아 가지고 온단 말이야. 자기가 쓴 비용으로는 20수밖에 청구하지 않고. 콜브는 쿠앵테 형제네 인쇄기의 쇠막대기를 잡아당기느니 차라리 자기 손가락을 잘라버릴 거야. 누가 1000에퀴를 준다 해도 그는 당신이 안뜰에 버린 물건들을 쳐다보지도 않을 거야. 그런데 세리제는 그 물건들을 주워다 조사하고 있어.”

아름다운 영혼을 가진 사람들은 타인의 악행이나 배은망덕을 잘 믿지 않는다. 혹독한 시련을 겪고 나서 교훈을 얻은 후에야, 인간이 얼마나 타락할 수 있는지를 인정하게 된다. 심지어 그런 종류의 교육을 마치고 나서는 관용을 베푸는 경지에 오르게 된다. 어쩌면 그들에게는 그것이 최고의 경멸인지도 모른다.

“뭘 그래! 파리 아이의 순수한 호기심일 뿐인데.” 다비드가 말했다.

“하지만 여보, 그래도 작업장에 내려가서 한 달 동안의 조판 작업을 검사하고, 한 달 안에 그 아이가 우리 달력을 끝낼 수 있을지 살펴봐 줘.”

저녁 식사 후 작업장을 살펴본 다비드는 일주일이면 달력 조판이 끝날 수 있을 것으로 보았다. 그러고는 쿠앵테 형제가 유사한 것을 준비하고 있다는 말을 듣고 아내를 도와주기로 했다. 그는 콜브에게 그림 판매를 중단시킨 후, 작업장에서 모든 것을 지휘했다. 손수 판을 짜고 콜브가 마리옹과 함께 그 판을 찍어 내게 했으며, 자기는 세리제와 함께 다른 판을 찍어 내면서 여러 색깔의 인쇄 상태를 점검했다. 각각의 색은 따로따로 찍어야 하니, 네 가지 색으로 인쇄하려면 인쇄 작업을 네 번 해야 한다. 이렇듯 목동 달력 하나를 만들려면 제작비가 많이 들기 때문에, 인건비와 제작에 드는 투자금의 이자가 싼 지방의 인쇄소에서만 목동 달력이 만들어지는 것이다. 고급 인쇄소에서는 그렇게 조잡하고 촌스러운 인쇄물을 제작하지 않는다. 세샤르 영감이 은퇴한 이후 처음으로 인쇄소에서 두 대의 인쇄기가 작동 중인 것이 보였다. 그들이 만든 달력은 나름대로 걸작이었지만, 에브는 그것을 2리아르에 팔 수밖에 없었다. 쿠앵테 형제가 자기네 달력을 행상인들에게 3상팀에 팔았기 때문이다.[21] 그녀는 행상을 통해 자금을 마련하고 콜브에게 직접 판매를 시켜 수익을 냈지만, 그녀의 투자는 결국 실패로 돌아갔다. 세리제는 예쁜 여주인이 자기를 경계한다는 것을 알아채고는 마음속으로 그녀의 적이 되어 '네가 나를 의심한다면 나는 너에게 복수할 거야.'라고 중얼거렸다. 파리의 부랑아란 그런 것이다. 세리제는 쿠앵테 형제의 제안을 받아 일거리에 비해 훨씬 큰 보수를 받기로 하고는, 매일 저녁 그들의 사무실로 가서 교정쇄를 받아다가 다음 날 아침에 돌려주곤 했다. 쿠앵테 형제와 매일매일 많은 이야기를 나누면서 그들과 친해졌고, 마침내 그들이 던진 미끼인 병역 면제의 가능성을 엿보게 되었다. 쿠앵테 형제는 그를 매수할 필요도 없이,

---

21) 쿠앵테 형제가 덤핑 수법으로 에브의 달력 판매를 방해했으므로, 에브는 3상팀보다 싼 2리아르(2.5상팀)에 달력을 팔 수밖에 없다.

그가 염탐하면서 알게 된 사실들과 다비드가 찾고 있는 비밀의 활용에 관한 중요한 몇 마디 말들을 주워듣게 되었다.

세리제를 믿어서는 안 된다는 걸 알게 되자 불안해진 에브는 콜브처럼 일하는 직원을 못 찾을까 봐 걱정되면서도, 유일한 식자공인 그를 내보내기로 결심했다. 여인의 직감으로 세리제가 배신자라는 것을 간파했던 것이다. 하지만 그렇게 되면 인쇄소는 문을 닫을 수밖에 없었기에 그녀는 과감한 결단을 내렸다. 다비드나 쿠앵테 형제뿐만 아니라 도내 제지업자 대부분이 거래하는 파리의 지업사 사장 메티비에 씨에게 편지를 써서, 파리의 《서적상 신문》에 다음과 같은 광고를 싣게 했던 것이다. '매물, 앙굴렘 소재 성업 중인 인쇄소, 장비 일습과 면허증 포함. 자세한 조건은 세르팡트가의 메티비에 씨에게 문의 바람.' 이 광고가 나간 신문을 보고, 쿠앵테 형제는 이런 말을 주고받았다. "이 여자 제법인데! 머리가 나쁘지 않아. 이제 그들이 적당히 먹고살 수 있게 해주고 인쇄소를 빼앗을 때가 되었군. 안 그러면 다비드의 후임자가 우리의 경쟁자가 될지도 모르니까. 그 작업장을 꾸준히 감시하는 것이 중요해." 이런 생각으로 마음이 움직인 쿠앵테 형제가 다비드 세샤르를 만나러 왔다. 두 형제가 접근하자 에브는 자신의 책략이 그토록 빠른 효과를 낸 것을 보고 무척 기뻤다. 왜냐하면 그들은 다비드 세샤르에게 자기네 물건을 인쇄해 달라고 요청할 생각임을 감추지 않았기 때문이다. 너무 일이 많은데 그들의 인쇄기로는 작업을 다 할 수 없으며, 보르도에서까지 직공들을 불러왔다고도 했다. 그들은 다비드 인쇄소에 있는 세 개의 인쇄기가 잘 돌아가게 일감을 주겠다고 말했다.

"그런데요," 세리제가 다비드에게 두 사람의 방문을 알리러 간 사이, 에브가 쿠앵테 형제에게 말했다. "우리 남편은 디도 인쇄소에서 일하는 정직하고 활발한 직공들을 많이 알고 있으니, 아마도 그들 중 가장 영리한 친구를 골라 후계자로 삼을 겁니다……. 당신들이 우리에게 주는 일감으로 연간 1000프랑을 손해 보느니, 2만 프랑 정도에 인쇄소를 팔고 연간 1000프랑의 연금 수익을 내는 편이 낫지 않겠어요? 왜 달력에 대한 우리의 소박한 투자를 시기하셨어요? 게다가 그것은 우리 인쇄소에서 늘 하던 일이었는데요."

"아니! 부인, 왜 우리에게 미리 알려주지 않으셨습니까? 미리 알았더라면 부인께서 다져놓으신 영역에서 경쟁하지는 않았을 겁니다." 두 형제 중 키다리 쿠앵테라 불리는 자가 상냥하게 말했다.

"이것 보세요. 당신들은 세리제한테서 내가 달력을 만든다는 얘기를 듣고 난 후에야 달력을 만들기 시작하셨잖아요."

에브는 약간의 노기를 띠고 그 말을 하면서 키다리 쿠앵테를 쳐다보았다. 7는 눈을 밑으로 내리깔았다. 그렇게 하여 그녀는 세리제가 배신한 증거를 잡았다.

지업사 사장이자 사업 전반을 총괄하는 키다리 쿠앵테는 인쇄소 사장인 동생 장보다 수완이 훨씬 좋았다. 장은 아주 영리하게 인쇄소를 운영했고, 그 솜씨는 연대장의 역량에 견줄 만했다. 한편, 장이 총사령관으로 인정하는 장군 보니파스는 무뚝뚝하고 마른 남자로, 양초처럼 누런 얼굴에는 붉은 반점이 가득했고, 입은 꽉 다물고, 고양이 눈을 하고 있었다. 화를 내는 일은 절대 없었다. 아무리 심한 욕설이라도 독실한 신자처럼 묵묵히 들은 후, 부드러운 목소리로 대답했다. 미사에 참석했고, 고해성사도 했으며, 영성체도 받았다. 번지르르한 태도와 거의 무기력해 보이는 외관 밑으로는 사제의 야망과 집요함, 부와 명예에 목마른 상인의 탐욕이 감추어져 있었다. 이미 1820년부터 키다리 쿠앵테는 부르주아들이 1830년 혁명을 통해 비로소 획득한 모든 것을 원하고 있었다. 귀족에 대한 증오로 가득하고 종교에 무관심했지만, 나폴레옹이 산악파였듯이[22] 그는 독실한 신자였다. 그의 척추는 귀족들이나 행정부 앞에서는 놀랄 만큼 유연하게 휘었다. 그들 앞에서 그는 작고, 겸손하고, 상냥했다. 사업에 능한 사람이라면 그 가치를 높게 평가할 그의 특징 하나를 묘사해 보면, 그는 도수 없는 푸른 색안경을 씀으로써 자기의 시선을 감췄다. 그러면서 이 도시는 땅도 건물도 흰색인 데다가, 지대가 높아 햇빛이 더 강하기 때문에 눈부신 빛의 반사광으로부터 눈을 보호한다는 평계를 댔다. 그의 키는 중간보다 약간 큰 정도였지만, 몸이 말랐기에 더 커 보였다. 그의 마른 몸은 그가 일에 짓눌려 있으며, 언제나 무슨 일인가 벌일 궁리에 몰두해 있음을 드

---

22) 산악파(Montargnard)는 1789년 프랑스 대혁명기에 국민공회에서 활동하던 가장 급진적 정치 파벌로 온건한 지롱드파와 대립하였다. 공포정치의 주도 세력이며, 주요 인물로는 로베스피에로, 당통, 마라, 생쥐스트 등이 있다. 나폴레옹이 처음 대중에 이름을 알리게 된 것은 산악파의 눈에 들어 왕당파의 반혁명 운동 진압 지휘관으로 활약하면서부터다.

러냈다. 얼굴부터가 교활하게 생긴 그는, 성직자처럼 자른 납작하고 긴 회색 머리칼에, 일곱 해째 변함없는 차림새인 검은 바지, 검은 양말, 검은 조끼, 그리고 남부 지방에서는 레비트라 불리는 갈색 천의 프록코트를 고수함으로써 더욱더 교활하고 위선적으로 보였다. 사람들은 뚱보 쿠앵테라 불리는 그의 동생 장과 구분하기 위해 그를 키다리 쿠앵테라 불렀는데, 그렇게 함으로써 둘 다 만만찮은 인물인 형제 사이에 존재하는 키의 차이만큼이나 능력의 차이도 표현할 수 있었다. 실제로 장 쿠앵테는 선해 보이는 뚱뚱한 남자로서, 플랑드르 지방 사람처럼 창백했던 얼굴은 앙굴렘 햇볕에 그을려 구릿빛이 되었고, 작달막하고, 산초처럼 배가 나왔으며, 입가에는 늘 미소를 띠고, 어깨는 두툼해서, 형과는 놀라운 대조를 이루었다. 외모나 지성에 있어서만 형과 다른 것이 아니었다. 그는 거의 자유주의적 사상을 표방하는 **중도좌파**였으며 일요일 교회 미사에만 참석했고, 자유주의 상인들과 친밀한 관계를 유지했다. 루모의 몇몇 상인들은 두 형제가 의도적으로 견해 차이를 보이는 것이라고 주장하기도 했다. 키다리 쿠앵테는 착해 보이는 동생의 외모를 능숙하게 이용해서, 장을 자기 몽둥이로 활용했다. 장은 형 대신 곤란한 말을 하거나 형의 관용에 반대되는 일을 맡아 했다. 화를 잘 내는 그는 걸핏하면 욱하거나 받아들일 수 없는 제안을 함으로써 형의 제안이 더 부드러워 보이게 했다. 그렇게 하여 그들은 기어이 자신들의 목적을 달성하곤 했다.

　여성 특유의 직감으로 두 형제의 성격을 금방 파악한 에브는 위험한 적들 앞에서 경계를 늦추지 않았다. 다비드는 이미 아내에게 들어 진상을 파악하고 있었기에 적들의 제안을 건성으로 들었다.

"아내와 의논하시지요." 그는 작은 실험실로 돌아가기 위해 창문 달린 사무실을 나가면서 말했다. "인쇄소의 일에 관해서는 나보다 아내가 더 잘 아니까요. 나는 이 빈약한 인쇄소보다 돈벌이가 훨씬 잘될 일에 몰두하고 있거든요. 그 일이 잘되면 당신들 때문에 입은 손해를 만회할 겁니다."

"어떻게요?" 뚱보 쿠앵테가 웃으면서 말했다.

에브는 남편을 쳐다보면서 신중하게 행동하라는 신호를 보냈다.

"당신들뿐 아니라 종이를 소비하는 모든 이가 내게 의존하게 될 겁니다." 다비드가 대답했다.

"도대체 무슨 연구를 하십니까?" 브누아 보니파스 쿠앵테가 물었다.

보니파스가 부드러우면서도 남의 환심을 사는 어조로 그런 질문을 하자, 에브는 다시 한번 남편을 쳐다보며 아무 대답도 하지 말든가 아니면 아무 의미 없는 답을 하라는 충고의 시선을 보냈다.

"현재 원가의 절반 가격으로 종이를 제조할 방법을 찾고 있습니다……."

그 말을 한 후 그는 두 형제가 서로 시선을 교환하는 것을 쳐다보지도 않은 채 나가버렸다. 그들은 서로를 바라보며 눈으로 이런 대화를 나누고 있었다. '이 남자는 분명 발명가일 거야. 저런 풍채를 가진 자가 빈둥거리며 놀 리가 없지!' 그러고는 '저 남자를 이용할까?'라는 보니파스의 물음에 장은 '어떻게?'라고 대답했다.

"다비드는 저를 대하듯 당신들을 대하는군요." 세샤르 부인이 말했다. "제가 호기심을 보이면 그이는 에브라는 이름 때문인지는 몰라도 저를 경계하면서 저런 말을 내뱉더라고요. 하긴 아직 계획에 불과하니까요."

"남편께서 그 계획을 성공시키실 수 있다면, 당연히 인쇄소 사업보다 훨씬 빨리 큰돈을 버시게 될 겁니다. 인쇄소 경영을 소홀히 한 것이 놀랍지 않군요." 보니파스는 황량한 작업장을 돌아보면서 말을 이었다. 그곳에서는 콜브가 널빤지 위에 앉아 빵에다 마늘쪽을 문지르고 있었다.[23] "하지만 이 인쇄소가 적극적이고 활동적이고 야심 많은 다른 경쟁자의 손에 넘어가게 되면 우리에게 좋을 것이 없으니, 서로 잘 통할 것 같은데요. 예를 들어, 일정한 임대료를 받고 우리 직공 중 한 명에게 인쇄소 장비를 빌려주신다면, 그리고 그가 귀하의 이름으로 저희를 위해 일하는 데 동의하신다면, 파리에서는 흔히 있는 일입니다만, 저희는 그 직공이 높은 임대료를 부담하면서도 약간의 수익을 낼 수 있도록 충분한 일거리를 제공할 게획입니다……."

"그건 임대료의 액수에 달렸지요." 에브 세샤르가 대답했다. 그러고는 그의 의도를 완벽하게 이해했다는 듯이 보니파스를

---

23) 부이아베스 등의 수프에 들어가는 빵 조각의 맛을 돋우기 위해 구운 빵 위에 마늘쪽을 문지르곤 한다.

빤히 쳐다보면서 물었다. "얼마를 주실 생각인가요?"

"얼마를 원하십니까?" 장 쿠앵테가 얼른 물었다.

"6개월에 3000프랑이요."

"아니, 부인! 인쇄소를 2만 프랑에 파시겠다고 말씀하셨잖아요." 보니파스가 아주 부드럽게 응수했다. "2만 프랑에 대한 이율을 6퍼센트로 친다 해도 1년에 1200프랑밖에 되지 않습니다."

에브는 잠시 당황했다. 그러고는 사업을 하려면 신중해야 한다는 사실을 깨달았다.

"당신들은 우리의 인쇄기와 우리의 활자를 사용할 테죠. 그 도구들을 가지고도 우리는 여전히 작은 사업을 진행할 수 있다는 것을 보여드렸어요. 그런데 우리는 아버님이신 세샤르 영감님께 집세를 내야 합니다. 아버님은 우리에게 선물을 주시는 법이 없거든요."

2시간의 실랑이 끝에 에브는 6개월 사용료로 2000프랑을 받되, 1000프랑은 선불로 받기로 했다. 모든 합의가 끝나자, 두 형제는 그 인쇄 장비들을 세리제에게 빌려줄 생각임을 밝혔다. 에브는 놀라는 표정을 짓지 않을 수 없었다.

"이 작업장을 잘 아는 사람에게 맡기는 것이 낫지 않겠습니까?" 뚱보 쿠앵테가 말했다.

에브는 아무 대답 없이 두 형제를 배웅했다. 그녀는 자기가 직접 세리제를 잘 감시해야겠다고 다짐했다.

"저런! 적들이 우리 집 안마당까지 들어왔군!" 저녁 식사 시간에 아내가 서명할 계약서를 보여주자, 다비드가 웃으면서 말했다.

"어림도 없어! 나는 콜브와 마리옹의 변치 않는 마음을 믿어. 그들 둘이 모든 것을 감시할 거야. 게다가 우리는 돈이 계속 들어가던 장비들을 가지고 연 4000프랑을 벌게 되었어. 이제 당신 앞에는 1년이라는 시간이 있으니, 그동안 당신 꿈을 이룰 수 있을 거야!"

"당신이 전에 강둑에서 말했듯이 당신은 발명가의 아내가 될 여자야!" 세샤르는 다정하게 아내의 손을 잡으며 말했다.

다비드 부부는 겨울을 나기에 충분한 돈을 가지게 되었지만, 세리제의 감시하에 놓이게 되었을 뿐 아니라 자기들도 모르는 사이에 키다리 쿠앵테에 종속되어 버렸다.

"저들은 이제 우리의 손아귀에 들어왔어!" 다비드의 인쇄소를 나가면서 지업사 사장인 형이 인쇄소 사장인 동생에게 말했다. "저 불쌍한 친구들은 인쇄소 임대료를 받는 데 익숙해질 거야. 그걸 믿고 빚을 지겠지. 6개월 후 우리는 임대계약을 갱신하지 않을 것이고, 그렇게 되면 저 천재 발명가의 지갑은 텅 비게 될걸. 그러면 그 고통에서 벗어나기 위해 그가 발명한 것을 우리와 공동으로 개발하자고 제안해야지."

만일, 키다리 쿠앵테가 우리와 **공동**으로라고 말하는 것을 어떤 꾀바른 상인이 들었다면, 그는 상사법원에서 하는 합병보다는 차라리 시청에서 하는 결혼이 훨씬 덜 위험하다는 사실을 눈치챌 것이다. 무자비한 사냥꾼들이 벌써 사냥감을 쫓고 있으니, 너무 가혹하지 않은가? 콜브와 마리옹의 도움을 받는다 해도, 다비드와 그의 아내가 보니파스 쿠앵테의 술책에 대항할 수 있을까?

세샤르 부인의 출산일이 다가왔을 때는 뤼시앵이 보낸 500프랑의 어음과 세리제의 두 번째 임대료 덕분에 필요한 지출을 모두 충당할 수 있었다. 뤼시앵이 우리를 잊었나 보다고 생각했던 에브와 어머니와 다비드는 시인이 처음 성공했을 때처럼 기뻐했다. 시인의 기자 데뷔 소식에는 파리에서보다 앙굴렘에서 더 요란하게 반응했다.

삶이 안정되었다는 착각에 빠져 있던 다비드는 처남으로부터 다음과 같은 잔인한 편지를 받고는 다리가 후들거렸다.

친애하는 다비드, 내가 어음 석 장을 만들어서 메티비에 지업사에서 할인받았어. 네가 내 앞으로 발행한 것으로 서명된, 만기 각 1, 2, 3개월짜리야. 이 어음의 유통과 자살 가운데서 나는 이 끔찍한 방법을 선택했어. 이것으로 너는 분명 무척 곤란해질 거야. 내가 얼마나 어려운 처지에 있는지는 나중에 설명할게. 만기가 되기 전에 그 돈을 보내도록 노력해 볼게.

이 편지를 태워 없애줘. 에브나 어머니에게는 아무 말도 하지 말고. 너의 영웅심에 기대를 걸고 있음을 고백할게. 매제의 영웅심을 잘 아는,

절망에 빠진 형제
뤼시앵 드 뤼방프레

"당신의 가엾은 오빠가 엄청난 곤경에 빠진 모양이야." 다비드는 출산 후 몸조리를 하는 아내에게 말했다. "그래서 1000프

랑짜리 어음 석 장을 내가 보내줬어. 만기는 각각 1, 2, 3개월
이야. 적어놔.”

그러고는 아내의 질문 공세를 피하려고 들판으로 나가버렸
다. 그러나 불행이 느껴지는 그 말을 어머니와 함께 해석한 에
브는 불길한 예감이 강하게 들었다. 벌써 6개월째 오빠로부터
아무 소식도 없어 불안하던 참이었다. 그 불안을 떨쳐내기 위
해 그녀는 절망에 떠밀려서나 할 법한 행동을 실행에 옮겼다.
마침 라스티냐크 2세가 며칠간 가족들과 보내기 위해 집에
와 있었다. 그는 뤼시앵에 대해 무척 나쁘게 말했더랬다. 그래
서 과장된 온갖 주석이 붙은 파리의 소문이 신문기자의 누이
와 어머니에까지 전해졌었다. 에브는 라스티냐크 부인을 찾아
가 아들을 만나게 해달라고 간청했고, 그에게 오빠에 대한 걱
정을 털어놓으며 파리에서 뤼시앵이 처한 상황의 실상을 물었
다. 순식간에 오빠와 코랄리의 관계, 다르테즈를 배신한 것 때
문에 벌어진 미셸 크레티앵과의 결투 등 뤼시앵의 모든 생활
상을 알게 되었다. 신랄한 멋쟁이 청년은 악의적으로 왜곡하
면서 그런 내용을 전해 주었다. 증오심과 질투를 감춘 채 동정
하는 척하면서 위인의 미래를 걱정하는 동향인의 우정을 보
이고, 너무도 폄퐈이 나빠지 앙굴렘의 재능 있는 청년에 대해
진심으로 찬사를 아끼지 않았다. 뤼시앵이 저지른 잘못과 그
과오 때문에 지체 높은 사람들의 보호를 상실하게 되었다는
것, 그래서 법무부 장관은 뤼방프레라는 문장과 이름을 수여
하는 칙령을 찢어버렸다는 얘기도 해주었다.

“부인, 오라버니께서 우리의 충고를 들으셨다면, 지금쯤 영

광의 길에 들어섰을 것이고, 바르주통 부인의 남편이 되었을 겁니다. 하지만 어쩌겠어요? 그는 부인을 떠났고, 부인에게 욕설을 퍼부었으니! 부인은 무척 아쉬워하면서, 식스트 뒤 샤틀레 백작 부인이 되었지요. 뤼시앵을 사랑했으니까요."

"어떻게 그럴 수가 있죠?" 세샤르 부인의 목소리가 커졌다.

"부인의 오빠는 처음 맛본 호사와 영광의 빛에 눈이 멀어버린 새끼 독수리입니다. 독수리가 추락하면 얼마나 깊은 절벽으로 떨어질지 누가 알겠습니까? 위인의 추락은 항상 그가 올라갔던 높이에 비례하는 법이지요."

에브는 화살처럼 가슴을 관통하는 이 마지막 말을 듣고 겁에 질려 집으로 돌아왔다. 영혼의 가장 예민한 곳에 상처 입은 그녀는 깊은 침묵에 잠겼다. 젖을 먹이는 아이의 볼과 이마 위로 하염없이 눈물이 흘렀다. 태어난 이래로 줄곧 품어왔고 가족 정신이 용인했던 오빠에 대해 환상을 포기하기란 여간 어려운 일이 아니었기에 에브는 외젠 드 라스티냐크의 말을 믿을 수 없었다. 진정한 친구의 말을 들어보고 싶었다. 예전에 뤼시앵이 세나클에 열광했던 시절 알려준 적 있는 다르테즈의 주소를 찾아내 감동적인 편지를 썼다. 얼마 후 에브는 답장을 받았다.

부인,

부인께서는 오빠의 파리 생활에 대한 진실을 물으시면서, 그의 미래를 명확히 알고 싶어 하십니다. 제가 솔직히 답해 주기를 바라시면서, 라스티냐크 씨가 한 말을 반복하셨고 그것이 사실인지 물으셨습니다. 부인, 저로서는 라스티냐크 씨의 이야기를 뤼시앵에게 유리하도록 조금 고칠 수밖에 없습니다. 부인의 오빠는 후회했습니다. 그는 제 책에 대한 비평을 보여주러 우리 집까지 와서는, 자기 당의 명령에 복종하지 않으면 사랑하는 여인이 위험에 빠질 것임을 알면서도 차마 그 기사를 발표할 수 없다고 말했습니다. 슬프게도 부인, 작가의 임무는 정념을 품는 것입니다. 그 정념을 표현함으로써 영광에 이르는 것이니까요. 그래서 애인과 친구 사이에서는 친구가 희생되어야 한다는 것을 이해했습니다. 저는 오빠가 죄를 짓도록 도와주었습니다. 제 스스로 그 악의적인 비방 기사를 수정함으로써 그 기사의 발표에 동의했으니까요. 부인께서는 제가 아직도 뤼시앵에 대한 존경과 우정을 간직하고 있는지 물으십니다. 여기서 그 질문에 대한 답을 드리기는 어렵습니다. 오빠는 파멸의 길을 가고 있습니다. 지금도 저는 여전히 오빠를 동정하고 있지만, 머지않아 결연히 그를 잊을 겁니다. 그가 했던 일들 때문이 아니라 앞으로 그가 하게 될 일들 때문입니다. 부인의 오빠 뤼시앵은 시적인 인간이지 시인은 아닙니다. 꿈을 꾸지만 생각하지 않습니다. 흥분하고 동요하지만 창조하지 않습니다. 요컨대, 이렇게 말씀드려 죄송합니다만, 눈에 띄기 좋아하는 여자아이와 같습니다. 이는 프랑스의 주된 결점이기도 하지요. 이렇듯 뤼시앵은 자신의 재치를 드러내는 즐거움을 위해서라면 언제나 가장 친한 친구라 할지라도 희생시킬 겁니다. 악마가 그에게 몇 년 동안 화려하고 사치스러운 삶을 제공한다면, 당장 내일이라도 기꺼이 그 악마와의 계약에 서명할 겁니다. 이미 공개적으로 여배우와 동거하면서 얻는 일시적인 기쁨을 누리기 위해 미래를 팔아버림으로써 더 나쁜 짓도 하지 않았습니까? 지금은 젊음과 미모와 그 여인의 헌신이, 그는 사랑받고 있으니까요, 위험한 상황을 가리고 있지만, 영광과 성공과 재산이 있어도 세상은 그 위험한 상황을 용인하지 않습니다. 그런데 새로운 유혹이 나타날 때마다 부인의 오빠는 지금처럼 순간적인 쾌락만을 볼 겁니다. 걱정하지 마세요. 뤼시앵은 범죄를 저지르는 데까지는 가지 않을 겁니다. 그에게는 그럴 만한 힘도 용기도 없습니다. 하지만 이미 저질러진 범죄라면 기꺼이 거기에 편승해 위험은 함께하지 않으면서 그 이익은 나누려 들 겁니다. 그런 행동은 누구에게나, 심지어 악당들에게조차 혐오감을 줍니다. 자신을 경멸하고 후회하겠지요. 하지만 필요하다면 또다시 시작할 겁니다. 그에게는 의지가 부족하니까요. 그는 쾌락의 유혹에도, 아주 작은 야심을 만족시키는 데에도 저항하지 못합니다. 시적인 인간은 다들 그렇듯이 게으르고, 어려움을 극복하는 대신 그것을 적당히 넘기면서 스스로를 능숙한 사람이라 여깁니다. 어떤 때는 용기를 내다가도, 어떤 때에는 비겁해질 겁니다. 그러니까 그의 용기를 칭찬할 필요도 그의 비겁함을 나무랄 필요도 없습니다. 뤼시앵은 하프와 같아서, 그 줄은 환경에 따라 팽팽해지기도 하고 느슨해지기도 합니다. 분노하거나 행복한 어느 시기에는 훌륭한 책을 쓸 수도 있을 겁니다. 성공을 갈망했음에도 성공에 연연하지 않을 수도 있겠지요. 파리에 도착하자마자 뤼시앵은 도덕적으로 문제가 있는 한 청년에게 절대적으로 의존하게 되었습니다. 문학 생활의 어려움에 직면했던 뤼시앵은 그 청년의 경험과 노회함에 현혹되었던 겁니다. 능수능란한 그는 뤼시앵을 완전히 타락시켰고, 품위 없는 방탕한 삶으로 이끌었습니다. 뤼시앵에게는 불행한 일입니다만, 거기에 사랑의 마력이 더해졌지요. 타인의 찬미에 너무 쉽게 취하는 것은 나약함의 징표입니다. 줄타기하는 곡예사와 시인을 똑같은 잣대로 평가해서는 안 되겠죠. 성공을 훔치려 하지 말고 싸움을 받아들이라고, 오케스트라의 트럼펫이 되지 말고 격투기장에 뛰어들라고 충고하는 사람들의 용기와 명예보다, 술책과 문학적 사기를 더 선호하는 뤼시앵을 보고 우리는 모두 마음이 아팠습니다. 부인, 이상하게도 사회는 그런 종류의 젊은이에게 한없이 관대합니다. 그런 이들을 좋아하고, 겉으로 드러나는 재능의 번지르르한 멋에 기꺼이 속아줍니다. 그들에게는 아무것도 요구하지 않고, 그들의 잘못도 용서해 줍니다. 그들의 장점만 보려 하면서, 완벽한 인간만이 가지는 특권을 그들에게 부여합니다. 결국 그들을 버릇없는 아이로 만들어버리는 것이지요. 반대로 강하고 완벽한 인간에게는 더없이 가혹합니다. 이렇듯 겉으로는 사회가 터무니없이 불공정해 보이지만, 어쩌면 거기에는 나름의 숭고함이 존재할지도 모릅니다. 사회는 광대들에게 쾌락만을 요구하면서 그들과 더불어 즐겁게 시간을 보내고는 금방 잊어버립니다. 반면 위대함의 경우, 신적인 웅장함이 수반되어야만 그 위대함 앞에서 무릎을 꿇습니다. 모든 것에는 그에 맞는 법칙이 있습니다. 영원한 다이아몬드에는 흠집이 있으면 안 되지만, 유행을 쫓는 순간적 창작은 가볍고 기이하고 내용이 없어도 괜찮습니다. 그러니까 뤼시앵은 그의 탈선에도 불구하고 어쩌면 놀라운 성공을 거둘지도 모릅니다. 예술적 재능을 잘 활용하거나 좋은 친구를 만나기만 하면 말입니다. 하지만 악마를 만난다면 그는 지옥의 밑바닥까지 떨어질 겁니다. 그는 아름다운 요소들이 너무나 얄팍한 바탕에 수놓인, 화려한 조립물입니다. 세월이 가면 꽃은 사라지고 천만 남지요. 그 직물의 질이 나쁘면 누더기로밖에 보이지 않을 거고요. 젊음을 간직하는 한 뤼시앵은 사람들의 환심을 사겠지요. 하지만 서른 살이 되었을 때 그는 어떤 자리에 있게 될까요? 바로 그것이 그를 진심으로 아끼는 사람들이 던지는 질문입니다. 뤼시앵에 대해 그렇게 생각하는 사람이 저 혼자뿐이라면, 솔직하게 말함으로써 부인께 이토록 큰 슬픔을 드리는 일은 삼갔을 겁니다. 하지만 부인께서 걱정하시며 던진 질문들에 대해 그저 시시한 말로 답을 피하는 것은 고통의 외침과도 같은 편지를 보내신 부인께나 부인께서 경의를 표해 주신 저에게나 합당하지 않아 보였습니다. 뤼시앵을 잘 아는 제 친구들은 모두 이러한 판단에 의견 일치를 보여주었습니다. 그래서 저는 아무리 가혹할지라도 진실을 알려드리는 것이 저의 임무라고 생각했습니다. 뤼시앵에게는 모든 것이 가능합니다. 아주 잘될 수도 있고 아주 잘못될 수도 있습니다. 그것이 우리의 생각이고, 이 편지를 한마디로 요약하는 말입니다. 지금은 너무도 비참하고 너무도 불확실한 삶을 살고 있지만, 만일 어떤 우연이 그를 부인께로 데려간다면, 부인의 모든 영향력을 발휘하셔서 그를 가족의 품 안에 붙들어 놓으십시오. 그의 성격이 단단해지지 않는다면 파리는 언제나 그에게 위험하기 때문입니다. 그는 부인 내외를 수호

천사라 불렀습니다. 아마도 지금은 당신들을 잊었을 겁니다. 하지만 폭풍우에 시달려 안식처라고는 가족밖에 남지 않았을 때, 그는 당신들을 떠올릴 겁니다. 그러니 그에게 마음을 남겨 주십시오. 부인, 그에게는 가족 분들의 사랑이 필요합니다.

부인의 훌륭한 품성을 잘 알고 부인의 모성적 불안을 귀히 여기기에, 부인께 복종할 수밖에 없는 이 사람의 진솔한 존경을 받아주시길 바랍니다.

당신의 충성스러운 종복이기를 자처하는
다니엘 다르테즈

이 답장을 받고 이틀 후, 에브는 젖이 나오지 않아 유모를 고용할 수밖에 없었다. 그녀는 오빠를 신처럼 떠받들었더랬다. 그런데 그 오빠가 그토록 훌륭한 재능을 잘못 써서 타락하게 되었음을 알고 말았다. 그녀가 보기에 오빠는 진창 속을 구르고 있었다. 정직성과 섬세함, 여전히 순수하고 지방 구석에서도 빛을 발하는 가정에서 길러진 신념 등을 소중히 여겼던 이 고귀한 여인에게는 더없이 충격적인 일이었다. 결국 다비드의 예측이 옳았다. 사랑하는 두 사람이 모든 것을 터놓고 말할 수 있는 투명한 대화에서 에브가 하얀 이마에 납빛을 드리우는 슬픔을 남편에게 이야기하자, 다비드는 위로의 말을 건넸다. 고통으로 말라버린 예쁜 젖가슴을 보면서, 또 엄마의 임무를 다할 수 없어 절망에 빠진 아내를 보면서, 다비드는 눈물을 흘렸다. 그럼에도 아내에게 희망을 주어 그녀를 안심시켰다.

"여보, 당신 오빠는 상상력이 풍부해 죄를 지은 거야. 시인이 자주색과 푸른색 옷을 원하는 것은 너무 당연해. 열심히 파티에 뛰어다녀야 하잖아! 그 새는 화려함과 사치에 빠져 있지만, 워낙 선한 마음을 가졌으니, 사회가 그를 비난한대도 하느님은 용서하실 거야!"

"하지만 오빠는 우리를 죽이고 있어……." 가엾은 에브가 언성을 높였다.

"오늘은 우리를 죽이지만, 몇 달 전 처음 번 돈을 우리에게 보냈을 때는 우리를 구해 주었잖아!" 착한 다비드는 그렇게 대답했다. 아내가 절망에 빠져 도를 넘었지만, 머지않아 다시 뤼시앵을 사랑하게 되리라고 믿었다. "50여 년 전, 메르시에는 그의 책 『파리 풍경』에서[24] 문학, 시, 인문학, 과학 등 두뇌의 창작물은 절대로 한 사람을 부양할 수 없다고 말한 바 있어. 시인의 자질을 가진 뤼시앵은 지난 5세기 동안의 경험을 믿지 않았던 거야. 잉크를 가지고 무언가 이루려는 사람은 창작의 씨를 뿌린 후 적어도 10년이나 12년은 되어야 수확이 가능한 법이야. 그런데 뤼시앵은 잡초에 불과한 것을 곡식 다발로 여겼던 거지. 적어도 그는 인생을 배웠을 거야. 한 여자에게 속은 후, 사교계와 가짜 우정에도 속은 것이 틀림없어. 비싼 값

---

24) 18세기의 인기 극작가, 저널리스트, 소설가였던 루이 세바스티앵 메르시에(Louis-Sébastien Mercier, 1740~1814)는 1781년부터 1789년까지 총 14권에 걸쳐 파리 풍속을 스케치한 에세이집 『파리 풍경(Le Tableau de Paris)』 시리즈를 펴냈다. 메르시에의 세태 묘사와 사회 유형 분류는 발자크가 『인간극』을 구상하는 데 적잖이 영향을 끼친 것으로 언급된다.

을 치르고 중요한 경험을 한 거지. 그뿐이야. 옛말에도 있잖아, 두 귀가 멀쩡한 채 명예를 잃지 않고 돌아온다면 다 잘된 일이라고.”

“명예라니……!” 가엾은 에브가 소리쳤다. “세상에! 오빠가 나쁜 짓을 얼마나 많이 했는데……! 양심에 반하는 글을 썼잖아! 제일 친한 친구를 공격했어! 여배우의 돈을 받았다고! 그 여자와 함께 다니고…… 우리를 비렁뱅이 신세로 만들었단 말이야!”

“여보 제발! 그런 건 아무것도 아니야…….” 다비드는 그렇게 외친 후 갑자기 말을 멈추었다.

그는 처남이 발행한 가짜 어음의 비밀을 누설할 뻔했다. 불행하게도 에브는 남편의 그러한 움직임을 눈치채고 막연한 불안에 휩싸였다.

“아무것도 아니라니! 무슨 수로 3000프랑을 갚아?”

“우선, 세리제와의 인쇄소 사용 계약을 갱신해야 해. 6개월 전부터 세리제는 쿠앵테 형제를 위해 한 일에 대해 15퍼센트의 이익금을 받아 600프랑을 벌었고, 잡다한 인쇄물들로 500프랑을 벌었어.”

“쿠앵테 형제가 그걸 안다면, 계약 갱신을 안 하려 할지도 몰라. 그들은 세리제가 두려워질 거야. 위험한 아이거든.”

“쳇! 무슨 상관이야!” 다비드가 소리쳤다. “며칠 후면 우리는 부자가 될 텐데! 그럼 우리의 천사 뤼시앵도 착한 일만 할 수 있어…….”

“오! 여보, 무슨 말을 그렇게 해! 가난하면, 뤼시앵은 악에 저항할 힘도 없다는 거야? 당신도 오빠에 대해 다르테즈와 똑같은 생각을 하는구나! 강하지 않으면 탁월한 사람이 될 수 없어. 그런데 뤼시앵은 나약해서…… 유혹하면 안 되는 천사라니, 대체 그런 건 어떤 존재야?"

"글쎄! 자신의 환경, 자신의 영역, 자신의 하늘에서만 아름다운 존재겠지. 뤼시앵은 싸우도록 태어나지 않았어. 뤼시앵이 싸우지 않아도 되도록 해주겠어. 자, 이것 봐! 이제 거의 다 왔으니 당신에게도 제조법을 가르쳐줄게." 다비드는 주머니에서 8절 크기의 종이 몇 장을 꺼내 의기양양하게 흔든 후 그것을 아내의 무릎 위에 놓았다. "이 8절판용 전지 1연이 앞으로는 5프랑을 넘지 않을 거야." 그는 에브에게 종이 견본을 만져보게 하면서 말했고, 에브는 어린아이처럼 놀라는 표정을 지어 보였다.

"어머나! 어떻게 한 거야?"

"마리옹에게서 얻은 말총으로 펄프를 거르는 발틀을 만들었지."

"아직 만족스럽진 않아?"

"문제는 종이를 만드는 게 아니라, 펄프의 원가를 낮추는 거야. 나는 그 어려운 길에 들어선 후발 주자에 속해. 마송 부인은 이미 1794년에 인쇄된 종이를 백지로 되돌려 재활용하는 시도를 해서 성공했지만, 막대한 비용이 들었어! 1800년에는 영국에서 샐리스버리 후작이 갈대를 원료로 종이 제조를 시도했어. 프랑스에서는 거의 같은 시기인 1801년에 세갱이 그런 시도를 했지. 당신이 들고 있는 그 종이는 라틴어 학명(學名)이 '아룬도 프라그미티스'인, 흔해빠진 갈대로 만든 거야.

하지만 나는 쐐기풀과 엉겅퀴를 사용해 보려 해. 원가를 저렴하게 유지하려면 늪지나 척박한 땅에서 쉽게 구할 수 있는 식물에서 나온 원료여야 하거든. 그것들은 헐값일 거야. 그 식물 줄기를 어떻게 가공하느냐가 관건이야. 내가 고안한 방식은 아직 간단하지 않아. 하지만 이러한 어려움에도 불구하고, 나는 문학이 누리는 특권을 프랑스의 제지업에 부여할 거야. 그리고 우리나라가 그 독점권을 가지게 할 거야. 영국인들이 철도와 석탄과 평범한 도자기에 대해서조차 독점권을 가지고 있는 것처럼 말이야. 나는 제지 업계의 자카르가[25] 되고 싶어."

다비드의 우직함에 감탄하고 열광한 에브는 자리에서 일어났다. 그녀는 팔을 벌려 그를 품에 안았고 그의 어깨에 머리를 기댔다.

"내가 벌써 발명을 한 것처럼 상을 주네."

에브는 대답 대신 눈물로 범벅이 된 아름다운 얼굴을 들어 보였다. 그러고는 아무 말도 할 수 없어 잠시 그대로 있었다.

"난 천재가 아니라 위로하는 자에게 키스하는 거야! 당신은 추락하는 영광에 떠오르는 영광으로 맞서고 있어. 오빠의 몰락이 가져온 슬픔에 내 남편의 위대함으로 맞서고 있잖아…….
그래, 당신은 그랭도르주나 루베, 판 로바이스, 꼭두서니 뿌리에서 나오는 자줏빛 염료를 우리 프랑스에 선물한 그 페르시아

---

25) 어릴 적 활자 주조소에서 도제로 일했고 비단 상인 등 다양한 직업을 전전했던 발명가 조제프 마리 자카르(Joseph Marie Jacquard, 1752~1834)는 1801년 최초의 자동 문직기(紋織機)인 자카르직기를 개발했다. 1805년 나폴레옹이 그의 발명에 특허권을 부여하고 종신연금을 하사했다.

인처럼,[26] 그리고 산업을 완성함으로써 인류에 선행을 베풀었지만 눈에 띄지 않게 조용히 그런 일을 했기에 이름이 알려지지 않았다고 당신이 말했던 그 모든 사람처럼 위대해질 거야."

"저 사람들은 이 시간에 뭘 하는 걸까……?" 보니파스가 말했다. 키다리 쿠엥테는 세리제와 함께 퀴리에 광장을 산책하면서 모슬린 커튼 뒤로 보이는 부부의 그림자를 살펴보고 있었다. 옛 주인의 사소한 동태까지 감시하는 임무를 맡은 세리제의 보고를 들으려고 그는 매일 자정이면 그곳으로 왔다.

"아마도 오늘 아침에 만든 종이를 보여주는 것 같습니다." 세리제가 대답했다.

"무슨 재료를 사용했나?" 제지업자가 물었다.

"도무지 알 수가 없어요. 지붕에 구멍을 뚫고 그 위로 기어 올라가서 봤는데, 간밤에 주인은 구리 냄비에서 펄프를 삶고 있었어요. 구석에 높이 쌓인 원자재를 살펴봤지만 아무 소용 없었어요. 제가 알 수 있었던 것은 그냥 헝겊 더미같이 생겼다

---

26) 앙투안 그랭도르주(Antoine Graindorge)는 16세기 최고의 방직공장 주인이다. 장 루베(Jean Rouvet)는 16세기 사람으로 1549년 벌채한 나무를 강물에 띄워 하류로 보내는 목재 운송 방식을 체계화하고 발전시켰다. 네덜란드 태생 직조인 요제 판 로바이스(Josse Van Robais)는 1665년 프랑스 왕실이 초청한 외국인 전문가로서 지원금을 받아 아베빌에 시트 공장을 세웠다. 그의 공장에서 생산된 제품은 영국이나 네덜란드 제품과 어깨를 겨뤘다. 18세기 이란 사파비 제국에서 태어난 장 바티스트 조아니스 알텐(Jean-Baptiste Joannis Althen)은 아프간족의 침공으로 사파비 왕조가 멸망하면서 오스만튀르크 제국에 노예로 팔렸다. 그곳에서 면화 재배와 꼭두서니 뿌리를 우려내 자주색 염료 만드는 법을 배운 그는 프랑스로 탈출해, 아비뇽에서 꼭두서니를 재배해 큰 부자가 되었다.[편]

는 것뿐입니다."

"그 이상은 알아내려 하지 말게나." 보니파스 쿠앵테는 자기 밀정에게 부드럽게 말했다. "그건 정직하지 못하지……. 세샤르 부인은 자네에게 인쇄소 사용을 위한 계약을 갱신하자고 할 거야. 그러면 이제는 나도 인쇄소 사장이 되고 싶다면서 면허증과 인쇄 도구 값의 반을 제안하게. 부인이 동의하면 나를 찾아오고. 아무튼 시간을 끌자고. 저 사람들에게는 돈이 없어."

"한 푼도 없어요!"

"한 푼도 없지!" 키다리 쿠앵테는 세리제의 말을 반복했다. 그러고는 속엣말로 중얼거렸다. '저들은 내 손 안에 있다.'

메티비에 상사와 쿠앵테 상사는 종이 도매업, 제지업, 인쇄업을 하면서, 면허세도 내지 않는 은행업을[27] 겸하고 있었다. 아직까지 국세청은 이처럼 인가 없이 은행업을 하는 모든 사람에게 면허세를 징수할 만큼의 상행위 통제 수단을 찾지 못하고 있었다. 파리에서 은행 면허세는 500프랑이었다. 쿠앵테 형제와 메티비에는 증권거래소에서 무면허업자로 불렸지만, 자기들끼리 파리와 보르도와 앙굴렘에서 분기당 수십만 프랑을 거래하고 있었다. 그날 저녁, 쿠앵테 형제의 상점은 파리로부터 뤼시앵이 위조한 어음 3000프랑을 받았다. 키다리 쿠앵테는 즉시 이 어음을 발판 삼아, 인내심 많은 가난한 발명가를

---

27) 19세기에는 어음의 유통과 할인이 은행의 중요한 업무 중 하나였고, 특히 지방의 작은 은행은 주로 상거래에서 발생한 어음을 할인하는 일에 집중했다. 따라서 발자크의 맥락에서 은행가는 종종 어음할인업자와 동일한 의미로 사용된다.

겨냥해 앞으로 보게 될 무시무시한 음모를 꾸몄다.

다음 날 아침 7시에 보니파스 쿠앵테는 그의 넓은 제지 공장에 물을 대는 수문을 따라 산책하고 있었다. 물소리 때문에 사람들의 말소리는 들리지 않았다. 그곳에서 그는 한 청년을 기다렸다. 스물아홉 살의 그 청년은 6주 전 앙굴렘 지방법원 관할의 소송대리인이[28] 된 피에르 프티 클로였다.

부유한 제조업자의 호출을 놓치지 않으려고 신경 쓴 젊은 소송대리인에게 인사를 건네며 키다리 쿠앵테가 말했다. "선생께서는 다비드 세샤르와 같은 시기에 앙굴렘의 콜레주를 다니셨더군요."

"네, 그렇습니다." 프티 클로는 키다리 쿠앵테와 보조를 맞춰 걸으며 대답했다.

"그 이후로도 친구로 지내고 있나요?"

"다비드가 돌아온 뒤 기껏해야 두 번 정도 만난 적 있습니다. 그럴 수밖에 없었습니다. 평일에는 사무실이나 법정에 처박혀 있었고, 일요일이나 휴일에는 제 공부를 보충했으니까요. 모든 걸 저 혼자 알아서 하느라……."

키다리 쿠앵테는 이해한다는 듯 머리를 끄덕였다.

---

28) 과거 프랑스에서 의사, 공증인, 소송대리인 같은 전문 직군은 지정된 지역 내에서만 활동하되, 종신직 공무원과 유사한 지위를 누렸고, 자신의 관할지를 후계자에게 양도할 수 있었다. 소송대리인은 관할지 법원에서 진행되는 재판에서 피고와 원고 양측을 대리해 소송절차를 진행하는 행정 법률가로, 법정 변론하는 변호사와는 역할이 구분되었다. 프랑스의 독특한 소송대리인 제도는 2012년 완전 폐지되었고, 그 업무는 변호사로 통합되었다.

"전에 다비드와 다시 만났을 때, 그가 제게 무엇이 되었는 지 묻더군요. 푸아티에에서 법을 공부했고, 소송대리인 올리 베 씨의 일등서기가 되었다고 말했습니다. 언젠가는 그 직을 사고 싶다는 말도 했더랬지요. 학창 시절에 저는 뤼시앵 샤르 동과 더 친했습니다. 지금은 뤼방프레로 불리고 바르주통 부 인의 애인인, 우리의 위대한 시인이지요. 다비드 세샤르의 처 남 말입니다."

"그렇다면 다비드에게 가서, 선생이 드디어 소송대리인이 됐 다는 걸 알리고, 필요하면 도움을 주겠다고 하세요." 키다리 쿠앵테가 말했다.

"그럴 수는 없지요!" 젊은 소송대리인이 말했다.

"다비드는 소송을 해본 적 없으니, 소송대리인도 없어요. 그 러니 이제 선생이 그의 소송대리인이 되실 수 있는 거지요." 쿠앵테는 안경 너머로 젊은 소송대리인을 훑어보며 말했다.

루모에서 양복점을 하는 재단사의 아들로, 동창들로부터 멸시당했던 피에르 프티 클로는 핏속에 일정 분량의 악의를 품고 있는 것처럼 보였다. 지저분하고 흐릿한 피부색은 과거 에 중병을 앓았거나 가난 때문에 밤샘 공부를 많이 했음을 드 러냈고, 표정은 늘 기분이 나빠 보였다. 대학의 친숙한 화법을 사용하자면, 그 청년은 두 마디로 묘사될 수 있다. 냉랭하고 까칠했다. 갈라지는 듯한 그의 목소리는 독살스러운 얼굴, 가 냘픈 외모, 그리고 까치 눈알처럼 흐릿한 눈 색깔과 잘 어울렸 다. 나폴레옹이 관찰한 바에 따르면, 까치 눈은 신의 없음을 드 러내는 표식이다. 나폴레옹은 세인트헬레나섬에서 공금횡령 죄로 파면시켜야 했던 한 심복 부하에 대해 라스 카즈에게[29] 다음과 같이 말했다고 한다. "저자를 보게. 내가 어떻게 그토록 오랫동안 저자에게 속았는지 모르겠네, 저자는 까치 눈인데." 마르고, 얼굴에 천연두 자국이 있고, 숱이 빠져 벌써부터 이마와 머리가 구분되지 않는 그 젊은 소송대리인을 관찰하면서, 또 그가 벌써 주먹을 허리에 얹는 세련된 자세를 취하는 것을 보면서 키다리 쿠앵테는 '이자야말로 내게 꼭 필요한 인간이다.'라고 생각했다. 실제로, 멸시당하는 데 이골이 난 프티 클로는 가공할 출세욕을 품고 있었다. 재산이라곤 한 푼도 없으면서 소송대리인 직을 3만 프랑에 샀다. 자금은 결혼을 통해 마련하기로 하고, 독립을 위해 대담한 결정을 내린 것이다. 신붓감은 관례에 따라 전임자가 찾아주려니 기대했는데, 전임자는 소송대리인 자릿값을 받아내기 위해서라도 후임자를 결혼시키는 데 지대한 관심을 가지기 마련이다. 프티 클로는 특히 자기 자신을 믿었는데, 지방에서는 흔치 않은 어떤 장점을 갖고 있었기 때문이다. 그 장점이란, 증오라는 동력이었다. 증오가 많은 사람은 노력도 많이 한다. 파리의 소송대리인과 지방의 소송대리인 사이에는 큰 차이가 있다. 키다리 쿠앵테는 지방의 보잘것없는 소송대리인들이 빠지기 쉬운 소소한 정열을

---

29) 군인이자 정치가였던 에마뉘엘 라스 카즈 백작(Emmanuel, comte de Las Cases, 1776~1842)은 세인트헬레나섬으로 나폴레옹을 따라가 그의 비서 역할을 하면서 그와 나눈 대화를 토대로 『세인트헬레나섬의 회고록』을 썼다. 1823년에 발표된 이 책은 프랑스에서 엄청난 반향을 일으켰으며, 나폴레옹을 영웅화하는 데 크게 기여했다.

잘 이용할 만큼 노련한 사람이었다. 파리에는 뛰어난 소송대리인이 많기도 하고, 또 그런 이들은 외교관적 자질을 보여준다. 사건도 많고, 이득도 많고, 맡겨진 일의 범위도 넓기에, 소송절차로 돈 벌 생각은 하지 않는다. 공격 무기로 사용되건 방어 무기로 사용되건 소송은 이제 더 이상 옛날처럼 돈벌이의 대상이 아니다. 반면, 지방의 소송대리인은 파리의 사무실에서는 시시한 일이라 부르는 사건들, 사건 기록에 비용이 많이 들고 인지를 잔뜩 붙이는 수많은 작은 사건들에 관심을 쏟는다. 그렇게 사소한 사건들을 주로 맡으면서 소송비용을 염두에 둔다. 파리의 소송대리인은 사례금에만 신경을 쓴다. 사례금이란 소송비용 외에, 소송대리인이 사건을 깔끔하게 처리해 준 데 대한 보답으로 의뢰인이 지불해야 하는 비용이다. 소송비용의 경우 절반은 국세청으로 들어가지만, 사례금은 온전히 소송대리인의 몫이다. 대놓고 말하자! 훌륭한 소송대리인이 수행한 업무에 대해 청구하는, 응당 받아야 할 사례금과 실제로 지불되는 사례금이 조화를 이루는 경우는 극히 드물다. 파리의 소송대리인, 의사, 변호사는 화류계 여인들이 하룻밤 연인을 경계하듯, 고객의 감사 표현을 대단히 경계한다. 고객은 사건 전과 후의 태도가 확연히 달라, 메소니에의[30] 그림만큼

------

30) 장 루이 에르네스트 메소니에(Jean-Louis-Ernest Meissonier, 1815~1891)는 19세기 후반에 명성을 구가한 고전주의 화가 겸 조각가다. 정밀한 풍속화와 전쟁화로 유명했으며, 나폴레옹과 전쟁, 군대 등을 많이 다루었다. 1843년 발자크는 당시 젊은 화가였던 메소니에에게 『인간극』의 삽화를 의뢰한 바 있다.[편]

훌륭한 그림 두 점의 소재가 될 만한데, 아마 그 그림들은 사
례금을 받는 소송대리인들 덕분에 값어치가 높아질 것이다.
파리의 소송대리인과 지방의 소송대리인 사이에는 다른 차이
가 또 있다. 파리의 소송대리인은 변론하는 경우가 드물며, 가
끔 가처분신청 사건에서 발언할 뿐이다. 그러나 1822년 당시,
(이 무렵부터 변호사 수가 급격히 늘었다.) 대부분의 지방에서는
소송대리인이 변호사이기도 해서, 자기 사건을 직접 변론했다.
두 역할을 겸하다 보니 업무가 두 배로 늘었고, 그 결과 지방
소송대리인은 소송대리인으로서의 과중한 업무에서 벗어나
지 못한 채, 변호사 특유의 지적 악습에 물들게 된다. 말이 많
아지고, 사건 처리에 필요한 명석함을 상실하는 것이다. 두 가
지 일을 하다 보면, 뛰어난 사람도 자신에게서 평범한 두 사람
을 발견하게 된다. 파리의 소송대리인은 법정에서 옳고 그름
을 주장하며 변론하지 않기에, 공정한 관점을 유지할 수 있다.
법이라는 탄환이 발사되는 방식을 연구하고, 판례라는 병기고
에서 서로 모순되는 법률들을 활용해 전략을 발굴하면서, 사
건에 대한 확신 아래 승소를 위한 준비에 전념한다. 한마디로,
생각은 말보다 덜 취하게 만든다. 말하다 보면, 인간은 자기
말에 취해 그 말을 믿게 된다. 그러나 말하지 않으면 자기 생
각을 훼손하지 않으면서도 그 생각과 반대로 행동할 수 있기
에, 소송대리인은 변론하는 변호인처럼 불리한 소송을 유리하
다고 주장하지 않고도 재판에서는 승소할 수 있다. 즉, 파리의
늙은 소송대리인은 늙은 변호사보다 유익한 판단을 내릴 수
있는 것이다. 그러니까 지방의 소송대리인들이 보잘것없는 인

간이 될 수밖에 없는 이유는 차고 넘친다. 그들은 사소한 열정에 빠지고, 시시한 사건을 맡고, 소송비용으로 먹고살며, 소송법을 남용한다. 게다가 변론도 한다! 요약하면, 그들에게는 약점이 많다. 만일 지방의 소송대리인 중에 훌륭한 사람을 만난다면, 그는 진정으로 뛰어난 인물이다!

"사장님의 사건 때문에 부르신 줄 알았습니다." 프티 클로는 키다리 쿠앵테의 속이 안 보이는 안경알 너머로 시선을 던져 그의 표정을 살피며, 슬쩍 따지는 투로 말했다.

"본론으로 바로 가죠." 보니파스 쿠앵테가 응수했다. "내 말을 들어보세요……."

그렇게 은밀한 속내를 암시하고 쿠앵테는 벤치에 앉으면서 프티 클로에게도 앉으라고 권했다.

"1804년, 오투아 씨가 발렌시아 영사로 부임하기 위해 앙굴렘을 지나갈 때, 당시 제피린 양이었던 세농슈 부인을 만났지요. 그러더니 딸이 하나 태어납니다." 그는 상대방의 귀에다 대고 소곤거리고는, 프티 클로가 몸을 움찔하는 것을 보고 다시 말을 이었다. "그렇습니다. 제피린 양과 세농슈 씨의 결혼은 그 비밀스러운 출산 이후 신속하게 진행되었지요. 시골의 어머니가 기른 그 딸이 바로 마드무아젤 프랑수아즈 드 라에고요. 관례에 따라 그녀의 대모가 된 세농슈 부인이 그녀를 돌보고 있지요. 제피린 양의 할머니인 카르다네 부인의 소작농이셨던 우리 어머니는 카르다네 가문과 세농슈 종가의 유일한 상속녀의 비밀을 알고 계셨기에, 때가 되면 프랑시스 뒤 오투아 씨가 딸에게 줄 얼마 안 되는 돈을 관리할 책임을 제게 맡기셨습니다. 내 재산은 바로 그 1만 프랑을 바탕으로 형성된 것인데, 지금은 3만 프랑이 되었지요. 세농슈 부인은 피후견인에게 옷가지와 침구, 은 식기, 가구 등 혼수품 일체를 마련해 줄 겁니다. 나는 당신이 그 아가씨를 차지하게 해줄 수 있습니다.”
쿠앵테는 프티 클로의 무릎을 치면서 말했다. “프랑수아즈 드라에와 결혼하면 앙굴렘 귀족의 상당수를 고객으로 끌어들이겠지요. 신분 차이가 나는 이 결혼으로 당신에게는 멋진 미래가 열릴 것입니다. 변호사 겸 소송대리인의 지위면 충분할 겁니다. 내가 알기로, 그 이상을 바라지는 않아요.”

“뭘 하면 됩니까?” 프티 클로가 탐욕스럽게 물었다. “사장님의 소송대리인은 카샹 씨로 알고 있는데요…….”

“그러니까 내가 선생을 위해 갑자기 카샹 씨를 버리진 않아요. 선생의 고객은 이다음에 되겠소.” 키다리 쿠앵테가 교활하게 말했다. “뭘 하면 되냐고요? 다비드 세샤르의 사건을 맡으세요. 그 가엾은 친구에게는 우리에게 갚아야 할 어음이 1000에퀴 있는데, 그는 지불 능력이 없으니, 당신이 소송대리를 맡아 그가 엄청난 소송비용을 쓰도록 만드세요……. 아무 걱정 말고 일을 진행하면서 여러 애로사항을 차곡차곡 모아요. 카샹의 지휘 아래 소를 제기할 우리 측 집행관 두블롱이 호되게 공격할 테니까요……. 말귀를 잘 알아듣는 사람에게는 한마디면 충분하지요, 젊은 양반, 안 그런가요?”

쿠앵테는 잠시 의미심장한 침묵을 지켰다. 두 사람의 시선이 마주쳤다.

“우리는 만난 적이 없는 겁니다.” 쿠앵테가 말을 이었다. “난 당신에게 아무 말도 하지 않았고, 당신은 오투아 씨에 대해서도 세뇽슈 부인에 대해서도 마드무아젤 드 라에에 대해서도 아는 것이 없는 거예요. 그저 두 달 후, 때가 되면 그 아가씨에게 청혼하세요. 만날 일이 있으면 저녁에 이리로 오세요. 편지는 쓰지 맙시다."

"세샤르를 파산시키고 싶은 겁니까?" 프티 클로가 물었다.

"꼭 그런 건 아니지만, 얼마 동안 그를 감옥에 잡아두어야 합니다……."

"목적이 뭐죠?"

"내가 그걸 당신에게 떠들어댈 만큼 어리석겠어요? 당신이 그걸 짐작해 낼 만큼 머리가 좋다면, 함구할 정도의 머리도 있을 테지요."

"세샤르 영감은 부잡니다." 프티 클로는 벌써 보니파스의 생각을 읽었기에 실패의 원인이 될지 모를 요소를 찾아내 지적했다.

"그 영감이 살아 있는 한, 아들에게는 한 푼도 주지 않을 겁니다. 전직 인쇄업자는 아직 자기 부고장을 인쇄하고 싶은 생각이 없어요……."

"알았습니다!" 신속하게 결정을 내린 프티 클로가 말했다, "사장님께 보증금을 요구하지는 않겠습니다. 저는 소송대리인입니다. 제가 속은 것이라면, 나중에 계산하도록 하지요."

'저 친구는 출세하겠군.' 프티 클로와 인사를 나누며 쿠앵테는 생각했다.

이런 협상이 이루어진 다음 날인 4월 30일에 쿠앵테 형제는 뤼시앵이 위조한 어음 석 장 중 첫 번째 것의 결제를 청구하도록 지시했다. 불행히도 그 어음은 세샤르 부인 손에 들어갔고, 그녀는 뤼시앵이 남편의 서명을 위조한 것을 눈치채고 다비드를 불러 단도직입적으로 물었다. "이 어음, 당신이 서명한 거 아니지?"

"그래, 당신 오빠가 너무 급해서 나대신 서명한 거야."

에브는 쿠앵테 상점의 경리에게 어음을 돌려주며 말했다. "우리는 지불할 수 없어요."

그러고는 실신할 것만 같아 방으로 올라갔고, 다비드가 그 뒤를 따랐다.

"여보," 에브는 다 죽어가는 목소리로 세샤르에게 말했다. "쿠앵테 형제에게 달려가. 그들은 당신을 배려해 줄 거야. 기다려달라고 부탁해 봐. 그리고 세리제와 계약을 갱신할 때 그들이 1000프랑을 지불해야 한다고 분명히 말해."

다비드는 즉시 적들에게 달려갔다. 인쇄 감독은 언제고 인쇄업자가 될 수 있지만, 유능한 식자공이라고 해서 반드시 장사 수완이 좋은 건 아니다. 사업에 관해 아는 것이 별로 없는 다비드는 키다리 쿠앵테 앞에서 목이 메고 가슴이 뛰어 제대로 해명하지도 못한 채 간청했다. 그러나 다음과 같은 대답을 들었을 때, 그는 말문이 막혀 어찌할 바를 몰랐다. "이건 우리와 전혀 상관없는 일입니다. 우리는 그 어음을 메티비에한테서 받았으니, 메티비에가 해결해 주겠죠. 당신 사정은 메티비에 씨에게 설명해 보세요."

"오!" 그 대답을 듣자 에브가 말했다. "그 어음이 메티비에 씨에게 되돌아갈 때까지는 아무 일 없을 거야."

그러나 다음 날 2시에, 쿠앵테 형제 측 집행관인 빅토르 앙주 에르메네질드 두블롱은 어음 지급거절증서를 작성해 통지했다. 오후 2시는 뮈리에 광장에 사람이 많이 모이는 시간이다. 두블롱이 골목 입구의 문 앞에서 마리옹과 콜브에게 조심스레 전했음에도, 그날 저녁으로 지급거절증서 소식이 앙굴렘 상업계 전체로 퍼졌다. 키다리 쿠앵테로부터 다비드 측을 정중히 대하라는 지시를 받은 두블롱이 위선적으로 예의 바른 태도를 보였지만, 어음을 부도낸 에브와 다비드가 입을 상업적 타격을 막는 데 그런 공손함이 무슨 도움이 되었을까? 그에 대해서는 독자가 알아서 판단하시길! 여기서 아무리 길게 설명해도 짧아 보일 테니까. 100명의 독자 중 90명은 자극적인 새로운 것에 끌리듯 다음의 세부 사항에 마음이 끌릴 것이다. 그러니 다시 한번 다음과 같은 명제가 참이라는 것이 입증될 것이다.

모든 사람이 알아야 함에도 그것만큼 모르는 것이 없는데, 그것은 바로 법이다!

물론, 대다수 프랑스인에게 은행이라는 톱니바퀴가 돌아가는 메커니즘에 대한 정확한 묘사는 외국 여행에 관한 항목만큼이나 흥미로울 것이다. 어떤 상인이 자신의 사업장이 있는 도시에서 다른 도시에 거주하는 사람에게 어음을 보내는 경우, 즉 추정컨대 다비드가 뤼시앵을 도우려고 했던 그런 상황은, 한 도시 내에 있는 상인들끼리 주고받는 어음처럼 단순하지 않고, 두 도시 간에 발행된 환어음과 유사하게 성격이 바뀐다. 따라서 뤼시앵에게 받은 어음 석 장을 지급받기 위해 메티비에는 그걸 자신의 상거래 대리인인 쿠앵테 형제에게 보낼 수밖에 없었다. 이때 뤼시앵에게는 관할지 변경 수수료라 불리는 첫 번째 손실이 발생하는데, 그로 인해 어음할인 수수료 외에 각 어음당 몇 퍼센트의 금액이 공제된다. 그리고 이제 세샤르의 어음은 은행 업무의 범주에 들게 된다. 은행가라는 지위에 채권자라는 위풍당당한 칭호까지 붙으면, 채무자의 처지가 얼마나 달라질 수 있는지 여러분은 상상도 못할 것이다. 파리의 상점에서 앙굴렘의 상점으로 전달된 어음이 지급되지 않으면, 은행에서는(여러분은 이 단어의 의미를 명확히 알 필요가 있다!) 법률 용어로 상환청구서라는 것을 보내야 한다. 말장난이 아니다. 이것은 실제로 존재하는 이야기다. 소설가들은 믿기지 않는 이런 괴상한 이야기를 만들어내지 않는다. 이것은 상법의 한 항목에서 허락하고 있는 마스카리유식[31] 교묘한 농담인데, 그것에 대해 설명한다면 합법(!)이라는 단어 아래 얼마나 잔인한 일들이 숨어 있는지 알게 될 것이다.

어음 지급거절증서의 등록을 마치자마자 두블롱은 그것을 쿠앵테 형제에게 가져갔다. 집행관 두블롱은 앙굴렘의 살쾡이들과 거래 관계에 있었다. 그는 그들에게 업무 수수료를 6개월씩 외상으로 처리해 주었는데, 키다리 쿠앵테는 대금 결제를 미루며 그 기한을 1년까지 끌었다. 그리고는 매달 살쾡이의 졸개에게 "돈이 필요하십니까?" 하고 물었다. 이게 다가 아니다!

---

31) 마스카리유는 몰리에르의 희곡 『덤벙쟁이』『사랑의 원한』 등에 등장하는 익살스러운 하인이다. 재치 있고 영리한 꾀돌이 하인의 전형으로, 주인을 돕거나 자신의 이익을 위해 음모를 꾸미는 교활한 면모를 보여준다.

두블롱은 권력을 가진 쿠앵테 회사에 세금 감면 혜택도 주었고, 그렇게 함으로써 쿠앵테는 각각의 증서마다 약간의 돈을, 예를 들어 어음 지급거절증서 하나당 1프랑 50상팀이라는, 푼돈이지만 이득을 보고 있었다. 키다리 쿠앵테는 사무실에 차분히 앉아, 35상팀짜리 인지가 붙은 작고 네모난 종이를 집어 들고는, 두블롱을 통해 상인들의 실제 현황을 알아내고자 잡담을 나눴다.

“그나저나 그 가느라크라는 친구는…… 마음에 드십니까?”

“나쁘지 않아요. 그럼요! 운송업이라는 게…….”

“아! 그 친구가 어려움을 겪고 있다죠! 아내 때문에 돈이 많이 들었다던데…….”

“그가요……?” 두블롱은 빈정거리는 투로 외쳤다.

살캥이는 자기 서류에 가로세로로 선을 그은 후, 둥글둥글한 글씨체로 불길한 제목을 쓰고, 아래와 같이 청구서를 작성했다.(실제 내용 그대로다!)

어음 상환 및 비용 청구서

1822년 2월 10일 앙굴렘에서 발행된 액면가 일천 프랑의 어음, 아들 세샤르가 일명 드 뤼방프레인 뤼시앵 샤르동을 수취인으로 하여 발행한 이 어음은 메티비에에게 양도되었고, 다시 우리 측에 양도되었다. 지난 4월 30일 도래한 본 어음의 만기에 대해 집행관 두블롱은 1822년 5월 1일자로 지급거절증서를 발행하였다.

원금 ·· 1,000

지급거절증서 ··· 12.35

수수료(0.5%) ··· 5

중개수수료(0.25%) ·································· 2.50

상환어음 및 본 청구서의 인지세 ···················· 1.35

이자 및 우편료 ··· 3

                 ————————

                 1,024.20

1,024.20에 대한 관할지 변경 수수료(1.25%) ········· 13.25

                 ————————

                 1,037.45

총 일천삼십칠프랑 사십오상팀. 상기 금액을 우리는 파리 세르팡트가의 메티비에 씨를 지급인으로, 루모의 가느라크 씨를 수취인으로 지정한 일람불어음으로써[32] 상환 받고자 합니다.

앙굴렘, 1822년 5월 2일

쿠앵테 형제

두블롱과 계속 의논하면서 썼기에 능숙한 실무자의 솜씨로 작성된 이 작은 서류 밑에 키다리 쿠앵테는 다음과 같은

---

32) 일람불어음은 통상의 기한부어음의 반대 개념으로, 어음 소지자가 제시한 어음을 수취인이 확인하는 즉시(traite à vue, pay at sight, 一覽拂) 대금을 지급해야 하는 어음이다.

문구를 추가했다.

> 루모의 약제사 포스텔, 운송업자 가느라크, 그리고 도내 상인들은 파리에서 우리 도시로 관할지를 변경할 시 그 수수료가 1.25퍼센트임을 확인함.
>
> 앙굴렘, 1822년 5월 3일

"자, 두블롱, 포스텔과 가느라크를 찾아가서 이 서류에 서명해 달라고 하세요. 그리고 내일 아침에 가져다주세요."

그 고문 도구가 어떤 것인지 잘 아는 두블롱은 지극히 간단한 일을 처리하듯 밖으로 나갔다. 물론 거절증서는 파리에서처럼 봉투에 넣어 건네질 터였다. 그럼에도 가엾은 세샤르의 사업이 얼마나 불우한 처지에 놓이게 되었는지가 앙굴렘 전체에 알려지는 것은 피치 못할 일이었다. 그의 무심함은 얼마나 많은 사람들로부터 비난의 대상이 되었던가! 어떤 이들은 그가 아내를 너무 사랑해서 파산했다고 했고, 또 어떤 이들은 처남에 대한 지나친 우정을 비난했다. 이러한 전제로부터 뭇사람은 얼마나 잔인한 결론들을 도출해 냈던가! 가까운 사이끼리는 절대로 금전 관계로 얽히면 안 되었다! 사람들은 아들에 대한 세샤르 영감의 가혹한 처사에 동의하면서 아버지를 칭찬했다.

이제 누구든지 이런저런 이유로 계약 이행을 깜빡했다면, 은행에서 10분 만에 1000프랑의 원금에 28프랑의 이자가 붙는, 완벽하게 합법인 절차를 잘 검토해 보기 바란다.

상환청구서의 제1항은 이론의 여지가 없는 유일한 항목이다.

제2항은 국세청과 집행관의 몫에 관한 내용이 포함되어 있다. 채무자의 고통을 등록하고 인지를 제공함으로써 국가가 6프랑을 징수하는 악습은 앞으로도 오랫동안 지속되리라! 게다가 여러분도 아시다시피, 이 조항은 은행가에게 1프랑 50상팀을 남겨 먹게 한다. 두블롱이 감면해 주기 때문이다.

제3항에 해당하는 수수료 0.5퍼센트의 경우, 현금으로 지급되지 않으면 은행에서 어음을 할인한다는 교묘한 명목하에 걷어가는 것으로서, 현금을 바로 사용할 수 없어 손해를 본다고 생각하는 은행이 그 손해를 보상하기 위해 부과하는 것이다. 1000프랑을 받지 않는 것과 1000프랑을 주는 것은 분명히 다름에도, 금전의 이동이라는 점에서 그 둘만큼 유사한 것은 없다. 어음을 할인받아 본 사람이라면 누구나 안다. 합법적으로 떼어가는 6퍼센트 말고도, 은행가는 수수료라는 소박한 이름으로 몇 퍼센트를 더 공제하는바, 그 돈은 자본금을 불리는 재주가 있는 할인업자가 법정이율 이상으로 올려 받는 이자라는 것을 말이다. 돈을 많이 벌 수 있는 사람일수록 당신에게 더 많은 돈을 요구한다. 그러니 멍청이한테 어음을 할인받아야 싸게 먹힌다. 하지만 은행에 멍청이가 있을까?

법은 은행가가 어음의 환시세를 공식 중개인에게 인증받도록 규정하고 있었다.[33] 공식적인 환시세를 인증할 금융 거래

---

33) 도시들 사이의 상거래에서는 지방별 어음의 유통 및 결제 관행이 달랐다. 따라서 지역 간 금융 거래에서는 여전히 지방 간 환시세(taux de change)라는 것이 존재했으며, 은행은 이 비율을 공식적으로 인증받아야 했다.

소가 없는 불운한 도시에서는 그 역할을 두 명의 상인이 대신 맡았다. 중개인에게 돌아갈 소위 중개수수료는 지급거절된 어음가의 0.25퍼센트로 정해져 있다. 이 수수료는 중개인을 대신하는 상인들에게 지불하는 것이 관행이었으니, 상인이자 은행가인 쿠앵테는 그것도 자기 금고에 넣어버린다. 이로써 이 맹랑한 청구서 제4항이[34] 생겨난다.

제5항은 교묘하게 상환어음이라 부르는 것, 즉 은행가가 대금을 회수할 목적으로, 어음 대금의 수취인을 제삼자 동료로 전환해 발행한 어음과 이에 대한 상환청구서의 인지대다.

제6항은 우편료와 은행 금고에 들어갈 수 없었던 시간 동안의 법정이자에 관한 것이다.

마지막으로 관할지 변경 수수료는 은행이 존재하는 목적 그 자체로서, 이 장소에서 저 장소로 이동함에 따라 지불해야 하는 비용이다.

이제 이 청구서의 계산 방식을 꼼꼼히 따져보자. 이것은 라블라슈가 그토록 잘 불렀던 나폴리 인형극에 등장하는 풀치넬라의 계산법 노래처럼,[35] 15 더하기 5가 22로 되어 있지 않

---

34) 원문에는 제3항이라 되어 있고, 이어지는 숫자들도 1씩 적다. 명백한 표기 실수로, 혼돈을 피하고자 논리에 맞게 수정했다.

35) 루이지 라블라슈(Luigi Lablache, 1794~1858)는 프랑스 출신으로 나폴리에서 활동한 베이스 가수로, 이탈리아, 프랑스, 영국 등에서 이름을 날렸다. 발자크가 언급한 노래는 유명했던 듯, 스탕달도 『적과 흑』에서 라블라슈를 모델로 한 가수 제로니모를 등장시킨다. 가사는 어릿광대(풀치넬라)가 결혼하려고 살림에 필요한 물건을 손가락으로 꼽아보는데, 그 계산이 매번 틀린다는 내용이다.[편]

은가? 물론 포스텔과 가느라크의 서명은 서로서로 배려하는 차원의 일이었다. 필요에 따라 쿠앵테 형제는 가느라크를 위해 보증했고, 가느라크는 쿠앵테 형제를 위해 보증했다. 말 그대로 가는 정이 있어야 오는 정이 있다라는 속담을 따른 행위다. 사실 쿠앵테 형제는 메티비에와 당좌거래를 하고 있었으므로, 어음을 발행할 필요도 없었다. 그들 사이에서 어음이 거부되면 그 내용을 대변(貸邊)이나 차변(借邊)에 한 줄만 기록하면 되었다.

따라서 이 터무니없는 청구서의 액수는 실제로는 1000프랑의 부채에 13프랑의 거절증서 비용, 그리고 1개월 지체분에 대한 0.5퍼센트의 이자를 더하여, 아마도 총 1018프랑으로 줄어들 수 있었다.

만약 어떤 큰 은행이 1000프랑의 어음에 대한 상환청구서를 매일 한 부씩 작성한다면, 그 은행은 신의 은총 덕분에 그리고 12세기에 유대인들이 창안해 지금도 왕좌와 국민을 지배하고 있는 어마어마한 힘을 가진 은행 조직 덕분에, 매일 28프랑을 벌게 된다. 다른 말로 하자면 그 은행은 1000프랑으로 연간 1만 220프랑을 버는 것이다. 그런데 상환청구서가 그보다 평균 세 배는 더 발행된다면? 여러분은 이 가상의 자본으로부터 3만 프랑의 수입이 생겨나는 것을 볼 수 있을 것이다. 따라서 상환청구서만큼 각별한 정성을 기울여 작성되는 것도 없다. 혹여 5월 3일 당일이나 거절증서를 등록한 바로 그다음 날 다비드 세샤르가 어음 대금을 갚으러 갔더라도, 그 서류가 여전히 사무실 책상 위에 있더라도, 쿠앵테 형제는 "당신 어음은 메티비에 씨에게 돌려보냈는데요!"라고 말했을 것이다.

상환청구서는 지급거절증서가 발행된 당일 저녁에 작성되었다. 이것을 지방 은행의 은어로 동전으로 땀 짜내기라고 한다. 전 세계와 거래하는 켈러 은행은 우편료로만 연간 2만 프랑을 번다. 상환청구서는 뉘싱겐 남작 부인의 이탈리아 극장 좌석과 마차와 몸치장 비용을 대준다. 은행가들은 10줄짜리 편지 한 장으로 관련된 일 10가지를 처리하는 만큼, 우편료는 무시무시한 남용이다. 참으로 이상한 일이지만, 국세청은 불행한 사람들로부터 빼앗은 할증금에서 자기 몫을 챙기고, 상인들의 불행 덕분에 국고는 점점 늘어난다. 은행은 높은 계산대에 앉아 채무자에게 지극히 이성적으로 묻는다. "왜 변제할 수 없어요?" 그러나 안타깝게도 채무자는 그 말에 아무런 대답도 못한다. 그리하여 상환청구서는 끔찍한 허구로 가득한 이야기가 되며, 이 교훈적인 내용을 깊이 성찰하는 채무자라면 유익한 공포를 느낄 것이다.

5월 4일, 메티비에는 쿠앵테 형제로부터 일명 드 뤼방프레인 뤼시앵 샤르동을 반드시 재판에 넘기라는 지시와 함께 상환청구서를 받았다.

그리고 며칠 후, 에브는 메티비에 씨에게 보낸 편지에 대한 간단한 답장을 받았다. 그 편지는 에브를 안심시켰다.

앙굴렘의 인쇄업자인 아들 세샤르 씨 귀하,

이달 5일자로 추정되는 귀하의 편지 잘 받았습니다. 지난 4월 30일의 부도어음에 관한 설명을 통해 귀하께서 처남 뤼방프레 씨에게 은혜를 베푸신 것을 알았습니다. 뤼방프레 씨는 지출이

상당히 많은 분이기에, 그분에게 지급을 강제하는 것이 귀하게 도움이 될 것입니다. 그분은 머지않아 피소될 상황에 처해 있습니다. 혹여 존경받는 귀하의 처남께서 지급하지 않을지라도, 저는 귀하의 오래된 인쇄소의 성실성을 신뢰하겠습니다.

귀하의 충실한 친구
메티비에

"피소되면 오빠도 우리가 돈을 갚을 수 없었다는 걸 알게 되겠지?" 에브가 다비드에게 말했다.

이 말은 에브의 마음속에 엄청난 변화가 일어났음을 알려 주지 않나? 다비드의 성품을 알면 알수록 그에 대한 사랑이 점점 더 커지면서, 그 사랑은 오빠가 있던 자리를 차지하게 되었다. 하지만 그러기 위해서는 얼마나 많은 환상에 작별을 고해야 했던가……!

이제 그 상환청구서가 파리의 거래처에서 어떤 과정을 거쳤는지 알아보도록 하자. 양도를 통해 어음을 소지하게 된 사람을 상업 용어로 '제삼의 소지자'라 부르는데, 법에 따르면 어음을 전환받은 제삼의 소지자는 여러 채무자 중 가장 빨리 변제할 가능성이 있는 사람을 상대로만 소를 제기할 수 있다. 그 권한에 따라 메티비에 씨의 집행관은 뤼시앵을 피소했다. 다음이 그 소송 과정인데, 애초에 무의미한 것이었다. 배후에 쿠앵테 형제가 있었고, 메티비에는 뤼시앵이 채무 변제불능 상태라는 사실을 잘 알았다. 그러나 여전히 법의 정신에 따르자면, 채무 변제불능 상태는 그것이 사실로 확인된 후에야 법적으로 인정된다. 뤼시앵이 어음을 변제할 능력이 없음은 다음과 같은 방식으로 확인되었다.

5월 5일, 메티비에의 집행관은 뤼시앵에게 상환청구서와 앙굴렘의 지급거절증서를 보냈다. 그리고 여러 가지 사항과 더불어 그가 상인 신분으로 구금될 것임을 언급하면서, 그를 상사법원에 소환했다. 포획된 사슴처럼 절망적인 삶의 한가운데에서 뤼시앵은 이해할 수 없는 서류를 받았다. 상사법원에서 궐석재판을 통해 그에 대한 판결을 내렸다는 통보였다. 그의 애인 코랄리가 무슨 일인지도 모르고 그저 뤼시앵의 매제가 도움을 주었나 보다 생각하고는 소환장을 전하지 않았던 것이다. 판결 통보를 받고 나서야 그녀는 서류를 전부 내놓았지만, 이미 늦었다. 여배우는 보드빌 극장에서 집행관을 연기하는 배우들을 너무 많이 보아왔던 터라, 인지가 붙은 서류를 대수롭지 않게 여겼다. 뤼시앵은 눈물을 흘렸고, 다비드를 측은히 여겼으며, 어음을 위조한 것이 부끄러웠고, 그 어음을 변제하고 싶었다. 그래서 시간을 벌려면 어떻게 해야 할지 친구들과 상의했다. 그로서는 당연한 처사였다. 그러나 루스토, 블롱데, 비지우, 나탕 같은 친구들이 상인들을 위한 법원인 상사법원과 시인은 아무 관련이 없다는 사실을 알려주었을 때, 그는 이미 압류를 당하는 중이었다. 문에 노란딱지가 붙었다. 그 노란색은 문지기 여자들의 안색을 변하게 하고, 부채에 대해 가장 확실한 효력을 발생케 하고, 소소한 물건을 대준 납품업자들을 공포에 떨게 하며, 무엇보다도 시인의 혈관 속 피를 얼어붙게 한다. 시인이란 나뭇조각이나 남루한 비단옷이나, 염색한 모직더미나, 가구라 불리는 하찮은 물건들에도 애착을 가질 만큼 몹시 예민한 존재기 때문이다. 사람들이 코랄리의 가구를 압류하러 오자, '데이지'의 저자는 비지우의 친구인 소송대리인 데로슈를 찾아갔다. 사소한 일로 겁에 질린 뤼시앵을 보자 데로슈는 웃음을 터뜨렸다.

"기자님, 이런 건 별것 아닙니다. 시간을 벌고 싶으세요?"

"가능한 한 많이요."

"그렇다면 판결 집행에 이의를 제기하세요. 제 친구 중 마송이라는 상사법 관련 소송대리인이 있습니다. 그 친구를 찾아가 서류들을 맡기면 그가 이의신청을 내고 당신 대신 법정에 출두해 상사법원은 이 사건을 다룰 권한이 없다고 주장할 겁니다. 별로 어렵지 않아요. 당신은 꽤 알려진 신문기자니까요. 만일 민사법원에 소환된다면 나를 찾아오세요. 그건 내 소관입니다. 아름다운 코랄리를 괴롭히는 인간들을 쫓아버리는 일은 제가 맡겠습니다."

5월 28일, 뤼시앵은 민사법원에 소환되었고, 유죄판결을 받았다. 데로슈의 생각보다 훨씬 빨리 판결이 내려진 것인데, 이는 상대방이 뤼시앵을 악착같이 몰아붙였기 때문이다. 새로운 압류가 집행되어, 또다시 코랄리 집 문의 기둥이 노란 딱지로 뒤덮이고, 사람들이 가구들을 실어 가려 했다. 상대측 소송대리인에게 바보처럼 한 방 먹었다고(이는 데로슈의 표현이다.) 생각한 뤼시앵 측 소송대리인은 가구 소유주가 코랄리라는 주장과(사실 맞는 말이었다.) 함께 이의제기 및 집행정지 가처분을 신청했다. 가처분 심판에서 법원장은 양측을 심문한 후, 가구의 소유권은 여배우에게 있다고 판결했다. 메티비에는 이 판결에 항소했지만, 7월 30일 항소심에서 기각되었다.

8월 7일, 쿠앵테 형제의 소송대리인 카샹은 역마차 우편으로 '메티비에 대 세샤르와 샤르동'이라는 제목의 방대한 서류를 받았다.

첫 번째 서류는 다음과 같이 잘 작성된 청구서였는데, 원본과 내용이 동일한 사본이라는 보증이 있었다.

지난 4월 30일 만기 도래한 본 어음은 아들 세샤르가 뤼시앵 드 뤼방프레 앞으로 발행한 것임을 확인함. 5월 2일자 상환청구서: 1037프랑 45상팀.

(5월 5일) 상환청구서, 지급거절증서, 5월 7일 기일에 상사법원 소환장, 각 서류 발부 …………………………………… 8.75

(5월 7일) 궐석재판에 의한 신병구속 판결 ………………… 35

(5월 10일) 판결 통보 …………………………………………… 8.50

(5월 12일) 집행명령 …………………………………………… 5.50

(5월 14일) 압류조서 발부 …………………………………… 16

(5월 18일) 압류공고 게시 조서 …………………………… 15.25

(5월 19일) 신문 공시 …………………………………………… 4

(5월 24일) 압류품 목록 확인서, 판결 집행에 대한 뤼시앵 드 뤼방프레 씨의 이의신청서 접수 …………………………… 12

(5월 27일) 반복되는 이의신청 검토. 상사법원은 본 사건을

민사법원으로 송치 판결 ···································· 35

　(5월 28일) 메티비에 측이 소송대리인 지정, 민사법원에 조속한 심리 요청 ···································· 6.50

　(6월 2일) 대심판결 내용: 뤼시앵 샤르동은 상환청구서에 명기된 금액을 지급하라. 상사법원 소송비용은 원고가 부담하라. ···································· 150

　(6월 6일) 상기 내용 통보 ···································· 10

　(6월 15일) 집행명령 ···································· 5.50

　(6월 19일) 압류조서 발부. 코랄리 양의 이의신청서와 본인의 가구 소유권이 거부될 시, 즉시 집행정지 가처분을 신청하는 서류 제출 ···································· 20

　재판장의 집행정지 가처분 심리를 위한 양측 소환 명령 ··· 40

　(6월 19일) 상기 코랄리 양의 동산 소유권 인정 판결 ······ 250

　(6월 20일) 메티비에 항소 ···································· 17

　(6월 30일) 항소기각 판결 ···································· 250

　　　　　　　　　　　　　　　　　합계 889

5월 31일 만기 어음 ···································· 1,037.45

뤼시앵에게 통보 ···································· 8.75

　　　　　　　　　　　　　　　　　1,046.20

6월 30일 만기 어음, 상환청구서 ···································· 1,037.45

1,046.20

　이 서류에는 메티비에가 앙굴렘의 소송대리인 카샹 씨에게 보내는 편지가 첨부되어 있었는데, 여기서 메티비에는 모든 법적 수단을 동원해 다비드 세샤르를 피소하도록 지시했다. 그리하여 7월 3일 집행관 빅토르 앙주 에르메네질드 두블롱은 석 장의 어음과 이제까지 들어간 소송비용을 모두 합해 4,018프랑 85상팀을 지급하라는 명령과 함께 다비드 세샤르를 앙굴렘의 상사법원에 소환했다. 두블롱이 이 엄청난 금액의 지급명령서를 에브에게 직접 전달하던 날 오전에 그녀는 메티비에로부터 치명적인 편지를 받았다.

　앙굴렘의 인쇄업자 아들 세샤르 씨에게
　귀하의 처남 샤르동 씨는 지극히 불성실한 분으로, 자신의 동산을 동거 중인 여배우 명의로 변경해 놓았습니다. 귀하는 제가 무익한 소송을 하지 않도록 이런 상황을 정직하게 알려주셨어야 했음에도, 지난 5월 10일에 제가 드린 편지에 답을 주지 않으셨습니다. 따라서 제가 귀하에게 석 장의 어음 및 그간 제가 지불한 비용 전액을 즉시 변제해 줄 것을 요구하는 데 대해 언짢게 생각지 마시기 바랍니다.
　　　　　정중한 제 인사를 받아주십시오.
　　　　　메티비에

그 이후로 아무 말도 들은 바가 없었고 상법에는 문외한이 었기에, 에브는 오빠가 위조 어음의 대금을 변제하고 죄를 갚 았다고 생각했더랬다.

에브는 남편에게 말했다. "여보, 우선 프티 클로에게 가봐. 가서 우리 입장을 설명하고 앞으로의 일을 상의해."

"이보게," 가엾은 인쇄업자는 급하게 달려가 친구의 사무실 로 들어서며 말했다. "자네가 소송대리인이 되었으니 앞으로 도움을 주겠다고 말했을 때만 해도, 이렇게 빨리 자네 도움이 필요할 줄은 몰랐네."

프티 클로는 자기 앞 소파에 앉아 있는 사내의 사상가다운 멋진 얼굴을 유심히 관찰할 수 있었다. 설명하는 이보다 더 많 이 알고 있는 사건의 세부 사항을 주의 깊게 들을 필요가 없 었기 때문이다. 불안한 표정으로 들어오는 세샤르를 보았을 때, 그는 생각했다. '드디어 시작이군!' 소송대리인의 사무실에 서는 이런 장면이 종종 벌어진다. 프티 클로는 자문했다. '쿠앵 테 형제는 왜 이 친구를 괴롭히는 걸까……?' 소송대리인에게 는 의뢰인의 마음만큼이나 상대편의 마음도 꿰뚫어보는 능력 이 있다. 이해관계가 얽힌 소송에서 겉면뿐 아니라 그 이면까 지 파악해 내는 것이 소송대리인의 일이다.

"자네는 시간을 벌고 싶은 거로군." 세샤르의 말이 끝나자 프티 클로가 말했다. "얼마나 필요한가? 서너 달이면 되겠나?"

"와! 4개월이라고! 그럼 나는 살았네." 다비드가 소리쳤다. 프티 클로가 천사로 보였다.

"좋아. 자네의 동산에는 아무도 손대지 못하게 하겠네. 그리고 3~4개월 안에는 자네를 구금할 수 없을 걸세……. 하지만 비용이 많이 들 거야." 프티 클로가 말했다.

"체! 그거야 뭐 아무려면 어떤가!" 세샤르가 외쳤다.

"돈 들어올 데가 있는 거야? 확실한가……?" 고객이 너무 쉽게 술책에 걸려들자 놀란 소송대리인이 물었다.

"석 달 후면 난 부자가 될 거니까." 그는 발명가 특유의 확신을 가지고 대답했다.

"자네 아버지는 아직 건재하신 것 같던데. 고집스럽게 포도밭에 계시지 않나." 프티 클로가 말했다.

"내가 아버지 돌아가실 걸 기대하고 이러겠나? 면 헝겊 조각 하나 없이도 네덜란드산(産)만큼 질긴 종이를 제조할 비법을 연구 중이야. 그렇게 되면 종이 원가는 넝마에서 펄프를 뽑는 현재보다 50퍼센트 싸게 먹히거든……."

"한 재산 모을 수 있겠군." 프티 클로가 큰 소리로 말했다. 그는 이제야 쿠앵테 형제의 계획을 이해했다.

"큰 재산이지. 10년 후에는 종이 소비가 지금의 10배는 될 거야. 저널리즘이 우리 시대의 열정이 될 테니까!"

"자네 비밀을 아는 사람이 아무도 없나?"

"아무도. 아내 말고는."

"자네 계획이나 일정을 누군가에게…… 예를 들어 쿠앵테 형제 같은 사람들에게 말한 적 있나?"

"그들에게는 말한 적이 있어. 하지만 그저 막연하게 얘기했는데……!"

악의에 차 있는 프티 클로였지만 순간 그의 마음속에 관대한 생각이 번개처럼 지나갔다. 그는 쿠앵테 형제와 자기 자신과 세샤르 모두의 이해관계를 위해 타협해 보려고 생각했다.

"잘 듣게, 다비드. 우린 학교 친굴세. 내가 자네를 변호하겠네. 하지만 분명히 알아두게. 법과 싸우며 변호하려면 5000~6000프랑의 비용이 들어! 자네 재산을 위태롭게 하지 마. 내 생각에, 자네는 발명 수익을 우리 고장 제지업자와 나눠 먹어야 할 걸세, 안 그런가? 제지 공장을 사거나 새로 짓기 전에 신중하게 생각해……. 게다가 발명 특허도 내야 하고…… 이 모든 것에 시간과 돈이 필요해. 그런데 집행관들은 아마 너무 일찍 자네를 덮칠 거야. 물론 우리는 그에 대한 수단을 강구할 테지만……."

"내 비밀은 내가 쥐고 있을 거야!" 다비드는 학자다운 순진함을 드러내며 말했다.

"그렇다면 자네의 비밀은 마지막 구명구(救命具)가 되겠군." 타협을 통해 소송을 피할 수 있는 합법적인 첫 번째 계획이 거절당하자 프티 클로는 말을 이었다. "난 그 비밀이 무엇인지 알고 싶지 않아. 하지만 내 말을 잘 듣게. 아무도 자네를 못 보도록, 자네가 연구하는 제조 방식이 어떤 것인지 모르게 땅속에서 일하게. 자네가 붙잡고 있는 마지막 널빤지를 도둑맞을지도 모르니까……. 발명가들은 순진해서 잘 속거든! 자네 같은 발명가들은 자기 비밀만 생각하느라 다른 것들에는 너무 무관심해. 결국 사람들은 자네 연구의 목적을 알아내고 말 거야. 자네는 제지업자들에 둘러싸여 있잖나! 제지업자가 많을수록 적도 많아지는 거지! 내 눈에 자네는 사냥꾼들에 둘러

싸인 비버로 보여. 그들에게 자네 가죽을 내주지 마……."

"고마워, 친구. 그런 건 나도 다 생각하고 있어!" 다비드가 말했다. "아무튼 이렇게 나를 걱정하며 조심하라고 충고해 주니 고맙네! 그런데 이 계획은 나를 위한 것이 아냐. 나는 1년에 1200프랑만 벌면 충분해. 그리고 언젠가는 우리 아버지가 적어도 그것보다 세 배는 남겨주시겠지……. 나는 사랑과 사상을 위해 살고 있어! 천상의 삶…… 뤼시앵과 아내, 나는 그들을 위해 일하고 있는 거야……."

"자, 그러면 이 위임장에 서명하게. 그리고 이제 발명에만 몰두해. 구속 판결이 나서 도피해야 할 경우, 내가 그 전날 미리 알려주겠네. 가능한 모든 상황에 대비해야지. 그리고 자네 자신만큼 믿을 만한 사람이 아니라면 그 누구도 자네 집에 발을 들여놓지 못하게 해."

"세리제는 내 인쇄소 사용 계약을 연장하려 하지 않았어. 그래서 우리에게 돈 문제가 좀 생겼네. 이제 우리 집에는 마리옹, 내겐 충직한 복슬개 같은 알자스인 콜브, 그리고 아내와 장모님뿐이야……."

"글쎄," 프티 클로가 말했다. "그 복슬개를 조심해……."

"자넨 그 친구를 몰라서 그래." 다비드의 목소리가 커졌다. "콜브는 나 자신이나 마찬가지야."

"내가 그 친구를 시험해 봐도 되겠나?"

"물론." 세샤르가 말했다.

"그럼 잘 가게. 자네 아내의 위임장도 필요하니 아름다운 세샤르 부인을 내게 보내게. 그리고 이 친구야, 자네 사업은 이제 전쟁이나 다름없다는 것을 명심해.” 프티 클로는 다비드에게 닥칠 온갖 사법적 재앙을 예고했다.

‘자, 이제 한 발은 부르고뉴에, 다른 한 발은 샹파뉴에 디디게 되었다!’ 프티 클로는 다비드를 사무실 문까지 배웅하면서 생각했다.

돈이 없어 비탄에 잠기고 뤼시앵의 비열한 행동으로 괴로워하는 아내를 보며 힘들면서도, 다비드는 종이 제조법의 문제 해결을 위한 연구에 매달려 왔다. 집에서 프티 클로의 사무실로 가는 도중 그는 별 생각 없이 쐐기풀 줄기를 씹고 있었다. 그것은 식물 줄기들의 침전물에서 섬유질을 뽑아내기 위해 물속에 담가두었던 여러 식물 줄기 중 하나였다. 그는 실이나 천, 헝겊의 원료가 되는 물질에서 펄프를 추출해 내는 일반적 방식인 침지(浸漬)와 이를 다시 직조하는 과정 등을 대체할 다른 가공법을 찾고 있었다. 그런데 친구 프티 클로와의 만남에 꽤나 흡족해하면서 사무실을 나와 집으로 돌아가는 길, 다비드의 입속에서는 한 덩어리의 펄프가 만들어져 있었다. 그것을 손으로 잡아 펼쳐보니 이제까지 얻었던 그 어떤 펄프보다 훨씬 질이 좋았다. 식물에서 뽑아낸 펄프의 가장 중요한 결점은 탄력성이 떨어진다는 것이었다. 그래서 짚으로 만든 종이는 잘 찢어졌고 금속처럼 딱딱하며 소리도 났다. 자연의 이치를 탐구하는 과감한 연구자만이 이러한 우연을 만날 수 있으리라! ‘내가 지금 무심결에 한 행동을 기계와 화학 작용의 효과로써 재현해 내면 되는 거다.’ 다비드는 성공을 자신하면서 기쁨에 겨워 아내 앞에 나타났다.

"오! 나의 천사, 이제 걱정하지 마!" 울고 있는 아내를 보면서 다비드가 말했다. "프티 클로가 몇 개월간 안심할 수 있도록 시간을 벌어주겠대. 소송비용이 들겠지만, '모든 프랑스인은 원금과 이자와 소송비용을 지불하기만 하면 채권자들을 기다리게 할 권리가 있다!'고 프티 클로가 나를 배웅하며 말했어. 우리는 빚을 다 갚게 될 거야……."

"생활은……?" 모든 것을 두루 염려하는 가엾은 에브가 말했다.

"아! 그렇군!" 다비드는 손을 귀에 갖다 대며 말했다. 당황한 사람들에게서 흔히 볼 수 있는 미묘한 몸짓이었다.

"어머니가 우리 아기 뤼시앵을 봐주실 테니, 나는 다시 일할 수 있어." 에브가 말했다.

"에브! 오, 나의 에브!" 다비드가 아내를 꼭 끌어안으면서 외쳤다. "에브! 16세기에 여기에서 아주 가까운 생트라는 곳에 프랑스의 가장 위대한 인물 중 하나가 있었지. 그는 유약을 발명했을 뿐 아니라 뷔퐁과 퀴비에의 영광스러운 선구자였어. 그 순진한 사람은 그들보다 먼저 지질학을 발견했거든! 베르나르 드 팔리시는 비밀 탐구자의 고통을 겪었어. 아내도 아이들도 이웃 사람들도 모두 그에게 반대했거든! 그의 아내는 두 구들을 다 팔아버리기까지 했어……. 그는 이해받지 못한 채 들판을 헤매고 돌아다녔지……, 쫓겨 다니고 손가락질당하고! 그런데 나는 사랑받고 있어……."

"많은 사랑을 받고 있지." 에브는 남편에 대한 신뢰와 사랑이 담긴 온화한 표정을 지으며 말했다.

"그러니까 가엾은 베르나르 드 팔리시가 겪었던 만큼의 고통은 나도 견딜 수 있어. 성바르톨로메오 대학살 때 샤를 9세는 에쿠앙 도자기를 개발한 그를 구제해 주었지. 결국 나이가 들어서는 부자가 되고 명예를 얻어, 전 유럽에서 그가 명명한 소위 **흙의 과학**에 대한 공개 강의까지 하게 되었어."[36]

"내 손가락에 다리미를 쥘 힘이 있는 한, 당신은 부족한 게 없을 거야!" 가엾은 아내는 최고의 헌신이 깃든 어조로 말했다. "프리외르 부인 댁에서 세탁부 감독으로 일하던 시절, 키가 작고 얌전한 바진 클레르제라는 친구가 있었어. 포스텔의 사촌이야. 그런데 일전에 내게 세탁물을 가져다주면서 자기가 프리외르 부인의 후계자가 되었다고 하더라고. 바진네 가게에서 일하겠어!"

"오! 오래 걸리진 않을 거야!" 다비드는 대답했다. "나는 발견했거든……."

에브는 애처로운 미소를 지으며 처음으로 성공에 대한 숭고한 믿음을 받아들였다. 그러한 믿음이야말로 발명가들에게 힘을 주고, 발명의 나라라는 원시림을 향해 전진할 용기를 준다. 아내의 슬픈 미소를 보면서 다비드는 침울한 표정으로 고

---

36) 베르나르 팔리시(Bernard Palissy, 1510~1589)는 프랑스의 위그노 도예가, 화가, 유리 공예가, 작가, 수력공학 기술자다. 그는 1575년 처음으로 파리에서 공개 강의를 했다. 그러나 다비드의 설명과 달리, 팔리시는 부유하고 명예롭게 살다가 죽지 못했다. 신교도였던 그는 카트린 드 메디치의 도움으로 1572년 성바르톨로메오 대학살에서는 살아남았지만, 그 후 1588년에 체포되어 사형선고를 받았고, 1589년 바스티유 감옥에서 죽었다. 그의 이름에 귀족을 암시하는 드(de)는 발자크가 의도적으로 붙인 것이다.[편]

개를 숙였다.

"오! 여보, 조롱하는 것도, 비웃는 것도, 의심하는 것도 아니야." 아름다운 에브는 남편 앞에 무릎을 꿇으면서 큰 소리로 말했다. "실험과 희망에 대해 당신이 굳게 침묵을 지켜온 것이 얼마나 잘한 일인지 나도 알아. 맞아. 발명가는 영광의 고통스러운 분만을 모든 사람에게, 심지어는 아내에게도 감추어야 해……! 결국 여자는 여자거든. 하지만 당신의 에브는 당신이 '내가 발견했어.'라고 말하는 소리를 들으면서 웃지 않을 수 없었어. 당신은 지난 한 달간 17번이나 그 말을 했거든."

그동안 그렇게 한 것을 인정하며 다비드가 진심으로 웃기 시작했기에, 에브는 경건하게 그의 손에 키스했다. 빈곤이라는 가장 척박한 길이나 때론 절망의 낭떠러지 밑바닥에서도 어김없이 피어나는 사랑과 다정함의 장미처럼 참으로 감미로운 순간이었다. 불행이 점점 더 극심해지는 것을 느낀 에브는 더욱더 용기를 냈다. 남편의 위대함, 발명가의 순진함, 따뜻하고 시적인 마음을 가진 남자의 눈에서 종종 보이는 눈물, 이 모든 것이 그녀에게 저항할 수 있는 엄청난 힘을 키워주었다. 에브는 전에 한 번 성공한 적 있는 수단을 다시 한번 동원했다. 메티비에에게 편지를 써서, 인쇄소를 팔아 받는 돈으로 빚을 갚겠으니 쓸데없는 소송비용으로 다비드를 파산시키지 말아달라고 간청했다. 그러나 이러한 숭고한 편지를 받고도, 메티비에는 꿈쩍도 하지 않았다. 상점의 사무장은 메티비에 씨가 부재중인 상태에서 자기가 소를 취하할 수는 없다는 답을 보내왔다. 관례로 보아 자기 회사의 사장은 그런 식으로 사업하지 않는다는 것이었다. 에브는 모든 소송비용을 지불하겠으니 어음 만기를 연장해 달라고 부탁했고, 사무장은 다비드 세샤르의 아버지가 배서를 통해 보증하는 조건이라면 그 제안을 받아들이겠다고 했다. 에브는 어머니와 콜브를 동반하고 마르사크까지 걸어갔다. 그녀는 늙은 포도 재배인에 과감히 맞섰고, 상냥하게 대하면서 노인의 이마에 주름이 펴지게 만드는 데 성공했다. 하지만 에브가 떨리는 마음으로 보증에 관한 이야기를 꺼내자, 그 술주정뱅이의 얼굴이 갑작스레 완전히 달라졌다.

"그놈은, 내 입술에 손을 대게 내버려두면 내 배 속까지 손을 집어넣을 것이고, 금고의 가장자리에 손을 대게 하면 금고를 통째로 비워버릴 것이다." 세샤르 영감이 소리쳤다. "자식 놈들은 아버지의 지갑을 몽땅 털어먹지. 나는 어땠냐고? 난 우리 부모에게서 한 푼도 받은 게 없다. 너희들의 인쇄소는 텅 비었더구나. 생쥐와 쥐들만 거기서 일하지…… 아가야, 너는 아름답고, 난 너를 사랑한단다. 일도 열심히 하고 세심하기도 하지. 그런데 내 아들은……! 다비드가 어떤 놈인지 아느냐? 그놈은 공부만 하면서 학자인 척하는 게으름뱅이에 불과해. 우리 부모가 그랬듯이 내가 그놈을 글자도 모르는 곰으로 만들었더라면, 그 아이에게도 아비처럼 일정한 연 수입이 있었을 텐데…… 아! 그놈은 나의 십자가다. 잘 알아두어라! 불행하게도 저런 놈은 이 세상에 하나뿐이다. 저 녀석을 꼭 닮은 인간은 절대로 존재하지 않을 테니! 저 애가 너희들을 불행하게 만드는구나……" 에브는 절대 그렇지 않다는 몸짓으로 그의 말을 강력하게 부인했다. 그러자 에브의 항변에 응수하듯 그가 말을 이었다. "슬픔 때문에 젖이 말라 유모를 두어야 하지 않았느냐. 나도 다 안다. 쳇, 너희들이 소송을 당했다고 시내 전체에 소문이 파다해. 나는 곰에 불과하고, 유식하지도 않다. 인쇄 업계에서 명성이 자자한 디도 인쇄소의 감독도 아니었다. 하지만 인지 붙은 서류는 한 번도 받아본 적이 없다! 포도밭에 가서 나무를 돌보고 포도를 수확하면서, 그렇게 작은 사업을 하면서 내가 무슨 생각을 하는지 아느냐? 이렇게 중얼거리곤 한다. '가엾은 늙은이, 고생고생하면서 한 푼 두 푼 모아 많은 재산을 남길 테지만, 그 돈은 집행관이나 소송대리인의 손에 넘어가거나, 아들놈의 헛된 환상이나 아이디어에 다 들어가겠지…….' 아가야, 너는 아이의 어미다. 그 아이가 세례를 받을 때 샤르동 부인과 내가 그 아이의 이마를 잡고 있었지. 그 아이의 얼굴 한가운데에는 이 할아비의 주먹코가 붙어 있더구나. 그러니 애야, 세샤르보다 그 꼬맹이를 생각해라. 너만 믿는다. 너는 내 재산…… 얼마 안 되는 내 재산이 탕진되는 것을 막을 수 있을 게다……."

"하지만 아버님, 아버님 아들은 아버님의 자랑거리가 될 거예요. 언젠가는 자기 힘으로 부자가 되는 것도, 단춧구멍에 레지옹도뇌르 훈장을 다는 것도 보시게 될 거예요……."

"도대체 그 애가 무엇을 하는데?" 포도 재배인이 물었다.

"아시게 될 거예요……! 하지만 그걸 기다리는 동안 1000에퀴를 도와주신다고 해서 아버님이 파산하시겠어요? 1000에퀴만 있으면 강제집행을 막을 수 있어요……. 그이를 못 믿으시겠다면, 저한테 빌려주세요. 제가 갚을게요. 제 지참금이나 제 일자리를 담보로 하셔도 좋아요……."

"그러니까 다비드 세샤르가 피소됐단 말이냐?" 포도 재배인은 뜬소문이라 여겼던 것이 진짜임을 알고 놀라 소리쳤다. "자기 이름을 서명할 줄 안다는 것이 바로 이런 것이야! 그럼 내 집세는! 아이고! 얘야, 앙굴렘에 가서 어찌 된 일인지 알아보고, 내 소송대리인 카샹과 의논해야겠다. 네가 오길 정말 잘했다. 사정을 미리 알면 혼자라도 두 사람 몫을 할 수 있지."

2시간 동안 실랑이를 벌인 후 에브는 집으로 돌아갈 수밖에 없었다. "여자들은 사업을 모른다."라는 반박할 수 없는 논리에 지고 말았던 것이다. 막연히 성공을 기대하며 갔던 에브는 기진맥진한 상태로 마르사크에서 앙굴렘까지 다시 걸어왔다. 집에 도착한 바로 그 순간, 세샤르는 '메티비에에게 전액 변제하라'는 판결을 통보받았다. 지방에서 어떤 집 문 앞에 집행관이 나타난다는 것은 하나의 사건이다. 그런데 얼마 전부터 집행관 두블롱이 너무도 자주 그 집에 왔기에, 이웃들은 그 일을 두고 이러쿵저러쿵하지 않을 수 없었다. 에브는 감히 집에서 나오지도 못했다. 지나갈 때 옆에서 수군거리는 소리를 들을까 봐 두려웠기 때문이다.

"아! 오빠! 오빠!" 가엾은 에브는 골목길을 뛰어가 계단을 오르면서 소리쳤다. "오빠를 용서할 수가 없어. 만일 오빠가 ……."

"슬프게도! 그가 자살하지 않으려면 이 방법밖에 없었던 거야." 아내를 마중 나온 다비드가 말했다.

"그럼 더 이상 그 이야기는 꺼내지도 마." 에브가 조용히 대답했다. "오빠를 파리라는 구렁 속으로 빠뜨린 그 여자가 죄를 지은 거야! 다비드, 당신 아버지는 정말 비정해! 우리 묵묵히 견뎌내자."

이때 누군가 조심스레 문을 노크하는 바람에 다비드가 하려던 다정한 말이 중단되었다. 마리옹이 커다랗고 뚱뚱한 콜브를 끌고 거실을 가로질러 나타났다.

"마님, 콜브와 저는 두 분께서 고통받고 계신 걸 알게 되었어요. 우리 둘이 예금한 돈이 1200프랑 있는데, 마님께 맡기는 것보다 더 나은 방법은 없다고 생각했어요……."

"마님케요……!" 콜브가 열렬히 말했다.

"콜브!" 다비드 세샤르가 소리쳤다. "우리 절대로 이별하지 말자. 1000프랑을 소송대리인 카샹에게 갖다주고, 영수증을 꼭 받아오게. 나머지는 우리가 보관하겠네. 콜브, 그 누구에게도 내가 무엇을 하는지, 내가 없는 동안 무슨 일이 있는지 말하지 말게. 내가 집에 가져온 것이 무엇인지 보았다는 말은 절대 하면 안 되네. 그리고 내가 자네에게 풀을 찾아 오라고 보낼 때는, 알겠나, 아무도 자네를 보아서는 안 돼……. 착한 나의 콜브, 사람들이 자네를 회유할 거야. 아마도 수천 프랑, 수십만 프랑을 주면서 자네 입을 열려고 하겠지."

"수팩만 프랑을 준대도 한마디도 안 해요. 체가 쿤대의 명령도 모를 출 아세요?"

"주의사항 잘 알았지? 얼른 프티 클로에게 뛰어가. 카샹 씨에게 이 돈을 전달하는 자리에 참석해 달라고 하게."

"네, 크런 펍초인을 쿨복시킬 수 있을 만큼 푸자가 됐으면

초케써요! 크 사람 얼쿨 시러요!"

"마님, 저이는 참 좋은 사람이에요." 뚱보 마리옹이 말했다. "튀르크족처럼 힘세고 양처럼 온순해요. 한 여자를 행복하게 해줄 남자예요. 그런데 저이가 현큼이라고 부르는 우리 월급을 두 분께 맡기자고 제안했어요. 가엾은 사람! 말은 잘 못하지만 생각은 잘한답니다. 그래도 전 잘 알아들어요. 두 분의 지출을 줄인다고 다른 데로 일하러 갈 생각까지 했어요……."

"저 착한 사람들에게 보답하기 위해서라도 꼭 부자가 될 거야." 세샤르가 아내를 바라보면서 말했다.

에브는 그들의 행동이 특별하다고 생각하지 않았다. 자기만큼 고귀한 영혼을 만나는 것이 그다지 놀랍지 않았던 것이다. 이런 태도는 가장 어리석은 사람들은 물론 심지어 무관심한 사람에게도, 그녀가 얼마나 훌륭한 성품의 소유자인지를 단번에 납득시킬 것이다.

"사장님은 부자가 되실 거예요. 이제 아무 걱정 없으시잖아요." 마리옹이 큰 소리로 말했다. "아버님께서 농장을 사셨으니, 두고 보세요! 사장님께 연 수입이 들어올 거예요……."

이런 상황에서 자기가 한 행동의 가치를 축소하려는 마리옹의 말 또한 한없이 넉넉하고 세심한 마음씨를 보여주는 것이 아닐까?

모든 인간사가 다 그렇듯이, 프랑스의 소송절차에는 여러 가지 결함이 있다. 하지만 칼이라는 무기에도 양날이 있는 것처럼, 공격을 위해서든 방어를 위해서든 소송절차는 필요하다. 게다가 재미있는 것은, 소송대리인들끼리 서로 합의에 이를지라도(그들은 두 마디 말을 나눌 필요도 없이 서로 합의하기도 한다. 단 한 번의 소송절차만으로도 서로를 이해하게 되기 때문이다.) 소송은 전쟁과 비슷해진다. 루앙 포위전 당시 총사령관이었던 비롱은 아들이 이틀 안에 도시를 점령할 방법을 제시하자 이렇게 말했다고 한다. "너는 서둘러 시골로 은퇴하려는구나."[37] 병사들이 수프를 먹게 놔두느라 작전에 실패했어도 최고법원으로부터 아무런 질책도 받지 않았던 오스트리아의 장군들이 그랬듯이, 양측의 지휘관은 결정적 공격 없이 병력을 아끼고 군대를 관리하면서 전쟁을 한없이 질질 끌 수 있다. 카샹과 프티 클로와 두블롱은 오스트리아 장군들보다 처신을 잘했다. 그들은 고대의 오스트리아인이라 할 신중한 집정관 파비우스를[38] 모범으로 삼았다.

---

37) 발루아 왕가의 앙리 3세가 사망한 후, 1589년 부르봉 왕가의 앙리 4세가 왕권을 차지하는데, 그는 개신교도였다. 이에 가톨릭교도 귀족들이 연합해 앙리 4세에게 반기를 들었고, 앙리 4세는 개신교도들의 도움을 받아 그들과 맞섰다. 1591년, 앙리 4세는 가톨릭 연맹의 강력한 거점 도시 중 하나인 루앙을 점령하기 위해 포위전을 벌인다. 하지만 첫 번째 시도는 가톨릭 수호국을 자처하는 에스파냐 군대의 개입으로 인해 실패한다. 내전은 1592년까지 이어졌고, 결국 앙리 4세가 승리함으로써 왕권을 더욱 공고히 하게 되었다. 이후 앙리 4세는 프랑스의 국왕으로서 국가의 안정을 위해 가톨릭으로 개종하고(1593), 그 대신 종교의 자유를 인정하는 낭트칙령을 발표함으로써(1598) 마침내 종교전쟁이 종식된다. 비롱 남작(baron de Biron, 1524~1592)과 그의 아들 샤를은 루앙 포위전에서 가톨릭 연맹 편에 가담하여 싸웠으나, 낭트칙령 이후 앙리 4세를 위해 봉사한다.
38) 퀸투스 파비우스 막시무스(Quintus Fabius Maximus, 기원전 275?~203?)는 로마 공화국 시대의 정치가, 장군이다. 지연작전으로 한니발의 병력을 무력화시켰다.

노새처럼 영악한 프티 클로는 소송대리인으로서 가질 수 있는 모든 이점을 금방 파악했다. 키다리 쿠앵테가 소송비용을 보장해 주리라는 것이 명확해지자마자, 카샹과 짜고 술책을 부리기로 마음먹었다. 이에 더해, 메티비에의 부담으로 돌아갈 부대비용을 만들어냄으로써 제지업자에게 자신의 능력을 확실히 보여줘야겠다고 생각했다. 그러나 법조계의 신참피가로 입장에서는 아쉽겠지만, 역사가는 마치 뜨거운 화로 위를 걸어가듯 그의 무훈을 간단히 정리하고 지나가야 한다. 파리에서 만들어지는 것과 같은 소송비용 청구서 한 장이면 현대 풍속의 역사로 충분하다. 그러니 나폴레옹 제국의 군사 보고서 양식을 모방해 보자. 왜냐하면 프티 클로의 행적에 관한 서술을 빨리하고 지나갈수록, 전적으로 법률적인 이 페이지에 대한 이해가 쉬울 것이기 때문이다.

7월 3일, 다비드는 앙굴렘 상사법원에 소환되었지만 출석하지 않았고, 8일에 궐석재판의 판결이 통보되었다. 10일에 지급명령을 발부한 두블롱은 이틀 후인 12일에 압류를 시도했지만, 프티 클로는 이에 이의를 제기하면서 2주일 기한으로 메티비에를 소환했다. 그러자 이 기간이 너무 길다고 판단한 메티비에는 그다음 날 기일을 앞당겨 재소환하여, 19일에는 세샤르의 이의신청을 기각하는 판결을 받아냈다. 21일에 갑자기 통보받은 그 판결에 따라 22일에는 지급명령이, 23일에는 구속이, 24일에는 압류조서가 이루어질 터였다. 분통 터지는 이 압류 시도에 제동을 걸기 위해 프티 클로는 항소법원에 항소했다. 7월 15일에 다시 제기된 이 항소 때문에 메티비에는 푸아티에 법원에 출석해야 했다. 프티 클로는 생각했다. '자! 일단 이 정도만 해두고 기다려보자.' 프티 클로가 지침을 내린 바 있는 푸아티에 항소법원의 소송대리인에게로 폭풍우가 옮겨가자, 이 두 얼굴의 변호인은 세샤르 부인이 즉시 다비드를 상대로 부부 재산 분할을 청구하도록 했다. 7월 28일 그는 부부 재산 분할 판결을 받아내기 위해, 법정의 표현으로 속행했고, 그 내용을 샤랑트도 신문에 공시했다. 8월 1일, 공증인의 입회하에 세샤르 부인의 재산 분할이 진행되었다. 세샤르 부인은 소액 1만 프랑에 대하여 남편의 채권자가 되었다. 이 금액은 사랑에 빠진 다비드가 결혼 계약 당시 에브의 지참금으로 인정했던 것인데, 그는 인쇄소의 집기와 살림집 가구 일체를 그녀에게 양도하는 형식으로 액수를 맞췄더랬다. 프티 클로는 이렇게 부부의 재산에 안전장치를 걸어두는 동시에, 푸아티에에서 진행 중인 항소에서 자기 의뢰인의 요청이 받아들여지도록 하는 데 성공했다. 프티 클로가 주장하길, 파리에서 이루어진 뤼시앵 드 뤼방프레에 대한 소송의 비용은 센 지방 민사법원의 판결에 따라 메티비에가 부담해야 하므로, 다비드가 그 비용을 부담할 책임이 없다는 것이었다. 항소법원에 의해 채택된 이 요청은 앙굴렘 상사법원이 아들 세샤르의 패소를 판결하는 과정에서 일부 인정되었다. 즉 세샤르의 항소 동기가 된 분쟁의 내용을 고려해, 쌍방 간에 일정 금액을 보상하는 차원에서, 파리의 소송비용 중 600프랑은 메티비에가 부담하도록 했던 것이다. 이 판결은 7월 17일 아들 세샤르에게 통보되었는데, 18일에는 그것이 원금과 이자와 제반비용에 대한 지급명령으로, 20일에는 압류조서로 이어졌다. 그러자 프티 클로가 세샤르 부인의 이름으로 개입해, 합법적 재산 분할에 따라 동산은 아내 소유임을 주장했다. 이에 더해 그는 그 사이 자신의 고객이 된 세샤르 영감을 출석시켰다. 어쩌다 그렇게 되었는지 살펴보자.

며느리가 방문한 다음 날, 포도 재배인은 자기가 거래하던 앙굴렘의 소송대리인 카샹을 찾아가, 아들이 연루된 다툼 때문에 못 받을 위험에 처한 집세를 받을 방법을 물었다.

"저는 지금 아드님에게 소를 제기한 상대측 소송대리인인 이상, 아버님의 사건을 맡을 수 없습니다. 프티 클로를 찾아가 보세요. 그 사람은 매우 유능하니, 저보다 훨씬 일을 잘할 겁니다."

법원에서 프티 클로를 만난 카샹은 그에게 말했다. "자네에게 세샤르 영감을 보냈네. 나 대신 그 일을 맡아주게. 자네도 이런 일이 생기면 내게 고객을 보내야 하네."

파리에서건 지방에서건 소송대리인들은 서로서로 이런 식의 도움을 주곤 한다.

세샤르 영감이 프티 클로에게 신뢰를 보낸 다음 날, 키다리 쿠앵테는 공모자를 찾아와 말했다. "세샤르 영감에게 본때를 보여줘요! 그 영감은 아들이 자기에게 1000프랑을 쓰게 한다면 절대로 용서하지 않을 위인이지. 관대한 마음이 들다가도 그 정도 돈이 나간다고 하면 금세 생각이 바뀔 거요."

"영감님의 포도밭으로 가 계세요." 프티 클로는 새로운 고객에게 말했다. "아드님의 형편이 좋지 않으니, 그 집에 기거하시면서 없는 돈 축내지 마시고요. 때가 되면 제가 영감님을 부르 겠습니다.”

그리하여 프티 클로는 아버지 세샤르의 이름으로 이렇게 주장했다. ‘그의 집은 루이 14세 치세 이래로 인쇄소로 사용되었던 만큼, 딱지가 붙은 인쇄기도 부동산으로 간주되어야 한다.’ 파리에서는 뤼시앵의 가구가 코랄리의 소유더니 이제 앙굴렘에서는 다비드의 가구가 아내와 아버지에게 속하는 것을 본 메티비에의 소송대리인 카샹은 분개했고, (이와 관련해 법정에서는 재미있는 말들이 오갔다.) 그들의 주장을 무력화시키기 위해 아버지와 아들을 소환했다. 카샹은 외쳤다. “우리는 위험하기 짝이 없는 기만의 요새를 구축하고 있는 피고 측 속임수의 가면을 벗겨내고자 합니다. 피고 측은 자신들을 방어하기 위한 수단으로 순수하고 투명하기 이를 데 없는 법 조항을 남용하고 있습니다! 무엇으로부터의 방어인가요? 3000프랑을 지불하지 않기 위해서입니다! 어디에서 꺼낸 돈인가요? 불쌍한 메티비에의 금고에서 빼낸 것입니다. 그러면서 감히 어음할인업자들을 비난합니다! 우리는 지금 어떤 시대에 살고 있습니까? 여러분께 묻겠습니다. 그것은 이웃의 돈을 빼앗는 게 아닙니까? 여러분은 정의의 한가운데서 부도덕이 판치게 하는 주장을 받아들여서는 안 될 것입니다……!” 앙굴렘 법원은 카샹의 멋진 변론에 감동하여 대심판결을 내렸다. 가구와 가재도구에 대한 세샤르 부인의 소유권만 인정하고 아버지 세샤르의 주장은 기각되었으며, 그가 소송비용 434프랑 65상팀을 부담하라는 것이었다.

"세샤르 영감은 좋은 사람이야." 소송대리인들은 웃으면서 그런 말들을 주고받았다. "이 사건에 발을 담갔으니, 돈을 내야지!"

8월 26일, 인쇄소의 인쇄기와 부속 집기들을 압류할 수 있다는 판결이 통보되었다. 압류 딱지가 붙었다……! 청원에 따라 그 물건들을 현장에서 매각해도 좋다는 판결이 내려졌다. 신문에 매각 공고가 났고, 두블롱은 압류물품 확인과 9월 2일 매각을 자신했다. 법리에 맞는 판결과 지급명령에 따라, 다비드 세샤르는 메티비에에게 이자를 제외하고도 총 5275프랑 25상팀의 법적 채무를 지게 되었다. 프티 클로에게는 1200프랑과 사례금을 지불해야 했다. 손님을 신속하게 모셔다드린 마부가 점잖게 손님의 처분에 맡기듯이, 사례금의 액수는 고객의 관대함에 맡겨졌다. 세샤르 부인은 프티 클로에게 350프랑 정도의 소송비용과 사례금을 지불해야 했다. 세샤르 영감은 소송비용으로 434프랑 65상팀을 내야 했으며, 프티 클로는 그에게 100에퀴의 사례금을 청구했다. 그리하여 다 합하면 1만 프랑까지 이를 수 있었다. 외국인이라면 이런 글을 통해 프랑스에서 벌어지는 사법 공격이라는 게임을 접하고 기록의 유용성을 논할 수도 있겠지만, 이와 별개로, 입법자는 독서할 시간이 있다면 이 책을 읽으면서 소송절차의 남용이 어느 지경에까지 이르렀는지 알 필요가 있다. 일부 경우에, 소송대리인이 소송의 목적이 되는 액수를 훨씬 상회하는 소송비용을 청구하지 못하도록 하는 간단한 금지법이라도 만들어야 하지 않을까? 1제곱미터의 토지 소유권을 처리하기 위해 1억 제곱미터 토지를 관리하는 형식과 절차를 따르는 것은 우스꽝스럽지 않나! 논쟁을 거친 모든 과정을 대단히 건조하게 제시했지만, 이 글을 통해 여러분은 대다수 프랑스 국민이 믿어 의심치 않는 형식, 정의, 비용!이라는 단어들의 가치를 이해할 것이다. 바로 이것이 법원의 은어로 '상대방의 소송에 불을 지펴 상황을 악화시킨다'는 것이다. 무게가 5000파운드나 나가는 인쇄소의 활자는 주철 값으로 2000프랑밖에 되지 않았다. 인쇄기 석 대는 600프랑이었다. 나머지 집기들은 고철이나 낡은 목재 값에 팔릴 것이고, 집에 있는 가구들의 가치는 기껏해야 1000프랑이었다. 그렇게 하여 아들 세샤르가 소유하게 될 재산은 4000프랑 정도였는데, 이 자산을 확보해 낸다는 평계로 카샹과 프티 클로는 7000프랑에 달하는 소송비용을 추가 발생시켰다. 게다가 이는 멋진 열매를 약속하는 다비드의 미래는 계산에 넣지도 않은 금액이었으니, 그 전말을 이제 곧 보게 될 것이다. 분명히 프랑스와 나바르 왕국, 그리고 노르망디의 실무 전문가들은 프티 클로에게 존경과 감탄을 보낼 것이다. 하지만 따뜻한 마음을 가진 사람들은 콜브와 마리옹을 보면서 연민의 눈물을 흘리지 않을까?

이러한 싸움이 벌어지는 동안 콜브는 골목길 문 앞에 의자를 놓고 앉아 마치 경비견처럼 집 지키는 임무를 충실히 수행했다. 다비드가 그를 찾지 않는 한 그곳을 지켰다. 법률 관련 서류들을 받기도 했는데, 그 서류들은 항상 프티 클로의 사무실 서기가 먼저 본 후에 전달되었다. 인쇄소 집기의 매각을 알리는 벽보가 붙었다. 콜브는 벽보 붙이는 사람들이 작업을 시작하자마자 "나쁜 놈들! 이러케 차칸 푼을 괴롭피다니! 이런 케 무슨 정의야……?" 하고 소리쳤고, 시내를 뛰어다니면서 그 벽보들을 다 떼어 버렸다. 마리옹은 오전에 어느 제지 공장에서 기계를 돌리면서 10수를 벌어 생활비로 썼다. 샤르동 부인은 아무 말 없이 간병인의 피곤한 밤샘 일을 다시 시작해 주말이면 딸에게 급료를 갖다주었다. 그녀는 벌써 두 번이나 9일 기도를 바쳤음에도 하느님이 그 기도에 귀를 닫고 그녀가 봉헌한 초도 외면하는 것에 놀라고 있었다.

9월 2일, 에브는 뤼시앵의 편지를 받았다. 그것은 뤼시앵이 어음 석 장의 유통을 매제에게 알리고자 보낸 편지 이후 받은 유일한 편지였다. 다비드는 뤼시앵이 전에 보낸 편지에 대해서는 아내에게 말하지 않았다.

"오빠가 떠난 후 받는 세 번째 편지구나." 가엾은 누이는 그 치명적인 편지의 봉투를 뜯지 못하고 망설이며 중얼거렸다. 당시 그녀는 아이에게 우유를 먹이고 있었다. 생활비를 절약하려면 유모를 내보내야 했기에 어쩔 수 없이 젖병을 사용했다. 그러니 다음과 같은 편지를 읽고 에브가 어떤 심경이었을지, 에브가 가서 깨운 다비드는 또 어땠을지 상상이 가리라. 발명가는 종이 만드느라 밤을 새우고 새벽에야 잠자리에 들었던 것이다.

8월 29일, 파리

사랑하는 누이에게,

　이틀 전, 새벽 5시에 나는 신이 창조하신 가장 아름다운 피조물인 한 여인의 임종을 지켰다. 네가 날 사랑하듯, 다비드와 어머니가 날 사랑하듯, 그렇게 나를 사랑해 주었던 유일한 여인, 사심 없는 감정과 더불어 어머니나 누이가 줄 수 없는 것, 사랑의 기쁨까지 준 여인이었다. 나를 위해 모든 것을 희생한 후, 가엾은 코랄리는 아마도 나를 위해 죽었을 것이다. 이 순간, 그녀를 묻어줄 돈조차 없는 나를 위해⋯⋯! 그 여인은 나의 삶을 위로해 주었다. 나의 사랑하는 천사들, 그대들만이 그녀의 죽음에 대해 나를 위로해 줄 수 있을 것이다. 나는 순수하기 그지없는 이 여인이 신께 용서받았다고 생각한다. 기독교인으로 죽었으니까. 오! 파리⋯⋯! 에브야, 파리는 프랑스의 영광인 동시에 치욕이다. 난 이곳에서 이미 수많은 환상을 잃어버렸다. 천사의 시신을 성지에 묻는 데 드는 약간의 돈을 구걸하면서 나는 또 다른 환상들을 잃게 될 것이다!

너의 불행한 오빠,

뤼시앵

추신. 나의 경솔함 때문에 많은 고통을 겪었을 것이다. 언젠가 모든 것을 알게 되면 나를 용서하겠지. 그리고 걱정하지 않아도 된다. 코랄리와 내가 무척이나 괴로워하는 것을 보고 카뮈조라는 친절한 상인이 이 사건을 맡아 처리하겠다고 했단다. 내가 많은 걱정을 끼쳤던 사람인데도 말이다.

"이 편지는 아직도 눈물에 젖어 있어!" 에브는 다비드를 쳐다보면서 그에게 말했다. 그녀의 시선에 연민이 가득했기에,

다비드는 눈빛으로 뤼시앵에 대한 옛 우정을 표현했다.

"불쌍한 친구, 그의 말대로 그렇게나 사랑받았다면 무척 고통스러웠겠네." 에브의 행복한 남편이 말했다.

남편과 아내는 극단적인 고통의 외침 앞에서 자기들의 고통을 잊었다. 그때 마리옹이 급히 뛰어 들어오면서 말했다. "마님, 왔어요……! 그들이 왔어요!"

"누가?"

"두블롱과 그의 일당들이요, 나쁜 놈들! 콜브가 싸우고 있어요. 놈들이 집기들을 팔려고 해요."

"아니요, 아니요, 팔지 않을 겁니다. 안심하세요!" 프티 클로가 들어오면서 큰 소리로 외쳤다. 그의 목소리가 침실 옆 방에서 울려 퍼졌다. "지금 막 항소하고 오는 길입니다. 악의를 가지고 소송비용을 매기는 판결을 그대로 받아들여서는 안 되지요. 저는 이곳 앙굴렘에서 변호할 생각이 없었습니다. 여러분에게 시간을 벌어주기 위해, 카샹이 떠들게 내버려두었던 겁니다. 푸아티에에서는 다시 한번 승소할 것이 확실합니다……."

"하지만 승소하려면 비용이 얼마나 드나요?" 세샤르 부인이 물었다.

"승소하면 사례금만 내면 되고, 지면 소송비용도 내야 하니 1000프랑입니다."

"세상에!" 가엾은 에브가 소리쳤다. "그렇다면 치료가 병보다 더 나쁜 것 아닌가요?"

재판이라는 전쟁을 치르는 사이 견문이 넓어진 이 순수한 여인의 외침을 들으면서 프티 클로는 당황해 할 말을 잃었다. 게다가 에브는 얼마나 아름답게 보였던가. 그들이 이야기하는 동안 프티 클로가 소환한 세샤르 영감이 도착했다. 불행 속에서도 손자가 요람 안에서 웃고 있는 침실에 노인이 나타남으로써 이 장면은 완벽해졌다.

"세샤르 영감님," 소송대리인이 말했다. "영감님께서는 재판에 관여하셨으니 제게 700프랑을 주셔야 하는데요, 이 금액은 아드님이 갚아야 할 집세 총액에 얹어서, 아드님을 통해 변제 받으실 수 있습니다."

늙은 포도 재배인은 프티 클로가 하는 말의 억양과 태도에서 신랄한 야유를 포착했다.

"아버님이 아들의 보증인이 되어주셨더라면 돈이 덜 들었겠지요!" 요람을 떠나 노인에게 인사하러 가면서 에브가 말했다.

다비드는 콜브와 두블롱 일당의 싸움을 구경하러 사람들이 집 앞으로 몰려든 것이 괴로워 아버지에게 인사도 하지 않고 악수만 했다.

"내가 왜 당신에게 700프랑을 줘야 하는 거요?" 노인이 프티 클로에게 물었다.

"왜냐하면 우선, 제가 어르신 사건을 맡았기 때문이죠. 집세가 문제니, 어르신은 채무자와 불가분의 관계에 계신 겁니다. 아드님이 제게 소송비용을 지불하지 않으면, 어르신께서 지불하셔야 합니다……. 하지만 그건 아무것도 아닙니다. 몇 시간 후면 사람들은 다비드를 감옥에 잡아넣으려 할 겁니다. 아드님이 감옥에 가게 놔두실 건가요?"

“개 빚이 얼마요?”

“오륙 천쯤 됩니다. 어르신이나 며느님에게 진 빚을 제외하고 말입니다.”

노인은 잔뜩 경계하면서 청백색의 침실에서 펼쳐지고 있는 감동적인 장면을 바라보았다. 요람 옆에서 울고 있는 아름다운 여인, 마침내 슬픔의 무게에 짓눌려 약해진 다비드, 필시 의도적으로 자신을 이 함정에 끌어들인 소송대리인. 그들로 인해 아버지의 위엄이 위협받고 있다고 곰은 생각했다. 그들에게 이용당할까 봐 두려웠다. 아기를 보러 가서 그 아이를 쓰다듬었고, 아이는 작은 두 손을 내밀었다. 그렇게 걱정이 많은 가운데서도 머리에 장밋빛 안감을 댄 귀여운 모자를 쓴 아기는 영국 대귀족의 자제처럼 보살핌 받고 있었다.

“쳇! 다비드는 자기가 알아서 난관을 헤쳐가겠지. 나는 이 아이만 생각할 거야.” 늙은 할아버지가 큰 소리로 말했다. “애엄마도 내 말에 동의할 거요. 다비드는 워낙 아는 게 많으니 어떻게 해야 빚을 갚을지도 잘 알겠지.”

“어르신의 감정을 좋은 프랑스어로 번역해 드리지요.” 소송대리인이 조롱조로 말했다. “자, 세샤르 영감님, 어르신은 아드님을 질투하고 계십니다. 진실을 들어보시겠어요? 영감님은 제값의 세 배를 받고 인쇄소를 파셨고, 다비드는 그 막대한 돈을 지불하느라 파산 지경에 이르렀습니다. 네, 그렇습니다. 원고개를 젓지 마세요. 쿠앵테 형제에게 신문 인쇄권을 파셨고, 그 돈은 고스란히 영감님 주머니로 들어갔습니다. 신문 인쇄권은 세샤르 인쇄소의 가치 그 자체였는데 말입니다. 영감님이 아드님을 미워하는 것은, 아드님의 모든 것을 빼앗았기 때문에, 그리고 아드님이 영감님보다 훌륭한 사람으로 자랐기 때문입니다. 손자를 유달리 사랑하는 척하시는 건 아들 며느리를 망하게 한 데 대한 감정을 숨기기 위해서고요. 아들 며느리에게는 지금 바로 영감님의 돈이 들어가지만 손자에게는 눈감는 날에나 영감님의 애정이 필요할 테니까요. 영감님은 가족 중 누군가를 사랑하는 모습을 보여주려고, 무심하다는 비난을 받지 않으려고 그 아이를 사랑하시는 겁니다. 자, 이것이 영감님의 속내입니다, 세샤르 영감님……."

"내게 그런 말을 지껄이려고 이리로 오라고 한 것인가?" 노인은 소송대리인과 아들 며느리를 번갈아 쳐다보면서 위협적인 어조로 말했다.

"이것 보세요." 에브가 프티 클로에게 소리쳤다. "그러니까 당신은 우리의 파산을 확신했군요? 우리 남편은 한 번도 아버지에 대해 불평한 적이 없어요……." 그 말을 들은 포도 재배인은 의혹에 찬 눈빛으로 며느리를 쳐다보았다. 노인의 불신을 눈치챈 에브가 말을 덧붙였다. "다비드는 수없이 말했어요. 아버님은 아버님 방식대로 자기를 사랑하신다고요."

프티 클로는 키다리 쿠앵테의 지시에 따라 아버지와 아들을 이간질했다. 다비드가 곤란한 처지에서 벗어나도록 아버지가 도움을 주는 것을 막기 위해서였다.

바로 어제, 키다리 쿠앵테는 말했다. "다비드를 감옥에 집어넣는 날, 선생을 세농슈 부인 댁에 소개하겠소."

애정 덕분에 지혜로워진 세샤르 부인은 많은 것을 깨닫게 되었고, 전에 세리제의 배반을 눈치챘던 것처럼 소송대리인 역시 누군가의 조종을 받아 이런 적의를 드러내는 것은 아닌지 의심했다. 자신의 사업과 아버지에 대해 프티 클로가 이 정도로 훤히 알고 있는 것이 이해되지 않았던 다비드의 놀라는 표정은 누구나 상상할 수 있으리라. 이 정직한 인쇄업자는 자기 변호인과 쿠앵테 형제의 관계를 알지 못했고, 쿠앵테 형제가 메티비에와 한패인 것도 몰랐다. 다비드가 아무 말도 하지 않자, 늙은 포도 재배인은 다비드의 침묵을 자신에 대한 모독으로 생각했다. 소송대리인은 고객이 너무 놀라 멍해 있는 틈을 타 그 자리를 뜰 채비를 했다.

"잘 있게, 친구. 통지 받았을 테지만, 항소한다 해도 하급법원의 구속 판결 효력이 상실되지는 않아. 채권자들에게는 선택의 여지가 없으니 그 방법을 택할 거야. 그러니 몸을 피하게⋯⋯! 아니면 혹시 자네가 내 말을 믿는다면, 쿠앵테 형제를 찾아가 봐. 그들에게는 자본이 있으니, 자네의 발명이 성공했고 그 발명이 장래를 보장하는 것이라면 그들과 협업해. 아무튼 그들도 참 좋은 사람들이니⋯⋯."

"무슨 비밀 얘기?" 세샤르 영감이 물었다.

"아니, 아드님이 아무 생각 없이 자기 인쇄소를 버려둘 만큼 바보라고 생각하십니까?" 소송대리인이 언성을 높였다. "아드님은 지금 1연에 10프랑인 종이를 3프랑으로 만들 방법을 찾는 중입니다⋯⋯."

"또 나를 속이려는 술책이군!" 세샤르 영감이 소리쳤다. "장바닥의 날강도들처럼 서로 죽이 잘 맞는구면. 다비드가 그런 방법을 찾았다면, 왜 내가 필요하겠어? 백만장자가 되어 있을 텐데! 잘 있어라, 애들아.”

노인은 계단으로 사라졌다.

“어디 숨을 곳을 알아보게.” 프티 클로는 다비드에게 그렇게 말한 후 세샤르 영감을 더욱 자극하려고 그를 따라갔다.

젊은 소송대리인은 뒤리에 광장에서 투덜대고 있는 포도 재배인을 만나 그를 루모까지 배웅하면서, 소송비용을 일주일 안에 지불하지 않으면 강제집행을 하겠다고 위협했다.

“지불하지. 내 손주와 며느리에게 해를 끼치지 않으면서 아들놈의 상속권을 박탈할 방법을 찾아준다면……” 세샤르 영감은 그 말을 남기고 가버렸다.

“키다리 쿠앵테는 정말 사람들에 대해 훤하구나……! 저 영감에게 700프랑을 쓰게 만들면, 아들이 갚아야 할 7000프랑을 내주지 않을 거라던 그의 말이 맞았어.” 소송대리인은 앙굴렘으로 다시 올라가며 중얼거렸다. “아무튼 교활한 제지업자에게 끌려다니면 안 돼. 이제 말만 할 게 아니라 다른 것을 요구할 때가 됐다.”

“여보, 다비드, 이제 어쩔 작정이야……?” 세샤르 영감과 소송대리인이 떠나가자 에브가 남편에게 말했다.

다비드는 마리옹을 쳐다보며 소리쳤다. “화덕에 가장 큰 솥을 얹어. 나는 내 일을 하겠어!”

그 말을 들은 에브는 재빨리 모자를 쓰고 숄을 걸치고 신발을 신었다.

그녀가 콜브에게 말했다. “옷을 입고 나를 따라와요. 이 지옥에서 벗어날 방법이 있는지 알아봐야겠어요."

에브가 나가자 마리옹이 다비드에게 애원했다. "사장님, 제발 정신 좀 차려요. 아니면 마님은 고통받다 돌아가시고 말 거예요. 빚을 갚기 위해 일단 돈을 버세요. 그런 다음에 마음껏 보물을 찾으세요……."

"그런 말 하지 마. 마리옹. 마지막 난관은 극복될 거야. 나는 발명 특허와 실용신안 등록을 동시에 할 거야.[39]"

프랑스에서 실용신안권은 발명가들에게 골칫거리였다. 어떤 발명가가 산업 비밀이나 기계의 발명 혹은 다른 어떤 발견을 위해 10년을 보내고 특허를 획득한다. 이제 그는 자기가 그 발명의 소유권자라고 생각한다. 하지만 그의 뒤를 이어 경쟁자가 나타나 나사 하나를 추가하는 식으로 발명품을 개선해 발명가의 특허권을 무력화시킨다. 그런 상황을 미리미리 대비하지 않으면 그냥 당하고 마는 것이다. 그러니까 종이를 만들기 위해 값싼 펄프를 발명한다고 해도 다 끝난 것이 아니다! 다른 사람들이 제조 방법을 개선할 수 있기 때문이다. 다비

---

39) 특허권이 고도의 기술 창작(발명)에 대해 독점적 배타적 권한을 인정하는 것이라면, 실용신안은 실용적인 기술의 '고안'에 대해 제작 및 판매의 권한을 인정하는 것이다. 발명권자가 특허법을 내세워 기술 개선을 막을 경우 되레 대중 다수의 이익을 침해할 수 있으므로, 이에 대한 방지책으로 마련되었다. 프랑스에서 실용신안법은 1791년 1월 7일에 제정되었다. 1831년까지 4723건의 특허권이 등록되었는데, 그중 986건만 실용신안권을 받았다. 발자크가 이 책을 완성하던 1843년 당시 의회에서는 특허권 문제가 제기되었고, 제삼자에 의한 실용신안권 획득으로부터 발명가를 보호하기 위한 법안이 채택되었다.

드 세샤르는 그토록 많은 난관을 뚫고 찾아낸 행운을 빼앗기지 않기 위해 모든 경우의 수를 예측하고 싶었다. 네덜란드 종이는(네덜란드는 더 이상 이런 종이를 생산하지 않았음에도 사람들은 여전히 아마실 헝겊으로 만든 종이를 그렇게 불렀다.) 살짝 풀 먹인 것이다. 그런데 손으로 한 장씩 풀을 먹이기 때문에 값이 비싸질 수밖에 없었다. 큰 통 속에서 펄프에 풀을 먹이고, 게다가 별로 비싸지 않은 풀을 사용할 수 있다면(지금은 다 이렇게 하는데, 그래도 여전히 불완전하다.) 더 이상 개선할 요소가 없을 것이다. 따라서 한 달 전부터 다비드는 큰 통 속에서 자기가 만든 종이에 풀 먹이는 방법을 찾고 있었다. 동시에 두 가지 비밀을 연구하고 있었던 것이다.

에브는 간병 일을 하는 어머니를 만나러 갔다. 마침 샤르동 부인은 운 좋게 밀로 드 느베르 검사의 아내를 간호하고 있었는데, 그녀는 느베르 가문의 추정상속인을[40] 갓 출산한 참이었다. 사법 관리들을 믿을 수 없었던 에브는 과부와 고아 들의 법적 보호자인 공직자에게 자기의 처지를 상의해 보고 싶었다. 자기 명의의 재산을 매각해 채무를 변제하면 다비드가 구금을 피할 수 있는지 알고 싶었고, 프티 클로의 모호한 행동에 대해서도 진실을 알고 싶었다. 사법관은 세샤르 부인의 미모에 놀라면서 숙녀에 걸맞은 정중한 태도로 그녀를 맞이했을 뿐 아니라, 에브에게는 익숙하지 않은 특별한 예의까지 갖

---

40) 현재 상태에서 즉시 상속이 이루어질 경우의 상속자를 추정상속인이라 한다.

추고 그녀를 대했다. 가엾은 여인은 마침내 그 사법관의 시선에서 결혼 이후 콜브에게서나 볼 수 있었던 표정을 보았다. 에브처럼 아름다운 여인에게는 그런 표정이야말로 남자들을 판단하는 기준이다. 젊은 시절 한 남자의 눈에서 타오르던 절대복종의 반짝임이 다른 어떤 것에 대한 집착이나 이해관계, 또는 나이에 의해 식어버리면, 여자는 그 남자를 경계하며 관찰하기 시작한다. 쿠앵테 형제나 프티 클로, 그리고 에브가 적이라고 생각하는 모든 사람은 그녀를 메마르고 차가운 시선으로 바라보았다. 한데 검사는 그들과 달랐으므로, 그녀는 그를 편하게 대할 수 있었다. 하지만 정중한 태도와는 별개로, 검사는 단 몇 마디로 에브의 모든 희망을 꺾어버렸다.

"남편께서는 자신의 모든 재산을 부인께 양도해 부인의 재산 회복을 도우려 했습니다만, 법원의 판결은 이 양도를 동산으로만 한정했습니다. 항소법원이 판결을 뒤집을지는 확실하지 않습니다. 부인의 권리가 사기 행위를 은폐하는 데 악용되면 안 되니까요. 하지만 부인은 압류품 매각 대금을 나눌 때 채권자 자격으로 참여하실 수 있고, 부인의 시아버님께서도 밀린 집세에 대한 권리를 행사하셔야겠죠. 그러니 항소법원의 판결이 내려지면, 우리가 법률 용어로 배당 절차라 부르는 사안을 두고 또다른 분쟁이 발생할 소지가 있습니다."

"그럼 프티 클로 씨가…… 우리를 파산시키고 있는 건가요?" 에브가 소리쳤다.

"프티 클로의 행위는 남편께서 위임하신 요구 사항에 따른 것입니다. 그 소송대리인 말로는, 남편께서 시간을 벌고 싶어

하신다죠. 제 생각에, 항소는 취하하는 편이 낫겠습니다. 그리고 부인과 영감님은 경매로 넘어간 물품들 가운데 경영에 꼭 필요한 도구들을 되사는 편이 유리할 겁니다. 부인은 받으셔야 할 금액 내에서, 그리고 영감님은 집세 총액에 해당하는 금액만큼을 물품으로 확보하는 거지요. 그렇지만 이런 대응은 결론을 너무 성급히 내리는 것이긴 합니다. 소송대리인들이 당신을 속이고 있군요……!”

“그렇게 되면 저는 아버님 손아귀에 들어가게 되겠네요. 아버님께 인쇄 장비 임대료와 집세를 내야 할 테니까요. 그리고 제 남편은 계속해서 메티비에 씨가 제기하는 소장을 받게 될 것이고요. 그분은 아무것도 얻은 게 없으니까요…….”

“그렇습니다, 부인.”

“그리고 우리 상황은 지금보다 더 나빠지겠네요.”

“부인, 법은 채권자의 권리를 최우선으로 보호합니다. 당신들이 메티비에 씨에게 3000프랑을 받으셨으니, 그 돈을 반드시 갚아야…….”

“오! 검사님, 우리가 그런 사람이라고 생각하세요? 그런 짓을 할 수 있는…….”

에브는 자신의 변명이 오빠를 위험에 빠뜨릴지 모른다는 생각에 입을 닫았다.

“오! 잘 압니다.” 법관이 말을 이었다. “이 사건에는 의심스러운 점이 없지 않습니다. 채무자들은 정직하고 세심하고 훌륭한 분들이니까요! 채권자는 명의대여인에 불과하고요…….” 에브는 너무 놀라 얼빠진 표정으로 법률가를 쳐다보았다. 그는 통찰력 가득한 미묘한 시선을 그녀에게 던지며 말을 이었다. "우리는 변호사들의 변론을 듣기 위해 앉아 있는 동안 눈앞에서 벌어지는 일들에 대해 숙고할 시간이 충분히 있습니다."

에브는 자신이 아무것도 할 수 없다는 사실에 절망해 집으로 돌아왔다. 저녁 7시에 두블롱은 다비드의 구속을 알리는 집행명령서를 가져왔다. 이렇게 법적 절차는 절정으로 치달았다.

"내일 저녁부터는 밤에만 나다닐 수 있겠군."[41] 다비드가 말했다.

에브와 샤르동 부인은 눈물을 흘렸다. 숨는다는 것은 그들에게 불명예였다. 주인의 자유가 위협받게 되었다는 사실을 안 콜브와 마리옹은 무척 놀랐다. 오래전부터 그를 악의라고는 전혀 없는 사람으로 판단하고 있었기에, 그들의 놀라움은 더 컸다. 다비드 때문에 너무나 걱정되고 불안해진 그들은 자신들의 헌신이 어떤 도움을 줄 수 있을지 알고 싶다는 핑계로 샤르동 부인과 에브와 다비드를 만나러 왔다. 이제껏 그저 소박하게만 살아왔던 세 사람은 다비드가 숨어 다녀야 한다는 사실에 눈물을 흘리고 있었다. 그런데 앞으로 다비드의 일거수일투족을 감시할 것이 뻔한 밀정들을 어떻게 피할 수 있단 말인가! 게다가 불행하게도 다비드는 도무지 조심성이라고는 없는 남자가 아닌가!

"마님케서 허락카시면, 체가 15분 내로 척진을 염탐하고 오

---

41) 민사소송법 781조에 따르면, 일몰 후부터 일출 전까지는 채무자를 구속할 수 없다.[편]

켓습니다." 콜브가 말했다. "체가 생킨 컨 독일놈 같타도 이런 일을 얼마나 찰하는지 포여드릴케요. 전 친짜 프랑스인이라 칸교하거든요."

"오! 마님!" 마리옹이 말했다. "이 사람이 가보게 허락해 주세요. 이 사람은 주인을 지킬 생각만 하고 있어요. 다른 생각은 아무것도 안 해요. 콜브는 알자스인이 아니에요. 그는, 뭐랄까, 정말로 인명 구조용 뉴펀들랜드 개예요!"

"가보게, 착한 나의 콜브." 다비드가 말했다. "어떤 결정을 내리기까지 아직은 시간이 있어."

콜브는 집행관의 집으로 달려갔다. 그곳에서는 다비드의 적들이 모여 그를 체포할 방법을 모의하고 있었다.

지방에서 채무자의 체포는 절대 있을 수 없는, 터무니없고 비정상적인 일이다. 우선 서로가 너무 잘 아는 사이고, 채권자와 채무자는 평생 얼굴을 마주하고 살아야 하기 때문에, 아무도 그런 비열한 방법을 쓰지 않는다. 만일 어떤 상인이 대규모 파산을 획책한다면, 지방에서는 이런 파산자를 '합법 날도둑'이라 부르며 결코 용인하지 않으므로, 그에게 최선의 은신처는 파리다. 지방 사람들에게 파리는 말하자면 벨기에 같은 곳이다. 침투가 거의 불가능한 은신처들이 있을 뿐만 아니라, 지방법원 관할 밖이어서 집행관의 강제집행 영장 효력이 상실된다. 게다가 영장 집행을 불가능하게 만드는 다른 결정적 장애 요인들도 있다. 지방에는 예외 없이 주거불가침을 인정하는 법이 존재한다. 파리와 달리 지방에서는 채무자를 구속할 목적이라도 집행관이 타인의 집 안으로 들어갈 권리가 없다. 입법부가 파리를 예외로 한 이유는 한 지붕 밑에 여러 가족이 함께 살거나 모이는 경우가 비일비재해서다. 반면 지방에서 집행관이 채무자의 주거지 안으로 침입하려면 치안판사가 입회해야 한다. 그리고 치안판사는 자기 휘하의 집행관에게 협력할지 말지에 대한 결정권을 가진다. 치안판사를 칭찬하자면, 그들은 이러한 임무를 부담스럽게 여기며, 맹목적 열정이나 복수에 개입하려 하지 않는다. 그리고 이에 못지않게 심각한 다른 난관들도 있는데, 이런 문제들은 인신 구속에 있어 불필요하게 잔인한 법을 개정하게 하는 동기로 작용한다. 이처럼 사회 관습은 법 조항들을 바꾸거나 아예 없애 버리는 데 수시로 영향을 끼친다. 대도시에는 밀정 노릇을 할 만한 사람들, 신앙도 법도 없이 사는 가난하고 타락한 사람들이 많다. 하지만 소도시에서는 모두가 서로를 너무 잘 알기 때문에 집행관이 고용할 만한 인력이 없다. 혹여 하층민 중에 그런 종류의 타락에 가담하는 자가 있다면, 누가 되었든 그는 그 도시를 떠나야 할 것이다. 이렇듯 파리나 기타 인구가 많은 대도시에서와 달리, 소도시에서 채무자의 체포는 집행관의 생업에 있어 중요한 업무가 아니며, 지극히 피곤한 절차를 따라야 한다. 그러다 보니 채무자와 집행관 사이에 수싸움이 벌어지고, 양측의 술책은 종종 신문의 가십난에 흥미로운 소재를 제공한다. 키다리 쿠앵테는 모습을 드러내고 싶지 않았지만, 뚱보 쿠앵테는 자신이 메티비에로부터 이 일을 위임받았다면서 그들 인쇄소의 감독관이 된 세리제와 함께 두블롱의 사무실로 왔다. 세리제는 1000프랑짜리 지폐 한 장을 받고 그들과 협력하기로 했던 것이다. 두블롱에게는 믿을 만한 실무자 둘이 있었다. 이렇게 쿠앵테 형제의 먹잇감을 지키는 감시인이 벌써 셋이었다. 게다가 체포하는 순간 경찰의 도움도 받을 수 있었는데, 재판 결과에 따라 집행관의 요청이 있으면 경찰은 그에게 협조해야 하기 때문이다. 그리하여 이때 두블롱의 집 1층, 집행관 집무실에 딸린 사무실에는 다섯 사람이 모여 있었다.

집행관의 집무실로 들어가려면 골목길처럼 생긴, 꽤 널찍한 타일 복도를 지나야 했다. 하나뿐인 그 집의 출입문은 수수했고, 문 양옆에 붙은 금빛 팻말 한가운데 집행관이라는 검은 글자가 적혀 있었다. 길을 향해 난 창문 둘은 튼튼한 철창살을 쳐 보호했다. 사무실은 중정을 바라보고 있었는데, 과실의 요정 포모나를 사랑했던 집행관이 손수 과실나무를 성공적으로 재배하고 있었다. 사무실 앞에 부엌이 있었고, 부엌 뒤로 난 계단을 통해 2층으로 올라갈 수 있었다. 그 집은 당시 신축 중이던 법원 건물 뒤편 작은 골목에 자리했다. 새 법원은 1830년에 가서야 완공되었다. 이러한 세부 사항은 콜브에게 일어난 일을 이해하는 데 도움이 될 것이다. 이 알자스 사내는 주인을 팔아넘기겠다는 구실을 대고 집행관 앞에 나설 작정이었다. 집행관이 다비드에게 파놓은 함정이 무엇인지 알아보고 미리 대책을 마련해 주인을 보호하기 위해서였다. 요리사가 문을 열어주었고, 콜브는 일과 관련해 두블롱 씨를 만나고 싶다고 말했다. 설거지 중이던 그녀는 방해받는 것이 귀찮아 낯모르는 콜브에게 집무실 문을 열어주고는, 주인님은 사무실

에서 회의 중이니 끝날 때까지 그곳에서 기다리라고 했다. 그
러고는 주인한테 가서 어떤 사람이 그를 만나고 싶어 한다고
말했다. 한데 이 어떤 사람이라는 표현은 보통 농부를 가리킨
다. 그래서 두블롱은 "기다리라고 해요!"라고 했다. 콜브는 사
무실로 들어가는 문 옆에 앉았다.

"자! 이제 어떻게 하실 생각입니까? 내일 아침 그를 체포할
수 있다면, 시간을 버는 거잖소." 뚱보 쿠앵테가 말했다.

"사장이 세상 물정 모르는 바보라고 불리는 덴 다 이유가
있지요. 그 사람을 체포하는 것보다 더 쉬운 일은 없을걸요."
세리제가 큰 소리로 말했다.

뚱보 쿠앵테의 목소리를 알아들으면서, 특히 그의 두 문장
을 들으면서 콜브는 금방 그것이 자기 주인에 관한 이야기임
을 알아챘다. 급기야 세리제의 목소리를 식별했을 때 그의 경
악은 이루 말할 수 없었다.

'우리 추인님한테 빵을 어더먹턴 놈이!' 그는 기겁하며 속으
로 그렇게 외쳤다.

"여러분," 두블롱이 말했다. "이렇게 합시다. 보리외가에서
뮈리에 광장까지 일정한 간격을 두고 사방에 우리 편 사람들
을 배치해 세상 물정 모르는 그 바보가, 그 별명 참 마음에 드
네요, 눈치채지 못하도록 뒤를 밟을 겁니다. 그가 숨어 있을
집으로 들어가기 전까지 그를 놓쳐서는 안 됩니다. 며칠 동안
은 그곳에서 무사히 지내도록 내버려둡시다. 그러다 불시에,
일출 뒤나 일몰 전에, 집 안에 있는 그자를 덮치자고요."

"그런데 그 친구는 지금 무얼 하고 있죠? 도망갈 수도 있어

요." 뚱보 쿠앵테가 말했다.

"그는 지금 자기 집에 있습니다." 두블롱이 말했다. "그가 밖으로 나오면 금방 알 수 있습니다. 제 실무자 하나가 뒤리에 광장에서, 다른 하나는 법원에서, 또 다른 하나는 우리 집 가까이에서 그를 감시하고 있습니다. 그 친구가 밖으로 나오면 그들은 휘파람을 불어 신호할 것이고, 나는 그가 세 발짝을 떼기도 전에 알 수 있습니다."

집행관들은 자기가 거느리는 수하를 '실무자'라는 그럴듯한 명칭으로 부르곤 한다.

이런 행운의 기회를 잡으리라고는 생각도 못 했던 콜브는 슬며시 사무실에서 나와 하녀에게 말했다. "두블롱 씨의 회의가 길어지나 봅니다. 내일 아침 일찍 다시 오겠습니다."

기병 출신답게 알자스 사내에게는 한 가지 생각이 떠올랐고, 그걸 즉시 실행에 옮기려 했다. 그는 평소 알고 지내던 말 대여소 주인에게 달려가서는 말을 한 마리 골라 안장을 얹어 놓으라고 이르고는, 서둘러 주인의 집으로 돌아왔다. 집에서는 에브가 깊은 슬픔에 잠겨 있었다.

"무슨 일이가, 콜브?" 인쇄업자는 알자스 사내의 기쁘면서도 겁에 질린 표정을 보고 물었다

"추인님은 나픈 놈틀한테 툴러싸여 케세요. 카장 확씰한 팡법은 추인님을 숨키는 컵니다. 마님케서는 추인님을 딴 데로 포내실 팡법을 생칵해 포셨어요?"

충직한 콜브가 세리제의 배신과 집 주변에 배치된 덫들과 뚱보 쿠앵테가 이 사건에서 맡은 역할 등을 설명하면서 주인

에 대해 그 사람들이 꾸미고 있는 술책을 예측하자, 불길한 조짐이 느껴지면서 다비드의 처지가 적나라하게 드러났다.

"당신에게 소를 제기하도록 꾸민 게 쿠앵테 형제였어." 기가 막혀 진이 빠진 에브가 외쳤다. "그래서 메티비에가 우리에게 그토록 냉혹하게 굴었던 거야……. 그들은 제지업자니까, 당신의 비밀을 원하는 거야."

"하지만 그들을 피하려면 어떻게 해야 하지?" 샤르동 부인이 큰 소리로 말했다.

"마님케서 추인님을 숨켜두실 콧만 마련하시면 체가 아무도 몰래 추인님을 커기로 모셔갈케요." 콜브가 말했다.

"두 분은 밤이 된 후 바진 클레르제 집으로 가세요." 에브가 대답했다. "바진과 의논하러 가야겠어. 이런 상황에서 바진은 나 자신과 같아."

"밀정들이 당신을 미행할 거야." 어느 정도 정신을 차린 다비드가 말했다. "우리 중 아무도 그곳에 가지 않고 바진에게 알릴 방법을 찾아야 해."

"마님은 커기로 카셔도 갠찮아요. 체 착천을 틀어포세요. 체가 추인님이랑 팍으로 나가면 밀청들이 휘파람을 풀겠죠. 크사이 마님은 미행 탕하지 않코 클레르제 양 칩에 카실 수 있어요. 처는 추인님을 말에 태우고 탈릴 컵니다. 그러면 어떤 놈이 우리를 따라잡겠어요! 아무도 못 따라잡아요!"

"자 그럼, 안녕. 여보." 가엾은 여인은 남편 팔에 안기면서 소리쳤다. "우리 중 아무도 당신을 보러 가지 않을 거야. 당신이 잡힐 수도 있으니까. 이 자발적 감금이 계속되는 동안 우리는 이별해야 해. 서로 편지로 연락하자. 바진이 우체국에서 당신 편지를 부칠 거야. 나는 바진 앞으로 편지를 쓸게.”

다비드와 콜브가 밖으로 나가자 휘파람 소리가 들렸다. 그들은 걸어서 말 대여소가 있는 팔레 문까지 밀정들을 유인했다. 그곳에서 콜브는 주인을 뒤에 태우고는 꼭 붙잡으라고 당부했다.

“휘파람 풀어라, 풀어, 멍텅구리틀아! 난 네놈틀 모두를 피웃지! 너희틀은 왕년의 이 키병을 따라참치 못해!”

왕년의 기병이 박차를 가해 들판을 향해 빠른 속도로 내달렸기에 밀정들은 그들을 뒤쫓을 수 없었을 뿐 아니라 어디로 갔는지조차 알 수 없었다.

에브는 상담한다는 그럴듯한 핑계를 대고 포스텔을 만나러 갔다. 그곳에서 그녀는 말로만 동정하는 모욕적인 태도를 견딘 후, 포스텔의 집을 떠나 아무도 눈치채지 못하게 바진의 집으로 갈 수 있었다. 에브는 바진에게 자신의 고통을 털어놓고 도움을 청했다. 바진은 극도로 조심하면서 에브를 자기 방으로 데려갔다. 그녀가 내실에 있는 어떤 문을 열자 안쪽으로 공간이 있었고, 빛은 천창에서 들어오는 구조라 아무도 그 안을 들여다볼 수 없었다. 에브와 바진, 두 친구는 막아놓았던 작은 벽난로를 열었다. 그 벽난로의 굴뚝은 여직공들이 다림질에 쓰기 위해 불을 피우는 작업장 난로의 굴뚝과 연결되어 있었다. 두 여인은 혹시 다비드가 실수로 소리를 내더라도 그 소리가 묻히도록 타일 바닥에 낡은 담요를 깔았다. 그리고 잠자리로 쓸 간이침대 하나와 실험을 위한 화로, 앉아서 글을 쓸 수 있는 테이블과 의자 하나를 들여놓았다. 바진은 밤에 먹을 것을 넣어주겠다고 약속했다. 그곳에는 절대로 아무도 들어가지 않을 테니, 다비드는 어떤 적에게도, 심지어 경찰에게도 잡히지 않을 것이다.

"드디어 다비드가 안전하게 되었어." 에브가 친구를 포옹하면서 말했다.

에브는 법적 문제를 상의하기 위해 상사법원의 박식한 판사인 포스텔을 만나고자 한다며 다시 포스텔의 집으로 갔다. 그러고는 그의 푸념을 들으면서 집까지 배웅 받았다. '나와 결혼했다면, 지금 이렇게 되셨겠어요……?' 키 작은 약제사가 하는 모든 말 아래에는 이 질문이 깔려 있었다. 포스텔이 집으로 돌아와 보니, 그의 아내는 세샤르 부인의 놀라운 미모를 질투하면서 남편의 과도한 친절에 화가 나 있었다. 레오니는 키 작은 붉은 머리 여인이 키 큰 갈색 머리 여인보다 훨씬 낫다는 약제사의 말을 듣고 나서야 마음이 진정되었는데, 그에 따르면 키 큰 갈색 머리 여인은 마구간에만 머물러 있는 말과 같다는 것이었다. 그다음 날 포스텔 부인이 애교를 떨면서 다정하게 구는 것으로 보아, 아마 그는 자기 해명의 진정성을 증명해 보인 모양이었다.

"이제 안심할 수 있어요." 에브는 어머니와 마리옹에게 말했다. 마리옹의 표현에 따르면 그들은 여전히 **충격받은** 상태였다.

"오! 주인님과 콜브는 떠났어요." 에브가 무심코 자기 방을 쳐다보자 마리옹이 말했다.

"이제 어디로 갈카요?" 파리 방향 대로를 4킬로미터쯤 달렸을 때 콜브가 물었다.

"마르사크로 가세." 다비드가 대답했다. "자네가 나를 이 길로 들어서게 했으니, 마지막으로 아버지의 심장에 호소해 보겠어."

"처라면 차라리 포병 푸대를 습격하캤어요. 영캄님한텐 심창이라는 케 엽쓰니카요……."

늙은 인쇄공은 아들을 믿지 않았다. 그는 다른 사람들처럼 결과만으로 아들을 판단했다. 특히 그는 자기가 다비드를 등쳐먹었다는 생각이 전혀 없었고, 시대의 변화는 고려하지 않은 채 말하곤 했다. "나는 스스로 배우고 경험했지만, 아들은 인쇄업을 배우게 했어. 그런데 나보다 천배는 유식한 녀석이 사업엔 도통 젬병이란 말이야." 아들을 이해할 수 없었던 아버지는 아들을 비난했고, '내가 그 녀석의 빵을 보관하고 있지.'라는 생각으로, 아들의 고귀한 지성에 대해 일종의 우월감을 느꼈다. 감정이 이해관계에 미치는 영향을 도덕가들은 결코 이해하지 못할 것이다. 그 영향력은 이해관계가 감정에 미치는 영향 못지않게 강하다. 모든 자연법칙에는 서로 반대 방향으로 작용하는 이중의 효과가 존재하기 마련이니까. 다비드는 아버지를 이해했고, 아버지를 용서할 만큼 숭고한 자비심을 지니고 있었다. 콜브와 다비드는 저녁 8시경에 도착했는데, 아버지는 저녁 식사를 마치고 곧 잠자리에 들려던 참이었다.

"나는 엄격한 법의 잣대로 너를 본다." 아버지는 쓴웃음을 지으며 말했다.

"우리 추인님과 영캄님은 어떡케 해야 서로 마음이 통할 수 있쓸카요? 추인님은 언체나 하늘을 여행하고, 영캄님은 언체나 포도밭테만 케시니……." 화가 난 콜브가 외쳤다. "톤을 추세요! 톤을! 아퍼지잔나요……!"

"그만해, 콜브, 아버지가 번잡하지 않으시게 말을 쿠르투아 부인 댁에 맡겨두게. 그리고 아버지는 언제나 옳다는 것을 알아둬."

콜브는 신중했다고 야단맞고, 복종하면서도 반항하는 강아지처럼 투덜대면서 말을 끌고 갔다. 다비드는 비법은 이야기하지 않은 채, 발명의 확실한 증거를 제시할 테니 당장 채무를 변제할 자금과 비법의 활용에 필요한 자금을 빌려주면 아버지와 사업 이익을 나누겠다고 제안했다.

"아니! 도대체 아무것도 아닌 재료를 가지고 싸고 좋은 종이를 만든다는 것을 어떻게 증명할 거냐?" 왕년의 식자공은 술에 취했음에도 날카롭고 호기심 가득하고 탐욕스러운 눈으로 아들을 쳐다보며 물었다. 그 눈빛은 마치 비구름 속에서 번쩍하고 나타나는 번개 같았다. 자신의 습관에 충실한 늙은 곰은 나이트캡을 쓰지 않고는 잠자리에 들지 않았다. 그에게 나이트캡이란 오래된 고급 포도주 두 병이었는데, 그의 표현을 빌리자면, 그는 그것을 홀짝홀짝 음미했다.

"그것만큼 간단한 일도 없어요." 다비드가 대답했다. "저는 지금 종이를 가지고 있지 않아요. 두블롱을 피해 도망 왔거든요. 그런데 마르사크로 오는 길에 생각해 보니, 고리대금업자에게 돈을 빌리는 것보단 아버지에게 빌리는 편이 나을 것 같앗어요. 제겐 지금 입고 있는 옷 외에 아무것도 없어요. 완벽하게 닫힌 곳에, 아무도 들어올 수 없고 아무도 나를 볼 수 없는 그런 장소에 저를 가둬주세요. 그리고……”

“뭐라고?” 노인은 아들에게 무시무시한 눈초리를 던지며 말했다. “네가 작업하는 것을 보지 못하게 한단 말이냐?”

“아버지, 아버지가 사업에는 부모 자식도 없다는 것을 증명해 보이셨잖아요……”

“아! 너는 네게 생명을 준 사람도 의심하는구나.”

“아니요, 제게서 생계 수단을 빼앗아 간 사람을 의심하는 겁니다.”

“사람은 저마다 자기를 위한다. 그래 네 말이 맞다!” 노인은 말했다. “좋아, 그럼 널 지하의 와인 저장고에 넣어주마.”

“콜브와 함께 그곳에 들어가겠습니다. 펄프를 만들어야 하니 커다란 냄비를 넣어주세요.” 다비드는 아버지의 눈을 보지 못한 채 말을 이었다. “그리고 아티초크 줄기와 아스파라거스 줄기, 가시쐐기풀을 좀 구해다 주세요. 냇가에 가서서 갈대도 베어다 주시고요. 내일 아침에 훌륭한 종이를 가지고 지하 저장고에서 나오겠습니다.”

“그게 가능하다면……” 곰은 딸꾹질을 하면서 외쳤다. “어쩌면 네게 줄 수 있을지도 모르겠다, 어쩌면……. 글쎄…… 한 2만 5000프랑 정도? 단, 매년 그만큼 벌게 해준다는 조건으로……”

“저를 시험해 보세요. 전 동의합니다!” 다비드가 소리쳤다. “콜브, 말을 타고 얼른 망르로 달려가. 통 제작자 상점에서 말총으로 만든 커다란 체를, 식품점에서는 풀을 사서 즉시 돌아와.”

아버지는 아들에게 포도주와 빵, 먹다 남긴 식은 고기를 내밀며 말했다. “자, 이거 먹고…… 힘내라. 네 말대로 초록 넝마를 구해다 주마.[42] 네가 원하는 것은 초록색 아니냐! 넝마 재료가 너무 새파랄까 봐 걱정이다.”

2시간 후인 밤 11시경, 노인은 아들과 콜브를 지하 저장고 옆의 작은 방에 가두었다. 속이 빈 기와로 덮인 그 방에는 앙구무아산(産) 포도주를 증류하는 데 필요한 도구들이 있었다. 익히 알려진 대로 이 포도주들이 바로 코냑이라 불리는 증류주의 원료가 되는 것이다.

“오! 공장에 있는 것 같아요……. 여기 장작도 있고 냄비도 있네요…….” 다비드가 외쳤다.

“그럼, 내일 보자. 너희들을 가두고 개 두 마리를 풀어놓을 거다. 아무도 너희들에게 종이를 갖다주지 못할 거라고 확신한다. 내일 아침 종이를 보여다오. 그러면 나는 너의 동업자가 될 거고, 사업은 순탄하게 추진될 거다.”

기꺼이 감금당한 콜브와 다비드는 두어 시간 동안 두꺼운 널빤지 2장을 이용해 줄기들을 다지고 삶을 준비를 했다. 불이 피어올랐고 물이 끓었다. 새벽 2시경, 다비드보다 덜 바쁜 콜브는 주정뱅이의 딸꾹질 같은 숨소리를 들었다. 그는 두 개의 촛대 중 하나를 집어 들고 사방을 살피기 시작했다. 문 위

---

42) 세샤르 영감은 다비드가 기존 원료인 넝마가 아니라 식물을 펄프 원료로 사용하려는 것을 ‘초록 넝마’라는 말로 비꼬고 있다.

쪽 사각 창문을 가득 채우고 있는 세샤르 영감의 자줏빛 얼굴이 보였다. 와인 증류실에서 브랜디 양조실로 통하는 그 사잇문은 빈 술통들로 가려져 있었다. 심술궂은 영감은 술통을 배달할 때 쓰는 바깥문을 통해서 아들과 콜브를 지하 저장고로 데려갔다. 한편, 내부에 있는 사잇문은 안뜰을 거쳐 돌아가지 않고 지하 저장고의 큰 통들을 굴려 바로 양조실로 옮기는 데 사용되었다.

"아이쿠, 세상에나! 영캄님! 이컨 아니쵸! 아드님 피밀을 홈치시려코요? 술 한 평 먹코선 맘태로 행통해도 돼요? 차기가 악탕이라고 인청하신 커예요."

"아! 아버지!" 다비드가 말했다.

"뭐 필요한 게 없나 보러 왔다." 술이 거의 깬 포도 재배인이 말했다.

"크럼 이 초크만 사타리는 우리를 위해서 카쳐오신 커예요?" 입구를 치우고 문을 연 콜브는 잠옷 바람으로 사다리 위에 올라서 있는 노인을 보고 말했다.

"위험해요!" 다비드가 소리쳤다.

"내가 몽유병에 걸린 모양이다." 수치심을 느낀 노인이 사다리를 내려오며 말했다. "네가 아비를 믿지 못하니 꿈을 꾸었어, 불가능한 것을 실현하려고 악마와 타협하는 줄 알았구나."

"악마라코요? 톤에 대한 영캄님 칩착이 악마쵸!"

"들어가 주무세요, 아버지. 원하신다면 문에 자물쇠를 채우세요. 하지만 다시 오실 필요는 없어요. 콜브가 보초를 설 겁니다."

다음 날 새벽 4시에 다비드는 작업한 흔적을 모두 치운 후 증류실을 나왔다. 그는 아버지에게 30장 남짓의 종이를 가져갔는데, 그 섬세함, 흰빛, 밀도, 견고함은 더 이상 바랄 것이 없을 정도였으며, 말총으로 만든 체에서 생긴 강한 선과 약한 선이 워터마크로 들어가 있었다. 노인은 젊은 시절부터 입천장으로 종이를 시험하는 데 길이 들었던 곰으로 돌아가, 견본을 집어 들고 혀를 갖다 댔다. 종이를 만져보고 구겨보고 접어보는 등, 인쇄공이 종이의 품질을 가늠하기 위해 하는 모든 시험을 했다. 더 이상 할 말이 없었음에도 그는 패배를 인정하고 싶지 않았다.

"이것이 인쇄기 밑에서는 어떻게 되는지 확인해 봐야 해!" 그는 아들을 칭찬하고 싶지 않아 그렇게 말했다.

"어처쿠니없는 영캄님이야!" 콜브가 외쳤다.

냉정해진 노인은 아버지의 권위를 내세워, 결정을 못 하는 척하며 속마음을 감추었다.

"아버지를 속이고 싶지 않아요. 이 종이는 제작비가 여전히 높을 것 같아요. 그래서 저는 통 속에서 풀 먹이는 방법까지 찾아내고 싶어요. 이제 이 문제만 해결하면 돼요……."

"요것 봐라, 그런 말로 날 속이려고!"

"아니에요. 말씀드릴까요? 지금도 통에서 풀을 먹이고 있는데, 아직은 펄프에 풀이 고르게 먹여지지 않아서 종이에 솔처럼 까슬까슬한 부분이 생겨요."

"통에서 풀 먹이는 비법을 완성해. 그러면 네게 돈을 주마."

"추인님은 영캄님 큼화를 쿠경도 못 하켓어요."

　노인은 다비드에게 간밤에 겪은 수치를 앙갚음하고 싶었다. 그래서 더더욱 아들을 냉정하게 대했다.

　"아버지." 다비드는 콜브를 내보내고 말했다. "저는 아버지가 인쇄소 값을 터무니없이 비싸게 치신 것이나, 아버지 혼자 정한 값으로 제게 인쇄소를 파신 것에 대해 한 번도 아버지를 원망한 적이 없어요. 전 언제나 아버지를 아버지로만 여겼고, 이렇게 생각하곤 했지요. '아버지는 고생을 많이 하셨고 내 분수에 넘치도록 나를 잘 길러주셨으니, 그동안 일하신 성과를 마음대로 즐기면서 편안히 사시도록 해드리자.' 어머니의 재산도 아버지께 드렸고, 아버지께 진 빚을 안고 시작하는 삶을 한마디 불평 없이 받아들였어요. 전 아버지께 폐를 끼치지 않고 재산을 모으자고 다짐했습니다. 그래서 이 비법을 찾아낸 거예요. 온갖 고초를 겪으면서, 집에는 빵도 없이, 제가 지지도 않은 빚을 갚아가면서…… 그래요, 제 힘이 다할 때까지 참을성 있게 꾹 참고 싸웠습니다. 아버지는 절 도와주셔야 해요! 저를 생각하지 마시고, 한 여인과 어린아이를 봐 주세요……. (이 순간 다비드는 눈물이 흐르는 것을 참을 수 없었다.) 그들을 도와주시고 보호해 주세요." 그러나 대리석 인쇄대처럼 차가운 아버지를 보고 다비드는 언성을 높였다. "아버지는 저축한 돈을 제게 내준 마리옹이나 콜브보다도 못하신가요?"

　"그 돈으로 충분치 않았나 보구나……!" 노인은 최소한의 수치심도 느끼지 않은 채 소리쳤다. "그러다간 프랑스 전체도 집어삼키겠어……. 잘 가라! 난 너무 무식해서 나만 손해 볼 그런 사업엔 끼어들지 않겠다. 원숭이는 곰을 잡아먹지 못할 것이다." 그는 인쇄소 작업장에서 사용하는 별명에 빗대 말했다. "나는 포도 재배인이지 은행가가 아니다. 그리고 너도 알다시피, 부자지간의 사업은 잘 안 되는 법이다. 자, 저녁이나 먹자. 내가 아무것도 안 주었다고는 말하지 않겠지."

다비드는 소중한 사람들에게 자신의 고통을 알리지 않은 채 혼자서 그 고통을 삼키는 속 깊은 남자였다. 그런 남자도 애써 참고 있던 고통이 밖으로 터져 나올 때가 있는 법이다. 에브는 다비드의 남자다운 훌륭한 성격을 잘 이해했다. 그러나 아버지는 마음속 깊은 곳으로부터 밖으로 터져 나온 고통의 외침을 아버지를 속여 먹으려는 아이의 유치한 투정으로 여겼으며, 아들이 보이는 극도의 실망을 실패에 대한 수치심의 표현이라고 생각했다. 아버지와 아들은 사이가 틀어진 상태로 헤어졌다. 자정 무렵, 다비드와 콜브는 물건을 훔치려는 도둑들처럼 조심하면서 앙굴렘으로 돌아왔다. 새벽 1시경, 다비드는 아무에게도 들키지 않고 바진 클레르제 양의 집으로 가서, 아내가 준비해 둔 은신처로 안내되었다. 그곳으로 들어감으로써 다비드는 누구보다도 능수능란하게 남을 도울 줄 아는 한 여공의 연민에 기대게 될 터였다. 다음 날 아침, 콜브는 주인을 말에 태워 구해 낸 뒤, 리모주 방향으로 가는 역마차에 태워 보내드릴 때까지 곁을 지켰다고 자랑하고 다녔다. 상당량의 실험 재료를 바진의 지하실에 저장해 놓은 덕분에, 콜브나 마리옹, 세샤르 부인과 그녀의 친정어머니는 클레르제 양과 연락할 필요가 일절 없었다.

아들과의 언쟁이 있고 나서 이틀 후, 세샤르 영감은 포도를 수확하기까지 아직 20일이 남아 있었기에 탐욕스러운 호기심에 이끌려 며느리 집으로 달려갔다. 그는 잠을 이룰 수 없었다. 아들의 발명이 정말로 큰 재산을 거머쥘 기회인지 알고 싶었다. 그래서 그의 표현을 따르자면 '불의의 사태'에 대비할 생각을 했다. 그는 며느리 집 위층에 자기를 위해 남겨둔 두 개의 다락방 중 하나에 들어가 살기로 마음먹었다. 아들네 가족의 살림에 닥친 경제적 궁핍에 대해서는 눈을 감았다. 아들 내외는 그에게 집세를 빚지고 있으니, 그를 부양해 마땅하지 않나! 주석 도금한 초라한 철제 식기를 사용하는 것을 보고도 전혀 대수롭게 여기지 않았다.

며느리가 은 식기로 대접하지 못하는 것을 죄송해하자 그는 "나도 이렇게 시작했다."라고 대답할 뿐이었다.

마리옹은 집에서 쓰는 모든 물품을 외상으로 살 수밖에 없었다. 콜브는 일당 20수를 받고 석공 일을 했다. 이윽고 가엾은 에브에게는 10프랑밖에 남지 않았지만, 그녀는 아이와 다비드의 미래를 위해 포도 재배인을 모시는 데 마지막 남은 돈을 다 썼다. 그녀는 노인의 비위를 맞추고 존경이 담긴 애정 표현도 하면서 묵묵히 견디면 수전노의 마음이 누그러지리라 기대했지만, 그는 언제나 냉담했다. 끝내 그의 눈에서 쿠앵테 형제와 프티 클로와 세리제의 차가운 눈길만을 본 에브는 그의 성질을 관찰하고 그의 진짜 목적을 파악하려 애썼다. 그러나 헛수고였다! 세샤르 영감은 언제나 술에 취해 있었기에 도무지 그의 의중을 파악할 수 없었다. 취기는 이중의 베일이다. 노인은 실제로 취하기도 했고 취한 척하기도 하면서, 취기

를 이용해 에브로부터 다비드의 비밀을 알아내려 했다. 때로
는 며느리를 구슬리기도 했고 때로는 겁을 주기도 했다. 에브
가 자기는 아무것도 모른다고 하면 그는 이렇게 말했다. "난
내 재산을 다 마셔버릴 거다. '종신연금'에 넣을 거야……."[43]
이런 명예롭지 못한 싸움은 불쌍한 희생자를 지치게 했다. 결
국 시아버지에 대한 존경심을 저버리지 않기 위해 그녀는 입
을 굳게 다물었다. 그러던 어느 날, 에브는 더 이상 참지 못하
고 말했다. "하지만 아버님, 비밀을 알 수 있는 가장 간단한 방
법이 있어요. 다비드의 빚을 갚아주세요. 그는 집으로 돌아올
것이고, 아버님과도 사이좋게 잘 지내게 될 거예요."

"그래! 네가 내게 바라는 게 바로 이거였구나!" 영감이 언성
을 높였다. "잘 알았다."

세샤르 영감은 아들은 믿지 못하면서도 쿠앵테 형제는 신
뢰했다. 그는 쿠앵테 형제를 만나러 갔고, 그들은 아들의 연구
가 100만 프랑짜리라는 말로 그를 현혹했다.

"다비드가 성공을 증명할 수 있다면 저는 망설임 없이 아드
님의 발명과 우리 제지 공장을 같은 값으로 치고 아드님과 동
업할 겁니다." 키다리 쿠앵테가 말했다.

---

43) 당시 프랑스에는 두 종류의 연금제도가 있었다. 종신연금과 영구연금이
그것이다. 종신연금은 일종의 사설 연금으로, 수익자가 살아 있는 동안에만
연금을 지급하며, 이윤은 높지만 수혜자 사망 시 원금도 사라진다. 영구연
금은 국채를 기반으로 하는 연금제도로, 수혜자가 사망하면 그 권리는 상
속된다. 국채연금은 시기에 따라 3~5퍼센트 수준이었고, 종신연금은 통상
8퍼센트였다.

의심 많은 노인은 인쇄소의 직공들과 술을 마시며 많은 정
보를 얻었으며, 바보인 척하면서 프티 클로에게 여러 가지를
물은 끝에, 메티비에 뒤에 쿠앵테 형제가 숨어 있음을 눈치채
게 되었다. 노인은 그들이 세샤르 인쇄소를 파산시키고, 아들
의 발명품을 가지고 자기를 유혹해 빚을 갚게 하려는 수작이
라고 짐작했다. 일개 필부에 불과한 노인으로서는 프티 클로
의 공모도, 조만간 훌륭한 산업 기밀을 자기들 것으로 만들기
위해 꾸미는 음모도 간파할 수 없었다. 며느리의 침묵을 깨뜨
리지도 다비드가 어디 숨었는지 알아내지도 못해 부아가 치
민 노인은 아들이 헛간에 딸린 방에서 롤러를 주조했다는 사
실을 알아내고는, 급기야 실험실 문을 열고 들어가 볼 생각을
했다. 이른 아침에 실험실로 내려간 그는 자물쇠를 따기 시작
했다.

“아니, 영감님, 여기서 뭐 하세요……?” 날이 밝자, 일찍 일어
나 부엌으로 가던 마리옹은 세샤르 영감을 발견하고 종이를
물에 담그던 곳까지 뛰어왔다.

“마리옹, 여긴 내 집이 아니냐?” 창피해진 노인이 말했다.

“세상에! 늘그막에 도둑이 되셨군요……. 아직 술도 안 드셨
으면서…… 당장 마님께 있는 그대로 말씀드리겠어요…….”

“시끄러워, 마리옹” 노인은 주머니에서 6프랑짜리 은화 두
개를 꺼내 건네며 말했다. “자, 이거 가져라…….”

“아무 말도 않겠어요. 하지만 다시는 여기 오지 마세요!” 마
리옹은 손가락으로 그를 위협하면서 말했다. “한 번만 또 이러
시면 온 앙굴렘에 소문을 낼 거예요.”

노인이 나가자마자 마리옹은 여주인 방으로 올라갔다.

"이것 보세요, 마님, 아버님에게서 12프랑을 빼앗았어요, 여기 있어요."

"어떻게 한 거야……?"

"영감님이 주인님의 장비며 재료들을 엿보려고 하셨지 뭐예요! 비밀을 알아내려고요. 아시다시피, 이제 그 헛간에는 아무 것도 없지만, 아드님을 도둑질하려 한다고 영감님을 몰아세웠죠. 그래서 제 입을 막으려고 은화 두 개를 주신 거예요."

바로 그때, 바진이 기쁜 마음으로 다비드의 편지를 친구에게 몰래 전달했다. 그 편지는 너무도 훌륭한 종이에 쓰여 있었다.

사랑하는 에브, 내 방식대로 제조한 첫 번째 종이 위에 제일 먼저 당신에게 보내는 편지를 쓰고 있어. 나는 큰 통 안에서 풀을 먹이는 문제를 해결하는 데 성공했어. 펄프 1파운드의 원가는, 내게 필요한 원료를 얻기 위해 좋은 땅에서 특별히 경작하더라도 5수면 충분해. 그러니까 3프랑을 들여 풀 먹인 펄프로 종이 1연을 만들 수 있는데, 무게는 12파운드밖에 안 나가. 책 무게가 반으로 줄어들 거라 확신해. 이 편지지와 봉투와 종이 견본들은 각기 다른 방식으로 만든 거야. 당신에게 키스를 보내. 우린 큰돈을 벌고 행복해질 거야. 우리에게 없는 유일한 것이 돈이니까.

"자, 이걸 보세요." 에브는 시아버지에게 종이 견본들을 갖다 보이며 말했다. "포도 수확으로 버신 돈을 아들에게 주셔서 그가 큰돈을 벌게 해주세요. 아버님이 주신 돈을 10배로 갚아드릴 겁니다. 다비드가 성공했으니까요……!"

세샤르 영감은 쿠앵테 형제에게 달려갔다. 그곳에서 사람들은 견본들을 꼼꼼히 살펴보고 일일이 시험해 보았다. 어떤 것은 풀이 잘 먹여졌고, 어떤 것은 그렇지 않았다. 그 종이들에는 1연에 3프랑부터 10프랑까지 값이 매겨져 있었다. 어떤 종이는 금속처럼 순수했고, 어떤 종이는 중국산 종이처럼 부드러웠으며, 같은 흰색임에도 미묘한 차이가 있어 다양한 색조를 띠었다. 다이아몬드를 감정하는 유대인들도 쿠앵테 형제나 세샤르 영감만큼 눈을 번득이지 않았을 것이다.

"아드님은 잘하고 계시네요." 뚱보 쿠앵테가 말했다.

"그러면 그의 빚을 갚아주시오." 늙은 인쇄공이 말했다.

"기꺼이 그렇게 하겠습니다. 우리를 동업자로 받아들인다면 말입니다." 키다리 쿠앵테가 말했다.

"날강도들 같으니라고!" 은퇴한 곰이 소리쳤다. "당신들은 메티비에의 이름으로 우리 아들한테 소송을 걸면서, 그 돈을 나더러 갚으라는 거잖아. 그게 전부야. 내가 그리 바보는 아니지, 나쁜 인간들!"

두 형제는 수전노 영감의 빤한 눈치에 놀라 서로 쳐다보았다. 그러나 그들은 그 놀람을 감출 줄 알았다.

"우리는 아직 백만장자가 아닌지라 기꺼이 돈을 미리 내드릴 형편이 못 됩니다." 뚱보 쿠앵테가 말했다. "넝마도 현금으로 사고 싶습니다만, 여전히 거래처에 어음으로 지불하고 있어요."

"대규모 실험을 해봐야 합니다." 키다리 쿠앵테가 차갑게 말했다. "냄비에서 성공하더라도 대규모 공장에서는 실패하는 경우가 많으니까요. 아드님이 구속되지 않게 해주시죠."

"하지만 내 아들이 자유를 얻으면 나를 동업자로 받아줄까?" 세샤르 영감이 물었다.

"그건 우리가 알 바 아니지요." 뚱보 쿠앵테가 응수했다. "영감님, 아드님께 1만 프랑을 주신다고 그게 끝일 것으로 생각하세요? 발명 특허를 받으려면 2000프랑이 듭니다. 파리로 출장도 가야죠. 게다가 우리 형님 말씀마따나, 투자하기 전에 신중하게 1000연 정도는 시험 제작해 봐야 하고, 풀 먹이는 통들이 고르게 성공하는지도 보아야 합니다. 아시다시피 발명가란 존재는 가장 경계해야 할 대상이니까요."

"저는 말입니다," 키다리 쿠앵테가 말했다. "잘 구워진 빵을 좋아합니다."

세샤르 영감은 밤새도록 이러한 딜레마를 곰곰이 되짚어보았다. '다비드의 빚을 갚아주면, 다비드는 자유의 몸이 돼. 하지만 일단 자유의 몸이 되고 나면 그 애는 자기의 재산 형성을 위해 나와 협력할 필요가 없어지지. 녀석은 우리의 첫 동업에서 내가 자기를 속인 것을 알고 있어. 다시 동업하고 싶지 않을 거야. 그러니까 그놈을 감옥에 넣어두는 것이 내게는 더 이익이야.'

쿠앵테 형제는 세샤르 영감을 훤히 파악하고 있었으므로, 앞으로 다비드 사냥에 그가 동참하게 될 것임을 직감했다. 그래서 쿠앵테 형제와 프티 클로는 이런 대화를 나눴다. "비법을 가지고 회사를 설립하려면 실험이 필요합니다. 그리고 실험을 하려면 다비드를 석방해야 하지요. 그런데 일단 다비드가 석 방되면 그는 우리에게서 도망칠 겁니다." 하지만 저마다의 속 셈은 달랐다. 프티 클로는 '일단 결혼하고 나면 쿠앵테 형제 와도 용감히 맞서겠어. 하지만 그때까지는 저들과 한편이어야 해.'라고 생각했고, 키다리 쿠앵테는 '다비드를 가둬두는 편이 나아. 그래야 내가 주인이 되지.'라고 생각했다. 그런가 하면 세샤르 영감은 '내가 빚을 갚아줘 봤자, 아들 녀석은 그저 고 맙다는 인사치레나 하겠지.'라고 생각했다. 에브는 포도 재배 인한테 공격당하고 집에서 내쫓겠다는 위협을 받으면서도 남 편의 은신처를 알려주지 않았고, 그렇다고 남편에게 통행증을 받아 도망가라고 제안하지도 않았다. 처음에는 성공했지만 두 번째에도 남편을 무사히 도피시킬 자신이 없었다. 그래서 시 아버지에게 이렇게 말했다. "아드님을 자유롭게 해주세요. 그 러면 아버님은 모든 것을 다 아시게 될 거예요." 그러나 이들 이해 당사자 넷은 잘 차려진 식탁을 앞에 놓고도 누구도 감히 그 진수성찬에 손대지 못하는 사람들 같았다. 그만큼 그들은 다른 누군가가 자기보다 앞서갈까 두려워 서로를 경계하며 감 시하고 있었던 것이다.

세샤르가 은둔하고 수일이 지났을 때, 프티 클로가 지업사 로 키다리 쿠앵테를 찾아왔다.

"저는 최선을 다했습니다. 다비드는 우리가 모르는 어느 감 옥에 제 발로 들어가, 그곳에서 조용히 연구를 완성하려 합니 다. 사장님이 목적을 달성하지 못하신다 해도 그것은 제 잘못

이 아닙니다. 그러니 제게 하신 약속은 지키시겠죠?" 프티 클로가 물었다.

"그렇소. 단, 우리가 성공할 경우에." 키다리 쿠앵테가 대답했다. "세샤르 영감이 며칠 전부터 우리를 찾아와 종이 제조법에 대해 질문을 퍼붓고 있어요. 그 영감은 아들의 발명에서 냄새를 맡고는 자기도 그것을 이용하고 싶어 하지요. 그러니 동업이 성사될 가망이 보입니다. 선생은 그 부자(父子)의 소송대리인이지요……."

"걱정 말고 저한테 맡기세요." 프티 클로가 웃으며 말했다.

"좋습니다." 키다리 쿠앵테가 응수했다. "다비드를 감옥에 집어넣든지, 동업 계약을 통해 우리 손에 넘겨주든지, 둘 중 어느 쪽이라도 성공한다면 선생은 마드무아젤 드 라에의 남편이 될 겁니다."

"그것이 사장님의 '울티마툼(Ultimatum, 최후통첩)'입니까?"

"외국어로 물으셨으니 외국어로 답해 드리죠. 예스!" 쿠앵테가 말했다.

그러자 프티 클로는 냉정하게 대답했다. "좋은 프랑스어로 제 의견을 말씀드리겠습니다."

"아! 좋아요. 말해 보세요." 키다리 쿠앵테가 호기심 어린 표정으로 말했다.

"내일 저를 세농슈 부인 댁에 소개해 주십시오. 제게 도움이 될 일을 해주세요. 그러니까 먼저 약속을 지켜주세요. 아니면 저는 차라리 소송대리인 직을 팔아 다비드의 빚을 대신 갚고 그와 동업하겠습니다. 저는 농락당하고 싶지 않습니다. 사장님은 분명히 말씀하셨고, 저는 사장님과 같은 언어를 사용하고 있습니다. 증거를 보여드렸으니, 사장님도 증거를 보여주세요. 사장님은 모든 것을 가지고 계시지만, 제게는 아무것도 없습니다. 사장님의 진실성에 대한 담보가 없다면, 저도 사장님께 대항할 패를 가지겠습니다."

키다리 쿠앵테는 모자와 우산을 집어 들고, 위선적인 예수회원 같은 몸짓으로 프티 클로에게 따라오라고 하고는 밖으로 나갔다.

"이봐요. 내가 선생을 위해 아무런 조치도 취하지 않았을 것 같소?" 상인이 소송대리인에게 말했다.

세심하고 교활한 제지업자는 자기 입장이 위험에 처했음을 알아챘고, 프티 클로를 상대로는 정정당당하게 승부를 겨뤄야 한다는 사실을 깨달았다. 프티 클로는 적당히 넘어갈 사내가 아니었다. 그는 일을 성사시키기 위해, 또 혹시 모를 일을 대비해, 마드무아젤 드 라에의 재정 상태에 대한 서류를 준다는 핑계로 전직 총영사에게 몇 마디 귀띔을 해두었더랬다.

"프랑수아즈에 관한 일인데요, 겨우 3만 프랑의 지참금을 가지고는 신부가 까다롭게 굴지 못합니다."

"그 문제에 대해 논의해 봅시다." 프랑시스 뒤 오투아가 대답했다. "바르주통 부인이 앙굴렘을 떠난 후로는 세농슈 부인의 지위가 사뭇 달라졌어요. 프랑수아즈를 지방의 훌륭한 노귀족과 결혼시킬 수 있을 겁니다."

"그러면 아가씨 행실이 나빠질 겁니다." 제지업자는 냉정한 표정으로 말했다. "그러지 말고, 능력 있고 야심찬 젊은이와 결혼시키세요. 당신이 그 사람을 보호해 주면, 그는 아내를 훌륭한 지위에 오르게 할 겁니다."

"두고 봅시다." 프랑시스는 같은 말을 반복했다. "무엇보다도 그 아이의 대모와 상의해야 하니까요."

바르주통 씨의 사망 이후, 루이즈 드 네그르플리스는 미나주가의 저택을 팔았다. 자기 집이 좁다고 생각했던 세농슈 부인은 남편을 부추겨, 뤼시앵이 야망을 키웠던 곳이자 이 이야기의 출발점인 그 저택을 사게 했다. 제피린 드 세농슈는 바르주통 부인에 이어 살롱을 열고, 지방 귀족 사회에 지배력을 행사하면서 귀부인 행세를 하려는 계획을 세웠다. 바르주통 씨와 샹두르 씨의 결투가 있던 당시, 앙굴렘의 사교계는 루이즈 드 네그르플리스의 결백을 주장하는 사람들과 스타니슬라스 드 샹두르의 중상모략을 지지하는 사람들 사이에 분열이 일었더랬다. 세농슈 부인은 바르주통 부부의 편임을 선언해, 우선 그 당파 사람들의 마음을 얻었다. 그리고 저택으로 이사한 후에는 오래전부터 그곳으로 놀러 오던 많은 사람들의 습관을 이용했다. 그녀는 매일 저녁 손님들을 초대해, 그녀의 적수를 자처한 아멜리 드 샹두르를 확실하게 제압했다. 자신이 앙굴렘 귀족 사회의 중심에 섰다고 생각한 프랑시스 뒤 오투아는 브로사르 부인이 딸을 위해 붙잡으려 했으나 실패했던 늙은 귀족 세브라크를 프랑수아즈의 남편으로 얻어주고 싶다는 희망을 품기에 이르렀다. 앙굴렘 도지사 부인이 된 바르주통 부인이 돌아온다는 소식에, 사랑하는 대녀에 대한 제피린의 야심은 더 커졌다. 그녀를 지지했던 만큼, 식스트 뒤 샤틀레 백작 부인은 자기를 위해 영향력을 발휘해 줄 것으로 기대했다. 앙굴렘을 속속들이 알고 있는 제지업자는 단번에 자기 계획의 어려움을 간파했다. 하지만 그는 위선자 타르튀프만이 할 수 있는 대담한 방식으로 이 어려움을 극복하리라 다짐했다. 소송 공모자(共謀者)가 뜻밖에 약속을 지키자, 키 작은 소송대리인은 미나주가의 저택까지 키다리 쿠앵테를 뒤따르는 동안, 그가 생각에 몰두하도록 내버려두었다. 저택에 도착한 두 불청객은 층계참에서 "영사님과 마님은 지금 식사 중이십니다."라는 말을 듣고 발걸음을 멈춰야 했다.

"그래도 우리가 왔다고 알려주시오." 키다리 쿠앵테가 말했다.

독실한 신자인 상인의 이름을 듣자 집주인은 그들을 안으로 들이게 했고, 상인은 잘난 척하는 제피린에게 변호사를 소개했다. 그녀는 프랑시스 뒤 오투아 씨, 그리고 마드무아젤 드 라에와 마주 앉아 식사하고 있었다. 세농슈 씨는 늘 그러듯이 사냥을 시작하러 피망텔 씨 댁으로 가고 없었다.

"이분이 바로 제가 일전에 말씀드린 젊은 변호사이자 소송대리인으로, 부인의 아름다운 피후견인의 후견 해제를 맡을 겁니다."

전직 외교관은 프티 클로를 살펴보았고, 프티 클로는 '아름다운 피후견인'을 몰래 쳐다보았다. 쿠앵테나 프랑시스로부터 아무 말도 들은 바가 없던 제피린은 너무 놀라 손에 들고 있던 포크를 떨어뜨렸다. 마드무아젤 드 라에는 성미 고약한 여자처럼 보였고, 시무룩한 얼굴에 몸매도 우아하지 않았으며, 삐쩍 말랐고 머리카락은 빛바랜 금발이었다. 다소간의 귀족적인 태도에도 불구하고 그녀는 결혼 상대를 찾기가 무척 어려운 여자였다. 출생증명서에 적힌 부모 미상이라는 단어 때문에 그녀는 대모와 프랑시스가 인맥을 동원해 넣어주고 싶어 하는 사교계에 들어갈 수 없었다. 자신의 처지를 잘 모르는 마드무아젤 드 라에는 까다롭게 굴었다. 루모의 최고 부자 상인이 청혼했대도 거절했을 것이다. 왜소한 소송대리인을 보자 마드무아젤 드 라에는 의미심장하게 얼굴을 찌푸렸고, 쿠앵테는 프티 클로의 삐죽이는 입술에서도 똑같은 표정을 읽었다. 세농슈 부인과 프랑시스는 어떻게 하면 쿠앵테와 그가 밀어주는 남자를 쫓아버릴 수 있을지 의논하는 듯 보였다. 모든 것을 눈치챈 쿠앵테는 오투아 씨에게 면담을 청한 후 전직 외교관인 그와 함께 살롱으로 갔다.

그는 분명하게 말했다. "부성애 때문에 눈이 머셨습니다. 따님을 결혼시키기는 어려울 겁니다. 그래서 저는 당신들의 이해타산을 생각해 당신들이 마다할 수 없는 신랑감을 제시하는 겁니다. 두 분이 피후견인을 아끼시는 만큼, 저 또한 프랑수아즈를 아끼니까요. 프티 클로는 모든 것을 알고 있습니다……! 그는 대단한 야심가이니 소중한 따님의 행복을 보증할 겁니다. 우선 프랑수아즈는 남편을 그녀가 원하는 사람으로 만들겁니다. 당신은 도지사 부인의 도움을 받아 그를 검사장으로 만들 수 있습니다. 드디어 밀로 씨가 느베르 검사장에 임명되었습니다. 이제 프티 클로는 소송대리인 직을 팔 수 있고, 당신은 어렵지 않게 그를 위해 검사보 자리를 얻어줄 수 있을 겁니다. 머지않아 그는 검사장이 될 것이고, 그다음에는 법원장,

그리고 국회의원까지 될 겁니다……."

식당으로 돌아온 프랑시스는 딸의 청혼자를 친절하게 대했다. 그는 세농슈 부인에게 의미 있는 눈짓을 보냈고, 결국 사업 이야기를 하기 위해 다음 날 만찬에 프티 클로를 초대함으로써 이 소개 장면은 끝났다. 그러고 나서 프랑시스는 상인과 소송대리인을 안뜰까지 배웅하면서 프티 클로에게 말하길, 쿠앵테의 권고에 따라 그와 세농슈 부인은 어린 천사의 행복을 위한 것이라면 마드무아젤 드 라에의 재산관리인이 하는 모든 일에 동의한다고 했다.

"아! 정말 못생겼군요!" 저택을 나오면서 프티 클로가 외쳤다. "완전히 걸려들었어요!"

"그녀의 태도에는 기품이 있어요." 쿠앵테가 응수했다. "미인이었다면 저들이 그녀를 당신에게 주겠소……? 이봐요, 3만 프랑의 재산에 세농슈 부인과 샤틀레 백작 부인의 보호를 받는다면 좋아라 달려들 소지주가 한둘이 아니오. 게다가 프랑시스 뒤 오투아는 끝까지 결혼하지 않을 사람이니 저 아가씨가 상속인이 될 것이고…… 당신의 결혼은 성사된 것이나 다름없어요."

"아니 어떻게요?"

"조금 전에 내가 무슨 말을 했는지 들어보시오." 키다리 쿠앵테는 소송대리인에게 자신이 취한 대담한 행동을 이야기했다. "이봐요, 들리는 말에 따르면, 밀로 씨가 느베르 지검장이 된답니다. 그러니 선생은 소송대리인 직을 파세요. 10년 안에 법무장관이 될 겁니다. 당신은 무척 대담한 사람이니 궁정이 요구하는 일이라면 무엇이든 마다하지 않을 테고……."

"그렇다면 내일 4시 반에 뮈리에 광장으로 오세요." 미래의 가능성에 잔뜩 고무된 소송대리인이 대답했다. "세샤르 영감을 만나겠습니다. 그다음에 우리는 세샤르 부자를 쿠앵테 형제의 손아귀에 잡아넣는 동업 계약을 체결하게 될 겁니다."

마르사크의 노신부가 에브에게 오빠의 상황을 알려주기 위해 앙굴렘의 언덕길을 올라가고 있을 때, 다비드는 신부가 출발했던 집에서 그리 멀지 않은 곳에 11일째 숨어 있었다.

마롱 신부가 뮈리에 광장에 이르렀을 때, 그곳에는 세 남자가 있었다. 그들은 각자 나름대로 주목할 만한 이들로서, 불쌍한 자발적 죄수의 현재와 미래를 결정적으로 좌지우지할 인물들, 바로 세샤르 영감, 키다리 쿠앵테, 키 작고 삐쩍 마른 소송대리인이었다. 세 명의 남자와 세 개의 탐욕! 그러나 세 사람이 서로 다르듯 그들의 탐욕도 다 달랐다. 한 사람은 자기 아들을, 또 한 사람은 자기 고객을 등쳐먹을 생각을 했고, 키다리 쿠앵테는 자기 돈은 한 푼도 들이지 않은 것을 뿌듯해하면서 온갖 야비한 짓을 했다. 5시쯤 되었기에, 저녁을 먹으러 집으로 돌아가는 사람들 대부분이 잠시 걸음을 멈추고 그들 셋을 바라보았다. "도대체 세샤르 영감과 키다리 쿠앵테가 서로 할 말이 뭐가 있을까?" 그것이 호기심이 많은 사람들의 생각이었다. "아마도 아내와 장모와 아이를 굶게 만든 그 불쌍한 사내와 관련된 일이겠지." 누군가가 대답했다. "그러니까 여러분도 자식을 파리로 보내 일을 배우게 하세요." 반골 기질인 지방 위인 하나가 비꼬았다.

마롱 신부가 광장에 나타나자마자 포도 재배인은 그를 알아보고 소리쳤다. "아니, 신부님, 여긴 어쩐 일로 오셨습니까?"

"당신 가족 일로 왔소이다." 노인이 대답했다.

"제 아들놈이 이번에는 또 무슨 꿍꿍이랍니까!" 세샤르 영감이 말했다.

"당신이 조금만 도와준다면 모든 사람이 행복해질 수 있을 거요. 당신에게는 별로 큰돈도 아니잖소." 신부는 세샤르 부인이 커튼 사이로 그 아름다운 모습을 드러내고 있는 창문을 가리키면서 말했다.

그때, 에브는 우는 아이를 안고 어르면서 노래를 불러주고 있었다.

"제 아들놈 소식을 가져오신 겁니까? 아니면 돈을 가져오셨어요? 저는 후자가 더 좋습니다만."

"아니요. 나는 누이에게 그 오빠의 소식을 가져왔소."

"뤼시앵의……?" 프티 클로가 외쳤다.

"그래요, 그 가엾은 젊은이는 파리에서 여기까지 걸어왔다더군. 피로와 가난에 지쳐 다 죽어가는 그 친구를 쿠르투아의 집에서 보았소." 신부가 대답했다. "아! 그는 정말로 불행한 처지요!"

프티 클로는 신부에게 인사하고는 키다리 쿠앵테의 팔을 잡아끌면서 큰 소리로 말했다. "우리는 세농슈 부인 댁 만찬에 참석해야 하니, 옷을 갈아입으러 가야겠습니다……." 그러고는 몇 걸음 안 가서 쿠앵테의 귀에 대고 속삭였다. "새끼를 잡으면 곧 어미도 잡게 되지요. 우리는 다비드를 잡을 겁니다."

"내가 당신을 결혼시켰으니, 이제 나를 결혼시켜 주시오."
키다리 쿠앵테는 교활한 미소를 흘리면서 말했다.

"뤼시앵은 내 동창입니다. 콜레주 시절 우리는 친구 사이였
죠! 일주일 안에 그에 대해 뭔가를 알게 될 겁니다. 혼인공시
가 나게 해주세요. 그러면 책임지고 다비드를 감옥에 넣겠습
니다. 그가 구금되면 제 임무는 끝나는 겁니다."

"아!" 키다리 쿠앵테가 큰 목소리로 천천히 말했다. "우리 이
름으로 발명 특허를 얻어야 수지맞는 장사죠!"

이 마지막 말을 듣자 작고 삐쩍 마른 소송대리인은 소름이
돋았다.

바로 그때, 에브는 방금 전 말 한마디로 이 법적 드라마의
해결책을 제시했던 마롱 신부와 시아버지가 함께 들어오는 것
을 보았다.

"얘야, 신부님이 오셨다." 늙은 곰이 며느리에게 말했다. "아
마도 네 오빠에 대해 허풍을 떨려고 오셨나 보다."

"오!" 가엾은 에브는 마음이 불안해져서 소리쳤다. "오빠에
게 또 무슨 일이 일어난 건 아닌지요!"

그 외침은 극심한 고통과 두려움을 드러냈기에 마롱 신부
는 서둘러 말했다. "안심하세요, 부인, 그는 살아 있습니다."

"아버님, 죄송하지만 제 어머니 좀 불러주시겠어요? 신부님
이 뤼시앵에 대해 하실 말씀을 어머니도 들으셔야 하니까요."
에브가 늙은 포도 재배인에게 말했다.

노인은 샤르동 부인을 찾으러 가서 이렇게 말했다. "사돈께
선 아마도 마롱 신부와 하실 말이 많으실 거요. 그 사람은 '신

부긴 해도' 좋은 사람이지요. 저녁이 늦어질 것 같으니 난 1시간 후에 돌아오겠소."

황금처럼 빛나거나 쨍그랑 소리를 내지 않는 것에는 아무 관심도 없는 노인은 자기가 방금 노부인에게 얼마나 큰 충격을 주었는지는 개의치 않고 그녀 곁을 떠났다. 두 아이를 짓누르는 불행, 뤼시앵에게 가졌던 희망의 좌절, 그토록 오랫동안 활기차고 성실하다고 믿었던 아들 성격의 예상치 못한 변화, 요컨대 지난 18개월 사이 일어난 모든 일들로 인해 샤르동 부인은 알아볼 수 없을 만큼 변해 버렸다. 그녀는 혈통적으로 고귀했을 뿐 아니라 마음도 고귀했고, 아이들을 무척이나 사랑했다. 그래서 그녀는 혼자되었을 때보다 지난 6개월 동안 자신에게 닥친 불행이 더 고통스러웠다. 뤼시앵은 국왕의 칙령을 통해 뤼방프레가 되어 가문을 다시 일으키고, 작위와 문장을 되살려 위대한 인물이 될 수 있었다! 그런데 그 아이가 진흙탕에 빠져버리다니! 누이보다 더 엄격했던 어머니는 어음 사건 소식을 들은 순간, 뤼시앵은 이제 끝났다고 생각했다. 어머니들은 종종 자기 생각이 틀리길 바란다. 하지만 어머니들은 기르면서 늘 곁에서 지켜보았던 아이들을 너무도 잘 안다. 뤼시앵이 파리에서 거머쥔 행운에 대해 다비드와 에브가 들떠 이야기할 때, 샤르동 부인은 에브가 오빠에 대해 가진 환상에 동의하면서도, 혹여나 전에 다비드가 했던 말이 맞을까 봐 두려움에 떨곤 했다. 어머니의 양심이 스스로에게 하는 말을 다비드가 하고 있었기 때문이다. 그녀는 딸의 섬세한 감성을 아주 잘 알았기에 자신의 고통을 딸에게 말할 수 없었다. 그래서 자식들을 사랑하는 어머니만이 지킬 수 있는 침묵 속에서 고통을 삼켜야 했다. 어머니가 근심걱정으로 점점 초췌해져 가는 모습을 에브는 불안해하며 지켜보았다. 어머니는 너무나 빠르게 늙고 있었다! 그러니까 모녀는 속이기 위해서가 아니라 고귀한 마음에서 서로서로 거짓말을 하고 있었던 것이다. 이러한 어머니의 삶에서 포도 재배인의 잔인한 그 한마디는 슬픔의 잔을 가득 채우게 하는 물방울이었다. 샤르동 부인은 가슴이 철렁 내려앉았다.

에브가 "제 어머니세요!" 하는 소리를 듣고 신부는 샤르동 부인을 쳐다보았다. 얼굴은 늙은 수녀처럼 파리했고 머리는 완전히 백발이었지만, 흔히 말하듯 신의 의지에 따라 경건하게 내려놓은 여인 특유의 부드럽고 조용한 우아미를 풍기는 그녀를 보면서 신부는 이 두 여인의 삶을 온전히 이해할 수 있었다. 신부는 그녀들을 이토록 괴롭힌 뤼시앵이라는 인간이 더 이상 불쌍하게 여겨지지 않았고, 희생자들이 겪었을 모든 형벌이 가늠되어 속이 떨렸다.

"어머니," 에브가 눈물을 닦으며 말했다. "불쌍한 우리 오빠가 우리 가까이에 있어요. 마르사크에 있대요."

"그런데 왜 여기로 오지 않는 거니?" 샤르동 부인이 말했다.

마롱 신부는 뤼시앵이 말한 대로 비참했던 여행과 파리에서 겪은 최근의 불행을 모두 전했다. 자신의 부주의가 가족에게 어떤 영향을 끼쳤는지 알았을 때 시인이 느낀 괴로움과, 앙굴렘에서 그를 어떻게 받아들일지 두려워하고 있다는 이야기도 했다.

"그 아이가 우리를 의심한단 말인가요?" 샤르동 부인이 물었다.

"그 불행한 친구는 혹독한 궁핍에 시달리며 파리에서 여기까지 걸어서 여러분에게로 돌아왔습니다. 그는 인생의 가장 비천한 길로 들어설 각오가 되어 있으며, 자신이 저지른 잘못에 대해 용서를 구하고자 합니다."

"신부님," 누이가 말했다. "오빠는 우리에게 고통을 주었지만, 나는 오빠를 사랑해요. 이승을 떠난 이의 육신을 사랑하듯이요. 제 사랑은 누이들이 오빠에 대해 가지는 보통의 사랑 이상이에요. 오빠는 우리를 무척 가난하게 만들었지만, 돌아온다면 우리에게 남은, 그러니까 오빠가 우리에게 남긴 빈약한 빵을 나누어 먹을 겁니다. 아! 오빠가 우리 곁을 떠나지 않았더라면, 우리에게 가장 소중한 보물을 잃지 않았을 거예요."

"그런데 심지어 그 아이를 여기로 데려온 마차의 주인이 바로 우리에게서 그 아이를 빼앗아 간 여자라잖니!" 샤르동 부인이 언성을 높였다. "바르주통 부인의 마차를 타고 옆자리에 앉아 떠났던 아이가 그 마차 짐칸에 얹혀 돌아오다니!"

"지금 같은 상황에서 제가 무엇을 도와드릴 수 있을까요?" 마무리할 말을 찾고 있던 선량한 사제가 말했다.

"아, 신부님," 샤르동 부인이 대답했다. "돈으로 인한 상처로 죽지는 않는다고들 말하지요. 하지만 그 상처를 고칠 수 있는 사람은 환자 자신밖에 없답니다."

"신부님께서 제 시아버님 마음을 움직여서 자식을 돕게 해 주신다면, 우리 가족 모두를 구원하시는 겁니다." 세샤르 부인이 말했다.

"그 영감님은 부인들을 믿지 않습니다. 부인의 남편에게 몹시 화가 난 것 같더군요." 노신부가 말했다. 포도 재배인의 장황한 설명을 들은 바 있는 그는 세샤르 사건을 손대지 말아야 할 벌집으로 여겼다.

임무를 마친 사제는 손주사위인 포스텔 집으로 저녁 식사하러 갔다. 포스텔은 앙굴렘 사람들 모두가 그러듯이 아들이 잘못이며 아버지가 옳다고 말해서 신부가 가지고 있던 다비드에 대한 일말의 호의마저 사라지게 했다.

"낭비를 즐기는 이에게는 돈을 좀 줄 수 있어도, 실험하는 사람을 도왔다가는 모두가 망하는 거지요." 치졸한 포스텔은 이렇게 말을 끝냈다.

마르사크 신부의 호기심은 완전히 해소되었다. 프랑스의 모든 지방에서 사람들이 드러내는 과도한 관심의 주된 목적은 바로 그것, 호기심의 충족이다. 저녁에 집으로 돌아온 신부는 세샤르의 집에서 일어난 모든 일을 시인에게 알려주었다. 그가 앙굴렘까지 다녀온 것은 순수한 자비심의 발로로, 임무를 완수하기 위해서였다는 말도 덧붙였다.

"당신은 누이와 매제에게 거의 1만 2000프랑에 달하는 빚을 지게 했더군요. 주변에 그만한 돈을 빌려줄 사람은 아무도 없어요. 앙구무아 사람들은 그렇게 부자가 아니라오. 당신이 어음 얘기를 했을 때, 나는 훨씬 적은 금액인 줄 알았소이다."

노신부가 베풀어 준 호의에 시인이 감사를 표하고서 말했다. "신부님께서 전해 주신 용서라는 말은 제게 진짜 보물처럼 소중합니다.”

　다음 날, 뤼시앵은 앙굴렘으로 가기 위해 아침 일찍 마르사크를 떠났다. 그는 여행 중에 많이 닳은 초라한 프록코트와 빛바랜 검은 바지를 입고, 한 손으로는 지팡이를 짚으면서 9시경 앙굴렘에 도착했다. 너덜거리는 장화는 걸어서 여행해야만 하는 가난한 계급이라는 것을 숨길 수 없게 했고, 떠날 때와 돌아올 때 모습의 대조가 동향인들에게 불러일으킬 효과를 피할 수도 없었다. 그러나 노신부의 이야기를 들으며 밀려든 후회가 가슴이 죄었기에, 아는 사람들의 시선을 과감히 마주할 결심으로 일단은 그 처벌을 받아들였다. 그러나 속으로는 ‘지금 나는 영웅적으로 견뎌내고 있는 거야!’라고 외쳤다. 시인의 기질을 가진 이들은 항상 그렇게 제일 먼저 자기 자신을 속인다. 루모를 향해 걸어갈수록, 그의 영혼은 수치스러운 귀향과 시정 가득한 추억 사이를 오락가락했다. 포스텔 약국 문앞을 지나가면서 그는 가슴이 쿵쾅거렸다. 그러나 다행히 약국에는 레오니 마롱이 혼자서 아이를 보고 있었다. 약국 간판에 아버지 이름이 지워진 것을 보고 그는 무척 기뻤다.(그는 이토록 허영심 많은 사내였다.) 결혼 후 포스텔은 간판을 다시 칠하고, 파리에서처럼 ‘약국’이라고 써 붙였던 것이다. 팔레 뮤의 언덕을 올라가면서 고향의 공기를 느낀 뤼시앵은 자신에게 닥친 불행의 무게를 더 이상 실감하지 못하고 감미롭게 중얼거렸다. “식구들을 다시 만나는구나!” 그는 아무도 마주치지 않고 뮈리에 광장에 이르렀다. 과거에 승자로서 의기양양하게 시내를 돌아다니던 그에게는 그나마 다행이었다! 마리옹과 콜브는 문 앞에서 망을 보다가 뤼시앵이 나타나자 "오셨어요!"라고 소리치고는 계단을 뛰어 올라갔다. 뤼시앵은 오래된 작업장과 안뜰을 다시 보았고 계단에 서 있는 어머니와 누이를 발견했다. 그들은 서로를 껴안았고, 그렇게 포옹하는 순간만큼은 모든 불행을 잊었다. 가족끼리 있을 때는 언제나 불행과 타협하는 법이다. 침구를 정리하고, 미래에 대한 희망으로 고초를 받아들이기도 한다. 뤼시앵의 모습은 절망적이었지만 시적이기도 했다. 대로의 뜨거운 태양으로 그의 피부는 검게 그을렸고, 얼굴에 새겨진 깊은 우울은 시인의 얼굴에 그림자를 드리웠다. 그러한 변화가 드러내는 고통이 너무 커서 그의 얼굴에 밴 궁핍의 흔적을 보면 오로지 연민의 감정만 느껴질 뿐이었다. 상상의 나래를 펴며 가정의 품을 떠났건만, 돌아와 마주한 것은 슬픈 현실이었다. 에브는 기쁨을 느끼는 가운데에서도 수난을 겪고 있는 성녀의 미소를 지어 보였다. 슬픔은 아름다운 젊은 여인의 얼굴을 숭고하게 만든다. 파리로 떠날 때 보았던 순진무구한 동생이 근엄한 여인으로 바뀌어 그에게 어른스럽게 말하는 것을 보면서 뤼시앵은 고통을 느끼지 않을 수 없었다. 그래서 양측 모두 처음의 격하고 자연스러운 감정을 토로하고 난 후에는 아무도 말하기를 꺼렸다. 그럼에도 뤼시앵은 이 재회의 순간에 보이지 않는 한 사람을 눈으로 찾지 않을 수 없었다. 그 시선의 의미를 이해한 에브는 울음을 터뜨렸고, 뤼시앵도 따라 울었다. 창백한 얼굴의 샤르동 부인은 겉으로는 담담한 듯 보였다. 에브는 오빠에게 심한 말을 하지 않으려고 일어나서 아래층으로 내려가 마리옹에게 말했다. "마리옹, 뤼시앵은 딸기를 좋아하니 딸기를 구해야 할 텐데……!"

"오! 뤼시앵 씨의 귀환을 축하해 주실 것으로 생각했어요. 걱정하지 마세요. 멋진 점심을 준비할게요. 근사한 저녁도요."

"뤼시앵," 샤르동 부인이 아들에게 말했다. "너는 이곳에서 사죄할 일이 많다. 집안의 자랑거리가 되고자 떠났던 너는 우리를 가난으로 몰아넣었어. 네 매제는 오로지 새로운 가족을 위해 큰 재산을 마련하고자 했건만, 너는 그것을 위한 수단과 방법을 모두 박탈해 버렸다. 너는 그것만 없애버린 게 아니다……." 무서운 침묵이 흘렀다. 뤼시앵의 침묵은 어머니의 비난을 받아들인다는 의미로 해석되었다. "착실하게 일하는 길로 들어서려무나." 샤르동 부인은 부드럽게 말을 이었다. "어미의 친정 가문을 일으키려 했던 것을 비난하지 않는다. 하지만 그런 일을 시도하려면 무엇보다도 재산이 필요하고 자부심도 있어야 하지. 네게는 그 둘 중 어느 쪽도 없어. 전에는 너를 믿었지만, 우리는 이제 너를 믿지 않는다. 열심히 일하고 현실을 받아들이며 여기서 힘들게 살아온 가정의 평화를 네가 깨뜨린 거야……. 그러나 처음 저지른 잘못에 대해 한 번은 용서받을 수 있다. 다시는 그런 잘못을 저지르지 말아라. 지금 우리는 몹시 어려운 처지에 놓여 있으니, 신중하게 행동하고 누이 말을 들어. 불행은 일종의 스승인지라, 그로부터 어렵게 얻은 교훈이 에브에게 결실을 가져다주었다. 그 아이는 진지해졌고, 어머니가 되었고, 사랑하는 다비드에게 헌신하면서 살림의 모든 짐을 짊어지고 있어. 네가 잘못을 저지른 뒤로, 내게 위안이 되는 것은 네 누이뿐이야."

"더 엄중하게 혼내셔도 됩니다." 뤼시앵은 어머니를 포옹하면서 말했다. "어머니가 용서하신 걸로 받아들이겠습니다. 제가 받을 수 있는 유일한 용서는 어머니의 용서일 테니까요."

에브가 돌아왔다. 무안해하는 오빠의 태도에서 그녀는 어머니가 무슨 말을 했는지 알아챘다. 선량한 그녀는 미소를 지었고, 뤼시앵은 그걸 보며 눈물을 참았다. 한자리에 있다 보면 일종의 마법 같은 것이 작용하기에, 서로에 대한 불만의 동기가 아무리 강할지라도 연인들이나 가족들 사이에서는 적대적 감정이 사라지곤 한다. 애정은 인간의 마음에 되돌아가고 싶은 길을 그려주는 것인가? 이러한 현상은 자기력(磁氣力)이라는 과학의 영역인가? 이성(理性)은 다시는 만나서도 용서해서도 안 된다고 말하지 않나? 그런 효과가 나타나는 이유가 이성적 사유에 속하건, 물리적 원인에 속하건, 아니면 영혼에 속하건, 누구나 느꼈을 것이다. 사랑받는 사람은 자기가 모욕하고 슬프게 만들고 학대했던 이들을 바라보고 그들에게 말하고 행동하면서, 그들에게서 여전히 애정의 흔적을 발견한다는 사실을. 인간의 정신은 쉽게 잊지 못할지라도, 돈 문제 때문에 여전히 고통스러울지라도, 그 모든 것에도 불구하고, 마음은 다시 굴종 상태가 된다. 그래서 가엾은 누이는 점심 식사 때까지 오빠가 털어놓는 이야기를 들으면서, 그를 바라볼 때는 시선을 어디에 두어야 할지 몰랐고, 자기 마음을 이야기하면서는 어떤 어조로 말해야 할지 알 수 없었다. 파리 문단(文壇)의 이모저모를 알게 되면서, 그녀는 뤼시앵이 왜 싸움에서 졌는지도 이해했다. 누이의 아이를 쓰다듬는 시인의 기쁨, 그의 어린애 같은 행동, 고향과 가족을 다시 만난 행복감, 다비드가 숨어 있다는 사실을 알았을 때의 착잡함, 뤼시앵의 입에서 새어나오는 우울한 말들, 마리옹이 딸기를 내오는 것을 보면서 비탄 속에서도 오빠의 입맛을 기억해 낸 것에 대한 감동, 심지어 탕아인 오빠를 받아들이고 돌봐야 한다는 부담까지도 그날 하루를 축제로 만들었다. 그것은 비참한 삶 한가운데서 맛보는 일종의 휴식이었다. 세샤르 영감은 변화된 두 여인의 감정 기조를 흐트러뜨리기라도 하려는 듯 이렇게 말했다.
"댁들은 아들놈이 막대한 돈이라도 벌어온 듯이 환대하는구면……!"

"제 오빠가 환대 받지 못할 무슨 일이라도 했나요?" 세샤르 부인은 오빠가 수치스러워할까 봐 일부러 큰 소리로 말했다.

그렇지만 오랜만에 다정한 인사를 나누고 나서 얼마쯤 시간이 흐르자 진실의 순간이 도래했다. 뤼시앵은 에브가 보여 주는 애정과 예전의 애정 사이에 큰 차이가 있음을 금방 알아챘다. 다비드는 깊이 존경받고 있었다. 반면에 뤼시앵 자신은 온갖 재앙을 불러일으켰을지라도 사랑받는 애인처럼, 그래도 사랑은 받고 있었다. 우리네 감정에 필요한 기본 요소인 존경심이야말로 모종의 확신과 안정을 주는 단단한 자산이건만, 샤르동 부인과 아들 사이에 그리고 오빠와 누이 사이에 그런 존경심은 더 이상 없었다. 뤼시앵은 스스로 명예를 훼손시키지 않았더라면 가족들로부터 받을 수 있었을 완전한 신뢰를 상실했음을 느꼈다. 다르테즈가 편지에 쓴 뤼시앵에 대한 견해는 에브의 것이 되었기에, 그녀의 몸짓과 시선과 말투에서 오빠에 대한 생각이 여실히 드러났다. 뤼시앵은 동정을 받고 있었다! 가문의 자랑거리, 품격의 상징, 가정의 영웅이 되는 것 같은 근사한 희망을 영영 잃어버린 것이다. 그의 경솔함을 우려해 다비드의 은신처도 가르쳐주지 않았다. 매제를 보고 싶어 온갖 감언이설로 꼬드겨도 꼼짝하지 않는 에브는 더 이상 지난날 루모의 여동생이 아니었다. 그때는 뤼시앵의 시선 하나조차 거역할 수 없는 명령으로 여기지 않았던가. 뤼시앵은 다비드를 구할 수 있다고 으스대면서 자기가 저지른 과오를 보상하겠노라고 했다. 에브는 그에게 대답했다. "오빠는 개입하지 마. 우리의 적들은 이루 말할 수 없이 위험하고 능숙한 사람들이야." 뤼시앵은 '나는 파리 사람들과 싸웠어……'라고 말하듯이 고개를 가로저었다. 그러자 누이는 '오빠는 졌잖아.'라고 눈빛으로 답했다.

'나는 이제 사랑받고 있지 않다.' 뤼시앵은 생각했다. '그러니 가족에게도 세상 사람들에게도 성공하는 모습을 보여야 해.' 이튿날부터 그는 어머니와 누이가 자기를 그다지 신뢰하지 않는 것을 이해하려 노력하면서 원망스럽다기보다는 서글픈 마음에 잠겼다. 숭고하게 체념하고 참을성 있게 감내하는 이 가정의 가난이 자기 때문이라는 사실은 그새 잊은 채, 파리 생활의 척도를 지방의 순수한 삶에 적용했다. '어머니와 누이는 평범한 소시민들이야. 나를 이해할 수 없어.' 이런 생각을 하며 그는 자기 성격이며 미래를 놓고 더 이상 기만이 통하지 않는 누이와 어머니와 세샤르에게 마음속으로 이별을 고했다.

여러 충격과 불행을 겪는 사이 직감이 발달한 에브와 샤르동 부인은 뤼시앵의 이 은밀한 생각을 엿보았다. 뤼시앵이 자기들을 잘못 판단하고 있으며, 그가 가족에게서 멀어지고 있음을 느꼈다. 두 여인은 서로에게 말했다. "파리가 그를 완전히 다른 사람으로 만들어버렸어." 그들은 결국 자신들이 기른 에고이즘의 열매를 수확하고 있었다. 아무리 약하더라도 효모는 어디에서건 결국 발효하기 마련이고, 특히 뤼시앵에게서 잘 발효했다. 그는 비난받아 마땅했다. 에브는 나쁜 짓을 한 오빠에게 "오빠의 잘못에 대해 나를 용서해 줘."라고 말할 줄 아는 누이였다. 어린 시절의 에브와 뤼시앵처럼 두 영혼이 온전히 결합되어 있었던 사람들에게는 아름답고 이상적인 감정에 가해지는 상처가 치명적이다. 악당들은 서로 칼부림을 한 후에도 화해할 수 있지만, 연인들은 단 한 번의 시선이나 단 한 마디 말로도 돌이킬 수 없게 사이가 나빠진다. 서로 마음이 통하는 완벽에 가까운 삶에 대한 기억 속에도 설명할 수 없는 이별의 비밀은 종종 있기 마련이다. 처음부터 서로가 한 점 의혹 없이 순수한 애정으로 가득한 모습을 보여주지 못했다면, 의심하는 마음을 가지고도 계속 살아갈 수 있다. 그러나 한때 완벽하게 결합되었던 두 사람이 말 한마디, 눈길 하나까지 조심해야 할 때, 그 삶은 견딜 수 없는 것이 되어버린다. 그러기에 위대한 시인들은 저마다 자신들의 '폴과 비르지니'를 청춘의 끝에서 죽이는 것이다.[44] 여러분은 사이가 틀어진

---

44) 폴과 비르지니는 자크 베르나르댕 드 생피에르(Jacques-Henri Bernardin de Saint-Pierre, 1737~1814)가 1787년 발표한 소설 『폴과 비르지니』의 남녀 주인공이다. 두 사람은 어린 시절 인도양의 열대 섬에서 함께 자라며 순

폴과 비르지니를 상상할 수 있겠는가? 에브와 뤼시앵을 칭찬하기 위해 하는 말이지만, 돈 문제로 그토록 상처를 입었음에도 그것이 그들의 상처를 후벼 파지는 않았다는 점을 주목하자. 나무랄 데 없는 누이에게서나 잘못을 저지른 시인에게서나 중요한 것은 감정이었다. 따라서 아주 작은 오해나 지극히 사소한 싸움, 뤼시앵 때문에 생기는 새로운 실망만으로도 가족끼리 돌이킬 수 없을 만큼 사이가 틀어져 영영 갈라서게 될 수 있다. 돈 문제는 결국 어떻게든 해결되지만, 감정은 가차 없는 것이다.

다음 날, 뤼시앵은 앙굴렘 신문을 받아 보고는 너무 기뻐서 얼굴이 하얘졌다. 평판 좋은 이 신문 1면의 '앙굴렘 톱기사' 중 하나의 주인공이 바로 자신이었던 것이다. 지방의 아카데미와 유사한 이 신문은, 볼테르의 표현을 빌리자면 교육을 잘 받은 소녀 같은 존재로, 아무도 그 신문에 대해 왈가왈부하지 않았다.

프랑슈 콩테 지방은 빅토르 위고와 샤를 노디에와 퀴비에를 낳은 것을 얼마나 자랑스럽게 생각하는가. 브르타뉴는 샤토브리앙과 라므네를, 노르망디는 카시미르 들라비뉴를, 투렌은 『엘로아』의 저자를 낳은 것을 자랑스러워한다. 그러나 이미 루이 13세 치세 때 저 유명한, 드 발자크란 이름으로 더 널리 알려진

수한 우정과 사랑을 쌓았다. 이후 비르지니가 프랑스로 교육 받으러 가게 되고, 몇 년 뒤 돌아오지만, 섬을 코앞에 두고 폭풍에 배가 난파해 죽고 만다. 슬픔을 이기지 못한 폴도 곧 죽는다.

귀에를 동향인으로 두었던 우리 앙구무아는 위에 언급한 지방들은 물론이고 뒤피트랭을 낳은 리무쟁도, 몽로지에의 고향인 오베르뉴도, 수많은 위인을 낳는 행운을 가진 보르도도 이제는 부러워할 것이 없다.[45] 우리에게도 시인이 있다! 아름다운 소네트집 『데이지』의 작가인 그는 시인의 명예와 더불어, 『샤를 9세의 궁수』라는 훌륭한 소설을 출간해 산문작가의 영예까지 차지했다. 훗날 우리네 후손들은 페트라르카의 경쟁자 뤼시앵 샤르동이 우리와 동향이라는 사실에 긍지를 느낄 것이다!!!

그 시절 지방 신문에서 느낌표는 '미팅'에서 누군가의 '스피치'에 동의할 때 영국인들이 외치는 '후라(hurrah)' 같은 감탄사였다.

파리에서의 빛나는 성공에도 불구하고 우리의 젊은 시인은 바르주통 저택이 성공의 요람이고, 앙구무아 귀족들이 처음으

---

45) 소설가이자 《주르날 데 데바》의 편집장이었던 샤를 노디에(Charles Nodier, 1780~1844)는 위고가 태어난 도시인 브장송 출신이다. 펠리시테 드 라 므네(Félicité de La Menais, 1782~1854)는 생말로 출신의 신부이자 철학자이자 작가다. 『엘로아』는 알프레드 드 비니(Alfred de Vigny, 1797~1863)의 철학적 서사시 『엘로아, 천사들의 누이』를 말한다. 장 루이 귀에 드 발자크(Jean-Louis Guez de Balzac, 1594~1654)는 프랑스 앙구무아 출신의 작가로, 아카데미 프랑세즈 회원이었으며, 고전주의 문학의 아버지로 여겨진다. 기욤 뒤피트랭(Guillaume Dupuytren, 1777~1835)은 해부학자이자 군의관이다. 프랑수아 도미니크 드 레노 몽로지에 백작(François Dominique de Reynaud, comte de Montlosier, 1755~1838)은 오베르뉴 출신의 왕당파 정치가다.

로 그의 시에 박수갈채를 보냈으며, 시인으로서 첫발을 디딜 때 우리 도지사 샤틀레 백작의 부인께서 그를 격려해 주었음을 기억하고 있다. 그리고 그는 지금 우리 곁으로 돌아왔다! (……) 어제 우리의 뤼시앵 드 뤼방프레가 모습을 드러냈을 때 루모 전체는 열광했다. 그의 귀향 소식은 사방에 엄청난 반향을 일으켰다. 파리의 언론계나 문학계에서 영광스럽게 우리 지방을 대표한 그에게 경의를 표함에 있어 앙굴렘은 루모에 뒤지지 않을 것이라 확신한다. 종교시인이자 왕당파 시인인 뤼시앵은 당파들의 격렬한 싸움에 용감히 맞섰다. 전하는 말에 따르면, 그는 시인이나 몽상가보다 훨씬 강인한 격투기 선수도 나가떨어지게 만드는 싸움에 지쳐 휴식을 취하기 위해 돌아왔다.

샤틀레 백작 부인께서 처음으로 제안했고, 우리도 박수를 보내는 뛰어난 정치적 식견에 따라, 우리의 위대한 시인에게 그의 모친이 유일한 상속녀인 유서 깊은 뤼방프레 가문의 작위와 이름을 부여하는 것이 논의되고 있다. 이처럼 새로운 재능과 명예를 통해 사라져가는 옛 가문을 다시 일으키는 것이야말로, 불후의 헌장 제정자 루이 18세가 **통합과 용서**라는 좌우명으로 표현한,[46] 국왕의 변함없는 소망의 새 증거다.

우리의 시인은 누이인 세샤르 부인 댁에 내려와 있다.

또 '앙굴렘 소식'란에는 이런 기사가 실렸다.

---

46) '통합과 용서'는 나폴레옹 실각 후 프랑스 국왕이 된 루이 18세의 좌우명이다. 이는 여러 정파로 분열되었던 프랑스인들의 통합, 그리고 대혁명과 나폴레옹에 대한 용서를 의미한다.

앞서 왕실 시종관으로 임명된 바 있는 우리 도의 지사 샤틀레 백작이 최근 국사원 특별 위원이 되었다.

어제는 명사들이 모두 도지사 댁을 예방했다. 식스트 뒤 샤틀레 백작 부인은 매주 목요일에 살롱을 열기로 했다.

샤틀레 부인의 부친인 에스카르바스 시장 네그르플리스 씨는 데스파르 가문의 분가를 대표하는바, 최근 백작 칭호를 받은 동시에 프랑스 귀족원 의원이 되었다. 이에 더해 생루이 훈장 수훈자가 된 그는 차기 선거를 위한 앙굴렘 선거인단 의장으로도 지명되었다고 한다.

"이것 봐." 뤼시앵이 누이에게 신문을 내밀었다. 에브는 꼼꼼히 기사를 읽더니 생각에 잠긴 얼굴로 오빠에게 신문을 돌려주었다.

"어떻게 생각해?" 뤼시앵은 냉담해 보이는 누이의 신중한 태도에 놀라 물었다.

"오빠, 이 신문은 쿠앵테 형제네 거야. 그들은 완전히 자기들 마음대로 기사를 실을 수 있어. 도청과 주교관만 그들을 좌지우지할 수 있지. 지금은 도지사가 된 옛날의 경쟁자가 오빠를 칭송할 만큼 그렇게 관대하리라 생각해? 쿠앵테 형제가 메티비에의 이름으로 우리한테 소송을 걸었고, 다비드의 발명을 이용할 목적으로 그이를 구금시키려는 것 잊었어……? 출처가 어디건 간에 이 기사는 수상해. 이곳에서 오빠는 증오와 질투만 불러일으켰어. '선지자는 자기 고향에서는 인정받지 못한다.'라는 속담처럼 여기에서 사람들은 오빠를 헐뜯기만 했어. 그런데 순식간에 얘기가 뒤집혀 있잖아!”

“너는 지방 도시의 자존심을 몰라.” 뤼시앵이 대답했다. “남 프랑스의 어느 작은 도시에서는 어떤 큰 대회에서 최우수상을 받은 젊은이를 미래의 위인으로 믿고 도시의 성문 앞까지 나가 그를 환영하기도 했어!”

“내 말 들어봐, 오빠. 나는 오빠에게 설교하려는 게 아니야. 모든 것을 한마디로 하자면, 여기서는 아무리 사소한 것도 믿지 말고 경계해야 해.”

“네 말이 맞아.” 뤼시앵은 누이가 그다지 열광하지 않는 것에 뜨악해하며 마지못해 대답했다.

그렇지만 시인은 초라하고 수치스러웠던 앙굴렘으로의 귀향이 열렬한 환영으로 바뀐 것을 보고는 무척 기뻤다.

“어머니와 너는 그토록 비싼 값을 치르게 했던 작은 영광조차 믿지 않는구나!” 1시간의 침묵 끝에 뤼시앵이 큰 소리로 말했다. 그사이 그의 마음속에는 폭풍우 같은 것이 몰려왔다.

에브는 대답 대신 뤼시앵을 바라보았고, 그 시선은 누이를 비난했던 그를 부끄럽게 만들었다.

저녁 식사 시간 직전, 도청 사환이 뤼시앵 샤르동 씨에게 보내는 편지를 가지고 왔다. 그것은 시인의 허영심을 만족시켜 주었다. 사교계가 가족으로부터 그를 구해 내는 것처럼 보였다. 편지는 초대장이었다.

식스트 뒤 샤틀레 백작과 샤틀레 백작 부인은 다가오는 9월 15일 만찬을 함께하는 영광을 베풀어 주시기를 뤼시앵 샤르동 씨께 삼가 청합니다.

　회신 바랍니다.

그리고 초대장에는 이런 명함이 첨부되어 있었다.

식스트 뒤 샤틀레 백작

왕실 시종관, 샤랑트 도지사, 국사원 위원

"인기가 대단하군." 세샤르 영감이 말했다. "시내에서는 자네가 위대한 인물인 양 떠들어대던걸. 앙굴렘과 루모가 자네에게 월계관을 씌워 주려고 서로 싸우고 있더군……."

"에브," 뤼시앵이 누이의 귀에다 대고 말했다. "난 지금 루모에서 바르주통 부인 댁으로 가야 했던 첫날과 똑같은 상황에 놓여 있어. 도지사 댁 만찬에 입고 갈 옷이 없어."

"그러면 그 초대를 받아들이겠다는 거야?" 너무 놀란 세샤르 부인이 외쳤다.

도지사의 만찬에 참석할 것인지 말 것인지에 대해 오빠와 누이 사이에 논쟁이 벌어졌다. 지방 여인의 상식에 따라 에브는 완벽한 의상과 나무랄 데 없는 태도를 갖추고 웃는 얼굴을 하고서만 사교계에 모습을 드러낼 수 있다고 생각했다. 하지만 그녀는 다음과 같은 진짜 생각을 숨기고 있었다. '도지사의 만찬은 뤼시앵을 어디로 이끌까? 앙굴렘의 사교계가 그에게 무슨 도움이 되겠는가? 그에 대해 무슨 음모를 꾸미고 있는 게 아닐까?'

결국 뤼시앵은 잠자리에 들기 전 누이에게 다음과 같이 말하고 말았다. "너는 내 영향력이 얼마나 큰지 몰라. 도지사 부인은 신문기자를 두려워하고 있어. 무엇보다 샤틀레 부인의 마음속에는 언제나 루이즈 드 네그르플리스가 있어! 궁정의 총애를 받는 여인이니 다비드를 구할 수 있을 거야! 그녀에게 다비드가 이룬 발명의 성과를 말할 거야. 정부로부터 1만 프랑의 지원금을 받는 것 정도는 그녀에게 별일 아닐 테니까."

밤 11시에 뤼시앵, 에브, 어머니, 세샤르 영감, 마리옹과 콜브는 마을 악대가 주둔부대의 군악대와 함께 연주하는 음악 소리에 잠에서 깼다. 뮈리에 광장은 사람들로 가득 차 있었다. 앙굴렘 청년들이 뤼시앵 드 뤼방프레를 위해 세레나데를 불렀다. 뤼시앵은 누이 집 창가에 나타나, 마지막 곡이 끝난 뒤 찾아온 깊은 고요 속에서 말했다. "저를 과분하게 대해 주신 고향 여러분께 감사드립니다. 여러분의 기대에 어긋나지 않도록 노력하겠습니다. 너무 감격스러워 더 이상 말을 잇지 못함을 용서해 주십시오."

"'샤를 9세의 궁수' 소설가 만세! '데이지'의 시인 만세! 뤼시앵 드 뤼방프레 만세!"

몇몇 사람이 만세삼창을 하고는, 월계관과 꽃다발 세 개를 열린 창을 통해 방 안으로 능숙하게 던져 넣었다. 10분 후 뮈리에 광장은 텅 비었고, 다시 정적이 흘렀다.

"차라리 1만 프랑을 주는 게 낫지." 세샤르 영감은 월계관과 꽃다발을 돌려도 보고 뒤집어도 보면서 무척이나 빈정거리는 투로 말했다. "하긴 자네는 그들에게 데이지 꽃을 주고, 저들은 자네에게 꽃다발을 던져주니, 자네는 꽃 장사를 하고 있구먼."

"고향 사람들이 제게 보내는 경의를 그렇게 평가하시다니요!" 뤼시앵이 언성을 높였다. 우울한 기색이 싹 가신 그의 얼굴은 기쁨으로 환히 빛나고 있었다. "세샤르 영감님, 인간에 대해 좀 아신다면, 인생에서 비슷한 순간은 다시 오지 않는다는 걸 아실 겁니다. 이처럼 열렬한 환영은 진정한 열광이 있기에 가능한 것이랍니다! 어머니, 에브, 모든 슬픔이 사라지는군요." 뤼시앵은 넘쳐흐르는 기쁨을 나누지 않고는 못 배길 것 같은 순간에 친구를 포옹하듯이 어머니와 누이를 포옹했다.(언젠가 비지우는 "성공에 취한 작가들은 친구가 없으면 문지기라도 포옹하지."라고 말한 적 있다.) "아니, 그런데 에브, 너 왜 우니……? 아! 기뻐서 우는구나……."

"어쩜 좋아요!" 에브는 다시 자러 가기 전에 어머니와 단둘이 남게 되자 말했다. "시인의 마음에는 가장 악질인 미녀가 들어 있는 것 같아요……."

"네 말이 맞다." 어머니가 고개를 끄덕였다. "뤼시앵은 벌써 자신의 불행뿐 아니라 우리의 불행까지 모두 잊었나 보다."

어머니와 딸은 차마 마음속의 생각을 다 말하지 못한 채 헤어졌다.

'평등'이라는 말 뒤에 감춰진 불복종 정신이 팽배한 사회에서 열렬한 환영식은, 모든 기적이 그렇듯이, 노련한 무대감독의 도움 없이는 불가능한 기적 중 하나다. 살아 돌아와 국가의 훈장을 받는 사람을 위한 개선식 행사는 십중팔구가 영광의 월계관을 받는 사람과는 아무 상관없는 이유로 개최된다.

테아트르 프랑세 무대 위에서 볼테르가 거둔 승리는 그의 시대에 철학이 거둔 승리가 아니었던가? 프랑스에서 승리란 모든 사람이 각자 자기 머리에 승자의 왕관이 얹힐 때에만 느낄 수 있는 것이다. 따라서 두 여인의 예감은 정확했다. 결코 변하지 않을 앙굴렘의 풍속을 지키며 사는 사람들에게 지방 위인의 성공은 반감을 일으켰기에, 그런 환영식은 누군가의 이해관계가 개입했거나 어떤 열성적인 무대감독이 솜씨를 부렸거나, 어느 쪽이건 간에 음험한 개입이 없다면 열릴 수 없었다. 에브는 대부분의 여자들처럼 직감에 따라 의심했지만, 그 의심을 정당화할 만한 근거는 찾지 못했다. 잠자리에 들면서 그녀는 생각했다. '도대체 누가 이 지방 사람들을 흥분시킬 만큼 오빠를 사랑한단 말인가? '데이지'는 아직 출판도 되지 않았는데, 어떻게 미래의 성공을 축하할 수 있지……?'

그 환영식은 프티 클로의 작품이었다. 마르사크의 신부가 그에게 뤼시앵의 귀향을 알려주던 날, 소송대리인은 처음으로 세농슈 부인 저택의 만찬에 참석했고, 그날 부인은 공식적으로 피후견인에 대한 그의 청혼을 받아들이기로 되어 있었다. 만찬은 손님들의 숫자보다 옷차림에 의해 그 성대함이 드러나는 가족적인 것이었다. 그런데 가족 만찬이라도 격식을 갖추는 경우, 참석자들의 태도와 몸가짐은 만찬의 의도를 드러내기 마련이다. 프랑수아즈는 쇼윈도에 진열된 마네킹처럼 차려입었다. 세농슈 부인은 야전에서 왕의 문장에 드리우는 휘장처럼 지나치게 멋 부린 옷차림이었고, 오투아 씨는 검은 연미복을 입었다. 피망텔 씨 댁에 가 있던 세농슈 씨는 샤틀레 부인의 첫 방문이 있을 것이고, 프랑수아즈의 구혼자를 공식 소개하는 자리라는 아내의 통지를 받고 집으로 돌아와 있었다. 쿠앵테는 사제복처럼 재단된 멋진 갈색 연미복을 입고, 가난한 귀족에 대한 부자 상인의 복수인 듯 6000프랑짜리 다이아몬드를 가슴 장식에 달고 나타나 사람들의 시선을 끌었다. 프티 클로는 솜털을 뽑고, 머리를 빗고, 비누로 열심히 씻고 왔으나, 작고 마르고 초라한 외모를 벗어나지는 못했다. 꼭 끼는 연미복을 입은 이 말라깽이 소송대리인은 동면 중인 독사에 비견하지 않을 수 없었다. 그럼에도 그의 까치 눈에는 미래에 대한 희망으로 생기가 돌았고, 무척이나 차가운 표정으로 점잔을 빼고 있었기에, 그에게서는 야심 많은 검사장의 위엄이 느껴졌다. 세농슈 부인은 친한 사람들에게 피후견인과 청혼자의 첫 대면에 관해서나 도지사 부인의 출현에 대해 한마디도 하지 말라고 부탁해 두었다. 그렇게 호기심을 자극했으니 살롱이 사람들로 꽉 차리라 기대했다. 실제로 도지사 부부는 공식 방문은 명함을 보내는 것으로 대체하고, 사적 방문은 하나의 특별한 행동 수단으로 남겨둔 상황이었다. 이리하여 앙굴렘 귀족들은 극도의 호기심에 사로잡혔고, 샹두르 진영의 몇몇 사람들조차 바르주통 저택에 가볼 생각을 했다. 사람들은 고집스레 그 집을 세농슈 저택이 아닌 바르주통 저택이라 부르고 있었던 것이다. 샤틀레 백작 부인이 국정의 신임을 얻고 있다는 증거들은 많은 사람의 야심을 일깨웠다. 게다가 그녀가 너무나 아름답게 변했다는 소문을 들었기에, 모두들 자기 눈으로 직접 보고 판단하고 싶어 했다. 제피린이 사랑하는 프랑수아즈의 신랑감을 도지사 부인에게 소개할 수 있을 만큼 이야기가 진전되었다는 소식을 가는 길에 쿠앵테로부터 들은 프티 클로는 뤼시앵의 귀향으로 인해 루이즈 드 네그르플리스가 처하게 될 어색한 상황을 잘 이용하리라 다짐했다. 그럴 자신이 있었다.

세농슈 부부는 그 집을 사기 위해 버거운 투자를 했을 뿐더러, 지방 사람들답게 최소한의 변화도 줄 생각이 없었다. 그래서 하인이 루이즈의 도착을 알렸을 때, 그녀를 맞이하러 나간 제피린이 예전에 뤼시앵을 그토록 매료시켰던 유리 장식이 달린 작은 샹들리에와 실내장식과 가구들을 가리키며 한 첫마디는 이랬다. "친애하는 루이즈, 보세요……. 이 집은 당신이 살던 그대로예요. 여전히 당신 집에 있는 느낌일 거예요!"

"하지만 내게는 가장 회상하기 싫은 것들이군요." 도지사 부인은 모인 사람들의 면면을 확인하려고 주위를 살피며 대답했다.

사람들은 루이즈 드 네그르플리스가 예전의 그녀가 아니라는 사실을 인정했다. 18개월 동안 머물렀던 파리의 사교계, 파리가 지방 여인을 변하게 한 것만큼이나 그 여인을 바꾸어 놓은 신혼의 행복, 권력이 부여하는 위엄, 이 모든 것들은 지금의 샤틀레 백작 부인과 과거의 바르주통 부인을 마치 스무 살 아가씨가 자기 어머니를 닮은 것처럼, 그저 조금 닮았을 뿐인 다른 사람으로 보이게 했다. 그녀는 레이스와 꽃으로 장식된 우아한 보닛을 쓰고, 다이아몬드 머리핀을 아무렇게나 꽂아 고정해 놓았다. 이 영국식 머리 모양은 그녀의 얼굴과 잘 어울렸으며, 윤곽을 가렸기에 더 젊어 보였다. 또 앞가슴이 볼록 튀어나오고, 매력적인 술 장식이 달린 얇은 비단 드레스를 입고 있었는데, 유명 의상 디자이너 빅토린의 만듦새는 그녀의 몸매를 더욱 돋보이게 했다. 어깨에는 반쯤 비치는 금빛 삼각형 천을 둘렀고, 멋들어지게 감은 얇은 스카프는 지나치게 긴 그녀의 목을 가려주었다. 마지막으로 그녀는 지방 여인들이 잘 다루지 못하는 예쁜 장신구들을 솜씨 있게 활용했다. 팔찌에는 예쁜 향 케이스를 쇠줄로 매달았고, 한 손에는 부채와 둥글게 만 손수건을 들고 있었는데 하나도 어색하지 않았다. 이처럼 사소한 것들에서 드러나는 세련된 취향, 데스파르 부인에게서 배운 자세와 태도는 루이즈가 생제르맹 구역에서 열심히 연구했음을 보여주었다. 제정기에는 미남이었던 그녀의 남편은, 전날까지만 해도 파랬다가 하룻밤 만에 누렇게 변한 멜론처럼, 결혼으로 인해 폭삭 늙어버렸다. 식스트가 잃어버린 젊음을 그의 아내의 활짝 핀 얼굴에서 발견한 사람들은 서로서로 시골식 농담을 속삭였다. 앙굴렘의 옛날 여왕이 다시 새로운 우월감을 과시하는 것에 화가 난 여인들은 모두 기꺼이 그 농담에 참여했다. 여전히 불청객에 불과한 샤틀레는 아내 대신 그 대가를 치러야만 했다. 샹두르 부부와, 고(故) 바르주통 씨와, 피망텔 씨와 라스티냐크 가문 사람들은 없었지만, 살롱은 전에 뤼시앵이 시를 낭독하던 날과 비슷하게 사람이 많았다. 주교 예하까지 부주교들을 거느리고 도착했다. 넉달 전만 해도 앙구무아 귀족 사회에 낄 수 없어 절망했던 프티 클로는 귀족들을 바라보면서 드디어 상류층에 대한 증오가 진정되는 것을 느꼈다. 샤틀레 백작 부인이 매력적이라는 생각을 하며 그는 중얼거렸다. '어쨌든 나를 검사로 임명해 줄 수 있는 여인이다!' 루이즈는 상대방이 얼마나 중요한 사람인지에 따라, 혹은 그녀와 뤼시앵과의 도피에 대해 상대가 취했던 태도에 따라 어조를 바꿔가면서 똑같은 시간 동안 이야기를 나눈 후, 만찬이 반쯤 진행되었을 무렵 주교 예하와 함께 내실로 물러났다. 그때 제피린이 프티 클로의 팔을 잡았기 때문에 그는 가슴이 두근거렸다. 제피린은 그를 데리고 내실로 갔다. 뤼시앵의 불행이 시작되었던 바로 그 방에서 그 불행은 끝을 맞이하게 될 터였다.

"이분은 프티 클로 씨예요. 부인이 이분을 위해 하시는 일은 모두 내 피후견인에게 도움이 될 터이니, 이분을 열렬히 추천하려 해요."

"소송대리인이신가요?" 네그르플리스 가문의 오만한 여인은 경멸적인 시선으로 프티 클로를 아래위로 훑어보면서 말했다.

"불행하게도 그렇습니다! 백작 부인." (루모의 양복쟁이 아들은 살면서 단 한 번도 이 말을 해본 적 없었기에, 입안이 그 단어로 꽉 찬 느낌이었다.) "하지만 백작 부인께서 도와주신다면 저는 검찰에 들어갈 것입니다. 밀로 씨가 느베르로 옮긴다고들……."

"그런데 말이죠," 백작 부인이 말을 끊었다. "우선은 검사보를 하다가 검사가 되는 것 아닌가요? 하지만 나는 당신이 단번에 검사가 되는 것을 보고 싶긴 해요……. 내가 당신에게 관심을 가지고 그런 배려를 얻어드리려면 당신이 정통 왕가와 교회, 그리고 특히 빌렐 총리께 헌신한다는 확신이 필요해요."

“오! 부인,” 프티 클로는 부인에게 다가가 귀에다 대고 말했다. “저는 절대적으로 국왕께 복종하는 사람입니다.”

“오늘날 우리에게 필요한 것이 바로 그것이죠.” 그녀는 귀에 대고 하는 말은 아무것도 듣고 싶지 않다는 듯이 몸을 뒤로 빼며 말했다. 그러고는 부채로 위엄 있는 동작을 하면서 덧붙였다. “당신이 세농슈 부인의 마음에 드는 한, 나를 믿어도 됩니다.”

“부인,” 내실 문 앞으로 쿠앵테가 나타나는 것이 보이자 프티 클로가 말했다. “뤼시앵이 이곳 앙굴렘에 있습니다.”

“그래서요……?” 그녀의 거만한 어조에 보통의 평범한 남자라면 목구멍이 막혀 아무 말도 못 했을 것이다. 그러나 프티 클로는 최대한 경의를 표하며 말했다. “백작 부인께서는 제 말을 잘 이해하지 못하시는군요. 저는 부인께 헌신의 증거를 보여드리고 싶습니다. 부인께서 키우신 위대한 인물이 앙굴렘에서 어떤 대접을 받기를 원하십니까? 중간은 없습니다. 경멸의 대상이 되거나 영광의 대상이 되는 것, 둘 중 하나입니다.”

루이스 드 네그르플리스는 그런 양자택일을 고려한 적이 없었다. 하지만 그것은 분명 그녀와 무관한 일이 아니었는데, 현재가 아닌 과거 때문이었다. 좌우간 현재 백작 부인이 뤼시앵에 대해 품고 있는 감정은 소송대리인이 세샤르를 체포하기 위해 꾸민 계획의 성공 여부를 좌우할 터였다.

“프티 클로 씨.” 백작 부인은 거만하면서도 근엄한 태도로 말했다. “당신은 정부 측에 서기를 원하십니다. 그렇다면 정부의 첫 번째 원칙, 즉 과거에 오류를 범한 적이 한 번도 없어야 한다는 것을 아셔야죠. 그리고 여성들에게는 정부보다 더 큰 권력 본능과 존엄성이 있다는 것도요.”

“바로 그것이 제 생각입니다, 부인.” 그는 티나지 않게 주의를 기울이며 백작 부인의 반응을 살피고는 재빨리 대답했다. “뤼시앵은 무척이나 비참한 상태로 이곳에 왔습니다. 하지만 그가 환영식을 받을 만한 인물이라면, 저는 바로 그 환영식으로 인해 그가 앙굴렘을 떠날 수밖에 없도록 만들 수 있습니다. 이곳에서 그의 누이와 매제 다비드 세샤르는 심각한 강제 집행 위협을 받고 있습니다⋯⋯.”

루이즈 드 네그르플리스의 도도한 얼굴에 기쁨을 억제하느라 생긴 가벼운 움직임이 일었다. 그가 자신의 속마음을 간파하고 있는 것에 놀란 그녀는 부채를 펼치는 동작을 하며 그를 쳐다보았다. 이때 마침 프랑수아즈가 들어와, 그녀는 프티 클로에게 대답할 시간을 벌었다.

“프티 클로 씨, 당신은 머지않아 검사장이 될 겁니다⋯⋯.” 루이즈는 의미심장한 미소를 띠며 말했다.

이야말로 자신의 평판은 연루시키지 않으면서 전부를 말한 것 아닌가?

“오! 부인,” 프랑수아즈가 도지사 부인에게 감사를 표하기 위해 다가서며 외쳤다. “부인 덕분에 저는 평생 행복할 거예요.” 그녀는 소녀다운 귀여운 몸짓으로 몸을 기울여 부인의 귀에 대고 말했다. “부인이 아니었다면 저는 지방의 소송대리인 부인으로 서서히 말라 죽었을 거예요⋯⋯.”

제피린이 이렇게 루이즈에게 직접 부딪친 것은 관료 세계에 대한 이해도가 높은 프랑시스가 그렇게 하라고 부추겼기 때문이다. 전직 총영사는 자기 여자 친구에게 이런 말을 했더랬다. "한 왕조를 시작하거나 어떤 사업을 시작하거나, 도지사 초임 시절에는 있는 힘을 다해 사람들에게 도움을 주려 하지요. 하지만 그들은 금방 후견의 어려움을 깨닫게 되면서 냉담해집니다. 지금은 루이즈가 프티 클로를 위해 애쓰겠지만, 석 달만 지나면 그를 위해 아무 일도 하지 않을 겁니다."

한편 프티 클로는 루이즈에게 말했다. "우리 시인의 금의환향과 관련해 부인께서 하셔야 할 일들을 생각해 보셨는지요, 백작 부인? 부인께서는 열광이 지속되는 열흘 내로 뤼시앵을 초대하셔야 합니다."

도지사 부인은 프티 클로를 어서 쫓아버리려고 고개만 끄떡이고는, 내실 문 앞에 모습을 드러낸 피망텔 부인과 담소를 나누기 위해 일어났다. 네그르플리스 영감이 귀족원 의원으로 승진했다는 소식에 놀란 후작 부인은 그토록 잘못을 저지르고도 오히려 영향력을 높일 만큼 수완 좋은 여인에게는 아첨할 필요가 있다고 생각했던 것이다.

"친애하는 루이즈," 루이즈의 탁월함에 굴복하면서 속내 이야기를 나누던 중 후작 부인이 물었다. "그런데 당신 아버지를 귀족원에 보내려고 왜 그토록 애쓰셨는지 말씀해 주세요."

"후작 부인, 우리 아버지께는 아들이 없고, 변함없이 왕실에 표를 던질 분이신 만큼 그런 호의를 쉽게 받아낼 수 있었어요. 만일 내가 아들을 낳는다면, 장남에게는 외할아버지의 작위와 가문의 문장과 의원직을 상속하게 할 생각입니다……."

피망텔 부인은 자기 남편을 귀족원 의원으로 승진시켜 보려는 욕망을 실현하기 위해 루이즈를 이용하기는 틀렸다고 생각하자 슬퍼졌다. 아직 태어나지도 않은 아이들에까지 야망을 펼치고 있는 어머니가 아닌가.

"도지사 부인은 제 손안에 있습니다." 저택을 나서면서 프티 클로가 쿠앵테에게 말했다. "당신과 다비드의 동업 계약을 장담합니다……. 한 달 안에 저는 검사가 될 것이고, 당신은 세샤르를 마음대로 주무를 수 있을 겁니다. 이제 제 사무소를 인계할 후임자를 찾아주세요. 저는 다섯 달 만에 그 사무소를 앙굴렘 최고의 소송대리인 사무소로 만들었습니다."

"당신을 그저 말에 태워만 주면 되었던 거군요." 쿠앵테는 자신이 만든 작품이라 할 수 있는 프티 클로에게 거의 질투를 느끼며 말했다.

이제 독자는 뤼시앵이 고향에서 받은 열렬한 환영의 이유를 알게 되었으리라. 오를레앙 공작 시절의 일로 복수하지 않았던 프랑스 국왕처럼,[47] 루이즈는 바르주통 부인이던 시절에

---

47) 15세기에 샤를 8세(1470~1498, 재위 1483~1498)가 아들 없이 사고로 사망함에 따라 발루아 왕가의 방계 혈족인 오를레앙 공작이 프랑스 왕이 된다. 그가 바로 루이 12세(1462~1515, 재위 1498~1515)다. 그런데 루이 12세는 샤를 8세의 재위 원년인 1483년에 샤를 8세에 맞서 반란을 일으켰다가 붙잡혀 투옥된 적이 있었다. 그래서 그가 왕위에 오르자 사람들은 프랑스 국왕으로서 어떻게 과거의 갈등을 치유할 것인지 궁금해했다. 하지만 루이 12세는 즉위 직후 오를레앙시를 방문해, 보복을 기대하는 시민들에게 "프랑스 국왕의 명예를 위하여, 오를레앙공 시절의 불화에 대해 복수하는

파리에서 받은 모욕을 기억하고 싶지 않았다. 그저 뤼시앵을 후원함으로써 그를 굴복시킨 후, 그로부터 적당히 벗어나고 싶을 뿐이었다. 소문을 통해 파리에서 있었던 일들의 사정을 훤히 꿰고 있던 프티 클로는 사랑받고 싶은 순간 그 사랑을 주는 법을 모르는 남자에 대해 여자들이 품게 되는 격렬한 증오심을 간파했다.

젊은 시인을 후원했던 루이즈 드 네그르플리스의 과거 행적을 정당화시킨 열렬한 환영식이 있고 난 다음 날, 프티 클로는 뤼시앵을 도취 상태에 빠뜨려서 그를 좌지우지하고자, 앙굴렘 시내에 사는 콜레주 시절 친구 여섯을 거느리고 세샤르 부인 댁에 나타났다. 이 사절단은 동창생들이 '데이지'와 '샤를 9세의 궁수'의 저자에게, 학교가 배출한 위대한 인물을 환영하려고 마련한 축하연에 꼭 참석해 달라고 부탁하기 위해 보낸 것이었다.

"세상에! 자네 프티 클로 아닌가!" 뤼시앵이 외쳤다.

"자네의 귀향은 우리의 자긍심을 자극했네. 우리는 자랑스러웠어. 그래서 돈을 모아 근사한 식사 자리를 마련했다네. 교장 선생님 이하 선생님들도 참석하실 거야. 상황이 돌아가는 것으로 봐서는 아마 고위층 명사들두 올 것 같아"

"언제?" 뤼시앵이 물었다.

"이번 일요일."

"그건 어렵겠는데." 시인이 대답했다. "열흘 후에나 가능하겠

것은 품위 있는 행동이 아니다."라고 선언했다.

어……. 그때라면 기꺼이……."

"좋아, 분부대로 하지! 열흘 후에 보자고!" 프티 클로가 말했다.

뤼시앵은 자기에게 존경에 가까운 찬사를 표하는 옛 학교 친구들을 무척 상냥하게 대했다. 30분가량 대화를 나누었는데 그는 하는 말마다 한껏 재치를 발휘했다. 친구들이 자기를 우러러보고 있다고 생각하면서, 자기에 대한 고향 사람들의 견해가 정당함을 보여주고 싶었기 때문이다. 그는 호주머니에 손을 넣은 채, 동지들이 올려놔 준 높은 곳에서 밑을 내려다보는 사람처럼 말했고, 격식을 차리지 않는 천재처럼, 겸손하고 천진한 아이의 모습을 보였다. 그것은 파리에서의 싸움에 지치고, 무엇보다도 환멸을 느낀 격투기 선수의 탄식이었다. 그는 이 좋은 고장을 떠나지 않은 친구들에게 찬사를 보냈고, 친구들이 그에게 완전히 매료되도록 행동했다. 그러고는 프티 클로를 따로 불러 다비드 사건에 대한 진상을 물은 후, 자기 매제가 은신하게 된 것에 대해 그를 나무랐다. 뤼시앵은 프티 클로를 상대로 술책을 부리려 했고, 프티 클로는 옛 친구에게 자기는 그 어떤 술수도 모르는 지방의 하찮은 소송대리인에 불과하다는 인상을 주려고 애썼다. 현대사회를 작동시키는 톱니바퀴는 고대사회보다 훨씬 복잡하다. 이로 인해 인간의 능력 또한 점점 더 세밀하게 분화된다. 과거 시대에 뛰어난 인물은 만능이어야 했기에 그 숫자가 매우 적었고, 그런 사람들은 국민 사이에서 횃불처럼 나타났다. 그다음엔, 능력은 분화되었어도 자질은 여전히 총체적으로 평가되었다. 따라서 사람들이 루이 11세에 대해 말하듯이,[48] 교활하기 그지없는 사람은 모든 면에서 술책을 부릴 수 있었다. 하지만 지금은 그 자질마저도 세분화되어, 말하자면 직업의 수만큼 많은 술책이 존재하게 되었다. 용의주도한 외교관일지라도 지방 구석에서는 보잘것없는 소송대리인이나 농부에게 완전히 속을 수 있고, 아무리 교활한 신문기자도 상업적 이해관계에 관한 한 바보가 될 수 있다. 그래서 뤼시앵은 프티 클로의 노리개가 될 수 있었고, 실제로 그렇게 되었다. 물론 그 기사는 간교한 소송대리인이 직접 쓴 것이었다. 앙굴렘은 루모와 더불어 그 기사에서 다루어졌기 때문에 뤼시앵을 축하하지 않을 수 없었다. 뮈리에 광장으로 나왔던 뤼시앵의 고향 사람들은 쿠앵테 형제의 인쇄소와 지업사의 직원들, 그리고 프티 클로와 카샹 사무실의 서기들과 몇몇 학교 친구들이었다. 시인에게 다시 학교 시절의 '단짝'이 된 소송대리인은 언제고 필시 그 친구가 다비드의 은신처를 누설하게 될 것으로 생각했다. 그리고 그의 생각은 틀리지 않았다. 만일 뤼시앵의 잘못으로 다비드가 파멸하게 된다면, 뤼시앵은 앙굴렘에서 살지 못할 터였다. 이렇게 자신의 영향력을 공고히 할 목적으로 그는 뤼시앵보다 열등한

---

48) 루이 11세(1423~1483, 재위 1461~1483)는 청년 시절 아버지인 샤를 7세를 상대로 하는 반란에 참여했으나 국왕은 아들을 용서해 주었고, 동남부 도피네 지방의 관리를 맡겼다. 프랑스의 왕세자를 도팽(도피네의 영주)이라고 부르는 이유다. 그는 그곳에서 자신의 정치적 입지를 다지면서 끊임없이 음모를 꾸몄다. 왕이 된 루이 11세는 전쟁보다는 능숙한 외교적 활동과 음모를 통해 영토를 확장해 나갔다. 덕분에 '신중한 왕'이라는 별명과 더불어 '교활한 왕' '거미 왕'이라는 별명도 얻게 되었다.

인간으로 처신했다.

"어떻게 내가 최선을 다하지 않을 수 있겠나!" 프티 클로가 뤼시앵에게 말했다. "내 단짝의 누이에 관한 일인데. 하지만 법정에서는 질 수밖에 없는 상황도 있어. 6월 1일에 다비드는 내게 석 달 동안만 체포되지 않도록 해달라고 부탁했다네. 그러니까 9월까지는 안전해. 게다가 나는 채권자로부터 그의 전 재산을 지켜줄 수 있었지. 항소법원에서 승소할 테니까. 아내의 재산권은 절대적이며, 소송사건에서 그 권리는 그 어떤 사기 행위에 대해서도 책임질 수 없다는 판결을 받아낼 거야. 그건 그렇고, 불행해져서 돌아왔지만, 자네는 천재야. (뤼시앵은 아첨을 들으면서 우쭐했다.) 정말이라니까. '샤를 9세의 궁수'를 읽었어. 그거야말로 그럭저럭 쓴 작품 하나가 아니라, 책 그 자체던데! 그리고 그런 서문은 세상에서 단 두 사람만이 쓸 수 있을걸, 샤토브리앙과 자네!"

뤼시앵은 다르테즈가 서문을 썼다는 말은 하지 않은 채 프티 클로의 찬사를 듣고 있었다. 100명의 프랑스 작가 중에 99명은 그와 마찬가지로 행동했을 것이다.

"그런데 이곳에서는 아무도 자네를 못 알아보는 것 같더라고." 프티 클로는 격분하는 척 말했다. "사람들이 다들 무관심한 것을 보고 이 사람들을 깨우쳐주자는 생각이 들었지. 그래서 신문에다 기사를……."

"그러니까 그 기사를 쓴 게……!" 뤼시앵이 소리쳤다.

"맞아, 나야……. 그랬더니 앙굴렘과 루모가 서로 경쟁하더군. 그래서 내가 어제저녁의 환영식을 기획한 걸세. 이렇게 일단 열광적인 분위기를 만들어놓고 나서 만찬을 위한 신청을 받았지. '다비드는 숨어 있지만 적어도 뤼시앵은 영광의 월계관을 써야 해!'라고 생각하니까. 그것만 한 게 아니야. 그 이상을 했다네." 프티 클로가 말을 이었다. "샤틀레 백작 부인을 만났어. 그리고 그녀에게 다비드를 지금의 처지에서 구해 내야 할 의무가 있음을 이해시켰다네. 부인에게는 그럴 힘도 있고, 또 그렇게 해야 할 의무도 있잖아. 다비드가 내게 말한 비밀을 정말로 찾아냈다면, 정부 차원에서 그를 지원한대도 정부는 손해 볼 것이 없지. 게다가 발명가를 잘 후원해서 위대한 발견에 대한 공적의 반을 차지하게 된다면 도지사로서는 얼마나 훌륭한 업적이겠어! 식견을 갖춘 행정가라는 평을 듣겠지……. 자네 누이는 우리가 하는 법률 총격전을 얼마나 겁내던지! 연기가 피어오르는 것만 보고도 두려워하더군. 법정에서의 전투는 전쟁터에서만큼이나 비싼 값을 치른다네. 하지만 다비드는 자기 위치를 잘 지켰고, 비밀을 꼭 쥐고 있어. 사람들은 그를 체포할 수 없고, 체포하지도 않을 거야!"

"이보게 친구, 고마워. 내 계획을 이야기해도 될 것 같군. 이 계획이 실현되도록 자네가 나를 좀 도와줘." (프티 클로는 코를 찡그려 질문하는 듯한 표정을 지으면서 뤼시앵을 빤히 쳐다보았다.) 뤼시앵이 결연한 어조로 말했다. "나는 다비드를 구하고 싶어. 그 친구의 불행은 내가 원인이니, 내가 전부 바로잡겠어. 루이즈에게 내 영향력은 상당하니까……."

"루이즈라니…… 누구?"

"샤틀레 백작 부인!" (프티 클로는 살짝 동요하는 듯 보였다.)

뤼시앵은 말을 이었다. "그녀에 대한 나의 영향력은 그녀가 생각하는 것보다 커. 그러니까 내겐 이 지방 정부에 끼칠 영향력이 있는데, 입을 만한 옷 한 벌이 없어……."

프티 클로는 자기 지갑을 내주기라도 할 것 같은 기세를 취했다.

뤼시앵이 프티 클로의 손을 잡으며 말했다. "고마워, 친구. 열흘 뒤에 도지사 부인을 방문하러 가겠어. 그러고 나서 자네 사무실에 들를게."

그들은 친구들끼리의 정겨운 악수를 수차례 나누고 헤어졌다.

"저 친구는 틀림없는 시인이야." 프티 클로는 중얼거렸다. "제정신이 아니잖아."

'사람들이 떠드는 말은 다 쓸데없어. 역시 학교 친구들뿐이야.' 뤼시앵은 누이 집으로 돌아가면서 생각했다.

"오빠," 에브가 말했다. "도대체 프티 클로가 오빠한테 무엇을 약속했기에 그토록 깊은 우정을 보이는 거야? 그 사람 조심해!"

"그 친구를?" 뤼시앵이 언성을 높였다. "내 말 좀 들어봐, 에브." 그는 깊이 생각하는 것처럼 보였다. 그러고는 말을 이었다. "너는 이제 내 말을 안 믿는구나. 나를 의심하니까 프티 클로도 의심하겠지. 하지만 채 보름이 지나기 전에 생각이 바뀔 거다." 그는 잘난 체하면서 그렇게 덧붙였다.

뤼시앵은 방으로 올라가 루스토에게 편지를 썼다.

친구여, 우리 둘 중 나만 기억하고 있는지 모르겠네만, 내가 자네에게 어음으로 1000프랑을 빌려준 적이 있지. 서글프게도, 이 편지를 펼쳐 보는 자네가 어떤 처지에 놓여 있을지 너무 잘 알아. 그래서 얼른 덧붙이네만, 금화나 은화로 갚아달라고는 않겠네. 현금 말고, 나 대신 외상 거래를 하는 방식으로 돌려주었으면 해. 플로린에게라면 이유를 대지 않고도, 1000프랑쯤은 가볍게 부탁할 수 있잖아. 우리는 평소 같은 재단사에게 옷을 맞춰 입었으니, 최단 시일 내에 양복 한 벌 지어 보낼 수 있겠지. 내가 아담처럼 헐벗은 건 아니지만, 지금 상태로는 사람들 앞에 나타날 수가 없어. 여기 와 보니, 놀랍게도 파리 명사에 대한 지방 사람들의 환대가 나를 기다리고 있더군. 나는 연회의 주인공이 되었어. 좌파 국회의원 못지않은 대접을 받았네. 이제 검정색 예복이 필요한 이유를 알겠지? 거래처들에는 자네가 지급보증을 하고 이 일을 맡아주게. 허풍을 떨어봐. 동 쥐앙이 디망쉬 씨를 놀리는 참신한 장면 같은 것을 연출해 보라고.[49] 나는 무슨 짓을 해서든 나들이옷을 차려입어야 해. 지금 내가 가진 거라곤 누더기뿐이야. 그걸 생각해 주게! 지금은 9월이니 날씨가 무척 좋아. 그러니까 이번 주말까지 멋진 평상복 한 벌을 받을 수 있게 해주게. 짙은 청동색 짧은 프록코트 한 벌과 조끼 세 벌을 각각 유황색, 스코틀랜드 스타일로 색다른 것, 그리고

---

49) 몰리에르의 희곡 『동 쥐앙』 4막 3장의 유명한 장면을 암시한다. 동 쥐앙은 외상값을 받으러 온 상인 디망쉬에게 예의 바르게 식구들 안부를 묻고 그들 사이의 우정을 강조하는 등 본론에서 벗어난 말을 잔뜩 해대는 바람에 상인은 차마 돈 달라는 말을 하지 못하고 돌아간다.

순백색으로 보내주게. 여자들이 홀딱 반할 멋진 바지 세 벌도 잊지 말고. 하나는 흰색 영국산 모직, 다른 하나는 담황색 난징산 면직, 세 번째 것은 가벼운 검정 캐시미어로 만든 것이 좋겠네. 마지막으로, 야회에 입고 갈 검정 연미복과 검은색 새틴 조끼 한 벌도 부탁해. 혹시 플로린 같은 여자를 만나고 있다면, 나를 위해 그녀에게 색다른 모양의 넥타이 두 개를 부탁해 보게. 이런 일은 아무것도 아니니, 자네와 자네의 수완만 믿겠네. 양복점 주인에 대해서는 별로 걱정하지 않네. 친구여, 우리는 인간을, 특히 파리 사람을 타락시키는 가장 강력한 독인 가난의 지성에 대해 수차례 한탄하지 않았나. 그 지성의 활동은 사탄도 놀라게 할 테지만, 그걸로 우리는 모자 하나도 외상으로 못 샀지! 우리가 가격이 1000프랑인 모자를 유행시킬 정도면 그때는 우리도 모자를 살 수 있겠지. 하지만 그 전까지는 모자 하나를 사려고 주머니에 금화를 넣고 다녀야 할 거야.[50] 아! 코메디 프랑세즈 극장의 "라플뢰르! 내 주머니에 금화를 넣어줘!"라는 대사는 얼마나 우리의 마음을 아프게 했던가! 그러니까 이 요구를 들어주기 위해 자네가 얼마나 큰 어려움을 겪을지 내가 능히 안단 말일세. 양복점의 물품을 발송할 때, 거기에 장화한 벌, 무도화 한 벌, 모자 하나, 장갑 여섯 켤레도 같이 넣어 보내게! 불가능한 일을 부탁하고 있다는 것 잘 알아. 하지만 문학

---

50) 복고왕정 당시 현금 부족 현상을 드러내는 대목이다. 실제로 상인들은 고가의 물건에 대해서는 어음을 받았지만, 저가의 상품을 사려면 현금으로 계산해야 했다. 당시 모든 작가처럼 발자크는 평소 생활비로 쓸 현금을 구하기 위해 엄청난 비율로 어음을 할인해야 했다.

생활이란 불가능을 가능하게 만드는 것이 아니겠는가……? 한 가지만 말하겠네. 위대한 기사를 하나 쓰든지, 아니면 어떤 비열한 짓을 해서라도 이 기적을 만들어준다면 자네의 빚은 없던 것으로 하겠네. 그 돈은 자네에 대한 존중을 담보로 빌려준 것이고, 12개월 동안 장부에만 적혀 있었으니, 자네가 부끄러워할 줄 아는 인간이라면, 부끄러워하겠지. 친애하는 루스토, 농담은 여기까지만 하고, 나는 지금 매우 심각한 상황에 놓여 있어. 다음 한마디를 듣고 상황을 판단해 보게. 오징어는 뚱뚱해져서 왜가리의 아내가 되었고, 왜가리는 앙굴렘 도지사가 되었어. 그런데 이 역겨운 부부는 나로 인해 비참한 상황에 빠진 매제를 위해 할 수 있는 일이 아주 많아. 매제는 내가 서명한 환어음 때문에 피소되었고, 구속을 피해 은신 중이야……. 도지사 부인 앞에 나타나 어떻게 해서라도 그녀에 대한 영향력을 회복하는 것이 관건이네. 다비드 세샤르의 운명이 예쁜 장화 한 켤레와 투명한 비단 양말과(이것도 잊지 말게!) 새 모자 하나에 달려 있다고 생각하면 소름 끼치지 않나! 일단 고향 사람들의 호의를 사양하기 위해 나는 뒤비케가 그랬던 것처럼[51] 병이 나서 몸이 아프다고 말하고 침대에 누워 있으려 하네. 이보게, 우리 고향 사람들이 내게 멋진 환영식을 열어주었다네. 내 학교 동창 몇몇이 앙구무아 중심 도시의 열광을 주도하고 있다는 사실을 알고 난

---

51) 피에르 뒤비케(Pierre Duviquet, 1765~1835)는 공화국과 총재정부 시절 정치인으로 활동한 후 1814년에 돌연 《주르날 데 데바》의 유명 비평가 장 루이 조프루아의 뒤를 이었다. 발자크의 이 말이 어떤 상황을 암시하는지는 연구자들도 알아내지 못했다.[편]

후, 나는 소위 동향 사람들이라는 단어 속에 바보들을 얼마나 많이 집어넣어야 할지 자문하고 있다네.

파리 소식란에 내가 고향에서 받은 환대를 다룬 기사 몇 줄 넣어줄 수 있다면, 이곳에서 나는 엄청나게 위대한 인물이 될 거야. 게다가 오징어에게 내가 파리 언론계에 친구는 없을지언정 적어도 약간의 신용은 갖고 있다는 사실도 느끼게 해주겠지. 나는 결코 희망을 버리지 않았으니, 은혜는 꼭 갚을게. 어떤 작품집을 위한 좋은 기사가 필요하면 말하게. 여유를 가지고 그것을 깊이 생각할 시간은 있으니까. 이제 한마디만 더 하겠네. 친애하는 벗이여, 온전히 자네의 사람임을 자처하는 나를 자네가 믿을 수 있듯이, 나 또한 자네를 믿네.

자네에게 헌신하는
뤼시앵 드 뤼방프레

추신. 모든 물품은 역마차 편에, 유치우편(留置郵便)으로 보내주게.

성공으로 인해 내적 우월감을 되찾았음이 확연히 드러나는 이 편지는 그에게 파리를 떠올리게 했다. 엿새 전부터 지방의 완벽한 정적에 잠겨 있던 그의 생각은 행복했던 가난으로 돌아가 막연한 그리움을 느꼈다. 그러면서도 일주일 내내 샤틀레 백작 부인에 대한 생각에 사로잡혀 있었다. 급기야는 앙굴렘 사교계에 재등장하는 일에 너무나 큰 중요성을 부여한 나머지, 해가 질 무렵 파리에서 오기로 되어 있는 소포를 찾으

러 루모의 우편물 보관소로 내려갈 때는 의상에 마지막 희망
을 걸고서, 그것을 갖지 못해 절망하는 여인처럼 불안해했다.

소포의 모양으로 보아 자기가 부탁한 것이 모두 들어 있음
을 알아차린 그가 혼잣말로 외쳤다. "아! 루스토, 네가 했던
모든 배신을 용서한다!"

그는 모자 상자 속에서 다음과 같은 편지를 발견했다.

플로린의 살롱에서

친구여,

재단사는 아주 훌륭하게 처신했어. 하지만 자네가 지난 시절
에 대한 깊은 통찰로써 예견했듯이, 넥타이와 모자와 비단 양
말을 구하는 일은 우리 마음만 흥분시켰지. 우리의 지갑 속에
는 한 푼도 없었으니까. 그래서 블롱데와 이런 얘기를 했다네,
젊은이들이 물건을 값싸게 살 수 있는 상점을 만든다면 큰돈
을 벌 거라고. 외상으로는 결국 아주 비싼 물건만 살 수 있으니
하는 말일세. 위대한 나폴레옹은 인도로 가는 길에 장화 한 켤
레가 없어서 발걸음을 멈추고 "쉽게 이루어지는 일은 없군!"이
라고 했다지. 아무튼 우리는 신발만 빼고 모든 것을 다 구할 수
있었어. 잘 차려입었는데 모자가 없거나, 조끼는 입었는데 신발
이 없는 자네 모습이 그려져서, 어떤 미국인이 재미있으라고 플
로린에게 주었던 인디언의 가죽신을 보내줄까도 생각했다네.
그런데 플로린이 도박이라도 해보라며 판돈으로 40프랑을 내
놓은 거야. 나탕과 블롱데와 나는 우리를 위한 도박이 아니라
서 어찌나 즐거웠던지, 뤼포의 옛 정부인 토르피유 양까지 야

식에 데려갈 만큼 부자가 되었다네. 프라스카티 도박장이 우리에게 그 정도의 돈은 돌려주어야 하지 않겠나. 플로린이 물건을 구매하는 임무를 맡았고, 아름다운 셔츠 세 벌을 추가했어. 나탕은 지팡이를 선물했고, 300프랑을 딴 블롱데는 금 시곗줄을 보내네. 뤼포의 정부는 40프랑짜리 동전 크기의 금시계를 추가했지. 어떤 바보가 그녀에게 선물한 것인데 지금은 작동하지 않는다네. "그놈이 가지고 있던 물건인 만큼 이건 싸구려랍니다!"라고 그녀는 말했지. 로셰 드 캉칼로 우리를 만나러 온 비지우는 파리에서 자네에게 보내는 소포에 포르투갈산 화장수 한 병을 넣었네! 우리의 일류 희극작가는 저음 가수의 어투와 그가 잘 묘사하는 부르주아 특유의 거드름을 피우면서 "이것이 그에게 행복을 가져다주기를……!"이라고 말했지. 이 모든 것이 우리가 불행에 빠진 친구를 얼마나 사랑하는지를 증명하고 있지 않나. 나는 마음이 약해서 플로린을 용서하고 말았네. 그녀는 자네한테 나탕의 최근 작품에 관한 평론 기사를 하나 써달라고 부탁하더군. 안녕, 나의 제자여! 나와 가까운 친구가 되었을 당시 빠져나왔던 그 어항으로 다시 돌아간 자네에게 동정을 금치 못하는,

자네의 친구
에티엔 루스토

"불쌍한 녀석들! 나를 위해 도박을 했구나!" 뤼시앵은 감격에 겨워 중얼거렸다.

건전하지 않은 세상이나, 많은 고통을 겪었던 세상으로부

터 때로 천국의 향기와 같은 바람이 불어오기도 한다. 미적지근한 삶에서 고통의 추억은 이루 말할 수 없는 기쁨과도 같다. 새 옷을 입고 방에서 내려오는 오빠를 본 에브는 아연실색했다. 그녀는 뤼시앵을 알아보지 못했다.

"이제 보리외로 산책하러 갈 수 있게 되었어." 뤼시앵이 큰 소리로 말했다. "사람들은 더 이상 '그 친구 누더기를 걸치고 왔군!'이라고 말하지 않을 거야. 자, 이 시계를 주마. 내 것이니까. 그런데 그 시계는 나를 닮았어. 고장 났거든."

"정말이지 오빠는 어린애 같아! 오빠를 미워할 수가 없네."

"에브, 너는 내가 앙굴렘 사람들 앞에서 빛나 보이려는 바보 같은 생각으로 이 모든 걸 구했다고 생각하니? 난 앙굴렘 사람들의 시선 같은 건 조금도 신경 쓰지 않아!" 그는 허공에 대고 둥근 손잡이 부분이 금장 세공된 지팡이를 휘저으며 말했다. "나는 내가 저지른 잘못을 바로잡고 싶어서 무장을 갖춘 거란다."

멋쟁이로서의 뤼시앵이 거둔 성공은 그가 획득한 유일한 실제적 승리였다. 하지만 그 승리는 엄청난 것이었다. 경탄은 입을 얼어붙게 하지만 선망은 많은 말을 낳는다. 여자들은 그에게 열광했고 남자들은 그를 비방했다. 그러니까 그는 어느 상송 작가처럼 "오! 나의 옷이여, 고맙기도 해라!"라고[52] 외칠 만도 했다. 그는 도청에 가서 명함 두 개를 놓고 왔다. 프티 클

---

52) 프랑스 극작가인 미셸 장 스텐(Michel-Jean Sedaine, 1719~1797)의 『내 옷에 보내는 서간시』의 한 구절이다.[편]

로의 사무실도 방문했지만 그를 만나지는 못했다. 그다음 날은 축하연 당일이었는데, 파리의 신문들은 모두 앙굴렘 소식란에 다음과 같은 기사를 실었다.

앙굴렘 소식 빛나는 데뷔를 한 바 있는 젊은 시인의 귀향은 그 도시뿐 아니라 뤼시앵 드 뤼방프레 씨에게도 무척이나 만족스러운 환영식으로 주목을 받았다. 그는 프랑스에서 월터 스콧 양식을 모방하지 않은 유일한 역사소설 『샤를 9세의 궁수』의 저자로, 그 서문은 문학계의 한 사건이었다. 도시는 열의를 다하여 동향인을 위한 축하연을 베풀었다. 새로 임명된 도지사는 부임하자마자 시집 『데이지』의 저자를 환영하는 공식 행사에 참석했다. 그의 재능은 데뷔 시절부터 샤틀레 백작 부인으로부터 열렬히 격려를 받은 바 있다.

프랑스에서는 일단 흥분이 시작되면 아무도 그것을 멈출 수 없다. 주둔부대의 연대장은 군악대를 제공했다. 송로버섯 칠면조 요리를 멋진 도자기 그릇에 담아 중국에까지 보낼 만큼 유명한 루모의 클로슈 호텔 사장 겸 주방장이 식사를 담당했다. 그는 꽃다발들과 월계관 무늬가 뒤섞인 휘장으로 커다란 홀을 장식해 웅장한 효과를 냈다. 5시가 가까워지자 40명이 모두 예복을 갖춰 입고 모여들었다. 고향 사람들을 대표해 100여 명의 주민이, 대부분은 정원에서 연주하는 악사들에 이끌려 왔다.

"앙굴렘 사람은 다 모였네!" 프티 클로가 창가에 다가서며 말했다.

"난 도무지 이해할 수가 없어." 포스텔이 음악을 들으러 온 아내에게 말했다. "세상에! 도지사, 징세관, 연대장, 화약공장 사장, 도의원, 시장, 교장, 뤼엘 제련소장, 법원장, 검사장, 밀로 씨, 명사란 명사는 다 왔군……!"

사람들이 식탁에 앉자, 군악대가 당시 대중에게 인기를 얻지 못했던 「국왕 만세! 프랑스 만세!」라는 곡을 변주해 연주하기 시작했다. 저녁 5시였다. 8시가 되었을 때, 꼭대기에 초콜릿으로 만든 프랑스를 얹은 올림포스산 모양이 눈길을 사로잡는, 65인분의 디저트 케이크가 들어오는 것을 신호로 건배 제의가 있었다.

"여러분," 도지사가 일어나서 말했다. "국왕 전하를 위하여! 정통 왕가를 위하여! 부르봉 왕가가 우리에게 가져다준 평화 덕분에 시인들과 사상가들이 출현했고, 이로써 프랑스에서는 문학의 지배권이 유지되고 있지 않습니까!"

"국왕 전하 만세!" 회식자들이 외쳤다. 특히 목청을 높여 소리친 이들은 대부분 여당 지지자였다.

존경하는 교장 선생님이 일어섰다. "젊은 시인을 위하여! 부알로가 그토록 어렵다고 선언했던 장르에서 페트라르카의 우아함과 시정을 산문가의 재능과 결합할 줄 안 오늘의 주인공을 위하여!"

"브라보! 브라보!"

연대장이 일어났다. "왕정주의자를 위하여! 이 축하연의 주인공은 올바른 원칙을 지지하는 용기를 가졌으니까요!"

"브라보!" 도지사가 박수를 치자 다들 그를 따라 했다.

프티 클로가 일어났다. "뤼시앵의 학교 친구들은 모두 앙굴렘 콜레주의 영광을 위하여, 그리고 우리에게 너무도 소중한 존경하는 교장 선생님을 위하여 건배합시다. 우리의 성공은 모두 교장 선생님 덕분입니다!"

이렇게 찬사 가득한 건배를 예상하지 못했던 늙은 교장은 눈물을 닦았다. 뤼시앵이 일어서자, 깊은 침묵이 흘렀고 시인의 얼굴은 창백해졌다. 그때 시인의 왼쪽에 앉아 있던 늙은 교장이 일어나 그의 머리 위에 월계관을 씌워주었다. 사람들이 박수를 보냈다. 뤼시앵의 눈에 눈물이 고였고 목소리도 촉촉해졌다.

"저 친구, 취했는걸." 미래의 느베르 검사장이 프티 클로에게 말했다.

"그를 취하게 만든 건 포도주가 아닙니다." 소송대리인이 대답했다.

"친애하는 동향인 여러분, 친애하는 동창 여러분," 드디어 뤼시앵이 입을 열었다. "저는 프랑스 전체를 이 장면의 증인으로 삼고 싶습니다. 우리 나라에서는 바로 이렇게 인물을 길러내고, 위대한 작품들을 탄생시키고, 위대한 활동을 가능하게 합니다. 하지만 제가 한 일이 별로 없음에도 이처럼 큰 영광을 부여하시니 송구스러울 뿐이며, 오늘의 이 환대가 정당했음을 입증하기 위해 앞으로 더 노력하지 않을 수 없습니다. 이 순간의 추억은 새로운 투쟁에 임하는 제게 큰 힘을 줄 것입니다. 저의 최초의 뮤즈이자 저의 보호자였던 분에게 경의를 표하는 동시에 제 고향을 위해 건배하기를 청하는 바입니다. 아름다운 샤틀레 백작 부인과 고귀한 도시 앙굴렘을 위하여!”

“제법 그럴듯하게 해내네요.” 검사장은 칭찬의 표시로 고개를 끄덕이며 말했다. “우리의 건배사는 준비된 것이지만, 저 친구는 즉흥이잖아요.”

10시가 되자 회식자들은 그룹별로 자리를 떴다. 특별한 음악 소리가 들려오자 다비드 세샤르는 바진에게 물었다. “루모에 무슨 일이 일어났나요?”

“당신 처남 뤼시앵을 위한 축하연이 열리고 있어요.” 바진이 대답했다.

“그는 분명 내가 없는 걸 무척 아쉬워했을 겁니다!”

자정에 프티 클로는 뤼시앵을 뮈리에 광장까지 데려다주었다. 그곳에서 뤼시앵은 소송대리인에게 말했다. “이보게, 우리의 우정은 영원할 걸세.”

“내일이면 나는 세농슈 부인 댁에서 부인의 피후견인인 마드무아젤 프랑수아즈 드 라에와의 결혼 계약서에 서명해. 자네가 와주면 고맙겠어. 세농슈 부인이 자네를 꼭 데려오라고 신신당부했거든. 거기서 자네는 도지사 부인을 만나게 될 거야. 그녀는 자네의 건배사에 무척이나 우쭐해지겠지. 사람들이 분명 부인에게 그 이야기를 전할 테니까.”

“내가 생각해 둔 게 있어.” 뤼시앵이 말했다.

“오! 자넨 다비드를 구할 거야!”

“꼭 그러리라 확신하네.” 시인이 대답했다.

바로 그때, 마치 요술처럼 다비드가 모습을 드러냈다. 이렇게 된 사유는, 그가 이러지도 저러지도 못할 입장에 놓인 것과 관련 있다. 그의 아내는 그가 뤼시앵을 만나는 것도, 뤼시앵에게 은신처를 알려주는 것도 철저히 막았다. 그러던 차, 뤼시앵으로부터 며칠만 있으면 자기 때문에 생긴 피해를 다 보상할 것이라는 내용의 다정하기 그지없는 편지를 받은 것이다. 다비드 귀에 들려온 음악 소리의 정체를 설명하며 바진 클레르제 양은 아래의 편지 두 통을 전해 주었다.

여보, 뤼시앵은 여기 없다고 생각하고 행동해. 아무 걱정하지 말고 머릿속에 이것만 새겨둬. 우리의 안전은 순전히 적들이 당신의 은신처를 모른다는 사실에 기인한다는 것을. 내가 오빠보다 콜브나 마리옹을 더 신뢰한다는 것은 참으로 불행한 일이야. 슬프게도 우리의 가엾은 뤼시앵은 이제 더 이상 예전에 우리가 알았던 순진하고 다정한 시인이 아니야. 내가 걱정하는 이유는 오빠가 당신 일에 개입하려 하고, 자기가 우리의 빚을 청산할 방법을 찾아내겠다며(자존심 때문이겠지!) 주제넘게 굴기 때문이야. 오빠는 파리로부터 멋진 양복과 예쁜 지갑에 담긴 금화 다섯 개를 받았어. 그 돈을 우리에게 주었고, 그걸로 지금 살아가고 있어. 우리의 적 한 명이 줄었어. 아버님이 집을 나가셨거든. 프티 클로 덕분이지. 그 사람은 아버님의 의중을 꿰뚫어 보고는, 당신은 자기와 상의하지 않고는 아무것도 하지 않을 것이며, 프티 클로 자신도 당신이 3만 프랑의 선금을 받지 않는다면 발명품을 양도하지 못하게 할 거라고 말해서 아버님의 의도를 무력화시켰어. 우선 당신 빚을 갚기 위해 1만 5000프

랑, 실험에 성공하든 실패하든 당신이 받게 될 1만 5000프랑,
합해서 3만 프랑이 필요하다는 거지. 나는 프티 클로의 속셈을
도무지 모르겠어. 한 아내가 불행한 남편에게 키스하듯 당신에
게 키스를 보내. 우리의 뤼시앵은 잘 지내고 있어. 가정에 몰아
치는 폭풍우 속에서도 그 꽃은 색채를 띠고 자라나니, 참 놀라
울 따름이야! 언제나처럼 어머니는 하느님께 기도 드리면서 나
만큼 다정한 키스를 당신에게 보내.

당신의 에브

프티 클로와 쿠앵테 형제는 세샤르 영감의 농사꾼다운 교
활함이 두려웠기에 그를 쫓아버렸던 것이다. 마침 포도 수확
기가 되어 마르사크로 돌아가야 했던 만큼 그들에게는 다행
스러운 일이었다.

뤼시앵의 편지는 에브의 편지에 동봉되어 있었는데, 그 내
용은 이랬다.

친애하는 다비드, 전부 다 잘되고 있어. 나는 머리끝에서 발
끝까지 완전무장 했어. 오늘 전투를 개시하고, 이틀 후에는 전진
할 거야. 자네가 자유로운 몸이 되고, 내가 진 빚을 갚을 수 있
다면 나는 얼마나 기쁜 마음으로 자네를 포옹할까! 하지만 나
는 영원히 지워지지 않을 마음의 상처를 입었어. 어머니와 누이
가 계속 나를 불신하고 있거든. 나는 자네가 바진 집에 숨어 있
는 걸 진작에 알았어. 그걸 내가 모를까 봐? 바진이 집에 올 때
마다 자네 소식을 듣게 되고 내 편지에 답장도 받았는데. 누이

가 믿을 만한 사람은 세탁 공장 친구밖에 없는 것도 사실이고. 오늘 나는 자네와 아주 가까운 곳으로 갈 텐데, 그럼에도 사람들이 나를 위해 베풀어 주는 환영식에 자네가 참석할 수 없다는 사실이 유감스럽기만 해. 앙굴렘의 자존심 덕분에 나는 작은 승리를 얻었지만, 며칠만 지나면 그 승리는 까맣게 잊히겠지. 그래도 자네가 그 자리에 있다면 자네의 기쁨이야말로 유일하게 본심에서 우러나오는 진지한 것이겠지. 아무튼 며칠만 지나면, 자네와 형제가 되었음을 가장 영광스럽게 생각하는 내가 저지른 모든 것을 용서하게 될 거야.

자네의 처남
뤼시앵

다비드는 이 두 개의 힘 사이에서 무척이나 마음이 흔들렸다. 물론 두 힘의 크기가 똑같지는 않았다. 아내를 무척 사랑했던 반면, 뤼시앵에 대한 우정에는 존경심이 얼마쯤 줄어들었기 때문이다. 하지만 고독하면 감정의 강도가 완전히 달라진다. 혼자 있으면, 게다가 다비드처럼 깊은 근심에 사로잡혀 있으면, 여러 가지 이상한 생각에 굴복하게 된다. 삶의 일상적인 환경 속에서는 의지할 곳을 찾을 수 있지만, 다비드의 상황에서는 그게 쉽지 않다. 그래서 다비드는 예상치 못한 열렬한 환영식 팡파르가 울려 퍼지는 가운데 뤼시앵의 편지를 읽으면서, 기대했던 대로, 자기가 없어 안타깝다는 말에 깊이 감동했다. 다정한 영혼의 소유자들은 소소한 감정 표현에도 저항하지 못한다. 그들은 자기만큼이나 다른 사람들도 그런 감정 표현에 민감하다고 생각한다. 하지만 그것은 물이 가득 찬 물병에서 떨어지는 물 한 방울에 불과한 것 아닌가……? 그래서 자정 무렵, 바진이 아무리 애원해도 다비드는 뤼시앵을 만나러 가겠다고 고집부렸다. 그는 말했다.

"이 시간에 앙굴렘 거리를 산책하는 사람은 아무도 없어요. 아무도 나를 보지 못할 것이고, 밤에는 나를 체포할 수 없어요. 설사 누굴 만난다 해도, 콜브가 고안한 수법을 써서 은신처로 돌아오면 돼요. 게다가 아내와 아들을 안아본 지도 너무 오래되었고요."

온갖 그럴듯한 이유를 대자 바진은 다비드의 뜻에 따를 수밖에 없었기에 그를 나가게 내버려두었다. 그렇게 하여 다비드는 뤼시앵과 프티 클로가 작별 인사를 하는 순간 큰 소리로 "뤼시앵!"이라고 외쳤던 것이다. 두 형제는 서로 부둥켜안고 눈물을 흘렸다. 인생에서 그런 순간은 그리 많지 않다. 많은 일이 있었지만 그럼에도 뤼시앵은 우정의 감정이 용솟음치는 것을 느꼈다. 그런 우정은 계산할 수 없는 것이며, 그 우정을 배반하고 나면 후회하며 자책하기 마련이다. 다비드는 용서하고 싶은 욕구를 느꼈다. 무엇보다도, 이 관대하고 고귀한 발명가는 뤼시앵을 잘 타일러 오누이의 우애에 드리운 먹구름을 걷어 내고 싶었다. 이와 같은 정서적 동기 앞에서 돈의 결핍이 초래한 위험에 대한 인식은 아득히 멀어졌다.

프티 클로는 의뢰인에게 말했다. "집으로 가게, 어쨌든 자네의 경솔함을 이용해 아내와 아이에게 키스나 해줘! 사람들 눈에 띄지 않도록 조심하고……!"

이윽고 뮈리에 광장에 혼자 남은 프티 클로가 중얼거렸다. "정말 아쉽군! 아! 이런 때 세리제가 있었더라면……."

지금은 법원이 당당한 모습으로 우뚝 서 있는 이 광장 주위의 나무판자 울타리를 따라 걸으며 소송대리인이 혼잣말을 하고 있을 때, 마치 누군가가 손가락으로 문을 노크하듯이 나무판자를 톡톡 치는 소리가 그의 등 뒤에서 들렸다.

"저 여기 있습니다." 엉성하게 이어진 두 장의 널빤지 틈새로 세리제의 목소리가 들려왔다. "다비드가 루모에서 오는 걸 봤어요. 그의 은신처를 추정하고 있었는데, 이제 분명해졌습니다. 어디서 그를 붙잡을 수 있을지 확실히 압니다. 그를 함정에 빠뜨리려면 뤼시앵의 계획도 알아둬야겠죠. 저들을 집으로 들어가게 하셨으니, 무슨 핑계를 대서든 그곳에 머물러 계십시오. 다비드와 뤼시앵이 밖으로 나오면, 제가 있는 곳 근처로 그들을 유인해 오세요. 저들이 자기들끼리만 있다고 생각하고 나누는 마지막 말을 제가 엿들을 수 있게요."

"자네는 정말 악마 중의 악마로군!" 프티 클로가 낮은 목소리로 말했다.

"빌어먹을!" 세리제가 큰 소리로 말했다. "당신이 나한테 약속한 걸 얻어내자면 무슨 일인들 못 하겠습니까!"

프티 클로는 나무판자 울타리를 지나 다비드의 가족이 모여 있는 방 창문을 지켜보며 뮈리에 광장을 맴돌았다. 그는 용기를 내기 위해 자신의 미래를 생각했다. 세리제의 능란한 솜씨를 잘 활용하면 최후의 일격을 가할 수 있을 것이다. 프티 클로는 뼛속 깊이 교활할 뿐 아니라 비열하고 이중적인 사람이었다. 관찰의 결과, 시시각각 변하는 인간의 마음과 이해관계의 전략을 깨닫게 된 후부터는, 선물 같은 미끼나 애정이라는 올가미에 걸려드는 법이 결코 없었다. 그래서 처음에는 쿠앵테를 별로 믿지 않았다. 키다리 쿠앵테가 배신한대도 그를 비난할 권리조차 얻지 못한 채 결혼 공작이 실패할 수도 있었다. 그런 경우를 대비해 키다리 쿠앵테를 물먹일 계책도 준비해 놓았더랬다. 그러나 바르주통 부인 댁에서 성공을 거둔 후부터는 정정당당하게 행동했다. 이제는 쓸모가 없어졌지만 그가 세웠던 작전은, 그가 갈망하는 정치적 지위를 고려할 때, 잘못되면 대단히 위험한 것이었다. 자신의 찬란한 미래를 위해 그가 다졌던 토대란 이런 것이었다. 가느라크를 포함한 몇몇 거상이 루모에서 자유주의파 위원회를 결성했는데, 이들은 상거래를 통해 야당 지도부 인사들과 연결되어 있었다. 비교적 온건했던 루이 18세는 죽음이 임박하자 과격 왕당파인 빌렐의 총리 임명을 승인했는데, 이것을 신호로 자유주의파 야당은 행동 강령을 바꾸었고, 나폴레옹이 사망한 후에는 음모를 통해 왕정을 무너뜨리겠다는 생각을 포기했다.[53] 그 대신 지방 깊숙한 곳까지 합법적 저항 체계를 구축했다. 그들은 대

53) 빌렐은 1822년에 총리가 되었고 루이 18세는 1824년에 사망했으니, 그를 총리로 임명할 당시 루이 18세가 발자크 말처럼 죽음이 임박한 상태는 아니었다. 그리고 나폴레옹 제국의 부활을 위해 왕정의 몰락을 꾀했던 군인들의 여러 반란 사건은 모두 나폴레옹의 사망(1821년 5월 5일) 이후의 일이다. 체제 전복을 꾀했던 '라로셸의 하사관 4인' 처형(1822년)을 계기로 반란 모의는 자취를 감춘다.[편]

중의 신념을 바탕으로 자신들의 목표에 이르기 위해 선거라는 수단을 장악하고자 했다. 열성 자유주의자이자 루모의 아들인 프티 클로는 상부 도시 앙굴렘의 귀족들로부터 억압받는 하부 도시 루모를 중심으로 하는 야당의 주동자이자 중심인물이요 비밀 책사(策士)였다. 우선 그는 샤랑트 지방에서 쿠앵테 형제가 신문을 독점하는 것은 위험하다는 사실을 인식시켰다. 다른 도시에 뒤지지 않으려면 그들도 언론이라는 수단을 가져야 했다.

"우리가 각자 500프랑씩 가느라크에게 주면 그는 2만 몇 천 프랑을 모아 세샤르 인쇄소를 사들일 수 있습니다. 표면적으로는 주인이 있지만, 우리가 빌려준 돈을 빌미로 인쇄소를 좌지우지하는 거지요." 프티 클로가 말했다.

쿠앵테와 세샤르에 대한 이중적 입장을 확고히 하기 위해 그 아이디어를 채택하고 나니 소송대리인은 자연스레 세리제 같이 불량한 인물에 눈길이 갔고, 그를 당에 헌신하는 자로 만들 생각이 들었다.

"자네가 옛 주인을 찾아내 우리 손에 넘긴다면," 그는 세샤르 인쇄소의 옛 식자공 세리제에게 말했다. "세샤르 인쇄소를 매입할 수 있도록 2만 프랑을 빌려주지. 자네가 신문사 사장이 되는 거야. 잘해 보게."

세상에 있는 두블롱 같은 집행관 전부가 움직이는 것보다 세리제 같은 인물 한 명의 활약을 더 신뢰했기에 프티 클로는 키다리 쿠앵테에게 다비드의 체포를 장담했더랬다. 그러나 사법부에 들어갈 희망이 생겨난 후로는 어느 때고 자유파를 등

질 필요성이 커졌다. 그렇긴 해도 루모 사람들의 의식 수준을
높여 놓은 덕분에 인쇄소 인수를 위한 재원은 확보되었다. 프
티 클로는 되는대로 일이 흘러가도록 내버려두기로 했다.

"흥!" 프티 클로는 혼잣말을 했다. "세리제는 틀림없이 신문
법 위반을 저지르게 될 테니까, 내 능력은 그 기회에 선보이도
록 하지."

그는 인쇄소 앞까지 가서 보초를 서고 있는 콜브에게 말했
다. "올라가서 다비드에게 이 시간을 틈타 도망가라고 전하게.
그리고 조심하게. 이제 난 가보겠네, 1시니까……."

콜브가 문 앞을 떠나자 마리옹이 교대하러 왔다. 뤼시앵과
다비드가 내려왔고, 콜브는 100보 앞에서 마리옹은 100보 뒤
에서 그들을 호위했다. 형제 같은 두 사람이 나무판자 울타리
를 지나갈 때 뤼시앵이 열띤 어조로 말했다.

"다비드, 내 계획은 아주 단순해. 하지만 에브에게 어떻게
그걸 말하겠어? 그 아이는 이 방식을 절대로 이해하지 못할 텐
데. 루이즈의 마음속에는 아직 나에 대한 미련이 남아 있으니,
그녀의 욕망을 되살릴 수 있어. 나는 오로지 그 바보 같은 도
지사에게 복수하기 위해서만 그녀를 원해. 우리가 일주일 동
안만이라도 다시 사랑하게 된다면, 그녀가 너를 위해 2만 프랑
의 정부 지원금을 요청하게 만들 거야. 내일 나는 우리의 사
랑이 시작되었던 그 작은 내실에서 그녀를 다시 만나. 프티 클
로 말이, 그 방은 옛날 그대로라더군. 그곳에서 나는 멋진 연
기를 하겠어. 그리고 모레 아침에는 바진을 통해 성공 여부를
알리는 쪽지를 보낼게……. 혹시 알아, 네가 자유의 몸이 될

지……? 내가 파리에서 맞춘 정장을 원한 이유가 이제 이해 돼? 누더기를 걸치고는 젊은 주인공 역할을 할 수 없잖아."

새벽 6시에 세리제가 프티 클로를 만나러 왔다.

"두블롱은 내일 정오에 행동 개시를 준비해도 됩니다. 그가 세샤르 사장을 잡을 수 있을 거라고 장담합니다." 파리 청년이 말했다. "클레르제 양 집에서 일하는 여공 하나를 구워삶았거든요. 무슨 말인지 아시죠……?"

세리제의 계획을 들은 프티 클로는 쿠앵테에게 달려갔다.

"오투아 씨가 프랑수아즈에게 허유권을[54] 부여한다는 결심을 하게 만드세요. 사장님은 이틀 안에 세샤르와의 동업 계약서에 서명하게 될 겁니다. 저는 계약이 이루어지고 일주일 뒤에 결혼하겠습니다. 이러면 우리는 맞교환 조건으로라는 업계 관례를 따르는 겁니다. 하지만 오늘 저녁 세농슈 부인 댁에서 뤼시앵과 샤틀레 부인 사이가 어떻게 되는지 예의 주시해야 합니다. 일의 성사 여부가 모두 그에 달려 있으니까요. 뤼시앵은 도지사 부인의 도움으로 성공하길 바라겠지만, 나는 그 기회에 다비드를 체포할 겁니다."

"선생은 법무부 장관도 되겠소." 쿠앵테가 말했다.

"안 될 것도 없지 않나요? 페로네 씨 같은 사람도 하고 있는데요." 아직 자유주의자의 살갗을 완전히 벗어버리지 못한 프

---

54) 허유권은 재산에 대해 소유만 할 수 있는 권리로, 그 재산을 사용하거나 그 재산으로부터 이득을 볼 수 없다. 허유권을 양도한 자가 사망하면 그 재산에 대한 모든 권리는 허유권자에게로 이전된다.

티 클로가 말했다.[55]

마드무아젤 드 라에의 모호한 신분이 사람들의 호기심을 자극했기에 그녀의 결혼 계약 서명식에는 앙굴렘 귀족 대부분이 참석했다. 미래의 부부가 예물 바구니도 없이 결혼할 만큼 가난하다는 사실도 말하기 좋아하는 사교계 사람들의 호기심을 자극했다. 그런 호기심에는 승리감과 더불어 자비심도 존재하는 법이다. 사람들은 자존심을 만족시키는 자선을 좋아한다. 그래서 피망텔 후작 부인, 샤틀레 백작 부인, 세농슈 씨, 그리고 그 집을 자주 드나들던 몇몇 인사들은 프랑수아즈에게 선물을 해주었고, 그것들이 장안의 화제가 되기도 했다. 1년 전부터 제피린이 준비한 혼수 꾸러미와 대부가 주는 보석과 관행에 따른 남편의 선물에 더해, 잡다한 예쁜 물건들은 프랑수아즈의 마음에 위로가 되었고, 딸들을 데려온 몇몇 어머니들의 관심을 받았다. 프티 클로와 쿠앵테는 앙굴렘의 귀족들이 올림포스산처럼 높은 그들만의 세계에서 자기들만은 불가피한 존재로 용인해 주고 있음을 알아챘다. 한 사람은 프랑수아즈의 재산관리인이자 후견인 대리였고, 다른 한 사람은 사형집행을 하려면 사형수가 필요하듯이 계약서 서명에 꼭 필요한 존재였다. 그러나 결혼식 다음 날부터는 사정이 달라질 터였다. 프티 클로 부인은 대모 집에 드나들 권리를 계속 행

---

55) 보르도 출신의 법률가 피에르 드니 드 페로네 백작(Pierre-Denis de Peyronnet, 1778~1854)은 복고왕정기인 1821년부터 1828년까지 법무부 장관을 지냈다. 과격 왕당파였던 그는 신성모독죄와 장자상속권의 부활, 언론의 자유 폐지 등을 주장해, 야당으로부터 맹렬히 비판받았다.

사하겠지만 그녀의 남편은 그 집에 받아들여지기 힘들 것이다. 그래서 프티 클로는 오만한 사교계를 압도할 만큼 강한 인상을 심어주리라 다짐했다. 부모의 비천한 신분이 부끄러웠던 소송대리인은 앙굴렘을 떠나 망르에 살고 있는 어머니를 행사에 참석하지 못하게 했다. 그러고는 아프다는 핑계를 대고 결혼 동의는 서면으로 하겠다는 뜻을 밝혀달라고 어머니에게 부탁했다. 부모도 보호자도 서명할 사람도 없어 창피했던 프티 클로는 유명인을 친구로 소개할 수 있어 무척 기뻤다. 게다가 그 친구는 백작 부인이 다시 보고 싶어 하는 인물이 아닌가. 그래서 그는 마차를 타고 뤼시앵을 데리러 왔다. 이 기념할 만한 야회를 위해 시인은 멋진 옷차림을 했다. 그의 복장이 그를 어느 누구보다도 탁월하게 보이게 했음은 이론의 여지가 없다. 세농슈 부인은 당대 '영웅'의 참석을 예고했는데, 사이가 틀어졌던 옛 연인의 재회 장면은 지방에서 특별히 흥미로운 볼거리였다. 뤼시앵은 저명인사가 되어 있었다. 그가 너무 미남이고, 너무 변했고, 너무 멋지다는 말을 줄기차게 들어온 앙굴렘의 귀족 부인들은 모두 그를 다시 보고 싶어 안달이었다. 무도회용 반바지에서 볼썽사나운 긴바지로 넘어가는 과도기였던 당시 유행에 따라 그는 몸에 딱 달라붙는 검은색 긴바지를 입고 있었다. 몸이 너무 말랐거나, 체형이 못난 남자들에게는 가슴 아픈 일이었지만, 당시 남자들의 복장은 몸매를 드러내는 것이었다. 뤼시앵은 그야말로 아폴론 같았다. 투명한 회색 비단 양말, 귀여운 구두, 검은색 새틴 조끼, 넥타이, 이 모든 것이 세심하게 갖추어져 있었고, 그의 몸에 딱 맞았다. 금

발의 풍성한 곱슬머리는 그의 하얀 이마를 돋보이게 해주었으
며, 이마 주위로는 구불구불한 머리카락이 잘 손질되어 우아
한 모양으로 말려 있었다. 자만심으로 가득한 그의 눈에서는
빛이 번쩍였다. 여자처럼 작은 손은 장갑을 낀 상태에서도 아
름다웠기에 장갑을 벗고 보여줄 필요도 없었다. 그는 유명한
파리 멋쟁이 마르세의 태도를 모방하면서, 한 손으로는 지팡
이와 모자를 계속 들고 있고, 다른 손으로는 자기가 하는 말
에 주석을 달기 위해 어쩌다 한번씩 손짓을 했다. 뤼시앵은 생
드니 문 앞에서 겸손한 척 허리를 숙이는[56] 유명인들처럼 살
롱으로 슬그머니 들어가고 싶었을 것이다. 하지만 프티 클로는
친구라고는 하나밖에 없었기 때문에 뤼시앵을 활용해야 했다.
야회가 한창일 무렵, 그는 으스대면서 뤼시앵을 세농슈 부인
에게 데려갔다. 지나가면서 시인은 사람들이 속닥거리는 소리
를 들었다. 예전 같았으면 그런 소리에 분별력을 잃었을 테지
만, 이제는 혼자서도 앙굴렘 사교계 전체를 압도할 자신이 있
었던 그는 냉정을 잃지 않고 침착하게 행동했다.

"부인," 뤼시앵이 세농슈 부인에게 말했다. "저는 법무부 장
관이 되기에 충분한 자질을 갖춘 제 친구 프티 클로가 부인
가족의 일원이 된 것에 축하를 보냈습니다, 비록 대부와 대녀

___

56) 생드니 문은 파리 시내에 있는 기념문으로, 1672년 루이 14세가 자신이
군사적 승리를 기념하기 위해 세운 것이다. 고대 로마의 개선문을 본떠 만
든 이 문은 실제 개선식이 열릴 때 사용되지는 않지만, 승리의 상징이다. 따
라서 여기서는 승리를 이룬 사람이 겸손을 가장하는 모습을 비유적으로 표
현한 것 같다.

가 그렇게까지 대단히 끈끈한 관계는 아닐지라도요.(안 듣는 척하면서 그의 말에 귀를 세우고 있던 모든 여자는 그 말에 담긴 풍자적 의미를 이해했다.) 하여간 저로서는 부인께 경의를 표할 기회를 얻게 되어 기쁘기 그지없습니다."

그는 평민의 집을 방문한 대귀족 같은 태도로 거리낌 없이 말했다. 제피린이 하는 모호하게 비비 꼬인 말을 들으면서도, 자신의 멋진 자태를 과시하기 위해 살롱 전체를 둘러보았고, 그에게 인사를 건네는 오투아 씨와 도지사에게 우아한 미소로 답했다. 그런데 두 사람에게 보내는 뤼시앵의 미소에는 미묘한 차이가 있었다. 그러고 나서 마치 그제야 샤틀레 부인을 알아봤다는 듯이 시늉하고는 그녀에게 다가갔다. 두 사람의 만남은 그날 야회에서 가장 중요한 대사건이었기에, 저명인사들이 공중인과 프랑수아즈의 안내를 받아 침실로 들어가 서명할 예정이었던 결혼 계약은 사람들의 뇌리에서 잊히고 말았다. 뤼시앵은 루이즈 드 네그르플리스 앞으로 몇 걸음 다가섰다. 그러고는 이곳에 오고 난 후 이제는 부인에게 추억이 되어 버린 파리식의 우아한 태도로 크게 말했다. "내일모레의 도청 만찬에 제가 초대 받는 기쁨을 누리게 된 것은 부인 덕분인가요……?"

뤼시앵이 옛 보호자의 오만에 상처를 주기 위해 궁리해 낸 그 말의 공격적인 어조에 루이즈는 감정이 상해 차갑게 대꾸했다. "그저 당신의 명성 덕분이지요."

"아! 백작 부인," 뤼시앵은 세련되고도 거만한 태도로 말했다. "부인께서 싫어하는 인물이라면 부인 앞에 데려올 수 없겠지요." 그런 다음 주교를 발견하고는 그녀의 답을 기다리지도 않고 몸을 돌려 귀족다운 태도로 그에게 인사했다. "주교 예하 께서는 거의 예언자셨어요." 그는 매력적인 목소리로 말했다. "예하의 예언이 꼭 들어맞도록 노력하겠습니다. 오늘 저녁 여 기에 온 것을 기쁘게 생각합니다. 예하께 경의를 표할 수 있으 니까요."

뤼시앵은 대화에 주교를 끌어들였고, 그들의 대화는 10분 이나 지속되었다. 모든 여성이 마치 희귀한 물건을 바라보듯 뤼시앵을 쳐다보았다. 예상치 못했던 그의 무례한 태도에 샤 틀레 부인은 할 말을 잃었다. 뤼시앵이 모든 여성에게 찬미의 대상이 되는 것을 보면서, 또한 삼삼오오 모인 무리가 뤼시앵 의 무시하는 태도에 샤틀레 부인의 코가 납작해졌다는 따위 의 이야기를 속닥이는 소리를 들으며, 루이즈는 자존심이 상 해 기분이 나빠졌다.

'저런 말을 해놓고 내일 오지 않는다면 얼마나 창피스러울 까! 무슨 믿는 구석이 있어서 저렇게 오만방자하지? 마드무아 젤 데 투슈가 그에게 반해 버리기라도 한 걸까? 그나저나…… 정말 잘생겼잖아! 파리에서 여배우가 죽은 다음 날 마드무아 젤 데 투슈가 그의 집으로 달려갔다던데……! 아마도 매제를 구하러 왔을 거야. 그러다 망르에서 우연히 우리 마차 뒤에 탔겠지. 그날 아침에 뤼시앵은 나와 식스트를 기묘하게 째려 봤어.'

그녀는 무수한 상념에 사로잡혔다. 불행하게도 루이즈는 마 치 살롱의 왕이라도 되는 양 주교와 이야기를 나누고 있는 뤼시앵을 바라볼 뿐이었다. 그는 아무에게도 인사하러 가지 않은 채, 다양한 표정을 짓고 시선을 이리저리 돌리면서 그의 모델인 마르세에게나 어울릴 법한 여유를 가지고 사람들이 다가오기를 기다렸다. 조금 떨어진 곳에서 세농슈 씨가 모습을 드러냈을 때도 그에게 인사하러 가지 않고 주교 곁에 머물렀다.

10분이 지나자 루이즈는 더 이상 참을 수 없었다. 그녀는 자리에서 일어나 주교에게 다가가 말했다. "주교 예하, 무슨 말을 들으셨기에 그렇게 자주 미소를 지으시나요?"

뤼시앵은 샤틀레 부인이 고위 성직자와 이야기를 나눌 수 있도록 슬며시 몇 걸음 뒤로 물러났다.

"아! 부인, 이 젊은이는 무척이나 재치가 있군요……. 그는 자신이 능력을 발휘할 수 있었던 것이 모두 부인 덕분이라네요."

"저는 배은망덕한 인간이 아닙니다, 부인!" 뤼시앵은 그녀를 원망하는 듯한 시선을 던졌는데, 백작 부인은 그 시선에 매료되었다.

"그 말을 들어봅시다." 그러고는 부채로 뤼시앵을 가까이 부르면서 말했다. "주교님과 함께 이쪽으로 오세요! 주교님께서 우리의 재판관이 되실 겁니다." 그녀는 내실을 가리키고는 주교를 그쪽으로 이끌었다.

"저 여자는 주교님께 별일을 다 시키네!" 샹두르 진영의 한 여자가 들으라는 듯 큰 소리로 말했다.

"우리의 재판관이라뇨……?" 뤼시앵이 주교와 도지사 부인을 번갈아 쳐다보며 말했다. "그 말뜻은, 죄인이 있다는 건가요?"

루이즈 드 네그르플리스는 옛날 자기 방이었던 내실의 소파에 앉았다. 자기 옆에는 뤼시앵을, 다른 쪽에는 주교를 앉힌 후, 그녀는 이야기를 시작했다. 뤼시앵의 존재는 옛 애인에게 영광이기도 했고, 놀라움이기도 했고, 불가능한 행복이기도 했다. 뤼시앵은 로시니의 오페라 『탄크레디』에서 파스타가 "오 조국이여!"라고 노래를 시작할 때와 같은 태도와 몸짓을 보여 주었다. 표정으로는 파스타의 유명한 독창곡 「그토록 심장이 뛴 후에」를 노래하더니, 이윽고 이 코랄리의 제자는 몇 방울 의 눈물을 보이기까지 했다.

"아! 루이즈, 당신을 얼마나 사랑했던가요!" 그는 백작 부인 이 자신의 눈물을 보았음을 알아챈 순간, 주교도 대화도 아랑 곳하지 않고 그녀의 귀에다 대고 속삭였다.

"눈물을 닦으세요. 안 그러면 당신은 여기서 또 한 번 저를 파멸로 이끌 겁니다." 그녀가 뤼시앵을 향해 몸을 돌리고 속삭 였기에 주교는 기분이 상했다.

"그것은 한 번으로 족합니다." 뤼시앵이 격한 어조로 말했 다. "데스파르 부인의 사촌이신 당신의 그 말은 막달라 마리아 의 눈물마저 모두 말라버리게 할 겁니다. 세상에! 한순간이나 마 나의 추억, 나의 환상, 나의 스무 살을 되찾았다고 생각했 어요, 부인은 제게서 그것들을……."

주교는 옛 연인들 사이에 더 있다가는 자신의 품위가 떨어 질 수 있음을 깨닫고 황급히 내실을 나가 살롱으로 돌아갔다. 손님들은 모두 도지사 부인과 뤼시앵 둘만 내실에 남겨두는 척 했다. 하지만 다들 내실 앞을 맴돌며 쑥덕거리고 미소를 교환 했다. 15분이 지나자 결국 이 모든 상황이 불쾌해진 식스트는 걱정스러운 얼굴로 내실에 들어갔다. 그곳에서는 기분이 좋아진 뤼시앵과 루이즈가 생기 넘치는 대화를 나누고 있었다.

"부인," 식스트는 아내의 귀에 대고 말했다. "나보다 앙굴렘을 더 잘 아시니, 당신이 도지사 부인이라는 사실을 잊지 마셔야죠. 정부 입장도 생각해야 하고요."

"여보," 루이즈는 신문 발행인처럼 말하는 남편을 벌벌 떨게 만드는 거만한 태도로 쏘아보았다. "난 지금 당신에게 매우 중요한 이야기를 뤼방프레 씨와 나누고 있어요. 가장 치졸한 음모의 희생자가 될 처지에 놓인 한 발명가를 구하는 일이지요. 그러니 당신이 우리를 도와주셔야 해요……. 저 부인들이 나에 대해 무슨 생각을 하는지 모르겠지만, 나를 중상모략하려는 저들이 꼼짝 못 하도록 내가 어떻게 하는지나 두고 보세요."

뤼시앵의 팔에 기대 내실을 나온 그녀는 귀부인다운 대담한 태도로, 계약서에 서명하는 데까지 그를 데려갔다.

"같이 서명할까요?" 그녀는 뤼시앵에게 펜을 내밀며 말했다.

그녀는 방금 자기가 서명한 자리를 가리켰고 뤼시앵은 그 옆에 서명했다. 그들의 서명이 나란히 있게 하기 위해서였다.

"세농슈 씨, 드 뤼방프레 씨를 알아보시겠어요?" 이렇게 말함으로써 백작 부인은 거만한 사냥꾼이 뤼시앵에게 인사할 수밖에 없게 만들었다.

그녀는 뤼시앵을 거실로 데려가서는 중앙에 있는 소파 위, 자기와 제피린 사이에 그를 앉혔다. 그러고는 옥좌에 앉은 여왕처럼 처음에는 낮은 목소리로 대화를 시작했다. 물론 풍자적인 대화였고, 그녀의 옛 친구들과 그녀에게 아첨하려는 몇

몇 부인들이 그 대화에 합류했다. 곧이어 그 무리의 주인공이 된 뤼시앵은 백작 부인의 권유에 따라 파리 생활에 관해 이야기하기 시작했다. 즉흥적임에도 놀라우리만큼 재치가 넘치는 풍자에다 유명인들의 일화가 드문드문 박혀 있어 진정으로 달콤한 대화였다. 지방 사람들은 이런 대화를 갈구하는 법이다. 멋진 외모에 감탄했듯이 사람들은 그의 재치에 감탄했다. 백작 부인은 공공연히 뤼시앵을 지배했고, 자기 악기에 만족하는 여인처럼 그를 교묘히 다뤘다. 시의적절하게 그에게 맞장구쳐 주기도 하고, 평판을 해칠 수도 있는 시선으로 그에게 동의를 구하기도 했다. 그래서 많은 여자들은 루이즈와 뤼시앵의 귀향 시점이 우연히 일치한 것을 보며 서로 간의 오해로 인해 깊은 사랑이 희생되었다고 생각하기 시작했다. 아마도 홧김에 샤틀레와 불행한 결혼을 하게 되었고, 그로 인해 뤼시앵의 마음속에 그 결혼에 대한 반감이 생겼다는 것이었다.

"그럼," 새벽 1시가 되자 자리에서 일어나기 전에 루이즈는 뤼시앵에게 낮은 목소리로 말했다. "내일모레, 나를 위해 시간에 맞추어 와주세요……."

도지사 부인은 더없이 친근하게 고개를 살짝 끄덕이고는 뤼시앵 곁을 떠나, 모자를 찾고 있는 식스트 백작에게 다가가 몇 마디 했다.

"뤼시앵, 샤틀레 부인이 한 말이 사실이라면 파리에서처럼 나만 믿으세요." 도지사는 혼자 가버리는 아내를 뒤따르면서 말했다. "당장 오늘 저녁부터 당신의 매제는 위험에서 벗어났다고 생각해도 좋아요."

“백작님은 제게 그 정도는 해주셔야죠.” 뤼시앵이 웃으면서 대답했다.

“저런! 우린 망했군……” 그 작별 인사 장면을 지켜보고 있던 프티 클로의 귀에다 대고 쿠앵테가 말했다.

뤼시앵의 성공에 아연실색하고 그의 빛나는 재치와 우아한 태도에 어안이 벙벙해진 프티 클로는 프랑수아즈 드 라에를 쳐다보았다. 그녀의 얼굴에는 뤼시앵에 대한 감탄의 빛이 역력했다. 그녀의 표정은 약혼자에게 ‘당신 친구를 본받으세요.’라고 말하는 듯 보였다.

그때 돌연 프티 클로의 얼굴에 기쁨의 섬광이 스쳤다.

“도지사 댁 만찬은 내일모레나 되어야 하니 우리에게는 아직 하루가 남아 있습니다. 제가 책임지고 모든 것을 알아서 처리하겠습니다.”

새벽 2시에 걸어서 집으로 돌아가면서 뤼시앵은 프티 클로에게 말했다. “이보게, 왔노라, 보았노라, 이겼노라! 몇 시간만 지나면 다비드는 정말로 행복해질 거야.”

‘정말 그럴지 알고 싶군.’ 프티 클로는 생각했다. “난 자네를 시인으로만 생각했는데, 로준57) 같은 처세가이기도 하더군.

---

57) 앙토냉 농파르 드 코몽 로준 공작(Antonin Nompar de Caumont, duc de Lauzun, 1633~1723)은 루이 14세의 총애를 받았던 인물 중 하나로, 뛰어난 매력과 유머 감각으로 궁정 사람들에게 사랑받았지만, 변덕스러운 성격과 정치적 야망 때문에 여러 차례 실각하기도 했다. 루이 14세의 사촌인 몽팡시에 여공작(라그랑드 마드무아젤, 2권 422쪽 각주 참조)과의 결혼 문제가 논란이 되기도 했다.

말하자면 두 배로 시인인 거지." 그는 뤼시엥에게 마지막이 될 악수를 청하며 말했다.

"사랑하는 에브야!" 뤼시엥은 누이를 깨우면서 말했다. "좋은 소식이 있어! 한 달 후면 다비드에게는 빚이 없어질 거야."

"어떻게?"

"글쎄 말이다, 샤틀레 부인의 치마 밑에는 나의 옛 애인 루이즈가 숨어 있더라. 그 어느 때보다도 나를 사랑해. 그녀가 자기 남편을 시켜서 우리 발명에 도움을 줄 것을 간청하는 보고서를 내무부 장관에게 올리게 할 거야. 우린 이제 한 달만 고생하면 돼. 그사이 나는 도지사에게 복수하고, 그를 세상에서 가장 '행복한' 남편으로 만들어줄 거야." 에브는 오빠의 말을 들으면서 계속 꿈을 꾸고 있는 것 같았다. "2년 전, 어린아이처럼 부들부들 떨면서 보았던 그 작은 회색 살롱을 다시 보면서, 그리고 그때의 가구들과 그림들과 사람들의 얼굴을 자세히 뜯어보면서 눈이 번쩍 뜨이더구나. 파리는 얼마나 우리의 사고방식을 변화시키는지!"

"그런 게 행복이야?" 마침내 오빠가 하는 말을 알아들은 에브가 물었다.

"그래, 넌 자고 있었구나. 계속 자렴. 내일 아침 먹은 후에 더 이야기하자."

세리제의 계획은 지극히 단순했다. 사실 그것은 지방의 집행관들이 채무자를 체포하기 위해 주로 사용하는 술책이기에, 성공을 보장할 만한 것은 못 되었다. 그러나 그의 이번 계획은 성공이 확실했다. 뤼시엥과 다비드의 희망뿐 아니라 그들의 성격에 근거해 세운 계획이었기 때문이다. 세리제는 여공들을 상대하는 호색한이었는데, 여자들을 서로 경쟁하게 만들어서 그들을 지배했다. 그 당시 특별한 임무를 맡았던 쿠앵테 형제 인쇄소의 감독관 세리제는 바진 클레르제 세탁소의 다림질하는 여공 하나와 은밀한 관계를 맺고 있었다. 세샤르 부인만큼이나 아름다운 그녀는 앙리에트 시뇰이라는 아가씨였으며, 그녀의 부모는 앙굴렘에서 생트 방향으로 8킬로미터쯤 떨어진 도로변 소유지에서 사는 가난한 포도 재배인이었다. 시골 사람들이 흔히 그렇듯이 시뇰 부부는 하나밖에 없는 딸마저 데리고 살 형편이 못 되었기에 다른 집에 하녀로 보낼 수밖에 없었다. 지방에서 하녀가 되려면 고급 내의를 빨 줄 알고 다림질도 할 줄 알아야 한다. 바진이 세탁 공장을 맡기 전 주인이었던 프리외르 부인은 평판이 좋았기에, 시뇰 부부는 숙식비를 지불하면서 딸이 그곳에서 일을 배우게 했다. 프리외르 부인은 스스로 부모를 대신한다고 생각하는, 지방의 나이 많은 여주인의 전형이었다. 그녀는 수습생들과 함께 가족처럼 살면서 그들을 성실하게 감독했고 교회에도 데려갔다. 앙리에트는 대담한 눈매에 숱이 많은 긴 갈색 머리를 가진 날씬하고 아름다운 아가씨였으며, 피부는 남부 아가씨들이 그렇듯이 목련꽃처럼 하얗다. 그래서 앙리에트는 세리제가 제일 먼저 눈독 들인 여공 중 하나였다. 그러나 그녀는 성실한 농부의 딸이었으므로, 질투심이나 나쁜 본보기, 그리고 쿠앵테 인쇄소의 부감독이 된 세리제의 "너와 결혼할 거야!"라는 유혹이 없었더라면 그의 꼬임에 넘어가지 않았을 것이다. 시뇰 부부가 1만 내지 1만 2000프랑 나가는 포도밭과 꽤 괜찮은 작은 집을 소유하고 있다는 이야기를 들은 이 파리 청년은 서둘러 그녀를 자기 여자로 만들어 버림으로써 다른 사람의 아내가 될 수 없게 했다. 아름다운 앙리에트와 못된 세리제의 사랑이 거기까지 이르렀을 때, 프티 클로가 언젠가는 결국 굴레가 되고 말 '이른바 출자금' 2만 프랑으로 그를 세샤르 인쇄소 사장이 되게 해주겠다고 꼬셨다. 감독관은 찬란한 미래에 현혹되었고, 분별력을 잃었다. 그는 머리가 돌 지경이었다. 그러자 자신의 야망에 시뇰이 장애물로 보였고, 그 불쌍한 여인을 소홀히 했다. 절망에 빠진 앙리에트는 인쇄소 감독이 자기를 버리려는 기색을 눈치채고는 더욱더 그에게 매달렸다. 그런데 다비드가 클레르제 양의 집에 숨어 있다는 사실을 알게 된 파리 청년은 앙리에트에 대한 생각을 바꾸었다. 그렇다고 행실이 바뀐 것은 아니었다. 수치를 감추기 위해 유혹자와 결혼해야 하는 아가씨의 광적인 몸부림을 자신의 출세를 위해 이용하려는 것만 봐도, 그가 하나도 달라지지 않았음을 알 수 있다. 뤼시앵이 루이즈의 마음을 되찾고자 했던 그날 아침에, 세리제는 앙리에트에게 바진의 비밀을 알려주고, 자신들의 행운과 결혼은 다비드가 은신하고 있는 정확한 장소를 알아내는지 여부에 달렸다고 말했다. 일단 그 비밀을 들은 앙리에트로서는 다비드가 클레르제 양의 옷방밖에는 숨을 곳이 없다는 사실을 파악하기란 전혀 어려운 일이 아니었다. 이렇게 밀정 노릇을 하면서도 그녀는 자신이 나쁜 짓을 한다고는 조금도 생각하지 않았다. 세리제는 이런 식으로 그녀를 끌어들여 처음부터 자기 배신의 공모자로 만들었다.

야회의 결과를 알아보려고 프티 클로의 사무실로 찾아온 세리제가 앙굴렘을 들썩이게 한 크고 작은 에피소드를 듣던 시각, 뤼시앵은 여전히 자고 있었다.

프티 클로가 말을 마치자 파리 청년은 만족한 듯 고개를 끄떡이더니 물었다. "뤼시앵이 귀향 후 선생님께 짧은 편지라도 써 보낸 적 있나요?"

"내가 받은 편지는 이거 하날세." 소송대리인은 누이가 사용하는 편지지에 뤼시앵이 몇 줄 써 보낸 편지를 내밀었다.

"좋습니다." 세리제가 말했다. "해 지기 10분 전, 두블롱을 팔레 문에 매복시키세요. 두블롱더러 순경들은 숨겨두고 부하들을 배치하라고 하세요. 그자를 붙잡을 겁니다."

"자네의 일을 자신하나?" 프티 클로는 세리제를 빤히 쳐다보며 물었다.

"우연에 맡기는 거죠." 과거의 파리 부랑아가 말했다. "그런데 그 우연이란 놈은 자존심 강한 건달이라, 정직한 사람을 안 좋아하거든요."

"반드시 성공해야 하네." 소송대리인이 딱딱한 어투로 말했다.

"성공할 겁니다." 세리제가 말했다. "선생이 나를 이 진흙탕 속으로 밀어 넣었으니, 진흙 묻은 내 몸을 닦으라고 은행 지폐 몇 장은 주시겠지요. 하지만 선생님," 소송대리인의 얼굴에서 자기 마음에 안 드는 표정을 포착한 파리 청년이 말했다. "만일 저를 속이고, 일주일 안에 인쇄소를 사 주시지 않는다

면…… 그땐 당신의 젊은 부인이 홀로되실 겁니다." 파리 건달
은 살기 가득한 시선을 던지며 조용히 말했다.

"우리가 6시에 다비드를 감옥에 넣을 수 있다면, 9시에 가
느라크 씨 사무실로 오게. 그곳에서 자네 일을 처리하세." 소
송대리인이 단호하게 말했다.

"알겠습니다. 분부대로 하지요, 주인님!" 세리제가 말했다.

세리제는 그전부터 종이를 명반 용액에 담가 글씨를 지우
는 방법을 알고 있었는데, 그것은 오늘날 국고를 위태롭게 하
는 기술이다. 그는 뤼시앵의 편지를 명반 용액에 담가 문장 네
줄을 지우고, 그의 필체를 완벽하게 모방해 다음과 같은 문장
을 써 넣었다. 그 완벽함은 이 인쇄 감독의 미래를 위해서는
참으로 유감스러운 것이었다.

친애하는 다비드, 걱정하지 말고 도지사님 댁으로 와. 자네
일은 다 해결되었어. 게다가 이 시간에는 나다녀도 괜찮잖아.
내가 자네를 마중하러 가서 도지사 댁에서 어떻게 처신해야 할
지 알려줄게.

자네의 처남
뤼시앵

정오에 뤼시앵은 다비드에게 편지를 써서, 자신이 야회에서
거둔 성공을 알리고 도지사의 보호를 장담했다. 그 발명에 열
광한 도지사가 오늘 바로 장관에게 보고했다는 말도 했다. 마
리옹은 뤼시앵의 셔츠 세탁을 맡긴다는 구실로 그 편지를 바

진에게 가져갔다. 다비드에게 편지가 전해졌을 거라는 프티 클로의 언질을 들은 세리제는 시뇰 양을 데리고 샤랑트강으로 산책하러 갔다. 산책이 2시간이나 걸린 것으로 보아, 아마도 앙리에트가 자신의 신의를 지키려고 오랫동안 다투었을 것이다. 배 속에 있는 아이를 위해서일 뿐만 아니라 행복한 미래와 재산이 걸린 문제였다. 그런데 세리제가 요구하는 것은 아주 사소했다. 그리고 그는 그 결과에 대해서는 말하지 않았다. 앙리에트가 불안해했던 이유는 다만, 그렇게 사소한 일의 대가가 너무나 엄청나다는 사실이었다. 그럼에도 세리제는 결국 애인으로부터 그의 계략에 동참한다는 약속을 받아냈다. 5시에 앙리에트는 밖으로 나갔다가 다시 들어가서 클레르제 양에게 세샤르 부인이 당장 그녀를 보잔다고 말해야 했다. 바진이 나가고 15분 뒤에 2층으로 올라가, 옷방 문을 두드리고 다비드에게 위조된 뤼시앵의 편지를 전할 터였다. 그다음에 벌어질 일에 대해서는 전부 우연에 맡겼다.

1년 만에 처음으로 에브는 그녀를 옥죄던 혹독한 가난의 압박에서 해방되는 느낌이 들었다. 그녀도 희망을 품게 되었던 것이다, 마침내 그녀마저! 에브는 오빠와 함께하는 즐거움을 누리고 싶었다. 고향 사람들의 축하, 여자들의 추앙, 거만한 샤틀레 백작 부인의 사랑을 한 몸에 받는 남자와 팔짱을 끼고 사람들 앞에 나타나고 싶었다. 저녁 식사 후 그녀는 예쁘게 차려입고, 오빠의 팔에 기대 보리외가를 산책하기로 했다. 9월의 앙굴렘에서 그 시간대면 다들 바깥바람을 쐬러 나온다.

"오! 아름다운 세샤르 부인이잖아." 몇몇 사람이 에브를 보고는 말했다.

"저 여자가 저렇게 나타나리라고는 생각도 못 했어요." 어떤 여자가 말했다.

"남편은 숨고, 아내는 산책하러 나오고." 포스텔 부인은 그 가엾은 여인이 들을 수 있을 만큼 큰 소리로 말했다.

"아! 돌아가. 잘못 생각했어." 에브가 오빠에게 말했다.

해 지기 몇 분 전, 루모로 내려가는 언덕길에서 사람들이 모여 웅성이는 소리가 들려왔다. 뤼시앵과 누이는 호기심에 이끌려 그리로 걸음을 옮겼다. 무슨 범죄 사건이라도 벌어졌는지, 루모 주민들 몇몇이 모여 수근거리고 있었다.

"아마도 도둑이 체포된 모양입니다……. 얼굴이 죽은 사람처럼 창백하더라고요." 불어나는 군중을 향해 걸음을 서두르는 오빠와 누이를 보고 행인 하나가 말했다.

뤼시앵이나 누이나 아무런 의심도 걱정도 하지 않았다. 그들은 순경 앞에 서 있는 30명가량의 어린이와 할머니들, 일터에서 돌아오는 노동자들을 바라보았다. 순경들의 수놓인 모자가 인파 한가운데에서 빛을 발하고 있었다. 구경꾼 100여 명이 뒤따르는 그 인파가 폭풍우 칠 때의 구름처럼 몰려왔다.

"아! 남편이야!" 에브가 말했다.

"다비드!" 뤼시앵이 소리쳤다.

"부인이래!" 사람들이 물러나면서 말했다.

"도대체 누가 너를 밖으로 나오게 했어?"

"네가 쓴 편지가." 파랗게 질린 다비드가 말했다.

에브는 "이럴 줄 알았어……."라고 중얼거리며 실신했다.

뤼시앵은 누이를 일으켜 세우고 두 사람의 도움을 받아 집으로 옮겼다. 마리옹이 그녀를 침대에 눕혔다. 콜브는 의사를 부르러 달려 나갔다. 의사가 도착했을 때까지도 에브는 의식을 회복하지 못하고 있었다. 이때 뤼시앵은 어머니에게 다비드 체포의 원인이 자신이라고 말해야만 했다. 그로서는 가짜 편지로 인해 빚어진 오해를 달리 해명할 도리가 없었던 것이다. 뤼시앵은 저주가 가득 담긴 어머니의 시선에 아연실색해 자기 방으로 올라가 틀어박혔다.

한밤중에, 쓰다가 몇 번이고 중단했던 그 편지를 읽는 사람이면 누구나 뤼시앵이 토해 낸 한 문장 한 문장에서 그의 마음속 동요를 헤아릴 만하다.

사랑하는 내 동생 에브. 조금 전 우리는 마지막으로 만났다. 나의 결정은 돌이킬 수 없는 것이다. 그 이유는 다음과 같다. 많은 가정에는 가족에게 치명적인 해를 끼치는 일종의 질병 같은 존재가 있다. 우리 가족에게는 내가 바로 그런 존재다. 그것은 내 생각이 아니라 세상을 많이 겪어본 어떤 사람의 의견이다. 어느 날 저녁 우리는 친구들끼리 로셰 드 캉칼에서 저녁을 먹고 있었다. 그때 이런저런 농담을 주고받던 중 그 외교관이 우리에게 말했다. 어떤 젊은 여인이 미혼이라 놀라웠는데, 그녀는 아버지 때문에 골머리를 앓고 있더라고. 그러고는 가족의 질병에 대한 그의 이론을 전개했다. 그런 어머니가 없었더라면 그 가정은 얼마나 번창했을지, 어떤 아들이 어떻게 아버지를 파산시켰는지, 또 어떤 아버지는 어떻게 자식들의 미래와 존경심을 파괴했는지 설명해 주었다. 그는 웃으면서 말했지만, 10분 만에 사회에 대한 그의 이론을 뒷받침하는 예가 수없이 쏟아져 나왔기에 나는 놀라지 않을 수 없었다. 그가 말한 진리는 비상식적이지만 재치 있는 온갖 종류의 모순명제를 제공하는바, 신문기자들은 속여 먹을 대상이 아무도 없을 때 그 모순명제를 가지고 자기들끼리 장난을 치곤 한다. 그러니까 나는 우리 가족을 파멸로 이끄는 치명적인 존재다. 마음은 애정으로 가득한데, 행동은 원수처럼 하는구나. 나는 가족들의 헌신을 악행으로 갚았다. 비록 내가 의도한 바는 아니었지만, 이 마지막 일격은 지금까지의 그 무엇보다 더 잔인했다. 당파끼리의 동지애를 우정으로 생각하고, 나를 이용하려 하고 또 이용했음이 틀림없는 사람들을 진정한 친구들로 착각하고, 가족들은 잊어버리거나 고통을 주기 위해서만 떠올리면서, 쾌락이 넘치지만 빈곤하고 수치스러운 파리에서의 삶을 영위하고 있을 때, 너희들은 내가 그토록 미친 듯이 잡고 싶었던 행운을 향해 고통스럽지만 확실한 발걸음을 내디디며 노동의 소박한 오솔길을 따라가고 있었다. 너희가 점점 발전하고 있을 때, 나는 불길한 원칙에 따라 살았다. 그렇다. 나는 과도한 야심을 품었기에 평범한 삶을 받아들일 수 없었다 고급 취향과 쾌락을 추구했고, 그것들에 대한 기억 때문에, 전에는 그토록 좋아했던, 내 손에 닿는 즐거움에 만족할 수 없었다. 오, 사랑하는 에브, 나는 그 누구보다도 가혹하게 나를 심판한다. 나에 대한 일말의 동정심도 없이 절대적으로 나를 단죄하려 하기 때문이다. 파리에서 투쟁하려면 꾸준한 용기가 필요하다. 하지만 나의 의지는 발작적으로만 생겨나고,

내 두뇌는 불규칙하게 움직인다. 미래가 너무 두렵기에 미래를 원치 않지만, 현재도 견딜 수가 없구나. 가족들을 보고 싶었다. 영원히 고향을 떠나 있는 것이 나을 뻔했다. 하지만 아무런 생계 수단도 없이 고향을 떠난다는 것은 미친 짓일 테니, 이제까지의 여러 정신 나간 행동에 그것까지 추가하지는 않으련다. 내게는 불완전한 삶보다 죽음이 나아 보인다. 내가 어떤 지위에 있건, 나의 지나친 허영심은 또다시 어리석은 짓을 하게 만들 것이다. 어떤 인간은 0과 같은 존재라서 그들에게는 그 앞에 어떤 숫자가 필요하다. 앞자리에 오는 숫자에 따라, 그들의 가치는 그 수의 10배가 되는 것이다. 나는 강인하고 냉철한 의지에 따른 결혼을 통해서만 가치를 획득할 수 있는 인간이었다. 바르주통 부인은 내 아내가 될 여자였다. 그런데 그녀를 얻고자 코랄리를 버리지 않았기에 내 인생이 망가졌다. 다비드와 너는 나의 훌륭한 안내자가 될 수도 있었을 것이다. 하지만 너희들은 지배당하기 싫어하는 나를 길들이면서 나의 약점을 고쳐줄 만큼 강하지는 못하다. 나는 쉽고 무사태평한 삶을 좋아한다. 골치 아픈 일에서 벗어나기 위해서라면 뜻하지 않은 결과를 불러올 수 있는 비열한 짓까지도 서슴없이 하게 된다. 나는 왕자로 태어났다. 출세에 필요한 재치 이상의 재능을 가졌지만, 그 재능은 단지 한순간에만 발현되었을 뿐이다. 수많은 야심가가 걸어온 생의 이력에서 받을 수 있는 보상은, 가진 재능을 필요한 만큼만 발휘하고 하루가 끝날 때에도 여전히 그 재능을 간직하고 있는 사람들에게만 주어진다. 세상에서 가장 선한 의도를 가졌을지라도 나는 방금 그러했던 것처럼 죄를 짓게 될 것이다.

이 세상에는 떡갈나무 같은 인간도 있지만, 나는 우아한 관목
에 불과하다. 그런데도 나는 삼나무가 되고자 했다. 이것이 내
인생의 결산 보고서다. 내 능력과 욕망의 불일치, 이 불균형은
항상 나의 노력을 수포로 돌아가게 만든다. 문인 중에는 이런
성향의 사람이 많이 있다. 지성과 성격 사이, 의지와 욕망 사이
에 끊임없는 부조화가 존재하기 때문이다. 내 운명은 어떻게 될
까? 지금은 잊힌 파리에서의 옛 영광을 떠올려 보면, 나의 운명
을 내다볼 수 있다. 재산도 없고 존경도 받지 못하는 나는 노년
의 문턱에서 내 나이보다 훨씬 늙어 보일 것이다. 지금의 나는
온몸으로 그런 노년을 거부한다. 나는 사회적 폐인이 되고 싶지
않다. 사랑하는 내 동생 에브, 네가 예전에 보여주었던 다정함
만큼이나 최근의 엄격함도 사랑한다. 너와 다비드를 다시 만날
수 있었던 기쁨의 대가를 비싸게 치렀을지라도, 먼 훗날 너희
들은 생각할 것이다. 그것이 너희들을 사랑했던 가엾은 존재의
마지막 행복을 위한 것이었다면 그 어떤 대가도 비싼 것이 아니
었다고. 나를 찾지 마라. 나의 운명에 대해서도 알려고 하지 마.
적어도 나의 정신은 내 의지의 실행에 도움을 줄 것이다. 나의
천사여, 체념은 매일매일 자살하는 것과 같단다. 나는 오로지
하루 동안만 체념할 수 있으니, 오늘 그것을 이용하련다…….

　새벽 2시.
　그래. 나는 결심했다. 사랑하는 에브, 이렇게 영원한 이별을
고한다. 내가 너희들의 마음속에만 살아 있을 것을 생각하니
기쁘기 한이 없다. 그곳이 나의 무덤이고…… 다른 무덤은 원치

않는다. 다시 한번 안녕! 이것이 오빠의 마지막 안녕이다.

뤼시앵

이 편지를 쓰고 난 후, 뤼시앵은 아무 소리도 내지 않고 아래층으로 내려가 조카의 요람 위에 편지를 올려놓았다. 그리고 잠들어 있는 누이의 이마에 마지막으로 키스한 다음 방을 나왔다. 새벽빛이 어슴푸레 비쳐 들 때 그는 촛대의 불을 껐다. 그러고는 마지막으로 낡은 집을 둘러본 후 골목길로 나가는 문을 가만히 열었다. 그러나 조심했음에도 그는 작업장 바닥에 매트리스를 깔고 자던 콜브를 깨우고 말았다.

"커기 누쿠요?" 콜브가 소리쳤다.

"나야. 콜브, 난 떠나네."

"애초에 안 왔터라면 터 초았을 텐데." 콜브는 혼잣말처럼 했지만, 그 목소리는 뤼시앵에게 들릴 만큼 컸다.

"태어나지 않는 편이 더 나았겠지." 뤼시앵이 말했다. "잘 있게, 콜브. 자네를 원망하지 않아. 나도 자네와 같은 생각이니까. 다비드에게 전해 주게. 나의 마지막 열망은 그를 포옹하는 것이었지만 그러지 못해 무척 아쉽다고."

알자스인이 일어나 옷을 입고 있을 때, 뤼시앵은 출입문을 닫고 보리외 산책로를 지나 샤랑트강 쪽으로 내려가고 있었다. 그는 파티에 가는 사람처럼 옷을 차려입었다. 파리에서 보내온 연미복과 멋쟁이들의 예쁜 옷들로 수의를 대신하고 싶었기 때문이다. 뤼시앵의 어조와 마지막 말에 놀란 콜브는 여주인이 오빠의 출발을 알고 있는지, 그들이 마지막 인사는 나누웠는지 알아보러 가고 싶었다. 하지만 집 안이 여전히 깊은 고요에 잠겨 있자, 분명 그의 출발이 서로 합의된 것인가 보다 하고 다시 잠들었다.

주제의 심각성에 비해 자살에 대해서는 글로 쓰인 것이 별로 없을 뿐만 아니라, 관찰된 바도 없다. 어쩌면 그것은 관찰할 수 없는 병인지도 모른다. 자살은 우리가 소위 자기존중이라 부르는, 명예라는 단어와 혼동해서는 안 되는 어떤 감정의 결과로 나타나는 현상이다. 인간은 자기 자신을 경멸하게 되는 날, 남들이 자기를 경멸한다고 생각하는 날, 삶의 현실이 희망과 다르다고 느끼는 순간, 스스로 목숨을 끊음으로써 미덕과 찬란한 영광 없이는 남아 있고 싶지 않은 이 사회에 경의를 표한다. 이러니저러니 해도 무신론자 중에(자살 문제에서 기독교 신자는 제외해야 한다.) 비루한 인간들만이 불명예스러운 삶을 받아들인다. 자살에는 세 종류가 있다. 우선, 자살은 오랜 질병의 마지막 출구인데, 그것은 물론 병리학에 속한다. 그다음으로 절망으로 인한 자살이 있으며, 마지막으로는 추론적 사유에 의해 이르게 되는 자살이 있다. 뤼시앵은 절망과 추론에 따라 자살하고자 했다. 그런데 이 두 종류의 자살은 재검토나 취소가 가능하다. 돌이킬 수 없는 자살은 오직 병리적 자살뿐이다. 하지만 이들 세 원인은 장 자크 루소의 경우처럼[58] 종종 서로 연관되기도 한다. 일단 결심이 서자 뤼시앵

---

58) 발자크 시대까지도 장 자크 루소가 자살하려 했다는 추측이 난무했다고 한다.

은 자살의 방법에 대해 고민했다. 시인 뤼시앵은 시적으로 생을 마감하고 싶었다. 처음에는 그저 샤랑트강에 몸을 던질 생각이었다. 하지만 마지막으로 보리외 언덕길을 내려갈 때 그의 귀에는 자신의 시신을 보고 몰려든 사람들의 웅성임이 들리는 듯했다. 흉측하게 변한 상태로 물 위로 떠오른 시신이 사법 수사의 대상이 되는 끔찍한 광경도 보였다. 여느 자살자들처럼 그에게도 사후 존엄은 중요했다. 예전에 쿠르투아 방앗간에서 하루를 보낼 때, 강가를 따라 산책한 적이 있었다. 그때 방앗간에서 멀지 않은 곳에, 하천 주변에서 흔히 볼 수 있는 둥그렇게 호(弧)를 이룬 지점을 보았더랬다. 수면이 잔잔해서 그곳의 수심이 상당하다는 것을 알 수 있었다. 물은 초록색도 파란색도 아니었고, 맑지도 누렇지도 않았다. 그것은 반들반들 윤이 나는 청동 거울 같았고, 가장자리에는 글라디올러스도 파란 꽃도 연꽃의 넓은 이파리도 없었다. 제방의 풀은 짧았고 서로 밀집해 있었으며, 주위로는 그림처럼 늘어선 버드나무가 슬피 우는 듯한 소리를 냈다. 누구라도 물이 가득 고인 깊은 연못임을 쉽게 알 수 있었다. 주머니에 조약돌을 잔뜩 채울 용기가 있는 사람이라면 그곳에서의 죽음을 피하지 않을 것이며, 시신도 절대 발견되지 않을 것이다. '바로 여기다.' 시인은 아름다운 풍경을 찬미하며 혼잣말로 중얼거렸더랬다. '이곳이야말로 익사하려는 자의 입에 군침이 돌게 하는 장소구나.'

루모에 이르렀을 때 그 기억이 떠올랐다. 그래서 그는 최후의 침울한 생각에 빠져 마르사크 쪽으로 걸었다. 그는 죽음의 비밀을 감추고, 수사 대상이 되지 않고, 매장되지 않고, 익사자 시신이 수면 위로 떠올랐을 때의 끔찍한 모습도 보이지 않겠다고 굳게 다짐했다. 그는 프랑스에 흔한, 특히 앙굴렘에서 푸아티에로 가는 노상에 자주 보이는 언덕 기슭에 이르렀다. 보르도에서 파리로 가는 역마차가 빠른 속도로 다가왔다. 아마도 승객들은 마차에서 내려 그 높고 긴 언덕길을 걸어 올라갈 것이다. 사람들 눈에 띄고 싶지 않았던 뤼시앵은 움푹 팬 작은 오솔길로 뛰어들어 포도밭에 있는 꽃을 따기 시작했다. 그가 다시 큰길로 들어섰을 때, 그의 손에는 포도밭 자갈 사이에 피어 있던 노란색 돌나물꽃59) 다발이 들려 있었다. 그때 그는 어떤 여행자의 뒤에서 걷게 되었는데, 온통 검은색 옷차림에, 머리에는 분을 발랐으며, 은 버클이 달린 오를레앙 소가죽 신발을 신은 인물이었다. 피부는 갈색이었고, 어린 시절에 불에 데기라도 한 듯 얼굴에는 흉터가 있었다. 분명 사제의 행색이었음에도 그 여행자는 천천히 걸으면서 시가를 피우고 있었다. 뤼시앵이 포도밭에서 길로 뛰어 올라오는 소리를 들은 낯선 사내는 뒤를 돌아보았고, 깊은 수심에 잠긴 시인의 미모와 그의 상징적인 꽃다발, 그리고 우아한 옷차림에 무척 놀란 듯했다. 여행자는 오랫동안 찾아 헤매던 먹잇감을 드디어 발견한 사냥꾼처럼 보였다. 항해의 방식에 따라, 그는 뤼시앵이 다

---

59) 다년생 다육식물로, 들이나 산기슭의 돌에 달라붙어 넓게 퍼지듯 자라다가 개화기에 줄기가 올라오며 꽃이 핀다. 속명(屬名)인 세덤(sedum)은 라틴어 '세데오(sedeo, 앉다)'에서 유래했다. 품종에 따라 각기 다른 색의 꽃이 피는데, 그중 금색은 번영과 생명력을 상징한다.

가오도록 놔두면서 언덕 밑을 바라보는 척 발걸음을 늦추었다. 역시 언덕 밑을 바라보던 뤼시앵은 그곳에서 두 필의 말이 끄는 작은 마차와 걸어오는 마부를 발견했다.

"역마차를 놓치셨군요. 제 마차를 타고 역마차를 따라잡지 않는다면, 좌석을 잃으실 겁니다. 승합마차보다는 제 마차가 빠르니까요." 여행자는 매우 강한 에스파냐 억양으로, 그리고 세련된 예절을 보이면서 뤼시앵에게 그런 제안을 했다.

뤼시앵의 대답을 기다리지도 않은 채 에스파냐인은 주머니에서 시가 케이스를 꺼내 뚜껑을 열고 뤼시앵에게 권했다.

"저는 여행자가 아닙니다." 뤼시앵이 말했다. "그리고 저는 이제 여정의 끝에 거의 다가섰기에, 담배를 즐길 여유가 없습니다."

"본인한테 무척 엄격하시군요." 에스파냐인이 말을 이었다. "나는 톨레도 대성당의 명예 참사회원이지만, 가끔 시가는 조금씩 피운답니다. 신께서 우리의 열정과 고통을 잠재우라고 담배를 선물하셨지요……. 슬퍼 보이는군요. 서글픈 결혼의 신처럼, 당신 손에는 근심의 징표가 들려 있고요. 자…… 당신의 슬픔이 연기와 함께 사라질 겁니다……."

신부는 연민 가득한 눈길로 뤼시앵을 바라보며 유혹하듯 밀짚을 엮어 만든 담뱃갑을 다시 내밀었다.

"죄송합니다, 신부님" 뤼시앵이 냉담하게 응수했다. "제 슬픔을 달랠 수 있는 시가는 없습니다……."

그 말을 하는 뤼시앵의 눈에 눈물이 글썽였다.

"오! 젊은이, 아침잠을 즐기고 싶은 여행자의 유혹을 뿌리치려고 잠깐 산보를 해야겠다는 생각이 내게 든 것은 어쩌면 신의 섭리가 아니었을까요? 당신을 위로하면서 지상에서의 내 소명에 따를 수 있게 되었으니……. 그런데 당신 나이에 어떻게 그토록 괴로울 수가 있단 말입니까?”

“신부님, 신부님의 위로는 소용없을 겁니다. 신부님은 에스파냐 분이시고 저는 프랑스인입니다. 신부님은 교회의 계명을 믿지만 저는 무신론자고요…….”

“Santa Virgen del Pilar(성모님이시여)…….[60] 무신론자라니……!” 신부는 어머니처럼 다정하게 뤼시앵의 팔을 잡고 큰 소리로 말했다. “이거야말로 내가 파리에서 관찰하려 했던 진기함 중 하나로군요. 에스파냐에서는 무신론자라는 말을 안 믿는다오. 열아홉 살짜리가 그런 생각을 할 수 있는 나라는 프랑스밖에 없지요.”

“오! 저는 완벽한 무신론자입니다. 신도 사회도 행복도 믿지 않습니다. 저를 잘 보아두세요, 신부님. 몇 시간 후면 저는 이 세상에 없을 테니까요……. 저것이 제가 마지막으로 보는 태양입니다!” 뤼시앵은 약간의 과장을 섞어 말하며 하늘을 가리켰다.

“저런! 도대체 무슨 죽을 짓을 했단 말이오? 누가 당신에게

---

60) ‘기둥의 성모님’은 예수 사후 절망하고 있던 사도 야고보에게 성모 마리아가 발현해 옥으로 된 기둥 하나를 주며 격려했다는 전승에서 비롯한 명칭으로, 이후 야고보는 에스파냐로 선교를 떠나 작은 교회를 세우고, 성모께 받은 기둥을 보관했다. 에스파냐 사라고사의 누에스트라 세뇨라 델 필라르(Nuestra-Señora-del-Pilar, 우리 기둥의 성모) 대성당에 있는 기둥이 그것이다.

사형선고를 내렸나요?”

“최고의 법정, 바로 저 자신입니다!”

“어린애 같으니!” 신부가 외쳤다. “사람을 죽였나요? 단두대가 당신을 기다리고 있나요? 좀 따져볼까요? 당신 말대로 무(無)로 돌아가고 싶다면, 이 세상에서 일어나는 모든 일에 대해 무관심하겠지요? (뤼시앵은 동의의 표시로 고개를 끄덕였다.) 그렇다면 내게 당신의 고통을 이야기해 주겠소? 당신 마음을 아프게 한 풋사랑 때문인가요……? (뤼시앵이 의미심장하게 어깨를 으쓱해 보였다.) 불명예를 피하려고, 아니면 삶에 절망했기에 자살하려 하나요? 그렇다면 앙굴렘에서 죽으나 푸아티에에서 죽으나 마찬가지일 것이고, 또 푸아티에에서 죽으나 투르에서 죽으나 마찬가지가 아니겠소? 끊임없이 움직이는 루아르 강변의 모래는 먹이를 돌려주지 않습니다……”

“아니요, 신부님.” 뤼시앵이 대답했다. “제게는 할 일이 있습니다. 20일 전에 저는 이 세상에 환멸을 느낀 한 사내가 저승에 이를 수 있는 가장 매력적인 정박지를 발견했습니다……”

“저승이라…… 당신은 무신론자가 아니군요.”

“오! 제가 저승이라고 말할 때, 그것은 미래에 제 모습이 동물이나 식물로 변하는 세상을 말합니다……”

“불치병이라도 앓고 있나요?”

“그렇습니다, 신부님……”

“아! 그렇군요. 무슨 병입니까?”

“가난입니다.”

신부는 뤼시앵을 바라보며 웃음 지었다. 그리고 한없이 다감한 태도로, 그러나 동시에 냉소에 가까운 미소를 띠고 말했다. "다이아몬드는 자신의 가치를 모른다오."

"죽으러 가는 가난한 사람을 위로해 주시는 분은 신부님밖에 없습니다……!"

"당신은 죽지 않을 거요." 에스파냐인이 근엄하게 말했다.

"도둑이 길에서 행인을 강탈한다는 얘기는 들었어도, 행인을 부자로 만들어주기도 한다는 것은 몰랐습니다."

"곧 알게 될 거요." 신부는 마차가 얼마나 떨어져 있는지, 그들이 몇 걸음 더 함께 걸을 수 있는지를 확인하고 말을 이었다.

"내 말을 귀담아들어요." 사제는 시가를 씹으며 말했다. "가난은 죽음의 이유가 되지 않소. 내겐 비서가 필요합니다. 내 비서가 얼마 전 바르셀로나에서 죽었거든요. 지금 나는 스웨덴의 괴르츠 남작과[61] 같은 처지에 놓여 있다오. 카를 12세 시절에 유명한 장관이었던 그는 비서 없이 스웨덴으로 가는 길에 작은 마을에 도착했지요. 내가 비서 없이 파리로 가는 것처럼 말이오. 그곳에서 남작은 당신만큼은 아니지만 그래도 뛰어난 미모를 가진 금은 세공사의 아들을 만났답니다. 괴르츠 남작은 그 청년이 총명하다는 걸 알아보았어요. 내가 당신 이마에서 시적 정취를 발견했듯이 말이오. 내가 당신을 내 마차에 태우려는 것처럼 남작은 그 청년을 마차에 태웠지요. 그러고는 앙굴렘같이 작은 지방 도시에서 식기에 광택을 내거

---

61) 게오르크 하인리히 폰 괴르츠(Georg Heinrich von Görtz 1668~1719)는 스웨덴 국왕 카를 12세(1682~1718)의 수석 고문이었다.

나 보석을 다듬을 운명이었던 그 아이를 총애하는 신하로 만들었다오. 당신도 내게 그런 사람이 될 것이오. 스톡홀름에 도착한 남작은 그를 비서로 임명하고 감당할 수 없을 만큼 많은 일을 시켰지요. 젊은 비서는 밤새 글을 써야 했다오. 그러다가 일을 많이 하는 사람들이 흔히 그러듯, 그에게는 버릇이 하나 생겼답니다. 종이를 씹기 시작한 것이죠. 이건 여담이지만, 고(故) 말제르브[62] 씨는 남의 얼굴에 담배 연기를 내뿜는 장난을 치곤 했는데, 한번은 어떤 저명인사에게, 그가 누구인지는 잘 모르겠습니다만, 연기를 내뿜었다지요. 그 사람이 관련된 소송의 승패가 자신의 보고서에 달려 있었는데 말입니다. 우리의 미남 청년은 흰 종이를 씹기 시작하더니 거기에 익숙해지자 글자가 쓰인 종이를 먹기 시작했고, 그것이 더 맛있다고 생각하게 되었지요. 그때는 아직 지금만큼 담배를 많이 피우지 않았거든요. 그 젊은 비서는 이 맛 저 맛을 보다가 마침내 양피지를 씹어 먹게까지 되었답니다. 당시 러시아와 스웨덴 사이에는 평화협정이 진행 중이었어요. 1814년 나폴레옹에게 평화협정을 강요했던 것처럼, 의회는 카를 12세에게 협정을 강요했지요. 협상의 바탕이 되는 것은 핀란드에 대한 두 강대국 사이의 조약이었습니다. 괴르츠는 그 원본을 비서에게 맡겨두었답니다. 그런데 계획안을 의회에 제출하려니, 사소하지만 곤란한 문제가 발생했습니다. 조약 문서가 없어진 겁니다. 의회

---

62) 크레티앵 기욤 드 라무아뇽 드 말제르브(Chrétien Guillaume de Lamoignon de Malesherbes, 1721~1794)는 프랑스의 법률가이자 정치가로, 루이 16세의 변호인 중 하나였으며, 1794년 단두대에서 처형된다.

는 장관이 국왕의 뜻을 섬기고자 일부러 그 서류를 없앴다고 판단해 괴르츠 남작을 고발했습니다. 그러자 그의 비서가 자기가 조약을 먹었다고 고백했지요……. 재판이 시작되었고, 그 사실이 증명되면서 비서는 사형선고를 받았다오. 하지만 당신은 그 지경까지 이른 것은 아니니, 마차를 기다리면서 시가나 한 대 피우시지요."

뤼시앵은 시가를 한 개비 집어 에스파냐에서 하듯이 불을 붙이며 생각했다. '이 사람 말이 맞아. 자살이야 언제라도 할 수 있지.'

"그런데 말입니다. 종종 있는 일이지만," 에스파냐인이 말을 계속했다. "젊은이들이 자신의 미래에 대해 가장 비관할 때가 바로 행운이 시작되는 순간이랍니다. 바로 그것이 내가 당신에게 하고 싶었던 말인데, 실례를 들어 그것을 증명하는 편이 낫겠다고 생각했지요. 사형선고를 받은 미남 비서는 그 판결이 스웨덴 의회에서 내려졌기에 국왕이 그를 사면해 줄 수 없었던 만큼 더욱더 절망적인 처지에 놓여 있었지요. 그러나 국왕은 그의 탈주에 대해서는 눈감아 주었답니다. 어리고 예쁜 그 비서는 주머니에 몇 에퀴만 넣은 채 작은 배를 타고 도망쳐서 괴르츠의 추천장을 가지고 쿠를란트 공국[63] 궁정에 도착했습니다. 스웨덴 장관은 쿠를란트 제후에게 보내는 추천장에서 자기 피보호자가 겪은 일과 그의 괴벽을 설명했지요. 공작은 그 미소년을 자기 집사의 비서로 채용했습니다. 공작은

---

63) 쿠를란트 공국은 오늘날 라트비아 서부에 16~18세기 동안 존립했다.

낭비벽이 심했고 그에게는 아름다운 아내와 집사가 있었는데, 이 세 가지는 그가 파산하게 된 이유였답니다. 핀란드와 관련된 조약 문서를 먹었다는 이유로 사형선고를 받았던 귀여운 남자가 그 이상한 버릇을 고쳤을 것으로 생각한다면, 당신은 인간에 대한 악습의 지배력을 모르는 겁니다. 사형선고도 스스로 만들어낸 쾌락을 멈추게 할 수는 없다오! 그 악습의 힘은 도대체 어디서 오는 것일까요? 그것은 악습 고유의 힘일까요? 아니면 인간의 나약함에서 오는 것일까요? 극단의 광기에까지 이르는 취미나 버릇이 있을까요? 미사여구로 그런 질병을 고치려는 윤리학자들을 보면 비웃지 않을 수 없지요! 언젠가 공작은 집사에게 돈을 요구했는데, 집사가 거절하자 너무 놀란 공작은 회계 서류를 가져오라고 했답니다. 바보짓이죠. 계산서 하나 작성하는 것보다 쉬운 일은 없으니, 그건 전혀 문제가 되지 않습니다. 그런데 집사는 쿠를란트 공국의 세비 목록 명세서를 작성하기 위한 모든 서류를 비서에게 맡겨두었답니다. 작업 도중, 일이 끝나는 날 밤, 종이 먹기를 좋아하는 우리의 귀여운 청년은 자기가 거액의 영수증을 씹고 있다는 사실을 깨달았지요. 공포에 사로잡힌 청년은 서명된 종이를 절반까지 먹다 말고 공작비(妃)에게 달려가, 발밑에 엎드려 자신의 괴벽을 설명하면서 보호를 간청했지요, 그것도 한밤중에 말입니다. 젊은 비서의 미모가 공작비에게 너무도 인상적이었기에, 훗날 홀로되었을 때 그녀는 그 청년과 결혼까지 하게 되었어요. 이리하여 18세기에 가문의 문장을 중요시하던 나라에서 금은 세공사의 아들은 공국의 군주가 되었답니다. 아니, 그 이상이 되었지요……! 러시아의 예카테리나 1세가 사망하자 공작비가 러시아의 여제가 되었고, 그는 섭정이 되어 안나 여제를 조종하면서 러시아의 리슐리외가 되고자 했던 겁니다.[64] 자, 그러니까 젊은이, 한 가지만 알아두세요. 당신은 그 미남 청년 비론보다 더 잘생겼고, 일개 참사원에 불과할지라도 나는 괴르츠 남작보다 더 나은 인물이라오. 그러니 마차에 올라타요! 파리에 가서 쿠를란트 공국을 찾아봅시다. 공국은 없더라도 공작 부인은 언제라도 만날 수 있으니까……."

에스파냐인은 뤼시앵의 팔을 잡고 거의 반강제로 그를 마차에 태웠고, 마부는 마차의 문을 닫았다.

"자, 이제 말해 보시오, 당신 이야기를 듣겠소." 톨레도의 참사회원은 어안이 벙벙해진 뤼시앵에게 말했다. "나는 늙은 신부니, 당신이 내게 무슨 말을 해도 위험하지 않다오. 분명 가

---

64) 안나 이바노브나(Anna Ivanovna, 1693~1740)는 러시아의 황제 이반 5세의 딸이자 표트르 1세의 조카다. 1710년 쿠를란트 공작과 결혼했으나, 공작이 1년 만에 갑작스럽게 죽어 홀로된 후 19년간 재혼하지 않았다. 1725년 표트르 1세가 사망하자 그의 두 번째 부인 예카테리나 1세가 즉위했고, 1727년 그녀의 사망 후에는 표트르 1세의 손자 표트르 2세가 즉위했지만, 1730년 천연두로 사망함으로써 안나가 여제의 자리에 오른다. 한편, 쿠를란트 지방의 평민이었던 에른스트 요하네스 폰 비론(Ernst Johann von Biron, 1690~1772)은 안나가 쿠를란트 여공작이던 시절 그녀의 정부가 된 인물이다. 안나는 비론과의 관계를 감추기 위해, 자신의 시녀를 그와 결혼시켰다. 이후 러시아 여제가 된 안나는 비론에게 전권을 위임해, 재위 기간(1730~1740) 내내 사실상 비론이 섭정했다. 비론은 1737년 쿠를란트 의회를 압박해 자신을 제후로 선출하도록 함으로써 쿠를란트 공작도 되었다. 본문의 이야기는 실화와 발자크가 꾸며낸 허구가 뒤섞여 있다.

문의 세습 재산이나 어머니 돈을 먹어치운 정도겠지만. 당신
은 빚을 떼먹고 달아나면서도, 심지어 예쁘고 세련된 구두 끝
까지 명예심으로 가득하군요. 자, 용기 있게 고백해 보세요.
당신 자신에게 말하는 것과 같을 겁니다."

뤼시앵은 대양 한가운데에서 빠져 죽으려 했으나 해저 왕
국으로 떨어져 그곳에서 왕이 되었다는 아라비아의 어느 설
화에 나오는 어부와 같은 처지에 놓이게 되었다. 에스파냐 신
부는 정말로 다정해 보였기에 시인은 망설임 없이 마음을 열
었다. 그래서 앙굴렘에서 뤼페크까지 가는 동안 자기가 저지
른 잘못을 하나도 빼놓지 않고 이제까지 살아온 여정을 모두
말한 후, 바로 전에 자기 때문에 벌어진 참담한 사건을 언급하
면서 이야기를 마쳤다. 보름 전부터 세 번이나 반복했던 만큼
더욱 시적으로 표현된 이야기가 끝날 무렵, 마차는 뤼페크 근
처 도로변의 라스티냐크 가문 영지가 있는 지점에 이르렀다.
그런데 뤼시앵이 처음에 그 이름을 언급했을 때 에스파냐 신
부는 놀란 듯 몸을 움찔했다.

"여기가 바로 라스티냐크의 본가입니다. 여러 면에서 분명
저보다 못났으면서도 훨씬 큰 행복을 누리고 있는 청년이지
요." 뤼시앵이 말했다.

"아!"

"그렇습니다. 저 괴상한 저택은 그의 아버지 집입니다. 그 친
구는, 아까 제가 말씀드린 것처럼, 유명한 은행가의 아내인 뉘
싱겐 부인의 정부가 되었어요. 저는 시에 빠졌었고, 약삭빠른
그 친구는 실리를 택했고요……."

신부는 마차를 멈추게 한 후, 호기심에 이끌린 듯 도로에서 저택으로 이어지는 좁다란 길을 올라가 보고 싶어 했다. 그는 뤼시앵이 에스파냐 신부에게 기대할 만한 정도를 뛰어넘는 관심을 가지고 그곳을 유심히 살폈다.

"라스티냐크 가문을 아세요……?" 뤼시앵이 물었다.

"파리에 관한 한 모르는 것이 없다오." 에스파냐 사제는 마차에 오르면서 말했다. "그러니까 1만 프랑, 또는 1만 2000프랑이 없어 자살하려 했다니, 당신은 어린아이네요. 인간에 대해서도 사물에 대해서도 모르니 말입니다. 운명이란 인간이 그것을 어떻게 평가하느냐에 따라 가치가 정해지는 겁니다. 그런데 당신은 자신의 미래를 1만 2000프랑으로밖에 평가하지 않는군요. 좋아요! 그렇다면 그 이상의 값을 치르고 당신을 사겠소! 당신 매제의 투옥은 대수로운 일이 아니에요. 세샤르 씨가 발명에 성공한다면 부자가 될 테고, 부자들은 절대로 빚 때문에 감옥에 가지 않아요. 당신은 역사에 정통한 것 같지는 않군요. 역사에는 두 종류가 있어요. 하나는 공식적인 역사, 학교에서 가르치는 거짓투성이 역사, 세자를 위한 책에 쓰인 역사고,[65] 다른 하나는 사건들의 진정한 원인이 담겨 있는 수치

---

65) 『세자를 위한 책(ad usum delphini)』은 루이 14세가 왕세자인 루이 그 랑 도팽의 교육을 위해 39명의 학자들에게 집필하도록 지시해 완성한 고전 주석서 시리즈다. 제목의 '델피니'는 왕세자의 이름 '도팽'의 라틴어형이다. 후대에 이 시리즈는 청소년용 라틴어 교본으로 널리 쓰였으며, 편집자들은 내용 중 불건전하거나 음란하다고 판단되는 구절들을 종종 삭제했다. 본문에서는 특히 '검열당한 책'의 의미로 쓰였다.

의 역사, 즉 비밀의 역사지요. 당신은 모르는 짧막한 역사 하나를 몇 마디로 이야기해 보겠소. 어떤 야심 많은 젊은 사제가 공직에 들어가고 싶어 여왕의 총애를 받는 신하에게 온갖 아첨을 해댔지요. 그 총신은 사제에게 관심을 보였고, 그에게 국사원에 자리를 하나 주면서 장관에 준하는 지위를 부여했답니다. 어느 날 저녁, 사제의 수하 중 하나가 그를 도와준답시고(청하지 않은 도움은 절대 주지 마세요!) 이 젊은 야심가에게 그의 은인인 총신이 위험하다는 편지를 보냈다오. 국왕이 자기를 지배하는 자가 있다면서 격노하였으니, 그다음 날 총신이 입궐하면 죽음을 면치 못하리라는 것이었지요. 자, 젊은이, 그런 편지를 받았다면 당신은 어떻게 행동했을 것 같소⋯⋯?"

"즉시 은인에게 달려가겠죠." 뤼시앵이 큰 소리로 말했다.

"당신의 인생 이야기에서 알 수 있듯이 당신은 아직도 어린 애입니다." 신부가 말했다. "우리의 젊은이는 생각했지요. '국왕이 처형할 생각까지 했다면, 그는 이미 끝난 거야. 편지를 너무 늦게 받았어!' 그러고는 총신이 처형되는 시각까지 잠을 잤답니다."

"잔인한 괴물이군요!" 뤼시앵은 신부가 자기를 시험해 보려고 한 이야기리라 짐작하고 말했다.

"위대한 인물은 모두 다 잔인한 괴물이지요. 그 젊은이가 바로 리슐리외 추기경입니다. 그리고 그의 은인은 앙크르 원수고요. 아시겠어요? 당신은 당신 나라 프랑스의 역사를 잘 모른단 말입니다. 학교에서 가르치는 공식 역사는 지극히 의심스러울 뿐 아니라 일말의 중요성도 없는 사건과 시간을 우선적으로 나열한다는 내 말이 맞지 않나요? 잔 다르크가 실존했다는 사실을 안다고 해서 그걸 어디다 써먹을 수 있지요? 그때 프랑스가 플랜태저넷 가문의 앙주 왕조를[66] 받아들였더라면 통일된 두 나라의 국민은 오늘날 세계를 지배하는 제국을 건설했을 것이고, 대륙에 정치적 혼란을 야기한 두 섬은 프랑스의 두 지방이 되었을 거라는 결론을 끌어내 본 적은 없나요……? 그런데 당신은 일개 상인이었던 메디치 가문이 토스카나의 대공까지 될 수 있었던 수단이 무엇이었는지 연구해 본 적 있소?"

"프랑스의 시인은 베네딕트회 수도사처럼 근면 성실해야 할 의무가 없습니다." 뤼시앵이 말했다.

"좋은 지적이에요, 젊은 친구! 메디치는 대공 가문이 되었어요, 리슐리외가 재상이 되었듯이 말입니다. 역사에서 사건들의 연대표만 달달 외우는 대신 사건들의 인간적 원인을 찾아낸다면, 어떻게 행동해야 할지 배우게 될 겁니다. 내가 방금 떠오르는 대로 든 몇 가지 실제 사례로부터 도출되는 법칙이라면, 이런 것들이오. 사람들, 특히 여자들을 그저 도구로만

---

66) 백년전쟁 당시의 영국의 왕조는 플랜태저넷 가문으로, 그 시조는 영국을 정복한 노르망디공 윌리엄 1세의 손녀딸 마틸드가 앙주 공작 조프루아와 결혼하여 낳은 아들 헨리 2세다. 헨리 2세는 아키텐 여공작 엘레아노르와 결혼함으로써 노르망디, 앙주, 아키텐, 가스코뉴, 푸아투 등 프랑스 영토 대부분을 아우르는 '앙주 제국'을 형성했다. 그리고 이는 영국과 프랑스 사이에 왕위 계승권 전쟁이 벌어지는 원인이 된다. 프랑스는 백년전쟁을 통해 영국이 지배하던 거의 모든 영토를 되찾고, 영국은 칼레 지역만 보유했다가 1558년에 이마저 잃게 된다.

여기시오. 하지만 그들이 그걸 눈치채게 해서는 안 됩니다. 당신보다 높은 자리에 앉아 당신에게 도움을 줄 수 있는 사람은 신처럼 숭배하시오. 그리고 그가 당신의 굴종에 대해 아주 비싸게 보상해 줄 때까지는 그를 떠나지 마시오. 세상과 거래하려면 유대인처럼 모질고 비굴해지시오. 돈을 위해서라면 유대인이 무슨 짓이라도 하듯이, 권력을 위해 무슨 짓이든 하시오. 추락한 사람에 대해서는 그가 이 세상에 존재한 적도 없었던 듯이 조금도 신경 쓰지 마시오. 왜 그렇게 처신해야 하는지 아시오? 당신은 세상을 지배하고 싶어요, 그렇죠? 그렇다면 먼저 세상에 복종하고, 세상을 잘 연구해야 합니다. 학자들은 책을 연구하고 정치가들은 인간들과 그들의 관심사와 그들 행동의 발생 원인을 연구합니다. 그런데 세상과 사회, 즉 집단을 이루는 인간은 운명론적이고, 결과를 숭배하지요. 내가 왜 당신에게 이런 간단한 역사 강의를 하는지 아시오? 당신이 대단한 야심가로 보이기 때문이오……."

"그렇습니다, 신부님!"

"나는 단번에 파악했다오. 하지만 이 순간 당신은 속으로 생각하겠죠, 이 에스파냐 참사회원은 내가 지금껏 너무 착했다는 것을 입증해 보이려고 가짜 일화를 지어내고 역사를 비틀어대는 거야, 라고." 뤼시앵은 그가 자기 생각을 그대로 알아맞히는 것을 보고 미소 지었다. 사제가 말을 이었다. "좋아요, 젊은이, 진부한 이야기가 되어버린 사실들을 예로 들어봅시다. 백년전쟁 당시 프랑스가 영국에 의해 거의 다 정복되고 국왕에게는 한 지방밖에 남지 않았을 때입니다. 그때 국민 중

두 사람이 일어났지요. 하나는 아까 우리가 말한 잔 다르크라는 가난한 소녀였고, 다른 하나는 자크 쾨르라는 부르주아였습니다.[67] 한 사람은 자기 팔과 동정녀의 위용을, 다른 한 사람은 황금을 내놓았어요. 왕국은 구원되었지요. 그런데 소녀는 체포되었죠……! 국왕은 몸값을 내주고 소녀를 구할 수 있었지만, 산 채로 화형당하도록 내버려두었답니다. 영웅적인 부르주아에 대해서는 신하들이 그에게 사형을 선고하도록 내버려두었고, 신하들은 그의 재산을 마음대로 나누어 가졌습니다. 쫓기고 포위되고 재판관들로 인해 무너져 버린 그 무고한 사람의 유산은 다섯 귀족 가문을 부자로 만들었지요……. 그리하여 부르주 대주교의 아버지는 왕국을 떠나 다시는 돌아오지 않았습니다.[68] 프랑스에는 그의 재산이 하나도 남지 않았고, 이집트에서 아랍인들과 사라센인들에게 맡겨두었던 것이 전부였지요. 당신은 이렇게 말할 수도 있을 겁니다, 이런 예들은 너무 오래된 것들이고, 배은망덕에 관해서라면 300년 동안 공교육에서 가르쳐왔으며, 그런 해골 같은 옛날이야기는 터

---

67) 부르주 출신의 상인, 은행가, 선주인 자크 쾨르(Jacques Cœur, 1395?~1456)는 프랑스인 쾨르로 동방무역을 시작한 거상이다. 샤를 7세에 의해 왕실 재무감독관으로 임명된 그는 백년전쟁 당시 영국군에게 점령당한 땅을 되찾는 데 경제적으로 큰 도움을 주었다. 그러나 전쟁이 끝난 후 그를 시기하는 자들과 재무자들의 음모로 유죄 선고를 받았고, 방대한 재산은 모두 몰수당했다. 로마로 도피하여 교황의 비호를 받다가 그리스의 키오스섬에서 사망했다.
68) 1446년 부르주의 대주교로 임명된 장 쾨르(Jean Cœur, 1421~1483)는 자크 쾨르의 아들이다.

무니없다고 말입니다. 하지만 젊은이, 최근에 출현했던 프랑스의 영웅, 나폴레옹을 전적으로 신뢰합니까? 그는 더 이상 총애하지 않았던 장군 중 하나를 마지못해 원수로 임명했지만, 켈레르만이라는 이름의 그 장군을 기꺼이 기용한 적이 한 번도 없어요. 왜인 줄 압니까? 켈레르만은 마렝고 전투에서 피가 튀고 포탄이 떨어지는 가운데 대담한 공격으로 프랑스와 당시 제1통령이었던 나폴레옹을 구했지요. 그의 공격은 찬사를 받았습니다. 하지만 전황 보고서에는 그 영웅적 공격에 대해 한마디 언급도 없었다오.[69] 나폴레옹이 켈레르만을 냉대한 원인은 푸셰나 탈레랑 공작이 총애를 잃게 된 원인과 같답니다. 샤를 7세의 배은망덕, 리슐리외의 배은망덕, 그리고……."

"그렇다면 신부님, 신부님께서 제 목숨을 구하고 저를 출세시켜 주신다고 해도 신부님께 별로 고마워할 필요가 없겠네요."

"재미있는 친구군!" 신부는 미소를 띠고 스스럼없이 뤼시앵의 귀를 잡아 비틀면서 말했다. "당신이 나의 은혜를 저버리고 배은망덕하게 군다면, 당신은 굉장히 강한 인물이겠지요. 그렇다면 당신에게 굴복하겠소. 하지만 당신은 아직 거기까지 이르지 못했소. 기껏 초등학생인 주제에 너무 일찍 선생님을 넘

---

69) 알자스의 독일계 귀족 가문 태생인 프랑수아 크리스토프 드 켈레르만 (François Christophe de Kellermann, 1735~1820)은 15세에 군에 입대해 숱한 전투에서 혁혁한 공을 세웠는데, 특히 알자스 육군 총사령관으로서 지휘한 1792년 발미 전투(프로이센-오스트리아 연합 대 프랑스), 나폴레옹군 사령관으로서 지휘한 1800년 마렝고 전투(오스트리아 대 프랑스)로 국민적 영웅이 되었다. 제1제정기에는 상원의원을 지냈으나, 1814년 나폴레옹의 실각에 찬성표를 던졌고, 루이 18세의 복고왕정에서 귀족원 의원을 지냈다.

어서려는 것이지요. 그것이 바로 지금 세대 프랑스인들의 결점입니다. 모두들 나폴레옹을 본보기로 삼아 버릇없는 아이들이 되어버렸어요. 원하는 견장을 달지 못하면 득달같이 사직서를 내버린단 말입니다……. 그런데 당신의 모든 의지와 모든 행동은 하나의 소신에 따른 것이었나요……?"

"유감스럽게도, 아닙니다." 뤼시앵이 말했다.

"당신은 영국인들이 일관성 없는 사람(inconsistent)이라고 하는 부류군요." 참사회원이 미소 지으며 말했다.

"과거에 어떤 사람이었는지 뭐가 중요합니까, 어차피 아무것도 될 수 없는데!"

"당신의 모든 훌륭한 자질 뒤에 Semper virens(언제나 기운찬) 힘이 있기를." 신부는 라틴어도 좀 할 줄 안다는 것을 보여주려는 듯 말했다. "그러면 이 세상 아무도, 아무것도 당신에게 맞서지 못할 겁니다. 나는 벌써 당신이 좋아졌어요……." (뤼시앵은 못 믿겠다는 표정을 지으며 미소 지었다.) "그래요." 미지의 인물은 뤼시앵의 미소에 응답하며 말을 이었다. "마치 내 아들이라도 되는 양 당신은 나의 관심을 *끄는*군요. 나는 마음이 흔들리지 않는 사람이기에, 좀 전에 당신이 그랬듯이, 당신에게 스스럼없이 속내를 털어놓을 수 있다오. 당신의 어떤 점이 마음에 드는지 아시오? 당신은 자기 자신을 백지상태로 만들었어요. 그러니 이제 아무 데서도 들을 수 없는 도덕 강의를 들을 자세가 된 겁니다. 인간은 집단으로 모이면, 각자 자신의 이익을 위해 연극을 해야 할 때보다 더 위선적이 되지요. 그래서 사람들은 청년 시절 가슴속에서 자라나게 내버려두었던 것들을 제거하느라 인생의 많은 기간을 허비합니다. 이 작업을 우리는 '경험을 쌓는다'고 표현하지요."

신부의 말을 들으면서 뤼시앵은 생각했다. '여행하면서 놀 수 있어 신난 늙은 정치가로군. 자살하려는 가엾은 청년을 만나 그의 생각을 바꾸려고 애쓰고 있지만, 장난이 끝나면 나를 버리고 가버리겠지……. 아무튼 역설법에 대해서는 잘 이해하고 있는 것 같아. 블롱데나 루스토만큼 강해 보여.' 이러한 현명한 생각에도 불구하고 뤼시앵을 타락시키려는 이 비밀 특사(特使)의 시도는 성공했고, 타락의 유혹은 그것을 받아들일 준비가 충분히 되어 있는 그의 영혼에 깊이 스며들었다. 게다가 유명한 사례들에 근거하는 만큼 효과는 더 컸다. 빈정대는 대화의 매력에 끌린 뤼시앵은 강력한 팔에 의해 자살이라는 밑바닥으로부터 수면 위로 끌어올려졌다고 느꼈기에 더더욱 삶에 집착하게 되었다. 그 점에서 사제는 분명 승리를 거뒀다. 그래서 그는 역사를 풍자하면서 가끔 거기에 짓궂은 미소를 곁들이곤 했다.

"신부님이 윤리를 다루는 방식이 역사를 고찰하는 방식과 비슷하다면, 지금 제게 보여주시는 자비심의 동기는 무엇인가요? 그것을 알고 싶습니다." 뤼시앵이 물었다.

"젊은이, 그건 내 설교의 마지막 단계라오. 그러니 나중을 위해 남겨두도록 하지요. 오늘 헤어질 건 아니잖아요." 자신의 간계가 성공하고 있음을 눈치챈 사제가 교활하게 대답했다.

"그렇다면 그 도덕 강의를 들려주시지요." 뤼시앵은 속으로 '잘난 척할 수 있게 해주자.'라고 생각하며 말했다.

"윤리란 말이오, 젊은이, 법률에서부터 시작된다오. 종교만으로 해결될 수 있다면 법은 필요 없겠지. 종교적인 국민이 사는 나라에는 법이 별로 없어요. 민법 위에 있는 것이 정치법이오. 그렇다면 정치인이 볼 때 당신네 나라의 19세기라는 얼굴에는 무엇이 쓰여 있는지 알고 싶소? 프랑스인들은 1793년에 인민주권이라는 것을 고안했지만, 그것은 절대권력을 가진 황제에 의해 끝났지요. 그것이 당신네 나라의 역사라오. 풍속에 대해 말해 봅시다. 나폴레옹은 똑같이 행동한 두 여인, 탈리앵 부인과 보아르네 부인 가운데 한 사람과는 결혼까지 해서 그녀를 당신네 나라의 황후로 삼았지만, 다른 여인은 공작부인이 되었을 때조차 결코 초대하지 않았죠.[70] 1793년에 급진 공화파였던 나폴레옹은 1804년에는 철의 왕관을 썼어요. 1792년에는 '평등이 아니면 죽음을'을 맹렬히 옹호했던 자들이 1806년부터는 루이 18세가 인정한 귀족계급을 지지하는 공모자가 되었고요. 지금은 생제르맹 구역에 당당히 자리한

---

70) 탈리앵 부인은 프랑스에서 태어난 에스파냐계 귀족 테레지아 카바루스 Theresia Cabarrus, 1773~1835)를 말한다. 그녀는 공포정치기에 보르도에서 혁명군에 체포되었으나, 인쇄소 식사공 출신으로 보르도 국민공회 대표였던 장 랑베르 탈리앵이 그녀를 석방하며 둘은 친구가 되다 이후 로베스피에르의 처형을 주도하고, 공화주의 총재정부 수립에 참여한 탈리앵과 1802년 결혼했다. 하지만 그가 정치적 영향력을 잃자마자 이혼하고, 1805년에는 왕당파인 시메이(벨기에) 공자과 결혼했다. 보아르네 부인은 나폴레옹과 재혼해 황후가 되기 전 조제핀의 이름으로, 보아르네는 첫 남편의 성이다. 대혁명기에 남편인 알렉상드르 드 보아르네 자작이 처형되고 조제핀 자신도 투옥되었다가 총재정부의 주역 바라스의 정부(情婦)로서 기사회생했다. 이후 바라스의 주선으로 1796년 나폴레옹과 결혼했다가 1809년 이혼당했다.

귀족들이지만, 그들이 외국으로 망명도주했을 때는 온갖 짓을 다 했다오. 고리대금업자가 되었고, 장사꾼이 되었고, 고기파이를 만들었고, 요리사가 되었고, 소작인이 되었고, 양치기 목동이 되었더랬지요. 그러니까 프랑스에서는 윤리법이든 정치법이든 완성 지점에 이르자 초기의 원칙을 부인했다오. 행동을 통해 소신을 부인하거나 소신을 통해 행동을 부인했던 것이지요. 정부에게든 개인에게든 논리는 존재하지 않았던 겁니다. 그러니까 당신들에게는 더 이상 윤리가 없는 것이오. 오늘날 당신네 나라에서는 무슨 행위든 간에 모든 행위의 최종 목표는 성공이더군요. 따라서 사실이라는 것이 그 자체로는 아무것도 아닙니다. 그것은 모두 다른 사람들이 만든 관념 속에 있을 뿐이라오. 젊은이, 거기에서 두 번째 교훈이 생겨납니다. 외모를 아름답게 꾸미시오! 삶의 이면은 감추고, 찬란하게 빛나는 것만 보여주시오! 신중함은 야심가들의 좌우명이지만, 우리 교단의 좌우명이기도 하다오. 그것을 당신의 좌우명으로 삼으세요. 위대한 인물들도 파렴치한만큼이나 비열한 짓을 저지릅니다. 하지만 위대한 자들은 어둠 속에서 그런 짓을 하고 미덕만 과시하기에 위대한 사람으로 남을 수 있는 겁니다. 못난이들이나 미덕은 어둠 속에서 행하고 파렴치한 짓은 대낮에 드러내지요. 그래서 그들은 무시당하는 겁니다. 당신은 당신의 위대함은 감추고 당신의 상처만 내보였어요. 공공연하게 여배우를 정부로 삼았고, 그녀의 집에서 그녀와 동거했지요. 그렇다고 당신이 비난받을 이유는 없어요. 사람들은 당신들 둘이 무척 자유분방하다고 생각했겠지요. 그러니까 당신은 세상의 관념에 정면으로 도전한 것이 되었고, 그래서 세상이 그 법칙에 복종하는 사람들에게 부여하는 존경을 받지 못했던 겁니다. 코랄리를 카뮈조에게 넘기고 그녀와의 관계를 숨겼더라면 당신은 바르주통 부인과 결혼할 수 있었을 것이고, 앙굴렘의 도지사도 되고 뤼방프레 후작도 되었을 것이오. 달리 처신해 보겠소? 당신의 미모와 매력과 재치와 시를 밖으로 드러내시오. 사소하더라도 비열한 행동을 해야 한다면 사방이 벽으로 막힌 곳에서 하시오. 그러면 당신은 사교계라 불리는 거대한 극장의 무대장치를 더럽혔다는 비난은 받지 않을 겁니다. 나폴레옹은 '때 묻은 빨래는 집에 가서 할 것.'이라는 표현을 썼지요. 이 두 번째 교훈으로부터 '모든 것은 형식에 있다.'라는 필연적 귀결에 도달하게 되는 겁니다. 내가 형식이라 부르는 것의 의미를 잘 새겨두세요. 가난에 쫓겨 타인에게서 약간의 돈을 강탈한 무식한 사람을 우리는 범죄자라 부르지요. 그들은 법의 심판을 받습니다. 그런데 가난한 천재가어떤 비법, 잘 활용하면 큰돈을 벌 수 있는 비법을 발견했다고 칩시다. 그에게 3000프랑을 빌려주고 비법의 전체 혹은 일부라도 당신에게 양두하게 하려고 그를 괴롭힐 경우, 지금 그 3000프랑을 틀어쥐고 당신 매제를 벗겨먹으려는 쿠앵테 형제처럼 말입니다, 문제되는 것은 당신 양심뿐이오. 양심은 당신을 중죄 재판소로 보내지 않으니까요. 사회 질서의 적들은 이렇게 말도 안 되는 상황을 이용해 법정에서 떠들어대면서, 밤도둑이나 남의 집에서 닭을 훔친 자들은 도형(徒刑)에 처하고, 위장 파산으로 여러 가정을 무너뜨린 사람은 감옥에서 고작 몇 달 보낼 뿐이라는 사실에 인민의 이름으로 격노하기도 하지요. 하지만 그런 위선자들도 알고 있다오. 도둑에게 유죄를 선고하면서 판사들이 가난한 사람과 부자 사이에 장벽을 치고 있다는 사실을 말이오. 그 장벽이 무너지면 사회 질서도 무너지고 말 테니까요. 반면에 파산자, 능숙하게 유산을 가로채는 교활한 사람들, 그리고 자신의 이익을 위해 사업 하나를 죽이는 은행가 같은 사람들은 그저 재산을 이동시킬 뿐이지요. 그러니까 말이오, 당신이 자기 자신을 위해 잘 판단하라고 내가 충고하듯이, 사회는 스스로를 유지하기 위해 잘 판단하고 선택해야 합니다. 무엇보다 중요한 것은 당신이 사회 전체에 필적할 만한 인물이 되는 것이라오. 나폴레옹, 리슐리외, 메디치 가문 사람들은 그들이 살았던 세기에 필적했소. 그런데 당신은 자신을 겨우 1만 2000프랑으로 평가하고 있군! 당신네 나라에서는 진정한 신이 아니라 금송아지를 숭배하고 있어요! 1814년에 루이 18세가 공포한 헌장이 숭배하는 것이 바로 그 금송아지입니다. 그 헌장은 정치에서 소유권만 중요시하니까요. 달리 말하면, 헌장이 모든 국민에게 "부자가 되도록 노력하라!"고[71] 명하는 것 아니오? '합법적으로' 재산을 모은 후에는 당신 역시 부자도 되고 뤼방프레 후작도 될 겁니다. 명예라는 사치도 누리겠지요. 당신은 당당히 세련된 인물이 될 것이고, 설사 돈벌이를 위해 세련되지 못한 짓을 해도 그 누구

---

71) 발자크는 7월왕정기에 국회의원인 동시에 장관과 국회의장을 역임한 프랑수아 기조(François Guizot, 1787~1874)가 1843년 3월 1일 국회에서 한 연설의 한 구절인 "부자가 되세요."라는 말을 떠올린 것으로 보인다.[편]

도 당신을 비난하지 않을 겁니다. 물론 당신이 그러도록 내버려두지도 않을 테지만 말입니다." 신부는 뤼시앵의 손을 잡고 가볍게 토닥이면서 말했다. "자, 이제 당신의 그 아름다운 머릿속에 무엇을 담아야 할까요……? 한 가지만 생각해요. 분명한 목표를 하나 정하고 그 진행 과정은 감추면서 목표에 이르기 위한 수단도 감출 것. 어린아이처럼 행동했으니, 이제 어른이 되시오. 사냥꾼이 되어 기회를 노리면서 파리 사교계에 매복해 먹잇감과 우연을 기다리시오. 당신의 인격도, 사람들이 품위라 부르는 것도 버리시오. 우리는 모두 필요나 악덕 같은 것에 복종하고 있으니까. 그리고 언제나 최고의 법칙은 지켜야 하오! 비밀 유지라는 법칙 말이오."

"무서워요, 신부님!" 뤼시앵이 외쳤다. "노상강도의 이론 같아요."

"바로 그겁니다." 참사회원이 말했다. "하지만 이건 내가 만든 이론이 아니오. 출세한 사람들도, 오스트리아 왕실이나 프랑스 왕실도 모두 그렇게 생각했다오. 당신은 아무것도 가진 것이 없지요. 야망을 품기 시작했을 때의 메디치나 리슐리외나 나폴레옹두 당신 같은 상황에 놓여 있었다오. 그들은 자신의 미래는 배신과 배은망덕과 격렬한 반대를 대가로 치러야만 보장될 수 있다고 생각했지요. 전부를 가지려면 대담하게 전부를 감행해야죠. 따져볼까요? 부요트[72] 게임을 하려고 테이

---

72) 프랑스 대혁명기에 고안된 사행성 카드 게임으로, 1830년대까지 인기를 끌었다.

블에 앉으면, 당신은 게임의 기본 룰을 가지고 토론을 벌이나요? 규칙이 있고, 당신을 그 규칙을 따를 뿐이지요."

'어라! 이 사람, 부요트도 아네.' 뤼시앵은 생각했다.

"당신은 부요트 게임을 할 때 어떻게 하나요? 가장 아름다운 미덕인 정직함을 준수합니까? 당신이 가진 패를 감출 뿐 아니라, 이길 것이 확실할 때도 다 잃은 듯이 믿게 하려고 애쓰지 않소. 결국 당신 자신을 감추는 거죠. 그러지 않나요? 5루이 벌자고 거짓말을 하는 겁니다……! 같은 숫자의 카드 넉 장을 가지고 있다고 다른 사람들에게 알려줄 만큼 너그러운 노름꾼이 있다면 당신은 그에 대해 뭐라고 하겠소? 상대방은 미덕의 원칙을 무시하고 싸우는데 혼자서 그 원칙을 고수하며 싸우는 야심가가 있다면, 그는 어린아이에 불과합니다. 노회한 정치가들은 그 어린아이에게 정치하지 말라고 충고할 겁니다. 좋은 패를 가지고도 그걸 이용하지 않는 자에게 도박꾼들이 "선생, 당신은 부요트 게임은 절대 하지 마시오."라고 말하는 것과 같지요. 야심이라는 도박판에서 규칙을 만드는 사람이 당신인가요? 내가 왜 당신더러 사회에 필적할 인물이 되라고 했을까요? 젊은이, 오늘날 사회는 아무도 모르는 사이에 개인에게서 너무나 많은 권리를 빼앗았고, 따라서 개인은 사회와 투쟁할 수밖에 없기 때문이라오. 이제 규칙은 없고 풍속, 다시 말해서 거짓으로 꾸민 태도만 있을 뿐이오. 언제나 형식이 문제인 거죠." 뤼시앵이 놀라는 몸짓을 하자, 순진한 그가 경계할까 봐 두려웠던 신부가 얼른 말을 이었다. "아니 저런! 젊은이, 두 나라 국왕 사이에서 비밀 외교를 통해 온갖 범죄를 저지를 임무를 떠맡은 이 신부에게서 당신은 천사 가브리엘을 기대했나요? 나는 페르난도 7세와 루이 18세 사이에서 연락책을 맡았다오. 위대한…… 두 국왕은…… 둘 다 대단한 술수로 왕위에 올랐지요. 나는 신을 믿지만 우리 교단을 더 신뢰합니다. 그런데 우리 교단은 지상권만 믿는답니다. 지상권을 강화하기 위해 우리 교단은 로마 교황청의 가톨릭교회를 지지함으로써 민중이 복종하는 모든 감정을 잘 유지하고 있어요. 우리는 현대의 성전기사단원이고 하나의 교리를 가지고 있소. 성전기사단과 같은 이유로 우리 교단은 해체되어 버렸답니다. 세상과 맞먹었던 것이지요. 당신이 군인이 되고 싶다면, 나는 당신의 지휘관이 되겠소. 아내가 남편에게 복종하듯, 아이가 어머니에게 복종하듯, 내게 복종하시오. 그러면 3년 안에 당신은 뤼방프레 후작이 될 것이고, 생제르맹 구역의 가장 고귀한 가문의 딸과 결혼하게 될 것이며, 언젠가는 귀족원 의원 자리에 앉게 될 것이오. 내가 보장하리다. 이런 대화로 당신을 즐겁게 해주지 않았다면, 지금쯤 당신은 어떻게 되었을까요? 깊은 강바닥에 가라앉아 찾을 수도 없는 시체가 되었겠지요. 그러니 시라도 한 편 지어보겠소?"(이때 뤼시앵은 호기심을 가지고 자신의 보호자를 쳐다보았다.) "여기 마차 안에서 카를로스 에레라 신부 곁에 앉아 있는 청년은 방금 죽은 시인과는 더 이상 아무런 공통점이 없는 인물이오. 톨레도 참사회의 명예 회원인 에레라 신부는 프랑스 국왕에게 외교 문서를 전하러 가는 페르난도 7세의 밀사인데, 그 문서에는 아마도 이렇게 쓰여 있을 것이오. '국왕께서 이 몸을 구해 주신 후에는 비밀이 지켜질 수 있도록, 지금 제가 총애하는 대신들과 이 문서를 가져간 밀사까지 모두 처형해 주십시오.'라고 말이오.[73] 물에 빠지려는 당신을 건져내 생명을 돌려주었으니, 피조물이 창조자에게 속하듯, 요정 이야기에서 악마가 정령에 속하듯, 오스만튀르크 궁정의 신하가 술탄에게 속하듯, 육체가 정신에 속하듯, 당신은 내게 속하게 되는 겁니다! 권력을 향한 길에서 나의 튼튼한 팔로 당신을 지켜주겠소. 쾌락과 명예와 끊임없는 축제의 삶을 약속하지요. 돈은 절대 부족하지 않을 거요……. 당신이 빛을 발하면서 으스대는 동안 나는 진흙 속에 허리를 굽혀 기반을 닦고 당신의 성공을 위해 찬란한 건축물을 확보할 것이오. 나는 말이오, 권력을 위한 권력을 좋아한다오! 내게는 금지된 쾌락을 당신이 누린다면 나는 행복할 거요. 요컨대, 나는 당신이 되는 거지요! 그리고 혹여나…… 인

---

73) 에스파냐 국왕 페르난도 7세(Ferdinand VII, 1784~1833)는 1808년 3월 아란후에스 폭동으로 부왕인 카를로스 4세를 몰아내고 왕위를 차지했으나, 나폴레옹의 간섭으로 왕권이 정지되었다. 나폴레옹은 형 조제프 보나파르트를 에스파냐 국왕으로 임명했으며, 이에 반발한 에스파냐 국민은 독립전쟁을 벌였다. 6년간 이어진 에스파냐 독립전쟁이 끝난 후, 1814년 페르난도 7세는 고국으로 돌아와 왕위를 회복했다. 그는 국민의 요구에 따라 입헌군주제를 승인하는 척했으나, 곧 1812년 카디스 헌법을 폐기하고 절대주의적 반동 정치를 실시했다. 이러한 억압 정책은 자유주의자들의 저항을 불러일으켰고, 끊임없는 소요와 반란으로 이어졌다. 이에 루이 18세는 왕정 수호라는 명분으로 1823년 에스파냐에 원정군을 투입, 페르난도 7세가 왕권을 되찾고 절대군주제를 공고히 하는 데 기여했다. 소설의 시간 배경이 1822년이므로, 에레라가 자신을 페르난도 7세의 밀사로 소개하는 것이 상당히 그럴듯해 보이는 것이다.

간과 악마, 어린아이와 외교관 사이의 이 계약이 당신 마음에
들지 않게 된다면, 언제라도 방금 전 당신이 말한 그 장소를
찾아가 물에 빠져 죽으면 되지 않겠소. 불행하고 불명예스러
운 현재의 당신보다 조금 낫거나 혹은 조금 못하거나 할 뿐일
테니까요……."

"그 말씀은 그라나다 대주교의 설교가 아닌걸요!"[74] 마차가
어떤 역참에 도착하는 것을 보면서 뤼시앵에 큰 소리로 말했다.

"이 간략한 가르침을 당신이 뭐라고 부를지는 모르겠소. 내
아들! 당신을 양자로 삼고 내 상속인으로 만들 테니 이제부터
아들이라 부르리다. 아무튼 그것은 야망의 규칙이라오. 하느님
의 선택을 받는 자는 소수요. 다른 길은 없어요. 수도원 깊숙
이 들어가거나, (그곳에서도 당신은 이 세상의 축소판을 다시 만나
겠지만!) 아니면 그 규칙을 받아들여야지."

"그런 것은 모르는 편이 낫겠어요." 뤼시앵은 이 무시무시한
사제의 영혼을 탐색하려고 애쓰면서 말했다.

"무슨 소리? 게임의 규칙도 모른 채 게임에 뛰어들어 놓고,
이제 강자가 되어 확실한 추천인과 함께 나서려는 순간, 게임
을 포기하겠다……, 복수하겠다는 욕망도 없이! 당신을 파리
에서 쫓아낸 자들을 정복하고 싶은 생각이 없단 말인가!"

신경을 건드리는 징 같은 청동 악기의 끔찍한 소리를 들었

---

74) 알랭 르네 르사주의 연작소설 『질 블라스(Gil Blas)』(1715~1735)의 한
에피소드를 암시한다. 사회의 떠돌이인 주인공 질 블라스는 어쩌다가 그라
나다 대주교의 비서가 되었는데, 주교는 그에게 자신의 설교 수준이 낮으면
알려달라고 했다. 하지만 블라스가 정작 그렇게 하자 그를 해고한다.

을 때처럼 뤼시앵은 몸을 부르르 떨었다.

"나는 보잘것없는 사제에 불과하지." 에스파냐 태양에 그을려 구릿빛이 된 얼굴로 무서운 표정을 지으면서 그 남자는 이야기를 계속했다. "하지만 당신이 말했던 건달들이 당신에게 그랬듯이, 누군가가 나를 모욕하고 화나게 하고 괴롭히고 배신하고 팔아먹는다면, 나는 사막의 아라비아인이 되겠소! 아무렴…… 복수를 위해 내 몸과 내 영혼을 다 바치겠소. 교수대에 매달리건, 교살 의자에 앉건, 말뚝에 박히건, 당신네 나라에서처럼 단두대에서 처형당하건 상관 안 해. 하지만 발뒤꿈치로 원수들을 짓밟은 후에야 내 목을 내놓을 거요."

뤼시앵은 침묵을 지켰다. 그는 더 이상 신부를 기다리게 하고 싶지 않았다.

"어떤 이들은 아벨의 후손이고, 또 어떤 이들은 카인의 후예요." 참사회원이 말을 마치면서 말했다. "내게는 그 두 피가 섞여 있소. 적들에게 대항할 때는 카인의 후손이고, 친구들에게는 아벨의 후손이지. 그러니 카인을 깨우는 자에게 불행이 있을지어다! 결국 당신은 프랑스인이고 나는 에스파냐인이오. 게다가 참사회원이기까지 하지요!"

'진짜 아라비아인의 기질인데!' 뤼시앵은 신이 보내주신 보호자를 자세히 관찰하며 생각했다.

카를로스 에레라 신부는 예수회원임을 나타내는 아무런 표식도 없었다. 심지어는 신분이 신부인지도 확실해 보이지 않았다. 뚱뚱하고 키가 작았으며, 넓은 손과 넓은 가슴, 헤라클레스 같은 힘, 무섭지만 가식적인 너그러움으로 약간은 부드

럽게 보이는 시선, 마음속에 있는 것은 아무것도 밖으로 드러
내 보이지 않으려는 구릿빛 얼굴 등은 정감보다는 혐오감을
불러일으켰다. 그럼에도 탈레랑 공작의 머리매무새를 따라 한,
분 바른 길고 아름다운 머리칼은 이 이상한 외교 특사에게 주
교의 분위기를 부여했고, 흰색으로 가장자리를 두른 푸른 리
본과 그 위에 매달린 황금 십자가는 그가 고위 성직자임을 나
타냈다. 검은 비단 스타킹은 운동선수처럼 근육질인 다리에
딱 달라붙어 있었다. 세련되고 깔끔한 그의 복장은 일개 사제
에게서는, 특히 에스파냐에서는 볼 수 없는, 용모에 세심한 주
의를 기울인 티가 역력했다. 에스파냐 문장으로 장식된 마차
앞자리에는 삼각모가 놓여 있었다. 혐오감을 주는 많은 이유
에도 불구하고, 거칠면서도 아첨하는 듯한 그의 태도는 그의
외모에서 느껴지는 반감을 완화시켰다. 게다가 사제는 뤼시앵
에게 교태를 부렸고, 다정했고, 고양이처럼 아양을 떨었다. 뤼
시앵은 걱정스러운 표정으로 아주 사소한 것까지 면밀히 관
찰했다. 그 순간 그는 죽느냐 사느냐를 결정해야 할 때가 되었
음을 느꼈다. 뤼페크를 지나 두 번째 역참에 도착했기 때문이
다. 에스파냐 사제의 마지막 말은 그의 마음속에 있는 수많은
현(絃)을 뒤흔들었다. 그것은 뤼시앵에게도, 날카로운 시선으
로 시인의 잘생긴 얼굴을 찬찬히 관찰하는 신부에게도 수치스
러운 일이지만, 타락한 감정의 기습을 받을 때면 공명하는 가
장 위험한 줄들이었다. 뤼시앵은 다시 파리를 보았고, 능숙하
지 못한 손이 놔버렸던 지배의 고삐를 다시 잡았다. 그는 복수
하고 있었다! 그가 체험했던 파리 생활, 자살 충동의 제1원인

이었던 파리 생활과 지방 생활의 비교는 이제 끝났다. 앞으로
는 크롬웰의 악랄함도 마다하지 않을,[75] 속을 알 수 없는 어
떤 책략가의 보호를 받으며 예전에 속했던 그 세계로 되돌아
갈 것이다.

　그는 생각했다. '전에는 혼자였다. 이제는 둘이 될 것이다.'
뤼시앵의 과거 행적에서 오류를 발견하면 할수록 성직자는
더 많은 관심을 보였다. 성직자의 자비심은 뤼시앵의 불행에
비례해 증가했고, 그 무엇에 대해서도 놀라지 않았다. 그럼에
도 뤼시앵은 국왕들 사이의 음모를 전달하는 사람이 왜 자기
를 도와주려 하는지 궁금했다. 그는 우선 '에스파냐 사람들은
관대하다.'라는 아주 평범한 이유를 생각했다. 질투심 강한 이
탈리아인이 독살에 능하듯이, 프랑스인이 경솔하듯이, 독일인
이 솔직하듯이, 유대인이 비열하듯이, 영국인이 고고하듯이,
에스파냐인은 관대하지 않나. 이 주장을 뒤집어 본다면? 그
러면 여러분은 진실에 닿을 것이다. 유대인들은 금을 독점하
고, 『악마 로베르』를 쓰고, 『페드르』를 공연하며, 『빌헬름 텔』
을 노래하고, 그림을 주문하고 궁전을 짓고, 『여행 그림』을 비

---

75) 17세기 영국내전(일명 청교도혁명)기에 활약한 공화파 정치가 올리버
크롬웰(Oliver Cromwell, 1599~1658)은 1649년 국왕 찰스 1세의 처형을
주도하고 귀족원을 폐지해 잉글랜드 공화국을 수립했다. 국무회의 의장이
된 그는 아일랜드와 스코틀랜드의 왕당파까지 토벌하고 연방을 설립, '보
호자인 군주'를 자처하며 호국경(護國經) 자리에 올랐다. 의회를 해산하고
강력한 군국 통치를 이어간 후, 아들 리처드에게 호국경 자리를 물려주고
1658년 임종했다. 하지만 군을 장악하지 못한 리처드 크롬웰은 8개월 만에
쫓겨났고, 1660년 찰스 2세의 왕정이 복구되자 유럽으로 망명했다.

롯해 경탄할 만한 많은 시를 쓴다.[76] 그들은 모든 시대를 통틀어 가장 강력해졌고, 그들의 종교는 승인되었으며, 심지어 교황에게도 신용대출을 해준다……! 독일에서는 아주 사소한 일에도 외국인에게는 "계약서를 가지고 계십니까?"라고 물을 정도로 쓸데없는 트집을 잡는다. 프랑스에서는 50년 전부터 무대에 올려진 국가주의를 칭송하는 어리석은 작품들에 박수를 보내고, 도무지 이해할 수 없는 괴상한 모자를 계속 쓰고 다니며, 내각은 바뀌지만 변하는 것은 아무것도 없다! 영국은 공공연히 비열한 짓을 해댄다. 그 가증스러움은 오직 그 나라의 탐욕에만 비견될 수 있다. 에스파냐는 동인도제도와 서인도제도에서 황금을 쓸어 담아 왔지만, 이제는 남은 것이 하나도 없다. 이탈리아만큼 독살이 빈번한 나라도 없지만, 그만큼 풍속이 관대하고 예절 바른 나라도 없다. 에스파냐 사람들은 무어인의 명성을 간직하고 살아왔다.

에스파냐 신부는 다시 마차에 오르면서 마부의 귀에 대고 말했다. "전속력으로 달리게. 팁으로 3프랑 주겠네." 뤼시앵이 마차에 따라 타기를 망설이자, 신부는 "어서 갑시다."라고 말했다. 뤼시앵은 반박하는 논거들로 그를 몰아세우겠다는 핑계를

---

76) 『악마 로베르』(1831)의 저자는 독일의 유대계 작곡가 자코모 마이어베이(Giacomo Meyerbeer, 1791~1864)다. 장 라신이 『페드르』를 공연한 유대인으로는, 1843년 테아트르 프랑세 무대에서 페드르 역을 맡았던 배우 라셸(Rachel, 1821~1858)이 유명하다. 『여행 그림』(1826~1830)은 독일의 유대계 작가 하인리히 하이네(Heinrich Heine, 1797~1856)의 풍자 기행문이다. 반면, 그 당시 『빌헬름 텔』을 노래한 유대인 가수는 없다.[편]

생각해 내고는 마차에 올랐다.

"신부님께서는 보통 사람이라면 지극히 부도덕하다고 비난할 이론을 무척이나 냉정하고 침착하게 전개하셨으니……."

"실제로 부도덕하니까요. 그래서 예수 그리스도는 자신의 가르침으로 사람들이 도덕적 충격을 받기 바랐지요. 그리고 세상 사람들은 그 도덕적 충격을 그토록 혐오했던 것이고."

"신부님 같은 분은 제가 지금 여쭈어볼 질문에 대해서도 놀라지 않겠군요!"

"말해 봐요! 내 아들……!" 카를로스 에레라가 말했다. "당신은 나를 모릅니다. 내게서 배울 것이 아무것도 없을 만큼 확고한 신념을 가진 사람인지 아닌지도 모른 채, 내가 누군가를 비서로 채용할 것 같소? 난 당신에게 만족해요. 당신은 스무 살에 자살하려는 남자의 순진함을 여전히 가지고 있어요. 당신 질문은 무엇인가요?"

"왜 제게 관심을 가지시나요? 제가 복종함으로써 어떤 대가를 원하시나요……? 왜 제게 모든 것을 주시려는 거죠? 신부님은 무엇을 얻게 되죠?"

에스파냐 남자는 뤼시앵을 바라보면서 미소 지었다.

"언덕 밑에 이를 때까지 기다립시다. 거기서 걸어 올라갈 때 시원한 바람을 맞으며 이야기합시다. 마차 안에서는 보안 유지가 안 되니까요."

한참 동안 두 사람 사이에 침묵이 흘렀다. 질주하는 마차의 속력은 뤼시앵을 취기처럼 몽롱한 상태에 잠겨들게 했다.

"신부님, 언덕에 도착했어요." 마치 꿈에서 깨어난 듯 뤼시앵이 말했다.

신부가 마부에게 멈추라고 외치고는 말했다. "자, 이제 좀 걸읍시다."

두 사람은 길 위로 뛰어내렸다.

"얘야!" 에스파냐인이 뤼시앵의 팔을 잡으며 말했다. "오트웨이의 『수호된 베니스』에 대해 생각해 본 적 있느냐?[77] 피에르와 자피어를 이어주는, 남자 대 남자의 진한 우정을 이해해? 그런 우정은 여자를 하찮은 존재로 만들고, 그들 사이의 모든 사회적 관계도 바꿔놓지……. 어때, 시인에게 어울리는 이야기잖아?"

'참사회원이 희곡도 아네.' 뤼시앵은 생각했다. "볼테르를 읽으셨나요?"

"그 이상이지. 난 그의 사상을 실천하고 있는걸."

"신을 안 믿으시나요……?"

---

77) 영국 극작가 토머스 오트웨이(Thomas Otway, 1652~1685)가 1682년에 발표한 비극 『수호된 베니스(Venice Preserv'd)』는 셰익스피어 다음으로 가장 많은 공연 횟수를 자랑하는 성공작이다. 극 중 주인공 자피어는 가난한 베네치아 귀족이고, 피에르는 베네치아에 용병으로 온 외국 군인으로, 둘은 돈독한 우정을 나누는 사이다. 자피어는 원로원 의원의 딸과 비밀 결혼했는데, 이를 안 그녀의 아버지는 딸과 의절한다. 한편, 또다른 베네치아 원로원 의원에게 연인을 빼앗긴 피에르는 복수심에 불타 베네치아 원로원에 맞서는 반란 모의에 가담한다. 불가피하게 피에르의 일에 엮여 들게 된 자피어는 아내의 설득에 따라, 원로원에 반란 모의를 보고하는 대신 피에르의 사면을 요청한다. 그러나 피에르는 비굴한 사면을 거부하고 죽음을 택한다. 친구를 배신한 것에 자책하던 자피어는 교수형이 집형되려는 순간 자신이 직접 피에르를 칼로 찔러 죽이고 자살한다.

"저런! 내가 무신론자가 되었군!" 신부가 웃으면서 말했다. "그럼 친구야, 이제 현실적인 문제로 들어가 볼까." 그는 뤼시앵의 허리를 감싸안으며 말했다. "나는 마흔여섯 살이고, 대귀족의 사생아라네. 그러니까 내게 가족은 없지만, 마음은 너그럽지……. 하지만 이건 알아둬. 인간은 고독을 두려워한다는 사실을. 아직은 말랑말랑한 네 머릿속에 잘 새겨두란 말이야. 모든 고독 중에 가장 무서운 건 정신적 고독이거든. 초기 기독교 수도승들은 신과 함께 살았지. 그들은 사람들이 가장 많이 사는 세상, 즉 영적 세계에 살았어. 수전노들은 환상과 쾌락의 세계에 살아. 그들은 모든 것을, 심지어 본인의 성기마저도 머릿속에 가지고 있지. 나환자든 도형수든 파렴치한이든 병자든, 인간은 제일 먼저 운명의 공모자를 만들 생각을 한다네. 생명과도 같은 그런 감정을 충족시키기 위해 인간은 모든 힘과 능력과 삶의 열정을 쏟아붓거든. 이러한 지극한 욕망이 없다면 사탄이 친구들을 찾을 수 있었겠는가? 바로 여기서 『실락원』의 서문이 될 만한 시 한 편이 쓰이는 거지. 물론 그것은 반역에 대한 변론에 불과하지만 말이야."

"그것은 타락에 관한 서사시, 즉 타락의 『일리아스』가 되겠군요." 뤼시앵이 말했다.

"그런데 말일세, 나는 혼자고, 혼자 살아. 신부복을 입고 있지만, 신부의 마음을 가지고 있진 않아. 헌신하는 걸 좋아하지. 그게 나의 결점이야. 나는 헌신하며 살고 있고, 그게 내가 신부가 된 이유지. 배은망덕은 두렵지 않지만, 감사할 줄은 알지. 내게 교회는 아무것도 아닐세. 그저 하나의 관념에 불과하니까. 에스파냐 국왕에 충성하지만, 에스파냐 국왕을 사랑할 순 없지 않나. 그는 나의 보호자일 뿐, 나에 대해 초연한 태도를 취하지. 나는 나의 피조물을 사랑하고 싶어. 어버이가 자식을 사랑하듯 사랑하기 위해, 가르치고 내 방식대로 빚어내고 싶어. 네 마부가 되어 마차를 몰면서, 여자들 사이에서 성공을 거두는 널 보며 기뻐할 거야. 나는 말할 거야. '저 미남 청년이 바로 나다! 바로 내가 저 뤼방프레 후작을 창조해 귀족들의 세상에 내놓았다. 그의 위대함은 내 작품이다. 그는 내 명에 따라 침묵하고 말한다. 그는 모든 것을 나하고 의논한다. 마리 앙투아네트에게는 베르몽 수사가[78] 그런 존재였지.'"

"그는 왕비를 단두대로 보냈어요!"

"그는 왕비를 사랑하지 않았어⋯⋯!" 신부가 대답했다. "그는 자기 자신만 사랑했던 거야."

"저는 이제 제 마음속의 비탄과 고뇌를 잊어야 하나요?" 뤼시앵이 물었다.

"내게는 보물이 있으니, 네가 그걸 꺼내 써."

"이 순간 세샤르를 구할 수만 있다면 무엇이든 하겠어요." 이제 자살할 마음이 싹 사라진 목소리로 뤼시앵이 말했다

---

78) 마티외 자크 드 베르몽(Mathieu-Jacques de Vermond, 1735~1806)은 루이 16세가 결혼 전 오스트리아의 마리 앙투아네트에게 프랑스어를 가르치도록 보내준 가정교사다. 오스트리아 파견 당시 그는 마자랭 도서관 사서였는데, 이후에는 왕비가 의지하며 속내를 털어놓는 최측근이 되었고, 두 곳의 수도원장을 지냈다. 대혁명 초기에 베르몽이 왕비에게 정확한 상황을 알려주지 않아 그녀가 올바르게 행동할 수 없었다는 비판이 있다.

“한마디만 하면 돼. 그러면 내일 아침 그의 석방에 필요한 돈을 받게 될 테니.”

“정말요! 제게 1만 2000프랑을 주신다고요……!”

“아유, 아직 한참 어리구나! 넌 우리 마차가 시속 16킬로미터로 달린다는 걸 모르니? 우린 푸아티에에서 저녁을 먹을 거야. 그곳에서 네가 우리 계약서에 서명하고, 내게 복종의 증거를 하나만 보여줘. 그 증거는 매우 중요해. 난 그걸 원해. 네가 그렇게 한다면, 보르도 역마차가 네 누이에게 1만 5000프랑을 가져다줄 거야……”

“그 돈이 어디 있는데요?”

에스파냐 신부는 아무 대답도 하지 않았다. 그래서 뤼시앵은 생각했다. ‘딱 걸렸어. 나를 농락한 거야.’ 잠시 후 에스파냐인과 시인은 말없이 마차에 올랐다. 신부는 여전히 입을 다문 채 마차에 달린 포켓에 손을 넣어, 여행자들에게 잘 알려진, 세 칸으로 나뉜 사냥용 가죽 주머니를 꺼냈다. 그러고는 거기에서 포르투갈 금화 100개를 집어 보였다. 세 번이나 그의 커다란 손을 집어넣었는데 매번 손안 가득 금화를 퍼 올렸다.

“신부님, 이제 저는 신부님 사람입니다.” 황금의 물결에 현혹된 뤼시앵이 말했다.

“어린애 같으니!” 신부는 뤼시앵의 이마에 다정하게 키스하면서 말했다. “이건 가방 안에 있는 황금의 3분의 1밖에 안 돼. 가방에는 여행 경비를 제외하고도 3만 프랑이 들어 있거든.”

“그런데 혼자 여행하세요?” 뤼시앵이 큰 소리로 말했다.

“그게 뭐 어때서! 파리에서 찾을 어음도 10만 에퀴 이상이야. 돈 없는 외교관이란 조금 전의 너, 의지력 없는 시인과 다를 바 없지.”

뤼시앵이 자칭 에스파냐 외교관이라는 남자와 마차에 오르던 바로 그 시각, 에브는 아들에게 우유를 먹이려고 일어났다가 숙명적인 편지를 발견했다. 편지를 읽는 동안 식은땀이 흐르면서 아침잠으로 축축해진 몸은 얼어붙었고 현기증이 일었다. 그녀는 마리옹과 콜브를 불렀다.

“오빠가 나갔나요?”라는 그녀의 물음에 콜브가 “네, 마님, 통트기도 천에요!”라고 대답했다.

“내가 털어놓는 비밀을 지켜줘요.” 에브는 두 하인에게 말했다. “오빠가 자살하려고 나간 것 같아요. 어서 밖으로 나가 이목을 끌지 말고 상황을 알아봐요. 강물에 뭐가 떠내려가는지도 살펴보고요.”

에브는 보기에도 끔찍할 정도로 아연실색한 표정으로 혼자 남아 있었다. 오전 7시경, 이렇게 혼비백산이 되어 있을 때, 프티 클로가 사업을 논의하기 위해 찾아왔다. 그런 순간에는 누구의 말이라도 귀를 기울이게 된다.

“부인,” 소송대리인이 말했다. “우리의 가엾은 세샤르는 지금 감옥에 있습니다. 결국 사건 초기에 제가 예측했던 상황에 이르고 말았습니다. 당시 저는 그 발명을 활용하기 위해 경쟁자인 쿠앵테 형제와 협력하라고 충고했었지요. 부인의 남편 손에서는 그저 구상 단계에 머물 뿐이지만, 쿠앵테 형제는 실현할 수단을 가지고 있거든요. 그래서 어제저녁 다비드의 구속 사실이 알려지자마자, 제가 어떻게 했겠습니까? 쿠앵테 형제로부터 부인 가족이 수용할 만한 양보를 얻어내기 위해 그들을 찾아갔습니다. 발명의 비밀을 지키려 한다면 부인 가족의 삶은 지금과 달라지지 않을 겁니다. 계속 패하기만 하는 소송에 시달리게 되겠지요. 그러다 점점 지치고 약해져서 결국은 손해를 보면서 돈 있는 사람과 계약을 체결하고 말 겁니다. 그래서 저는 당장 오늘이라도 부인의 가족에게 이익이 되도록 쿠앵테 형제와 계약하시기를 권하는 겁니다. 그렇게 되면 궁핍을 면할 것이고, 자본가들의 탐욕이나 사회의 무관심과 싸워야 하는 발명가의 고통도 줄일 수 있습니다. 보세요! 쿠앵테 형제가 부인 가족의 빚을 갚아준다면……, 빚을 다 갚아줄 뿐만 아니라 발명의 성과나 장래성, 가능성과 별개로 일정 금액을 지급하고, 나아가 그 활용의 수익 배분에 있어서도 어느 정도 지분을 보장해 준다면, 부인 가족은 행복해지지 않겠습니까? 부인, 부인께서는 인쇄소 장비들의 소유자가 되실 테니, 아마도 그걸 파시겠지요. 2만 프랑은 너끈히 받을 겁니다. 그 가격에 살 매수자를 제가 책임지고 찾아드리겠습니다. 쿠앵테 형제와의 동업 계약으로 1만 5000프랑까지 받으시면, 재산이 3만 5000프랑이에요. 현재의 국채 수익률로 계산하면 연 수입 2000프랑이 가능하지요……. 1년에 2000프랑이면 지방에서 그럭저럭 잘 살 수 있습니다. 부인, 아직은 쿠앵테 형제와의 동업 가능성이 있다는 사실에 주목해 주십시오. 제가 가능성이라고 말한 이유는, 실패도 가정해야 하기 때문입니다. 자! 제가 얻어내 드릴 조건은 다음과 같습니다. 우선 다비드의 완전한 석방이고, 그다음에는 그의 연구에 대한 보상금 명목으로 1만 5000프랑을 받는 것입니다. 이 돈은 발명품이 이익을 가져다주지 않을지라도, 어떤 명목으로든 반환을 요구할 수 없습니다. 마지막으로, 앞으로 취득할 발명 특허를 활용하기 위해 다비드와 쿠앵테 형제의 합작회사를 설립하는 겁니다. 쿠앵테 형제가 모든 비용을 부담한다는 전제로, 공동으로 제조 비법에 대한 실험을 끝낸 뒤에요. 다비드의 출자금은 발명 특허 제공으로 대체될 것이고, 그는 수익의 4분의 1을 받는 겁니다. 부인은 판단력이 뛰어나고 매우 합리적이십니다. 부인처럼 아름다운 분들에겐 드문 일이죠. 제가 말씀드린 제안을 심사숙고해 보시면 꽤나 괜찮은 조건이라는 판단이 드실 겁니다."

"아! 선생님," 가엾은 에브는 절망에 빠져 눈물을 흘리면서 말했다. "어제저녁에는 왜 이런 타협안을 제시하러 오지 않으셨나요? 불명예를 피할 수 있었을 테고, 그리고 더 나쁜 일도……."

"쿠앵테 형제와의 논의가 자정에야 끝났습니다. 부인도 예상하셨겠지만, 그들이 메티비에의 배후거든요. 그런데 가엾은 다비드의 구속보다 더 나쁜 일이라니, 어제저녁 이후 무슨 일이 있었습니까?" 프티 클로가 물었다.

"이것이 아침에 일어났을 때 발견한 끔찍한 소식입니다." 에브는 뤼시앵의 편지를 프티 클로에게 내밀면서 말했다. "선생님께서는 우리를 위해 힘써 주고 계시고, 또 다비드와 뤼시앵의 친구이시니 비밀을 지켜달라고 부탁할 필요는 없겠지요……."

"아무 걱정 마십시오." 편지를 읽은 프티 클로가 에브에게 돌려주며 말했다. "뤼시앵은 자살하지 않을 겁니다. 매제 체포의 원인이 되었으니, 그에게는 가족을 떠날 명분이 필요했던 겁니다. 이 편지는 그저 극장 용어로 '길게 독백하며 무대 뒤로 퇴장' 같은 겁니다."

쿠앵테 형제는 목표를 달성했다. 발명가와 그의 가족을 크게 괴롭힌 후, 고통으로 지친 그들이 휴식을 바라는 순간을 잘 포착했던 것이다. 비밀을 탐색하는 사람이라고 해서 누구나 다 불도그처럼 죽도록 물고 늘어지지는 않는다. 쿠앵테 형제는 오랫동안 희생자들의 특성을 면밀히 연구했다. 키다리 쿠앵테에게 다비드 체포는 이 드라마의 1막 끝 장면이었다. 그리고 프티 클로의 제안으로 방금 전 2막이 시작되었다. 소송대리인은 수완가답게 뤼시앵의 경솔한 행동에서 판세를 결정지을 뜻밖의 기회를 포착했다. 그 사건으로 에브의 정신이 완전히 나간 것을 보고, 이 상황을 이용해 다비드 부부의 신뢰를 얻기로 작정했다. 남편에 대한 아내의 영향력을 꿰뚫어 본 그는 세샤르 부인이 자포자기하지 않도록 안심시킬 묘수를 생각해 냈다. 그는 넋 나간 여인에게 남편을 면회시켜 주겠다고 노련하게 말했다. 그녀가 쿠앵테 형제와 협력하도록 다비드를 설득하리라 내다봤던 것이다.

"부인, 다비드는 자기가 큰돈을 벌고자 하는 것이 오직 부인과 부인의 오빠를 위해서라고 말했습니다. 하지만 뤼시앵을 부자로 만들려는 것은 미친 짓임을 부인도 이제 아셨을 겁니다. 그 친구는 세 사람의 재산을 다 거덜 낼 겁니다."

에브의 태도는 오빠에 대한 마지막 환상마저 사라져버렸음을 보여주고 있었다. 소송대리인은 고객의 침묵이 일종의 동의로 바뀌도록 잠시 뜸을 들인 후 말을 이었다.

"그러니까 이 문제에 있어 부인은 이제 두 분과 아이만 생각하세요. 세샤르 영감님의 상속재산은 고려하지 말고, 2000프랑의 연금 소득으로 충분히 행복할 수 있을지 고민할 사람은 부인뿐입니다. 시아버님께서는 자본금에서 나오는 이자 말고도, 포도밭에서 연 7000~8000프랑의 수익을 낸 지 한참 됐습니다. 그러니까 결국 부인에게는 찬란한 미래가 기다리고 있습니다. 그런데 왜 고생하시나요?"

소송대리인은 전날 쿠앵테 형제와 함께 능란한 솜씨로 준비한 이런 전망을 깊이 생각해 보라는 말을 남기고 에브와 헤어졌다.

소송대리인이 다비드의 체포 소식을 알리러 갔을 때 앙굴렘의 살쾡이는 이런 말을 했더랬다. "저들이 얼마쯤 돈이 들어올 가능성을 기대하도록 유인해요. 돈 만지는 생각을 하다 보면 저들은 결국 우리 뜻대로 될 거고, 우리는 흥정을 걸어 그 비법에 대해 우리가 쳐주고 싶은 값에 야금야금 이르는 거지요."

이것이 말하자면 이 금융 드라마 2막의 요지였다.

오빠의 운명에 대한 두려움으로 가슴이 찢어지면서도 옷을 갈아입고 감옥으로 가기 위해 아래층으로 내려갔을 때, 에브는 혼자서 앙굴렘 거리를 지나가야 한다는 생각에 갑자기 불안해졌다. 프티 클로는 고객의 심정을 헤아려서가 아니라, 지극히 마키아벨리적인 계산에 따라 다시 돌아와 그녀의 팔을 잡아주었다. 그러한 배려는 에브로부터 칭찬받을 만했다. 그녀는 그의 세심함에 무척이나 감동했다. 프티 클로는 에브의 오해를 바로잡지 않은 채 그녀가 고마워하도록 내버려두었다. 그토록 딱딱하고 사무적이던 사람이 보여준 이 작은 배려로 인해 세샤르 부인이 이제껏 프티 클로에 대해 가져왔던 생각이 완전히 바뀌었다.

"가장 먼 길로 모시겠습니다. 그 길에서는 아무도 마주치지 않을 겁니다."

"선생님, 난생처음 얼굴을 들고 거리를 다닐 수가 없네요! 가혹하게도 어제 사람들이 그걸 확실히 알려주었어요……."

"이번이 처음이자 마지막일 겁니다."

"아! 더 이상 이 도시에서 살지 않겠어요……."

"남편께서 쿠앵테 형제와 제가 제시한 제안을 수락하시면, 그 사실을 즉시 제게 전달해 주십시오." 감옥 입구에 도착하자 프티 클로가 에브에게 말했다. "그러면 제가 다비드의 석방을 허락하는 카상의 동의서를 가지고 금방 오겠습니다. 다비드가 다시 투옥되는 일은 없을 겁니다."

간수 앞에서 하는 이런 말은 소위 이탈리아 사람들이 우연을 가장한 교묘한 술책이라고 부르는 것이다. 그들에게 이 말은 정당함과 약간의 비열함이 뒤섞여 뭐라 정의하기 힘든 행동, 시기적절하게 허용된 속임수, 거의 합법적으로 잘 짜인 사기를 의미한다. 그들에 따르면, 성바르톨로메오 축일의 학살은 정치적 술책이다.[79]

---

79) 샤를 9세의 섭정 모후 카트린 드 메디치는 3차에 걸친 종교 내전으로

앞서 그 이유를 설명했듯이, 부채에 따른 신병 구속은 지방에서 무척이나 드문 사법 행위여서, 대부분의 프랑스 도시에는 구치소도 없었다. 따라서 채무자는 감옥에 수감되는데, 그곳에는 용의자, 피의자, 피고인, 그리고 유죄 선고를 받은 죄수가(흔히 범죄자로 통칭되지만 이들은 법적으로 구분되기에 그 명칭 또한 다 다르다.) 모두 함께 갇혀 있었다. 그리하여 다비드는 앙굴렘 교도소의 지붕이 낮은 방 중 하나에 임시 구금되었다. 아마도 어떤 기결수가 형기를 마치고 방금 그 방을 나갔을 것이다. 법에 따라 한 달 동안 죄수의 식비로 할당된 액수와 함께 그의 이름이 죄수 명부에 기입된 후, 다비드는 어떤 뚱뚱한 사내 앞에 섰다. 죄수들에게는 국왕보다 더 큰 권력을 행사하는 사람, 바로 간수였다! 지방에서는 몸이 마른 간수를 찾아볼 수 없다. 우선 그 자리는 거의 한직이다. 게다가 간수는 건물 임대료를 낼 필요 없는 여관 주인과 같아서, 그가 관리하는 죄수들은 형편없이 먹이면서도 자기는 아주 잘 먹는다. 또

아들의 왕권이 심각하게 위협받자 휴전을 선포하고, 가톨릭과 위그노 간 평화조약을 체결한다. 그리고 이를 기념해 자신의 딸 마르그리트 공주와 개신교도인 나바라 왕 헨리케 3세(부르봉 왕가 출신으로서, 훗날 프랑스 왕 앙리 4세)의 결혼을 추진한다. 1572년 8월 18일 파리에서 거행된 이 결혼식을 축하하기 위해 각지의 위그노 지도자들이 대거 파리로 들어온다. 그리고 이들이 여전히 파리에 머물러 있던 1572년 8월 24일 새벽, 가톨릭 수장인 기즈 공의 지휘 아래 위그노 대학살이 시작된다.(4차 종교 내전) 이때 샤를 9세의 측근이었던 콜리니 제독을 위시한 위그노들 다수가 암살되었고, 나바라 왕 헨리케 3세는 가까스로 몸을 피했다. 위그노 학살은 전국으로 확대돼 약 2개월간 이어졌다. 샤를 9세는 이 사건으로 큰 충격을 받아 급격히 쇠약해졌고, 1574년 5차 종교 내전이 시작되자 24세의 나이로 사망했다.

그는 여관 주인처럼 죄수들의 재력에 따라 방을 배정한다. 그 간수는 특히 아버지 세샤르 때문에 다비드의 이름을 들어 알고 있었다. 그래서 다비드에게는 한 푼도 없었음에도 그를 신뢰했기에 하룻밤은 좋은 곳에서 재워줄 생각을 했다. 앙굴렘 교도소는 중세 시대에 지어진 것이었는데, 성당만큼이나 그때와 달라진 것이 별로 없었다. 아직도 '사법의 집'으로[80] 불리는 그 건물은 옛 상급재판소를 등지고 있었다. 입구는 고전적이었다. 장식 징이 박힌 출입문의 외관은 튼튼해 보였지만 낡고 더러웠으며, 문의 정면에는 간수가 문을 열기 전에 누가 왔는지 확인하기 위해 내다보는 구멍이 나 있어 외눈박이 거인 키클롭스를 연상케 했다. 1층 정면에서부터 복도의 한쪽 벽을 따라 감방이 늘어서 있는데, 각 방에는 차양 달린 높은 창문이 있어 그곳으로 안마당의 햇살이 실내로 비쳐 들었다. 복도 끝은 안마당을 향해 난 철문으로 막혔고, 다른 쪽 끝은 궁륭 천장이 1층을 둘로 구분 지었다. 간수는 이쪽에 위치한 별도의 숙소를 차지했고, 다비드에게는 자기 방 맞은편, 궁륭 천장 바로 옆 감방을 배정해 주었다. 간수는 다비드의 특별한 지위로 보아 자기의 말동무가 될 만한 인물을 가까이 두고 싶었던 것이다.

"이것이 여기서 제일 좋은 방이오." 다비드가 감방을 보고 아연실색하자 간수가 말했다.

---

80) 구체제 하에서 감옥, 구치소, 법원 등 사법권이 행사되는 기관들은 모두 한곳에 모여 있었는데, '사법의 집(La Maison de Justice)'은 이런 법조 단지를 가리키는 말이다.

각석(角石)으로 된 감방 벽은 습기로 축축했다. 쇠창살이 쳐진 창문이 벽 위쪽 높은 곳에 있었고, 돌바닥은 냉기가 돌았다. 복도를 돌아다니며 보초를 서는 경비병의 규칙적인 발소리가 들렸다. 파도처럼 단조롭게 되풀이되는 그 소리는 투옥된 이에게 "너는 감시당하고 있다! 너는 자유롭지 않다!"라는 생각을 끊임없이 주입한다. 이러한 세부 사항 하나하나와 전체적인 분위기가 정직한 사람들의 정신에 엄청난 영향을 미친다. 혐오스러울 정도로 형편없는 침대가 다비드의 눈에 들어왔다. 하지만 통상 감옥에 갇힌 첫날에는 다들 너무 흥분해서 아무것도 느끼지 못하다가 이튿날이 되어서야 침대가 딱딱한 것을 알아차린다. 간수는 친절했다. 수감자에게 밤이 될 때까지 안마당을 산책할 것을 권하기도 했다. 다비드의 고통은 잠자리에 드는 순간에 비로소 시작되었다. 죄수들에게 등불을 주는 것은 금지되어 있었다. 빚 때문에 수감된 사람이라도, 유죄 선고를 받은 죄수에게만 적용되는 그 규칙으로부터 자유로우려면 검사장의 허가가 필요했다. 간수는 다비드가 자기 숙소에도 들어오게 해주었지만, 결국 잠잘 시간이 되면 그를 다시 가두어야 했다. 가엾은 에브의 남편은 교도소가 주는 공포와 그를 분노케 한 거친 관습을 알게 되었다. 하지만 그는 고독 속에 잠겨들었고, 시인이라면 완전히 깨어 있는 상태에서도 가능한 몽상으로 탈주했다. 사상가들에게는 다분히 익숙한 반응이리라. 이 불행한 남자는 마침내 사업에 대해 깊이 생각하기에 이르렀다. 교도소에 갇히면 사람들은 양심을 돌아보게 된다. 다비드는 자문했다. 자신은 가장의 의무를 다했던가? 아내의 고통은 얼마나 컸겠는가? 마리옹이 말했던 것처럼, 우선 돈을 충분히 벌고 나서 나중에 여유 있게 발명할 수는 없었을까?

그는 이런 생각도 했다. '이런 물의를 일으켰는데, 어떻게 앙굴렘에서 계속 살 수 있을까? 감옥을 나간 후 우리는 어떻게 될까? 어디로 가야 하나?' 제조 과정에 대해서도 몇 가지 의문점이 떠올랐다. 이런 고뇌는 발명가들만이 이해할 수 있다! 의심에 의심을 거듭하던 다비드는 마침내 자신의 처지를 분명히 깨닫게 되었다. 그래서 혼자서 중얼거렸는데, 그것은 전에 쿠앵테 형제가 세샤르 영감에게 했던 말이고, 조금 전에 프티 클로가 에브에게 했던 말이다. '모든 게 다 잘되었다고 치자. 그다음에는 그걸 어떻게 적용하지? 발명 특허가 필요한데, 그러려면 돈이 있어야 한다……! 대규모로 실험할 수 있는 공장도 필요하다. 하지만 그것은 내 발명을 넘겨주는 것이다. 아! 프티 클로의 말이 맞았어!' (가장 어두운 공간인 교도소가 순간적으로 무척 강렬한 빛을 발산하기도 한다.) 다비드는 형편없는 매트리스에 거친 갈색 시트를 깐 간이침대에 누워 잠을 청하며 생각했다. '아무튼! 내일 아침이면 프티 클로를 만나겠지.'

그러니까 다비드는 아내가 적들의 부탁을 받고 가져온 제안을 받아들일 준비가 이미 되어 있었다. 남편에게 키스한 후 아내는 침대 끝에 걸터앉았다. 방에는 끔찍하게 더러운 나무 의자 하나밖에 없었기 때문이다. 그녀의 시선이 구석에 놓인 나무통을 거쳐, 앞선 수감자들이 이름이며 격언 따위를 끼적거려 놓은 벽을 따라 훑었다. 이미 벌게져 있던 그녀의 눈에서 다시 눈물이 흘렀다. 그토록 많은 눈물을 흘렸건만, 범죄자의 처지에 있는 남편을 보자 눈물을 참을 수 없었던 것이다.

"결국 명예욕 때문에 이렇게 되었어……!" 그녀가 외쳤다. "오! 여보, 이 길을 포기해. 이미 다져진 길을 따라가. 빨리 부자가 되려 하지 말자. 행복하기 위해서는 많은 것이 필요치 않아. 특히 이토록 큰 고통을 겪은 후에는! 그리고 당신이 안다면…… 이 수치스러운 구금은 아무것도 아니야! 이걸 좀 봐."

에브는 다비드에게 뤼시앵의 편지를 건넸고 다비드는 단숨에 그걸 읽었다. 그녀는 남편을 안심시키려고, 프티 클로가 뤼시앵에 대해 했던 섬뜩한 말을 언급했다.

"뤼시앵이 자살했다면, 지금 이미 끝났을 거야. 만일 아직 그런 일이 일어나지 않았다면 그는 앞으로도 자살하지 않아. 뤼시앵 자신도 말했듯이, 그는 아침 한나절 이상 지속되는 용기를 가질 수 없는 인간이야……."

"하지만 이렇게 불안한 상태로 계속 있으라고……?" 오빠가 죽었을지도 모른다는 생각에 거의 모든 것을 용서한 누이는 목소리를 높였다.

에브는 프티 클로가 이른바 쿠앵테 형제에게서 얻어냈다고 주장하는 제안을 남편에게 전했다. 다비드는 대놓고 반색하며 그 제안을 받아들였다.

"쿠앵테 형제의 공장이 있는 루모 근처의 작은 마을에서 먹고살 수 있을 거야. 나는 이제 평온한 삶만을 원해!" 발명가가 외쳤다. "뤼시앵이 죽음을 통해 자신을 벌했다면, 우리가 먹고 살 돈은 있어. 그러다 보면 아버지 재산도 물려받게 되겠지. 그리고 만약 뤼시앵이 살아 있다면, 그 불쌍한 친구도 우리처럼 소박한 삶에 적응하며 사는 법을 배워야겠지……. 쿠앵테 형제는 분명 나의 발명품을 이용하려 들 거야. 하지만 국가와 비교할 때 나라는 존재는 무엇일까? 한 인간에 불과하지. 나의 발명이 모든 사람에게 득이 된다면 나는 그것으로 만족해! 그래, 사랑하는 에브, 우리는 둘 다 장사꾼 체질이 아니야. 우리에게는 돈벌이에 대한 애착도, 당연히 내줘야 할 돈까지 붙들고 있으려는 인색함도 없어. 어쩌면 그런 것이 상인의 미덕인지도 몰라. 사람들은 그 두 종류의 인색함을 신중함과 상업적 재능이라 부르지!"

의견이 일치하자 에브는 무척 기뻤다. 서로 사랑하는 사람들일지라도 이해관계나 생각은 서로 어긋날 수 있기에, 이런 의견 일치는 사랑에 피어나는 가장 향기로운 꽃이 된다. 에브는 논의했던 타협안의 기본 조건에 대해 상호 합의가 이루어졌으니 다비드를 석방해 달라는 말을 전하도록 프티 클로에게 사람을 보내달라고 간수에게 부탁했다. 10분이 지나자 프티 클로가 비참한 상태의 감방으로 들어와 에브에게 말했다. "부인, 댁으로 돌아가 계세요. 우리도 곧 뒤따라가겠습니다."

그리고 프티 클로는 다비드에게 말했다. "그나저나 자네는 어쩌다 붙잡혔나? 왜 은신처에서 나오는 실수를 했어?"

"아니, 이걸 보고 어떻게 나오지 않을 수 있었겠어? 뤼시앵이 내게 쓴 편지야."

다비드는 프티 클로에게 세리제가 위조한 편지를 건넸다. 프티 클로는 그 편지를 받아 살펴본 후, 사안을 논의하는 데 정신이 팔려 부지불식간에 그러는 척, 편지를 슬며시 자기 주머니에 집어넣고는, 다비드의 팔을 잡고 함께 감옥을 나왔다. 그들이 대화하는 동안 집행관의 석방 명령서가 간수에게 전달되었던 것이다. 집으로 돌아가면서 다비드는 천국에 있는 느낌이 들었다. 20일 만에 집으로 돌아온 그는 어린 뤼시앵을 안고 아이처럼 울었다. 그 20일 중 마지막 순간은 수치스러웠다. 특히 지방 풍속에서 구속은 엄청난 불명예였기 때문이다. 뤼시앵에 대한 소식을 알아보러 갔던 콜브와 마리옹이 돌아왔다. 마리옹이 들은 바에 의하면 마르사크를 지나 파리로 가는 길을 걸어가고 있는 뤼시앵을 본 사람들이 있다고 했다. 그의 댄디 복장이 농산물을 도시로 내가던 시골 사람들 눈에 띄었던 것이다. 말을 타고 큰길을 달려갔던 콜브는 망르에서 뤼시앵의 소식을 들었는데, 역참에서 사륜마차를 타고 가는 그를 마롱 씨가 보았다는 것이었다.

"내가 뭐랬습니까?" 프티 클로가 큰 소리로 말했다. "그 친구는 시인이 아니라 계속되는 소설 그 자체예요."

"역참이라니, 도대체 이번에는 어디로 가는 거지?" 에브가 말했다.

"자, 이제 쿠앵테 형제의 사무실로 갑시다. 여러분을 기다리고 계십니다." 프티 클로가 말했다.

"아! 선생님," 아름다운 세샤르 부인이 간청했다. "제발 우리의 이익을 지켜주세요. 우리의 모든 미래가 선생님 손에 달려 있어요."

"부인, 부인 댁에서 회합이 이루어지기를 바라십니까? 그러면 다비드는 그냥 여기 남아 있게 하겠습니다. 그분들이 오늘 저녁 이리로 오실 겁니다. 그러면 부인께서도 제가 두 분의 이익을 지키는지 아닌지 보실 수 있습니다."

"아, 선생님, 그렇게 해주신다면 정말 기쁘겠어요."

"그럼, 오늘 저녁 7시경 여기서 뵙겠습니다."

"감사해요." 에브는 말했다. 그녀의 시선과 억양에서 프티 클로가 고객의 신뢰를 얻는 데 얼마나 큰 진전이 있었는지 알 수 있었다.

"아무 걱정 마십시오. 보세요. 제 말이 맞지 않았습니까. 부인의 오빠는 자살과는 거리가 먼 친구입니다. 그건 그렇고, 어쩌면 부인께서는 오늘 저녁 돈을 좀 버실지도 모르겠어요. 부인의 인쇄소를 사겠다는 진지한 구매자가 나타났거든요."

"그렇게 된다면…… 쿠앵테 형제와 계약을 체결하기 전에 우리가 좀 기다리면 안 되나요?" 에브가 말했다.

"부인, 잊으셨군요." 속셈을 들킬 위험을 감지한 프티 클로가 얼른 대답했다. "메티비에 씨에게 돈을 갚은 후에야 인쇄소를 마음대로 파실 수 있습니다. 인쇄소의 집기는 여전히 압류된 상태니까요."

집으로 돌아온 프티 클로는 세리제를 불렀다. 인쇄 감독이 서재로 들어오자 그를 창가로 데려갔다.

"자네는 내일 세샤르 인쇄소 주인이 될 거야. 강력한 보호자 덕분에 인쇄 면허도 깔끔하게 양도 받을 거고." 그러고는 세리제의 귀에 대고 말했다. "그런데 죄수로 일생을 보내고 싶지는 않겠지?"

"뭣 때문에요? 왜요? 죄수라니요?" 깜짝 놀란 세리제가 물었다.

"다비드에게 쓴 편지는 가짜야. 내가 그걸 가지고 있지……. 앙리에트를 심문하면 그녀는 뭐라고 말할까……?" 세리제의 얼굴이 창백해지는 것을 본 프티 클로는 얼른 덧붙였다. "나는 자네를 잃고 싶지 않네."

"제게 바라시는 게 아직 더 있어요?" 파리 청년이 외쳤다.

"물론. 내가 자네에게 바라는 건 이런 거야." 프티 클로가 말을 이었다. "내 말을 잘 듣게! 두 달 후면 자네는 앙굴렘의 인쇄업자가 되네……. 하지만 인쇄소 인수를 위해서는 빚을 내야 될 텐데, 10년이 지나도 그 빚을 다 갚지 못할 거야! 자네는 출자자들인 자유주의자들을 위해 오랫동안 일해야겠지! 게다가 자유파의 명의대여인이 될 수밖에 없어……. 가느라크와의 합자 계약서는 내가 작성할 거야. 언젠가는 자네가 정말로 인쇄소 주인이 될 수 있도록 작성하겠네……. 그런데 만일 그들이 신문을 창간할 경우, 그리고 자네가 그 신문사의 발행인이 되고 나는 이곳의 검사가 될 경우, 키다리 쿠앵테와의 합의 하에 그 신문이 압류당하고 폐간될 성격의 기사를 싣도록 해……. 쿠앵테 형제는 자네의 봉사에 보답하기 위해 후하게 사례할 걸세……. 자네는 유죄 선고를 받고 교도소에 가게 될 거야. 그 대신 박해당한 중요 인물로 통하게 되는 거지. 메르시에 하사나 폴 루이 쿠리에나 마뉘엘 같은 자유주의파의 거물은 아닐지라도 꽤 중요한 인물이 될 거야. 나는 자네의 인쇄 면허가 취소되게 내버려두지는 않을 거야. 그리고 이 편지는 신문이 폐간되는 날, 내가 자네 앞에서 태우겠다고 약속하지…… 결국 재산 형성을 위한 것 치고 비싸게 먹히는 거래는 아니지…….”

일반 사람들은 위조 행위를 법률적으로 어떻게 구분하는지 제대로 알지 못한다. 세리제는 벌써 중죄 재판소의 피고석에 앉은 자기의 모습을 보는 것 같아 한숨을 쉬었다.

“3년 후면 나는 앙굴렘의 검사장이 되네.” 프티 클로가 말을 이었다. “자네는 내 도움이 필요할 테지. 잘 생각해 보게.”

“알았습니다. 하지만 저를 잘 모르시는군요. 지금 제가 보는 앞에서 그 편지를 태우세요. 저의 감사하는 마음을 믿어주십시오.”

프티 클로는 세리제를 쳐다보았다. 눈과 눈의 결투였다. 관찰하는 자의 시선은 영혼을 파헤치려는 메스 같았고, 용기를 과시하려는 자의 시선은 연극의 한 장면을 연상케 했다.

프티 클로는 아무 대답도 하지 않았다. 그는 초에 불을 붙인 후, ‘스스로 운명을 개척할 인간이군!’이라고 생각하면서 편지를 태웠다.

“지옥에 떨어진 영혼을 당신께 바칩니다.” 인쇄 감독이 말했다.

다비드는 막연한 불안감을 가지고 쿠엥테 형제와의 회합을 기다렸다. 그가 걱정하는 것은 이해관계를 따지기 위해 벌여야 하는 투쟁도, 계약서 내용에 대한 논쟁도 아니었다. 그에게 중요한 것은 자기 연구에 대한 제지업자들의 견해였다. 그는 심사위원들 앞에 선 극작가와 같은 상황에 놓인 것이다. 발명가의 자존심과 불안감은 목표에 이르게 된 순간 다른 모든 감정을 퇴색시켰다. 마침내 저녁 7시경, 뤼시앵에 대한 상반된 소식들로 마음이 심란해진 샤틀레 백작 부인이 만찬에 오는 손님 접대를 남편에게 맡기고 자리에 눕던 바로 그 시각, 키다리 쿠앵테와 뚱보 쿠앵테는 손발이 묶인 채 그들에게 넘겨진 것과 다름없는 경쟁자의 집으로 프티 클로와 함께 들어섰다. 그러나 시작도 하기 전에 사전 절충의 어려움 때문에 협상이 중단되었다. 다비드의 제조 과정도 모르면서 어떻게 합자회사에 관한 계약서를 쓸 수 있단 말인가? 하지만 다비드의 제조 과정이 누설된다면, 다비드는 쿠앵테 형제에 휘둘리게 된다. 프티 클로는 우선 계약서부터 작성한다는 허락을 받아냈다. 그러자 키다리 쿠앵테는 다비드에게 그가 만든 종이 견본 몇 개를 보여달라고 했고, 발명가는 원가를 보장하면서 가장 최근에 만든 종이들을 제시했다.

"자, 그럼!" 프티 클로가 말했다. "계약의 기초는 모두 완성되었으니, 특허 받은 기술의 조건이 공장에서 대량 생산 시 충족되지 않으면 계약은 파기된다는 조항만 추가하면, 여러분은 이 자료들에 근거해 합자회사를 운영하실 수 있습니다."

"아니, 다른 경우가 있을 수 있지요." 키다리 쿠앵테가 다비드에게 말했다. "자기 실험실에서 소규모로 작은 크기의 종이 견본을 만들 때와 커다란 전지를 공장에서 대규모로 생산하는 것은 다른 일입니다. 한 번 성공한 것으로 전체를 판단하라고요? 우리는 색지도 생산하는데, 종이에 물을 들이기 위해서는 일정량의 똑같은 물감을 구매해야 합니다. 코키유 규격 전지를[81] 푸르스름하게 물들이기 위해서는 한 상자에서 꺼낸 남색 염료만 사용해요. 그 상자에 들어 있는 물감은 모두 동일한 방식으로 제조되었으니까요. 그런데도 두 개의 통에서 똑같은 색이 나온 적이 한 번도 없소……. 원료 준비 과정에서도 우리가 이해할 수 없는 현상이 발생합니다. 펄프의 양과 질에 따라 모든 것이 달라져요. 당신은 일정량의 원료를 한 냄비에 넣은 후, 당신이 원하는 대로 각 성분에 균등하게 영향을 가하고 결합하고 반죽하고 주무르면서 동일한 방법으로 제조할 수 있었겠지요……. 그 성분 배합을 알려고는 하지는 않겠소, 그건 당신의 전문 분야니까. 하지만 500연 분량을 한꺼번에 배합하는 큰 통에서도 같은 결과가 나오리라고, 그래서 당신의 제조 과정이 성공하리라고 누가 보장할 수 있겠습니까……?"

다비드와 에브와 프티 클로는 서로 쳐다보면서 눈으로 많은 이야기를 나누었다.

"비슷한 예를 하나만 더 들어보지요." 키다리 쿠앵테는 잠시 쉬었다가 다시 말을 이었다. "들판에서 건초를 두 다발가량 베어다가, 농부들 표현대로 풀들이 열기를 다 뿜어내도록 기다리지 않고 당신 실험실에 빽빽이 쌓아뒀다 칩시다. 물론 이 정도 양이라면 발효돼도 사고가 나지는 않아요. 하지만 이 경험을 믿고 나무로 만든 헛간에 건초 2000다발을 쌓아둘까요? 그 건초 더미는 발효열로 인해 화재가 날 가능성이 높고, 그러면 헛간은 성냥불처럼 타오르리라는 것을 당신도 잘 아

---

81) 코키유는 가로세로 440×560밀리미터 규격의 전지명이다.

시겠지요. 당신은 교육 받은 분이시니, 어떻게 결론을 내리시겠소……? 지금껏 당신은 건초 두 더미를 시험했을 뿐이고, 우리는 2000다발의 건초를 촘촘히 쌓았을 때 우리 제지 공장에 불이 날까 우려하는 겁니다. 그러니까 말하자면, 500연 들이 펄프 한 통을 고스란히 못쓰게 되면 큰 피해를 볼 수 있고, 큰돈을 낭비하고도 수중에 아무것도 남지 않을 수 있다는 얘기지요.”

다비드는 망연자실했다. 언제나 미래만을 말해 온 이론에 맞서 실천이 현실의 언어로 말하고 있었다.

“제기랄, 이런 동업 계약서에는 서명할 수 없어!” 뚱보 쿠앵테가 불같이 화를 내며 말했다. “보니파스 형, 돈을 잃고 싶으면 형이나 그렇게 해. 난 내 돈을 지킬 거야……. 내가 할 수 있는 제안은 세샤르의 빚을 갚아주고 6000프랑을 선지급하겠다는…….” 여기서 뚱보가 말을 바꿨다. “아니, 3000프랑을 12개월과 15개월 만기 어음으로 주겠소, 위험 부담이 너무 크니까. 형, 우리는 메티비에에게 1만 2000프랑을 갚아야 해. 그러니까 도합 1만 5000프랑이야! 그저 발명품을 독점 활용하는 대가로 이 돈을 다 지불하라고? 아! 바로 이것이 형이 말한 그 놀라운 발명이라는 거야? 아니, 됐어. 난 형이 좀 더 현명한 줄 알았어. 천만에, 이건 소위 말하는 사업이 아니야…….”

하지만 프티 클로는 그처럼 무례한 말에는 꿈적도 하지 않고 응수했다. “결국 두 분께 중요한 것은 다음과 같은 사실일 겁니다. 사장님들을 갑부로 만들어 줄 비법을 사기 위해 위험을 무릅쓰고 2만 프랑을 투자하시겠습니까? 큰 이익을 내기 위해서는 언제나 위험 부담이 따릅니다……. 이 계약은 막대한 재산을 위해 2만 프랑을 거는 내기입니다. 도박꾼은 룰렛 게임에서 36루이를 벌기 위해 1루이를 겁니다. 이때 그는 자기가 건 판돈 1루이를 잃을 수도 있다는 것을 잘 압니다. 사장님들도 마찬가지입니다.”

“나는 생각 좀 해봐야겠소.” 뚱보 쿠앵테가 말했다. “난 형처럼 뛰어난 사람이 아니오. 그저 20수를 들여 만든 기도서를 40수에 판다는 것 하나밖에 모르는 솔직하고 보잘것없는 사람이지. 초기 실험 단계에 불과한 발명이 우리를 파산에 이르게 할 것만 같단 말이오. 첫 번째 통은 성공하더라도, 두 번째 통은 실패할 겁니다. 그렇게 실험은 계속될 테고 우리는 질질 끌려다니겠지. 톱니바퀴에 팔이 끼면 몸도 따라가게 마련이오…….” 그는 어느 학자의 말을 믿고 랑드 지방을 경작하려다 파산한 보르도 상인의 이야기를 하면서, 주변의 샤랑트도와 도르도뉴도의 공업과 농업 분야에서 그와 유사한 사례 여섯 가지를 들었다. 화를 냈고, 더 이상 아무 말도 들으려 하지 않았다. 프티 클로의 반론은 그를 진정시키기는커녕 화를 돋울 뿐이었다. “그 발명품을 사느니, 비싸더라도 확실한 걸 사서 작은 이득을 올리겠소.” 그는 형을 쳐다보며 말했다. “내 생각에는 아직 사업을 일으킬 만큼 충분히 진전된 것 같지 않아.” 그는 언성을 높이며 말을 끝냈다.

“결국 당신들은 무언가를 하기 위해 이리로 오셨습니다.” 프티 클로가 말했다. “어떤 조건을 제시하시겠습니까?”

“세샤르의 빚을 갚아주는 것과, 실험에 성공한 후 수익의

30퍼센트를 지급하는 거요." 뚱보 쿠앵테가 얼른 대답했다.

"아니, 사장님!" 에브가 말했다. "그럼 실험하는 동안 우리는 무얼 먹고 살지요? 남편은 이미 구금이라는 치욕을 겪었으니 다시 감옥으로 돌아간다 해도 더 나을 것도 더 나빠질 것도 없어요. 우리는 어떻게든 빚을 갚을 것이고……."

프티 클로는 에브를 쳐다보며 가만있으라는 듯 손가락을 입술에 갖다 댔다.

"당신들은 합리적이지 않군요." 프티 클로가 두 형제에게 말했다. "당신들도 종이를 보시지 않았습니까. 세샤르 영감이 말하길, 아들을 가두어 놓았더니 하룻밤 만에 헐값의 재료를 가지고 훌륭한 종이를 만들었다죠……. 두 분께서는 계약을 위해 여기까지 오셨습니다. 계약을 원하십니까, 아닙니까?"

"자," 키다리 쿠앵테가 말했다. "동생이 원하건 원치 않건, 나는 위험을 무릅쓰고 세샤르 씨의 빚을 갚아드리겠소. 그리고 현금으로 6000프랑 드리지요. 세샤르 씨는 수익의 30퍼센트를 받게 될 거요. 단, 잘 들으세요, 1년 안에 세샤르 씨가 계약서에 명시한 조건을 충족시키지 못할 경우, 6000프랑을 반환해야 하고, 특허권도 우리에게 넘겨야 합니다. 그다음은 우리가 어떻게든 사업을 꾸려나가겠소."

"자네, 정말 자신 있나?" 프티 클로가 다비드를 따로 불러 물었다.

"응." 두 형제의 작전에 걸려든 다비드가 말했다. 자신의 미래가 달린 그 회담을 뚱보 쿠앵테가 중단해 버릴까 봐 불안에 떨고 있었던 것이다.

“자, 그러면 이제 계약서를 작성하러 가겠습니다.” 프티 클로가 쿠앙테 형제와 에브에게 말했다. “오늘 저녁 여러분께 사본 한 부씩 드리겠습니다. 내일 아침까지 충분히 심사숙고하세요. 그리고 내일 오후 4시에 회담을 끝낸 후 계약서에 서명하십시오. 사장님들은 메티비에의 서류를 파기하십시오. 저는 항소를 취하하는 편지를 쓰겠습니다. 그러면 우리는 상호 간에 소송 취하를 분명히 하는 겁니다.”

계약서 내용에 기술된 세샤르의 의무는 다음과 같았다.

계약 당사자들 간 합의

앙굴렘의 인쇄업자 다비드 세샤르 씨는 통 속에서 펄프에 골고루 풀 먹이는 방법을 고안했으며, 지금까지 사용하던 넝마에 식물에서 얻은 원료를 섞거나 또는 넝마 없이 식물 원료만으로 펄프를 추출해 종이 생산비를 절반 이상 줄이는 방법을 발명했음을 주장한다. 따라서 해당 발명에 대한 특허권 취득 및 활용을 위해 세샤르 씨와 쿠앙테 형제는 아래의 조건으로 합자회사를 설립한다.

계약서에는 키다리 쿠앙테가 깐깐하게 검토하고 다비드도 동의한 문구, 즉 다비드가 합의를 충실히 이행하지 못할 경우, 다비드 세샤르의 모든 권리가 박탈된다는 조항도 들어 있었다.

다음 날 아침 7시 반에 그 계약서를 가져가면서 프티 클로는 다비드와 그의 아내에게 세리제가 현금 2만 2000프랑에 인쇄소를 인수할 의향임을 알렸다. 매매계약은 그날 저녁 안으로 체결될 수 있다고 했다.

"하지만 쿠앵테 형제가 이 매매 사실을 안다면, 계약서에 서명하지 않을 수도 있어. 자네 부부를 괴롭히면서 여기서 경매에 붙이자고……."

"매매 대금은 확실히 받을 수 있는 건가요?" 에브는 거의 단념하고 있던 문제가 술술 풀리는 것에 놀라 물었다. 이런 일이 석 달 전에만 있었더라면 모든 것을 구했을 터였다.

"돈은 제 사무실에 보관하고 있습니다." 그는 신뢰를 주는 어투로 말했다.

"거참 신기하군." 다비드는 어떻게 이런 행운이 찾아온 건지, 프티 클로에게 설명을 부탁했다.

"아니, 그건 아주 단순해. 루모의 상인들이 신문을 창간하고 싶어 한다네." 프티 클로가 말했다.

"하지만 나는 신문 인쇄권이 없어."[82] 다비드의 목소리가 커졌다.

"자네는 그렇지……! 하지만 자네 후임자는…… 하여간 아무 걱정 마. 인쇄소를 팔고, 매매 대금을 받아 주머니에 넣어 두게. 매매 조건이 뭐가 됐건 세리제는 자기가 알아서 할 인간이니 그냥 내버려둬. 어떻게든 빠져나갈 거야."

"오! 맞아요." 에브가 말했다.

"또 자네는 약속대로 앙굴렘에서 신문 발행을 안 했지만,

---

82) 과거에 세샤르 영감이 신문 인쇄권을 쿠앵테 형제에게 팔았다. 1권 45쪽 참조.

세리제의 투자자들은 루모에서 신문을 발간할 거야."

에브는 3만 프랑을 갖게 되었고, 궁핍에서 벗어난다는 사실에 취해 동업 계약서는 그저 부수적인 희망으로밖에 생각하지 않았다. 따라서 세샤르 부부는 마지막까지 논란거리였던 한 가지 조항을 양보하고 말았다. 키다리 쿠앵테가 발명 특허를 자기 이름으로 할 권리를 요구했던 것이다. 다비드에게 유리한 권리들이 계약서에 완벽하게 규정되어 있는 이상, 발명 특허는 동업자 중 한 사람의 이름으로만 해도 아무 문제가 없다는 것이 그의 주장이었다. 결국 그가 이겼다. 마지막으로 그의 동생이 말했다. "특허권을 받는 데 필요한 비용도, 파리 출장비도 형이 대잖소. 그것도 2000프랑이나 듭니다! 형 이름으로 하든지 아니면 전부 없던 일로 하쇼." 그리하여 살쾡이는 완전한 승리를 거뒀다. 오후 4시 반경 양측은 동업 계약서에 서명했다. 키다리 쿠앵테는 협상 과정에서의 물의를 잊어달라며, 친절하게도 세샤르 부인에게 그물 무늬가 들어간 식기 세트 6벌과, 근사한 테르노 숄을[83] 선물했다. 양측이 사본을 교환한 직후, 뤼시앵이 위조한 그 무시무시한 석 장의 어음과 더불어 석방증과 서류들을 카샹이 프티 클로에게 내주자마자, 화물 운송회사의 마차 소리가 귀를 때리더니 계단 아래에서 콜브의 목소리가 울려 퍼졌다.

---

83) 테르노 숄은 티베트산 염소 털로 짠 모직 숄이다. 19세기에 직물공장 설립자 기욤 루이 테르노(Guillaume-Louis Ternaux, 1765~1833)가 개발한 이 섬유는 인도산 산양털로 만든 캐시미어와 비슷하지만 훨씬 저렴해 큰 인기를 끌었다.[편]

"마님! 마님! 1만 5000프랑이 와써요……! 뤼시앵 씨가 푸아티에에서 친짜로 톤을 포내써요……!"

"1만 5000프랑이라니!" 에브가 팔을 치켜들며 말했다.

"그렇습니다. 부인." 모습을 드러낸 우체부가 말했다. "보르도행 역마차가 싣고 온 1만 5000프랑입니다. 두 사람이 자루를 가지고 올라올 겁니다. 뤼시앵 샤르동 드 뤼방프레 씨가 보내셨습니다……. 저도 작은 자루 하나를 가져왔습니다. 이 안에 금화 500프랑이 들어 있고, 아마 편지도 있을 겁니다."

다음과 같은 편지를 읽으면서 에브는 꿈을 꾸고 있는 것 같았다.

사랑하는 내 동생 에브, 여기 1만 5000프랑을 보낸다.

나는 자살 대신 목숨을 팔았다. 이제 나는 더 이상 내가 아니다. 에스파냐 외교관의 비서, 그 이상의 존재, 그의 피조물이 되었다.

무시무시한 삶을 다시 시작하련다. 아마도 물에 빠져 죽는 것보다는 나으리라 믿는다.

영원한 작별을 고한다. 다비드는 풀려날 것이다. 4000프랑 정도면 작은 제지 공장을 사들여 큰돈을 벌 수 있을 것이다.

오빠 생각은 이제 하지 마.

네 불쌍한 오빠
뤼시앵

"가엾은 내 아들은, 그가 편지에 썼듯이, 좋은 일을 할 때조차 불행하도록 운명이 정해졌나 보다." 돈 자루가 쌓이는 것을 보면서 샤르동 부인이 말했다.

"큰일 날 뻔했군. 아슬아슬했어!" 뮈리에 광장에 이르자 키다리 쿠앵테가 외쳤다. "1시간만 늦었더라면 돈의 광채가 계약서의 의미를 선명히 밝혀주었을 테고, 저 친구는 질겁했겠지. 그가 약속한 석 달이면, 우리는 돌아가는 과정을 얼추 알아낼 수 있어."

저녁 7시에 세리제는 인쇄소를 사고 대금을 치르면서 마지막 4분기 집세도 자기 부담으로 했다. 다음 날, 에브는 세무서장에게 4만 프랑을 맡기면서 남편 이름으로 연 2500프랑의 연금이 나오는 국채를 사달라고 부탁했다.[84] 그러고는 시아버지에게 편지를 써서 자기 재산을 투자하려 하니 1만 프랑 가치의 작은 땅을 마르사크에서 찾아달라고 했다.

키다리 쿠앵테의 계획은 지극히 단순했다. 우선 그는 통 속에서 풀을 먹이는 것은 불가능하다고 보았다. 반면, 넝마로 만든 펄프에 값싼 식물 원료를 첨가하는 것은 큰돈을 벌 수 있는 실제적이고 유일한 방법으로 보였다. 그래서 그는 펄프의

---

84) 당시 세무서장은 세금을 관리했을 뿐 아니라, 국가의 공채 발행 및 매입 업무도 담당했다. 국가는 일정 이자율로 국채를 발행하고 청약을 받았으며, 세무서나 공탁금 관리국 같은 기관이 그 업무를 맡았다. 한편, 이미 발행된 국채는 파리 증권거래소 같은 시장에서 주식중개인을 통해 자유롭게 거래되었다. 당시 국채의 이자율은 약 5퍼센트였기 때문에, 연 2500프랑의 이자 수익을 얻기 위해서는 5만 프랑이 필요하다. 그런데 4만 프랑에 국채를 매입했다는 것은 시장에서 국채가 액면가보다 낮은 가격에 거래되고 있었음을 알려준다.

가격을 낮추는 것은 아무 가치도 없으며, 통 속에서 풀 먹이는 것이 중요하다고 우기기로 작정했다. 왜 그런지 보자. 당시 앙굴렘에서는 에퀴, 풀레, 에콜리에, 코키유 등의 필기 용지를 주로 만들고 있었는데,[85] 그것들은 당연히 풀 먹인 종이였고, 예전부터 앙굴렘 제지 업계의 자랑거리였다. 오랫동안 앙굴렘 제지업자들이 독점해 온 이 특산품은 쿠앵테 형제가 까다롭게 구는 데 유리하게 작용했다. 그러나 앞으로 보게 될 테지만, 사실상 풀 먹인 종이는 그의 투자 대상이 아니었다. 필기 용지의 수요는 한계가 있었던 반면, 풀을 먹이지 않은 인쇄용지의 수요는 거의 무한대였다. 자기 이름으로 특허를 취득하기 위해 파리로 가면서 키다리 쿠앵테는 제지 방식에 큰 변화를 가져다줄 사업을 매듭지어야겠다고 생각했다. 메티비에 집에 머물면서 쿠앵테는 그에게 몇 가지 지시를 내렸다. 어떤 업자도 제시할 수 없을 만큼 낮은 단가에, 이제까지 쓰던 최상품 용지보다 훨씬 질 좋은 백색 인쇄용지 공급을 모든 신문사에 약속함으로써, 신문 용지를 공급하던 다른 제지업자들로부터 1년 안에 거래처를 모두 빼앗아 오기 위한 작전이었다. 신문 용지 거래는 만기 지급 조건으로 이루어지므로, 독점권을 따내려면 일정 기간 동안 신문사 경영진을 상대로 물밑 작업이 필요했다. 쿠앵테가 계산해 보니, 메티비에가 파리의 주요 신문들과 계약 체결에 성공할 때까지 세샤르를 쫓아버릴 시간

---

85) 에퀴는 400×530, 에콜리에는 310×400 규격의 종이이다.(단위는 밀리미터.) 코키유는 290쪽 각주 81번 참조. 흔히 쓰이지 않는 명칭인 풀레는 작은 편지지를 가리킨다.[편]

은 충분했다. 당시 주요 신문 용지의 소비량은 하루 200연에 달했다.[86] 그러니 쿠앵테는 일정 비율의 이익을 나눠주는 조건으로 메티비에를 용지 독점사업에 자연스럽게 참여시켰다. 파리 현지에 유능한 대표자를 하나 두면, 파리까지 출장 가는 시간도 절약할 수 있었다. 종이 도매 업계에서 가장 큰손이 된 메티비에의 재산은 바로 이 사업을 바탕으로 형성되었다. 그 후 10년 동안 그는 다른 경쟁자 없이 파리 신문들에 용지를 공급했다. 미래의 판로를 확보하고 안심한 키다리 쿠앵테는 프티 클로의 결혼식에 참석할 수 있도록 때맞추어 앙굴렘으로 돌아왔다. 그사이 프티 클로는 소송대리인 직을 팔고, 샤틀레 백작 부인이 자신의 피보호자에게 약속한 대로, 밀로 씨의 자리를 차지하기 위해 후임 소송대리인이 임명되기를 기다리고 있었다. 앙굴렘 검찰청 검사보가 리모주의 검사로 임명되어 떠나자, 법무부 장관은 그 자리에 자신의 측근을 내려보냈다. 검사 자리는 두 달 동안 공석이었고, 이 공백기는 프티 클로의 신혼기와 딱 맞아떨어졌다. 키다리 쿠앵테가 없는 동안 다비드는 풀을 섞지 않은 첫 번째 통에서 지금까지 신문들이 사용하던 종이보다 훨씬 품질이 좋은 종이를 만드는 데 성공했다. 두 번째 통에서는 쿠앵테 인쇄소가 교구의 기도서를 인쇄할 때 쓰는 고급 인쇄지인 독피지만큼 훌륭한 종이를

---

86) 당시 신문은 보통 4페이지짜리로, 전지 1장에 인쇄했다. 또 1824년 일간지들의 총 발행 부수는 5만 6000부였다. 잡다한 인쇄물을 포함하더라도, 200연은 낱장 전지 10만 장이므로, 배경이 1822년임을 감안할 때 발자크의 추정치는 과장돼 있다.[편]

만들었다. 원료들은 철저히 기밀에 부치고 다비드가 전부 직접 배합하고 제조했다. 그는 콜브와 마리옹 외에 다른 직공은 다 물리쳤다.

그러나 키다리 쿠앵테가 돌아오자, 판세가 뒤집혔다. 그는 다비드가 만든 종이 견본을 보고도 별로 흡족해하지 않았다.

키다리 쿠앵테가 다비드에게 말했다. "앙굴렘에서는 코키유 종이가 주로 거래되고 있소. 그러니까 현재 원가보다 50퍼센트 절감된 비용으로 최상품 코키유 종이를 만드는 게 무엇보다 중요합니다."

다비드는 코키유 종이를 위해 풀을 섞은 펄프 한 통을 제조하려 했으나, 솔처럼 거칠고 풀이 덩어리진 종이가 만들어질 뿐이었다. 실험이 끝난 날, 다비드는 종이 한 장을 들고 구석으로 갔다. 슬픔을 삼키기 위해 혼자 있고 싶었던 것이다. 하지만 키다리 쿠앵테는 그를 집요하게 따라다니면서 친절하고 상냥하게 동업자를 위로했다.

"실망하지 말아요." 쿠앵테가 말했다. "계속 노력해 보세요! 나는 선량한 사람이오. 당신을 이해합니다. 끝까지 갈 겁니다……!"

다비드는 저녁을 먹으러 집에 와서 아내에게 말했다. "정말이지 우리는 좋은 사람들과 함께 일하고 있어. 키다리 쿠앵테가 그렇게 관대한 사람일 줄은 생각도 못 했어!"

그러고는 아내에게 그 비열한 동업자와의 대화를 이야기해 주었다.

실험하느라 석 달이 흘렀다. 다비드는 제지 공장에서 자면서 펄프에 들어간 다양한 성분의 효과를 관찰했다. 어떤 때는 실패의 원인이 자기가 생각한 식물 원료에 넝마를 섞었기 때문인가 싶어 자신의 재료만으로 펄프 한 통을 만들어보았고, 또 어떤 때는 넝마만으로 만든 펄프에 풀을 먹여보기도 했다. 그 가엾은 사내는 존경스러운 인내심을 가지고, 그가 더 이상 의심하지 않게 된 키다리 쿠앵테가 지켜보는 가운데, 자신이 발명한 펄프 원료에 온갖 종류의 풀을 한 번에 한 가지씩 섞어가며 배합해 보는 실험을 계속했고, 마침내 더는 시도할 방법이 없다고 느낄 만큼 모든 경우의 수를 소진하기에 이르렀다. 1823년의 상반기 6개월 동안 다비드는 콜브와 함께 제지 공장에서 살았다. 먹는 것도 입는 것도 소홀히 하고 자기 몸도 돌보지 않는 그런 생활도 사는 거라고 할 수 있다면 말이다. 그는 난제를 해결하려고 너무나도 필사적으로 싸웠기에, 쿠앵테 형제 같은 사람만 아니었다면, 자신의 이해관계는 조금도 고려하지 않는 이 용감한 투사의 모습에서 숭고함을 보았을 것이다. 그즈음 그에게는 오로지 실험의 성공만을 바란 순간이 있었다. 이때 그는 놀라운 통찰력으로, 인간이 필요에 따라 물질들을 변형시킬 때 나타나는 매우 신기한 효과들에 주목했다. 변형 과정에서 물질의 본성은 은밀히 저항하면서도 어느 정도 길들여진다. 관찰을 통해 그는 변형되는 물질들 간의 상관관계와, 이른바 물질의 두 번째 본성에 순응할 때에만 이러한 일종의 창조물들이 얻어진다는 사실을 깨달았다. 그리고 이로부터 그는 산업상의 결정적 법칙을 도출하기에 이르렀다. 결국 8월 말경 그는 펄프 통에서 풀 먹인 종이를 만들어내는 데 성공했다. 당시 공장에서 만드는 종이와 거의 유사하고 인쇄소에서 교정용 인쇄용지로 사용되던 종이와도 같았다. 하지만 종이 품질은 균일하지 않았고 풀도 언제나 골고루 잘 먹여지는 것은 아니었다. 제지 공장의 환경을 고려한다면 1823년에는 그토록 대단했던 이 성과를 위해 1만 프랑이나 들었기에, 다비드는 마지막 난제를 해결하고 싶었다. 그런데 이때 앙굴렘과 루모에 이상한 소문이 퍼졌다. 다비드가 쿠앵테 형제를 파산시키고 있다는 것이었다. 실험하느라 3만 프랑을 탕진하더니, 기껏 그가 만들어낸 종이는 아주 질이 나쁘다는 것이었다. 겁먹은 다른 제지업자들은 예전 방식을 고집했다. 그리고는 쿠앵테 형제를 질투하면서, 야심 많은 그 업체가 곧 망할 거라는 소문을 퍼뜨렸다. 사실 키다리 쿠앵테는 연속지 만드는 기계를 사들였는데, 다른 사람들에게는 그것이 다비드의 실험에 필요한 것이라고 믿게 했다. 이 고약한 위선자는 다비드에게 통에서 풀 먹이는 방법만 연구하라고 독려하면서, 다비드가 사용한 원료들을 자기가 만든 펄프에 섞어, 벌써 메티비에를 통해 신문 용지 수천 연을 파리로 보내고 있었다.

9월이 되자, 키다리 쿠앵테는 다비드 세샤르를 따로 불렀다. 성공이 확실한 실험을 구상 중이라는 다비드의 말을 듣고도 쿠앵테는 싸움을 계속하는 것을 만류했다.

"다비드, 마르사크에 가서 아내도 보고 피곤도 풀면서 좀 쉬세요. 우리는 파산하고 싶지 않아요." 그는 다정하게 말했다. "당신이 대단한 성공으로 여기는 것조차 여전히 시작에 불과해요. 새로운 실험에 돌입하기 전에 좀 기다려 봅시다. 이제는 좀 냉정해져야죠? 결과를 봐요. 우리는 제지업자일 뿐 아니라 인쇄업자이기도 하고 은행가이기도 합니다. 그런데 사람들 말로는 당신이 우리를 파산시키고 있다더군요.”

자신의 순수한 의도를 주장하려는 다비드 세샤르의 몸짓은 고귀하다고 해도 좋을 만큼 순박했다. 그러자 키다리 쿠앵테는 다비드의 몸짓에 이렇게 응수했다.

“5만 프랑을 샤랑트강에 내던져 버린대도 우리가 망하지는 않아요. 하지만 우리의 재산 상태를 놓고 항간에 떠도는 소문 때문에 모든 거래를 현금으로 해야 하는 상황이 닥치는 것은 원치 않습니다. 그렇게 되면 우리는 정말로 모든 거래를 중단할 수밖에 없어요. 그러니 이제는 우리의 계약 조항에 대해 양쪽 다 차분히 숙고해 보는 게 좋겠습니다.”

‘저 양반 말이 맞아!’ 다비드는 생각했다. 그간 대규모 실험에 몰두하느라 공장의 상황에는 신경을 쓰지 않았던 것이다.

그는 마르사크로 돌아갔다. 6개월 전부터 토요일 저녁마다 에브를 보러 갔다가 화요일 아침에 마르사크를 떠나곤 했었다. 세샤르 영감의 충고에 따라 에브는 시아버지의 포도밭 바로 앞에 있는 ‘베르브리’라는 이름의 집을 샀다. 그 집에는 3000평 가량의 정원, 그리고 노인의 포도밭으로 둘러싸인 포도밭이 딸려 있었다. 에브는 어머니와 마리옹과 함께 무척 근검절약하며 살았다. 마르사크에서 가장 예쁜 이 매력적인 집의 대금 중 5000프랑을 아직 빚지고 있었기 때문이다. 안마당과 정원 사이에 있는 집은 석회암으로 지어졌고 지붕은 청석돌로 덮여 있었다. 장식은 조각으로 했는데, 석회암이 조각하기 쉬운 돌이라 큰 비용을 들이지 않고도 마음껏 장식할 수 있었을 것이다. 앙굴렘에서 가져온 멋진 가구는 시골에서도 여전히 멋들어졌다. 그 지방의 시골에서는 아무도 최소한의 사치조차 부리지 않았기에 그 가구들은 더 우아해 보였다. 정원의 정면에는 마롱 씨로부터 치료를 받다가 죽은 전 주인인 노장군이 직접 가꾸었던 석류나무와 오렌지나무, 그리고 귀한 식물들이 늘어서 있었다. 쿠앵테 형제가 공동 경영자를 상대로 제기한 중재재판의 소환장을 들고 망르의 집행관이 직접 찾아온 것은, 다비드가 오렌지나무 밑에서 아버지와 아내와 꼬마 뤼시앵과 함께 놀고 있을 때였다. 쿠앵테 형제는 합자회사 설립 계약서의 조항을 근거로, 중재재판소에 이의신청을 냈던 것이다. 그들은 지금껏 아무런 성과 없이 투자한 막대한 비용에 대한 보상으로서, 6000프랑의 반환 및 발명 특허권 양도, 그리고 향후 특허를 활용해 얻는 수익에 대한 독점권을 요구했다.

"사람들이 말하길, 너 때문에 그들이 파산했다고 하더라!" 포도 재배인이 아들에게 말했다. "그렇다면 그건 네가 한 일 중 유일하게 내 맘에 드는구나."

다음 날 아침 9시에 에브와 다비드는 이제 과부와 고아 들의 후견인인 된 프티 클로 검사의 집무실 앞 대기실에 앉아 있었다. 그들에게는 그의 충고가 믿고 따라야 할 유일한 것처럼 보였다. 사법관은 옛 고객 내외를 놀라우리만치 정중하게 맞이했고, 세샤르 부부와 점심을 같이하길 고집했다.

"쿠앵테 형제가 6000프랑의 반환을 요구한다!" 그는 웃으면서 말했다. 부인, 베르브리 집의 부채는 얼마나 남았죠?"

“5000프랑입니다, 하지만 제게 2000프랑이 있어요…….” 에브가 대답했다.

“2000프랑은 그냥 가지고 계십시오.” 프티 클로가 말했다. “어디 봅시다. 5000프랑이라……! 그 집에 잘 정착하려면 아직도 1만 프랑은 더 필요하겠군요. 좋아요. 2시간 후, 쿠앵테 형제가 부인께 1만 5000프랑을 가져올 겁니다.”

에브가 놀라는 몸짓을 했다.

“그 대신 자네는 합자 계약의 모든 이익을 포기하고 원만하게 계약을 파기한다는 조건에 동의해야 해.” 사법관이 말했다. “그렇게 하면 되겠습니까……?”

“그러면 그 돈이 합법적으로 우리 것이 되나요?” 에브가 물었다.

“아주 합법적이지요!” 사법관이 웃으면서 말했다. “쿠앵테 형제는 자네 가족을 너무 많이 괴롭혔어. 나는 그들이 더 이상 아무것도 요구할 수 없게 만들고 싶네. 잘 듣게. 이제 나는 사법관이 되었으니, 자네 부부에게 진실을 말해야 해. 쿠앵테 형제는 자네를 속이고 있어. 그런데도 자네는 그들 수중에 있지. 자네가 전쟁에 응한다면, 그들이 제기한 소송에서 이길 수도 있을 거야. 하지만 지금부터 또다시 10년 동안 소송에 매달릴 작정인가? 저들은 전문가를 불러와 감정을 하자거나 중재재판을 거듭할 거고, 그 경우에는 지극히 모순적인 판결이 내려진다 해도 결과에 승복해야 하지. 게다가……,” 그는 웃으면서 말을 이었다. “이곳에는 자네를 변호해 줄 소송대리인이 한 명도 보이지 않아. 내 후임자는 그럴 만한 능력이 없거든.

자! 나쁜 타협이 좋은 소송보다 낫다네……."

"어떤 타협이든 우리를 평온하게 해주는 것이라면 다 좋아." 다비드가 말했다.

"폴!" 프티 클로가 사환을 불렀다. "가서 내 후임자인 세고 씨를 모셔오게! 우리가 점심 먹는 동안 그가 쿠앵테 형제를 만나러 갈 거야." 그는 옛 고객 내외에게 말했다. "이제 몇 시간 후면 자네는 망했지만 평온하게 마르사크로 떠날 수 있어. 1만 프랑이 있으면 연금이 500프랑 더 들어올 테니, 그 예쁜 집에서 행복하게 살 수 있을 거야."

2시간 후, 프티 클로 말대로 세고 씨가 쿠앵테 형제가 서명한 정식 계약해제 확인서와 1000프랑짜리 지폐 15장을 가지고 왔다.

"자네한테 신세를 많이 지는군." 세샤르가 프티 클로에게 말했다.

"좀 전에 나는 자네를 파산시켰네." 프티 클로의 말에 옛 고객 내외는 놀라는 표정을 지었다. "다시 말하지만, 내가 자네 부부를 파산시켰어. 시간이 지나면 알게 될 거야. 하지만 나는 자네 부부를 알아. 너무 늦게 가지게 될 재산보다는 파산이 낫다고 생각할 사람들이지."

"우리는 타산적인 사람들이 아니에요, 선생님. 우리가 행복할 수 있는 방법을 찾아주셔서 감사드려요." 에브가 말했다. "은혜를 잊지 않겠습니다."

"저런! 제게 너무 감사하지 마십시오……!" 프티 클로가 말했다. "양심의 가책을 느끼게 하시는군요. 하지만 저는 오늘 모든 것을 보상했다고 생각합니다. 오늘날 제가 사법관이 되었다면, 그것은 모두 두 분 덕분입니다. 그러니 누군가 감사를 표해야 한다면, 그건 바로 접니다……. 안녕히 가십시오."

시간이 지나면서 알자스 사나이는 세샤르 영감에 대한 생각을 바꾸었고, 세샤르 영감도 알자스 사내가 읽고 쓰는 것에 대해 아무런 개념도 없을 뿐만 아니라 쉽게 취한다는 사실을 알고는 그를 좋아하게 되었다. 왕년의 곰은 왕년의 흉갑기병에게 포도밭 관리와 농산물 판매법을 가르쳤다. 말년이 될수록 자기 재산의 운명에 점점 더 불안을 느끼고 어린아이처럼 된 세샤르 영감은 자식들에게 우직하고 충실한 사람을 남겨주려는 생각으로 콜브를 훈련시켰다. 노인은 방앗간 주인 쿠르투아에게 속내를 털어놓곤 했다.

"내가 무덤에 들어가면 우리 아이들이 어떻게 될지 자네는 보겠지. 아이고! 세상에! 그 아이들의 미래가 걱정일세."

1829년 3월, 세샤르 영감은 20만 프랑 상당의 부동산을 남기고 죽었고, 그것은 베르브리 집과 합쳐지면서 훌륭한 소유지가 되었다. 그 토지는 2년 전부터 콜브가 잘 관리하고 있다.

다비드와 그의 아내는 아버지 집에서 10만 에퀴에 가까운 금화를 발견했다. 소문이 늘 그렇듯이, 세샤르 영감의 재산은 과도하게 부풀려졌기에 샤랑트도 사람들은 모두 그의 재산을 100만 프랑으로 추산했다. 에브와 다비드는 상속재산에 자신들의 재산을 조금 더하여 3만 프랑 정도 연금만 받도록 했다. 그러고는 자금 활용을 위해 얼마 동안 기다리다가 7월혁명이라는 격변기 때 그 돈을 국채에 투자할 수 있었다. 그즈음에야 샤랑트도와 다비드 세샤르는 키다리 쿠앵테의 재산이 얼마인지 알게 되었다. 수백만 프랑의 재산가에 국회의원이 된 키다리 쿠앵테는 귀족원 의원이 되었으며, 사람들 말에 따르면 다음 내각에서 상무부 장관이 될 거라고 했다. 1842년 그는 왕국의 가장 영향력 있는 정치가 중 하나로서, 파리 시의원이자 구청장인 앙셀름 포피노 씨의 딸 포피노 양과 결혼했다.

다비드 세샤르의 발명품은 영양분이 거대한 육체로 스며들듯이 프랑스 제지 산업계 전체로 퍼져나갔다. 넝마가 아닌 원료를 도입한 덕분에 프랑스는 유럽의 다른 어느 나라보다 싼 값으로 종이를 생산할 수 있었다. 다비드 세샤르의 예측대로 이제 네덜란드산 종이는 더 이상 존재하지 않는다. 필시 프랑스는 조만간 왕립 제지 공장을 세워야 할 것이다. 고블랭 태피스트리 공장, 세브르 도자기 공장, 고급 양탄자 공장, 왕립 인쇄소 등이 설립되었듯이 말이다. 이들 공장은 야만적인 부르주아들이 가하는 타격에도 아직까지 잘 버티고 있다.

2남 1녀의 아버지로서 아내의 사랑을 받는 다비드 세샤르는 젊은 시절의 도전에 대해 한마디도 입 밖에 내지 않을 만큼 분별력 있는 사람이었다. 에브는 호렙산의 떨기나무에 사로잡힌 모세[87] 같은 발명가들의 골치 아픈 소명 의식을 단념

---

87) 「출애굽기」 3장 1~4절에서 목동이 된 모세는 꿍아로 양 떼를 몰고 나간다. 호렙산에 이르자 불타는 떨기나무 속에서 천사가 솟아나는 광경을 본다. 그런데 떨기나무는 불이 붙어 있음에도 타서 없어지지는 않는다. 이 기이한 현상에 호기심을 느낀 모세가 가까이 다가가는데, 이때 하느님의 음성이 그에게 들려와 동족의 구원이라는 소명을 내려준다.

시킬 줄 아는 현명한 여인이었다. 다비드는 심심풀이로 문학을 공부했지만, 재산을 불릴 줄 아는 부동산 소유자의 행복하고 게으른 삶을 영위했다. 영광에 영원한 작별을 고한 후, 그는 주저 없이 몽상가와 수집가의 길로 들어섰다. 곤충학에 몰두하면서, 너무도 비밀스러워 과학이 지금껏 그 최종 단계만을 알아낸 곤충의 변태 양상을 연구 중이다. 검사장으로 성공 가도를 달리고 있는 프티 클로에 대한 소문은 곳곳에서 들려온다. 그는 프로뱅의 검사장인 저 유명한 비네와 경쟁하고 있으며, 그의 야심은 푸아티에 항소법원의 부장판사가 되는 것이다.

세리제는 여러 차례에 걸쳐 정치범으로 유죄판결을 받고 사람들의 입에 오르내렸다. 자유주의파의 행동대원 중에서도 가장 대담했기에 용감한 세리제라는 별명을 얻었다. 프티 클로의 후임자가 앙굴렘의 인쇄소를 팔도록 강요하자 그는 지방 무대에서 새로운 삶을 찾았고, 배우로서의 재능을 발휘했다. 그러다 어떤 젊은 주연 여배우가 사랑 대신 돈 버는 기술을 배우라며 파리로 쫓아 보냈고, 그곳에서 자유주의파의 호의를 이용해 돈 벌 길을 모색했다.

파리에 복귀한 뤼시앵의 이후 행적은 '파리 생활 장면'에서 다루어질 것이다.

1835~1843

19세기의 '환상'과 '현대성'을 묘파하다

근대소설의 아버지로 불리는 발자크는 풍속의 역사가를 자처하며 『인간극』 총서를 발간했다. 『인간극』은 소설 모음집도 대하소설도 아니다. 1837년에 쓴 『잃어버린 환상』 1부 서문에서 저자가 밝혔듯이, 각각의 소설은 『인간극』이라는 거대한 건축물을 구성하는 하나의 돌멩이다. 91편에 달하는 소설들은 모두 그 자체로 독립적이면서도 통일성의 원칙에 따라 하나의 체계를 구성한다. 인간사의 다양한 현상을 보여주는 66편의 《풍속 연구》, 그러한 현상의 원인을 탐구하는 20편의 《철학 연구》, 현상의 원인과 결과를 종합하여 원칙을 세우는 5편의 《분석 연구》로 구성된 『인간극』은 거대한 사회를 이룬다. 『인간극(La Comédie humaine)』이라는 제목은 단테의 『신곡(La Divina Commedia)』을 패러디한 것으로서, 단테가 신성(神聖)의 관점에서 인간의 영혼을 심판하는 과정을 그렸다면, 발자크는 세속의 인간을 관찰하고 분석함으로써 19세기 사회를 재현하고자 했다.

『인간극』에는 귀족, 부르주아, 노동자, 농민, 고리대금업자, 상인, 은행가, 작가, 언론인, 예술가, 과학자, 살인자, 사기꾼, 그리고 매춘부에 이르기까지, 사회를 구성하는 모든 직업과 성격 유형이 망라된다. 등장인물 수는 총 2500명에 달하며, 그중 500명 이상은 '인물 재등장' 기법을 통해 여러 소설에 다시 등장함으로써 서로 그물처럼 연결된다. 『잃어버린 환상』의 몇몇 인물을 예로 들어보자. 우선 주인공 뤼시앵 드 뤼방프레와 동향인 외젠 드 라스티냐크가 있다. 『고리오 영감』을 읽은 독자에게는 익숙한 이름일 것이다. 보케르 하숙집의 가난한 법대생이었던 그는 은행가 뉘싱겐의 아내인 델핀의 정부가 된 후, 완전히 변모한 모습으로 다수의 작품에 빈번히 등장한다. 뉘싱겐의 투기사업을 도와준 대가로 큰돈을 벌고, 1830년 7월 혁명 이후에는 정치에 입문하여 장관을 역임하며, 백작 작위를 받고 귀족원 의원이 되기도 한다. 2부 마지막에 등장하는 에스파냐 신부 카를로스 에레라는 또 어떤가. 자살 직전의 뤼시앵을 구해 준 대가로 영혼 계약을 맺고, 그와 함께 파리로 향하는 에레라 신부는 『고리오 영감』에서 청년 라스티냐크에게 수상한 거래를 제안했던 남자, 하숙인들의 고발로 인해 경찰에 체포되었으나 다시 도형장을 탈출해 에스파냐 신부로 변장한 탈옥수 보트랭이며, 그의 본명은 자크 콜랭이다. 파리를 무대로 한 보트랭과 뤼시앵의 활약은 『잃어버린 환상』의 후편인 『사교계의 영광과 비참』에서 화려하게 펼쳐진다. 그 밖에도 『황금 눈의 여인』의 주인공이자 사교계의 총아로 여러 작품에 등장하는 앙리 드 마르세,『골짜기의 백합』의 주인공 펠릭스 드 방드네스,『랑제 공작 부인』에서 공작 부인의 수녀원 은둔 원인을 제공한 몽리보 장군,『금치산』에서 남편을 금치산자로 몰았던 데스파르 후작 부인 등의 사교계 인물들, 에티엔 루스토, 에밀 블롱데, 라울 나탕 등의 작가 및 기자들, 그리고 다니엘 다르테즈, 오라스 비앙숑, 조제프 브리도 등의 세나클 친구들까지, 수많은 인물이 다른 여러 작품에 재등장해 서로의 삶에 얽히고설켜 들면서 이야기의 재미와 깊이를 더한다. 인공지능은 고사하고 컴퓨터도 없던 시대에 오직 자신의 기억에만 의지해 2500여 명이나 되는 인물의 과거와 현재, 그리고 그 인물들 간의 복잡한 관계망을 그려낸 발자크의 천재성은 놀랍기만 하다.

주제 또한 다양하다. 역사, 정치, 경제, 사회, 문화, 과학, 예술, 법 등 19세기 프랑스의 모든 것이 담긴『인간극』은 일종의 '백과사전'이다.『인간극』을 읽다 보면 그 당시 사람들이 사는 모습을 생생하게 그려볼 수 있을 뿐 아니라, 그 시대의 갖가지 지식을 습득하게 된다. 발자크 소설을 통해 당시의 정치 상황, 과학 수준, 금융 시스템을 알 수 있고, 결혼 제도를 이해하게 된다. 19세기 초반의 파리 모습을 그려볼 수 있는가 하면, 소송을 통한 법적 다툼의 현장도 목격하게 된다.

그러나 발자크 작품에는 위고가 그린 숭고한 희생이나 영웅적 행위, 도스토옙스키가 추구했던 영혼의 구원 같은 것

은 없다. 발자크의 인물들은 지극히 세속적이다. 그들에게서
는 과도한 야심과 나약한 의지. 탐욕과 위선, 변덕과 허영, 자
만심과 용렬함, 타인의 불행을 기뻐하는 야비함 등, 인간의 어
두운 면모가 거침없이 드러난다. 하지만 그것이야말로 우리가
감추고 싶은 인간의 속성이요, 그들이야말로 이 땅을 밟고 사
는 인간들의 실제 모습이 아니겠는가.

발자크가 그린 세상은 착한 사람이 보상 받는 권선징악의
세계가 아니다. 거짓과 음모는 승리하고 진실과 순수는 패한
다. 교활하고 비열한 인간은 성공하고 아름다운 영혼의 소유
자는 고통받는 경우가 허다하다. 그래서 독서를 마치고 책을
덮을 때면 자주 씁쓸해진다. 하지만 그것이 비단 19세기 프랑
스 사회만의 모습일까? 그렇지 않다는 것을 알기에, 지금도 여
전히 어디서나 볼 수 있는 풍경이기에, 나는 발자크를 읽을 때
마다 시공간을 초월하는 그의 통찰력에 감탄하곤 한다. 『잃어
버린 환상』도 마찬가지이다. 이 소설에 그려진 문학의 상품화,
허위 보도나 공갈 협박 등에서 볼 수 있는 언론의 병폐, 개인
의 발명품을 가로채려는 자본가의 비열한 음모 등은 지금 여
기 우리 사회에서 흔히 만날 수 있는 현상들이다.

『잃어버린 환상』은 3부작 소설이다. 1837년 1부 「두 시인」,
1839년 2부 「파리의 지방 위인」이 발표되었으며, 1843년에 3부
「발명가의 고뇌」가 발표됨으로써 3부작이 완성된다. 프랑스
남부 도시 앙굴렘에서 시작된 1부의 이야기는 2부에서 파리
로 무대가 옮겨지고, 3부에서는 다시 앙굴렘이 소설의 배경이
된다. 『잃어버린 환상』의 중요성은 여러 차원에서 거론될 수

있다. 우선 이 소설은 『인간극』의 중추 역할을 하는 가장 핵심적인 작품 중 하나다. 발자크는 1843년 3월 2일 한스카 부인에게 보낸 편지에서 『잃어버린 환상』을 "내 작품들 중 가장 중요한 작품"이라고 말한 바 있거니와, 1843년의 3부 서문에서도 이 3부작을 《풍속 연구》 시리즈 중 가장 주목할 만한 작품으로 소개하고 있다. 게다가 발자크로서는 아주 예외적으로 7년이나 걸려 완성했을 만큼, 저자 자신이 심혈을 기울인 작품이기도 하다. 나는 『잃어버린 환상』이 『인간극』이라는 대우주 안에서 하나의 소우주를 형성한다는 점에 주목하고 싶다. 『인간극』에서 언급되는 다양한 주제들이 이 책 속에 고스란히 담겨 있기 때문이다. 『잃어버린 환상』의 이해를 돕기 위해 나는 역사와 개인, 정신의 상품화, 그리고 어음의 유통과 법의 남용이라는 세 개의 주제를 중심으로 이야기해 보려 한다.

역사와 개인

역사가들은 커다란 사건을 중심으로 역사를 기술한다. 반면 소설가는 한 시대를 살았던 사람들이 모습을 묘사함으로써 역사 속 개개인의 삶을 이해하게 한다. 『잃어버린 환상』에서 발자크는 역사적 상황이 개인의 삶에 얼마나 큰 영향을 미치는지 보여준다.

우선 앙굴렘의 인쇄업자인 세샤르 영감의 경우를 보자. 그는 인쇄소의 수습 인쇄공이었다. 대혁명이 일어났고, 인쇄소 주인은 사망했다. 세샤르 영감은 글을 읽을 줄도 쓸 줄도 몰랐다. 그러나 법령을 유포하기에 급급했던 혁명정부는 무작정 그에게 면허를 내주었다. 일자무식의 세샤르가 차질 없이 법령들을 인쇄할 수 있었던 것은 마르세유 출신의 한 귀족 덕분이었다. 공포정치 시절, 그는 토지를 빼앗길까 봐 망명을 갈 수 없었고, 목숨을 부지하기 위해 신분을 숨겨야 했으며, 먹고살기 위해서는 무슨 일이든 해야 했다. 그리하여 "백작 나리께서는 지방 인쇄소 감독관의 허름한 옷을 걸치고, 귀족을 숨겨주면 사형에 처한다는 법령을 스스로 조판하고 읽고 수정했다." 대혁명이라는 역사가 낳은 아이러니가 아닐 수 없다. 공포정치가 끝난 후인 1795년 그는 인쇄소를 떠났고, 성직자 기본법 준수를 거부한 사제가 그를 대신했다. 성직자 기본법은 대혁명 이후인 1790년 국민의회가 제정한 법으로, 프랑스 내의 교회 재산을 몰수해 정부가 관리하고 성직자는 일반 공무원 신분이 되게 한다는 법령이다. 사제는 나폴레옹이 교황청과 화해하고 가톨릭교를 재인정할 때까지 인쇄소에서 일했다. 왕정복고 시대가 열리자 백작은 본래 지위를 되찾았고, 사제는 주교가 된다. 그리하여 "백작과 주교는 같은 파당 의원으로 귀족원에서 만나게 되었다." 대혁명은 이처럼 서민, 귀족, 사제 등 모든 계층 개개인의 삶을 뒤흔든다.

뤼시앵은 그 존재 자체가 대혁명이라는 역사의 산물이다. 그의 아버지 샤르동은 공화국 군대에 봉사했던 퇴역 군의관 출신으로, 약제사가 되어 앙굴렘에 정착한다. 공포정치 시절이던 1793년, 그는 단두대에 오른 뤼방프레 가문의 아가씨를 기적적으로 구출한 후 그녀와 결혼한다. 대혁명이 아니었다면 불가능했을 결혼이다. 모계 혈통이 귀족이라는 사실에 근거해, 바르주통 부인은 뤼시앵에게 어머니 이름으로 개명할 것을 권고하고, 출세욕에 사로잡힌 뤼시앵은 그녀의 충고에 따라 뤼방프레라는 이름을 사용하면서 귀족 행세를 한다. 귀족이 다시 권력의 중심에 섰던 왕정복고 시기였음을 환기하자.

발자크는 역사의 소용돌이 속에서 구체제의 가치관이 새로운 가치관으로 대체되는 시기에 젊은이들이 겪는 실패와 좌절의 과정을 보여준다. 1837년 「잃어버린 환상」이라는 제목으로 처음 발표된 1부 「두 시인」의 서문에서 저자가 밝혔듯이, 뤼시앵이라는 한 젊은이의 야망과 성공, 실패와 좌절은 일개인의 이야기가 아니다. 그것은 19세기라는 한 시대의 모든 젊은이, 대혁명과 나폴레옹의 등장으로 한껏 고무된, 그러나 사회에 던져져 실망과 좌절을 맛보아야만 했던 모든 젊은이의 이야기다.

구체제 시대의 젊은이들은 대부분 출생 당시 정해진 운명에 순응했다. 그들은 조상들이 그랬듯이, 태어난 곳에서 부모의 신분을 계승했다. 그러나 1789년 대혁명의 발발, 특히 나폴레옹의 등장은 전국의 젊은이들에게 야망을 심어주었다. 청년들은 지방의 정체된 삶에서 해방되고자 기회의 도시 파리로 몰려들었다. 뤼시앵은 신분 상승 의지가 팽배한 사회에서 지방 젊은이들이 물밀듯이 수도로 몰렸던 현상을 대표한다.

1부의 무대가 되는 앙굴렘은 복고왕정기 지방 도시에 만연했던 계급 갈등을 적나라하게 보여준다. 구도시 앙굴렘은 화강암 바위산 위에 자리해 성벽과 가파른 경사로 둘러싸여 있고, 이런 지형적 특성 때문에 정체되어 있다. 반면 산 아래의 변두리 도시 루모는 샤랑트강 유역을 따라 빠르게 성장하면서 상업과 공업이 발달한다. 귀족과 권력이 모인 상부 도시와 신흥 부르주아가 사는 하부 도시는 서로서로 시기하고, 두 지역은 사회적으로 철저히 구분된 채 끊임없이 대립한다. 이처럼 앙굴렘과 루모 사이에는 물리적으로나 정신적으로나 결코 뛰어넘을 수 없는 거리가 존재한다. 그러나 이제는 상징에 불과한 귀족의 권력과 실질적 힘을 발휘하기 시작한 부르주아 권력의 팽팽한 긴장 관계는 앞으로 다가올 부르주아의 승리를 예견케 한다.

발자크는 앙굴렘의 랑부예 저택이라 불리는 바르주통 부인의 살롱에 모이는 시대착오적인 귀족들을 아주 희극적으로 묘사함으로써 그들의 추락을 예고한다. 45세의 스타니슬라스 샹두르는 멋쟁이 미남 신사를 자처하지만, 정작 그의 과장된 옷차림은 우스꽝스럽기 짝이 없다. 키가 크고 뚱뚱하며 혈색이 좋은 농협회장 아스톨프 생토는 무식하기 이를 데 없음에도 일류 학자로 통한다. 하루 종일 서재에 틀어박혀 하찮은 일로 시간을 보내다가도 누군가 들어오면 갑자기 부산을 떨면서 공부하는 척하는 그의 모습은 웃음을 자아낸다.(언젠가 내 동료 한 사람은 이 장면을 읽으면서 뜨끔했노라 농담하기도 했다.) 바르타는 음악 애호가로서 어디서나 노래를 부르고, 언제나 음악에 관한 대화에만 열성을 보인다. 세피아 그림의 '대가'인 브레비앙은 괴상망측한 그림으로 친구들의 방과 도내의 벽들을 망가뜨리고 있는 사람이다. 세농슈 백작은 프랑시스 뒤 오

318

투아와 친하게 지내는데, 사실 오투아는 세농슈 부인의 정부다. 그리고 세농슈 부인의 대녀인 마드무아젤 드 라에는 오투아와의 사이에서 낳은 혼외자다. 브로사르 부인은 지참금 없는 딸을 시집보내기 위해 처절하게 노력하는 몰락한 귀족이다. 앙굴렘의 간접세 담당 국장으로 부임한 샤틀레는 젊은 시절 겪은 모험담으로 부인들의 호기심을 자극해 귀족 사회에 드나들게 된 나폴레옹 시대의 귀족이다.

살롱에 모인 귀족들은 함께 모여 있으면서도 서로 제각각이다. 샹두르는 음담패설로 부인들의 환심을 사고, 생토는 늘 키케로를 인용하고, 바르타는 한바탕 노래를 불러젖힌 후 찬사를 듣고 싶어 사람들 사이를 돌아다니고, 브레비앙은 미술에 관한 이론을 장황하게 늘어놓는다. 브로사르 부인은 나이와 상관없이 미혼남이나 홀아비만 보이면 그에게 딸 자랑을 늘어놓는다. 살롱에 모인 귀족들이 만들어내는 이 풍경은 마치 희극의 한 장면 같다. 하지만 우리가 흔히 마주하는 광경이기에 그리 낯설지 않다. 남의 말에는 관심이 없고, 저마다 자기 이야기를 쏟아내느라 바쁜 인간 군상의 모습이 적나라하게 묘사되고 있지 않나. 이렇듯 이방인은 절대 받아들이지 않으면서 토착민들끼리 무리를 이루고 사는 앙굴렘 귀족 사회에 루모 출신인 일개 약제사의 아들이 발을 들여놓았다는 사실은 하나의 '작은 혁명'으로 받아들여진다. 귀족들의 잔인한 비웃음과 빈정거림에도 불구하고 바르주통 부인은 뤼시앵의 미모와 재능에 매혹되고, 두 사람은 가까워진다. 그렇다면 바르주통 부인은 어떤 여인이기에 약제사의 아들을 초대하고, 20세 연하의 청년에게 사랑을 느끼고, 그에게 어머니 성을 택하라는 충고까지 하는 것일까?

유서 깊은 가문의 후손인 나이스 드 네그르플리스는 결혼 전, 대혁명 시절 성직자 기본법에 서명하길 거부하고 시골로 도피했던 또 한 명의 신부에게 음악과 문학뿐 아니라 라틴어와 그리스어, 이탈리아어와 독일어를 배웠으며 자연과학에 대한 지식도 습득했다. 지방 귀족 아가씨에게는 어울리지 않는 지적 교육 덕분에 마드무아젤 드 네그르플리스는 자만심이 강해졌고 사람들을 무시했다. 이렇게 거만한 귀족 아가씨에게는, 무능한 남자로 알려져 있고 젊은 시절의 방탕한 생활로 크게 상해 버린 40대 귀족 바르주통이 남편감으로 적합한 유일한 인물이었다. 나이스는 그 결혼이 가져올 이점을 생각해서, 22세 연상인 바르주통 씨와의 결혼에 기꺼이 동의했다.

바르주통 부부의 결혼은 당시 귀족 사회의 결혼 풍속도를 엿볼 수 있게 한다. 귀족 사회에서 사랑은 결혼의 필요조건이 아니었다. 나이도 중요하지 않았다. 중요한 것은 이름 즉 가문과, 지참금이었다. 결혼은 철저히 하나의 계약이었다. 게다가 결혼은 여성에게 자유의 조건이기도 했다. 그러나 편협한 사고에 젖어 있는 지방 소도시 앙굴렘에서는 자유를 누릴 기회도 대상도 없다. 뤼시앵에 대한 그녀의 관심과 애정은 일상의 권태에서 탈출하고자 하는 욕망의 발현이다. 출구도 사건도 흥미도 없는 삶이 불러일으키는 절망감으로부터의 도피처를 시나 소설에서 찾던 그녀에게 재능 있는 미남 청년 뤼시앵의 출현은 그야말로 일대 사건이다. 하지만 바르주통 부인의 환심을 사려는 샤틀레의 술책으로, 바르주통 부인과 뤼시앵은 스캔들에 휩싸이고, 이 일을 계기로 지방의 폐쇄적 삶에 염증을 느낀 부인은 앙굴렘을 떠나 뤼시앵과 함께 파리로 간다.

정신의 상품화

파리 도착과 동시에 두 연인은 서로를 배신한다. 파리는 두 사람의 감정을 변화시킨다. 젊은 시인의 매력은 무력해지고, 앙굴렘 사교계 여왕의 찬란함도 빛을 잃는다. 뤼시앵의 시선을 끈 파리 여인들의 세련된 모습은 지방 여자의 결점을 두드러져 보이게 한다. 앙굴렘에서는 그렇게 미남으로 보였던 뤼시앵도 오페라 극장에서 만난 파리 멋쟁이들과 비교하니 촌스럽기 그지없다. 발자크는 말한다. "바르주통 부인에게도 뤼시앵에게도 서로에 대한 환멸이 준비되고 있었다. 그리고 그 원인은 파리였다."

바르주통 부인으로부터 버림받은 뤼시앵은 출세해 복수하리라 다짐한다. 그러나 현실은 그리 녹록지 않다. 전망 속에서 그는 바르고 창백하고 사색적인 한 청년을 만난다. 훗날 19세기의 가장 위대한 작가 중 하나가 되는 다니엘 다르테즈다. 그는 뤼시앵을 세나클 회원들에게 소개하고 뤼시앵은 그들과 친구가 된다. 왕낭파(다니엘 다르테즈), 공화파(미셸 크레티앵) 등 서로 다른 정치 성향과, 화가(조제프 브리도), 의사(오라스 비앙숑), 철학자(레옹 지로), 극작가(퓔장스 리달) 등 다양한 전공을

가진 젊은이들로 구성된 세나클 회원들은 인내를 가지고 야
망이 실현될 시간을 기다리는 재능 있는 청년들이다. 발자크
는 순수하고 도덕적인 이 청년들을 통해 자신의 이상을 펼치
면서 미래의 희망을 제시하는 것처럼 보인다.

뤼시앵은 빈곤 속에서 문학적 영광을 기대하며 그들과 우
정을 나눈다. 그러나 그들은 뤼시앵에게서 나약함과 허영심,
그리고 이기심을 읽으며 그의 미래를 걱정한다. 친구들의 우
려대로 시련을 견뎌낼 참을성이 부족한 뤼시앵은 문학이라는
길고 험난하지만 명예로운 길을 포기하고 빠르고 즉각적인 부
와 성공을 가져다줄, 그러나 위험하고 타락한 언론에 투신하
고자 한다. 어느 날 식당에서 신문기자 에티엔 루스토를 만난
뤼시앵은 다르테즈를 버려둔 채 그를 따라간다. 이후 작가가
묘사하는 문학과 언론과 극장의 풍경은 정신의 상품화 현상
을 적나라하게 드러낸다.

친구들의 만류와 루스토의 경고에도 불구하고 뤼시앵은 언
론계에 뛰어들고, 뛰어난 재치로 일약 성공을 거둔다. 언론의
권력을 절감한 그는 동료들과 함께 바르주통 부인과 샤틀레를
조롱하는 일련의 기사를 써서 그들에게 복수한다. 사교계에서
도 주목받는 인물이 된다. 뤼시앵의 시집 출판을 거절했던 출
판업자 도리아는 뤼시앵의 기사가 위력을 발휘하자 돌변한 태
도로 그에게 시집 출판을 제안한다. 연극계의 상황도 별반 다
르지 않다. 극장주와 기자들의 뒷거래와 박수부대의 동원이
연극의 성공을 좌우한다.

모든 것은 돈으로 해결된다. 출판계에서도, 연극계에서도,

언론계에서도 예술과 명성은 문제가 되지 않는다. 신성한 비평? 그런 건 없다. 정치적 신념은 말할 것도 없다. 기사 작성에서 진실은 전혀 중요하지 않다. "조금이라도 그럴듯해 보이면 전부 사실로 간주"하는 것이 신문의 속성이다. 발자크는 비평가 클로드 비뇽의 입을 빌려 언론을 비판한다. 그에게 신문은 "사상의 매음굴"이다. 신념도 법도 없이 진영 간 싸움을 위한 수단이 되어버렸다는 것이다.

루스토에 이끌려 경험하는 언론의 세계는 뤼시앵에게 경악과 충격 그 자체다. 책을 읽지 않고 비평 기사 쓰는 법, 훌륭한 책임에도 그것에 대해 혹평하는 요령과 그 반대의 경우, 극장주와 편집진의 요구에 따라 방향이 결정되는 연극평. 그러나 뤼시앵은 빠른 속도로 그런 삶에 적응하고, 여배우 코랄리는 그의 추락을 재촉한다. 그는 자기도 모르게 흥청망청 소비하고 도박하면서 빚을 지는 타락한 삶에 빠져든다.

바르주통 부인과 샤틀레, 그리고 데스파르 부인은 몇몇 친구들과 함께 뤼시앵을 파멸시키기 위해 음모를 꾸미고 함정을 판다. 그들은 뤼방프레라는 귀족 이름을 합법화하기 위해 왕의 칙령을 받아내 주겠다는 말로 뤼시앵을 회유하면서, 그에게 왕당파 편에 설 것을 제안한다. 언론계 생활에 지쳐 있던 뤼시앵에게 칙령은 유일한 희망으로 보인다. 그는 귀족이 됨으로써 가능해질 돈 많은 여인과의 결혼을 꿈꾼다. 결국 성공과 출세의 궁극적 목적은 돈이다! 세나클 친구들은 뤼시앵에게 정치적 견해를 바꾸지 말 것을 충고한다. 그러나 칙령의 가능성을 굳게 믿은 뤼시앵은 정부 기관지 《르레베이》의 창간에 참여함으로써 옛 동료들인 자유주의파 기자들의 미움을 사게 된다. 여당파 신문의 기자들도 그의 재치와 빠른 출세를 질투하며 그를 경계한다. 양 진영의 기자들은 이 "건방진 친구"의 파멸을 "만장일치로" 결정한 후 치밀한 계획을 세운다. 그들의 함정에 빠진 뤼시앵은 모든 것을 잃는다.

『잃어버린 환상』 2부에서 묘사되는 언론계의 모습은 왕정복고기 언론의 기능과 역할을 돌아보게 한다. 당시 언론은 정치판과 마찬가지로 과격 왕당파 신문, 자유주의파 신문, 그리고 정부 여당지로 나뉘어 있었다. 구독료가 비쌌기 때문에 신문의 발행 부수는 한정적이었다. 1826년에 신문의 총 구독자는 6만 5000명이었는데, 그중 5만 명이 자유주의 신문 구독자였다. 정부는 언론을 탄압했다. 검열을 강화하고 신문이나 잡지를 폐간하기도 했다. 폐간된 잡지를 정부가 다시 사들이기도 했다. 그러나 언론의 역할은 점점 더 중요해졌다. 신문 편집인 피노의 말처럼, 신문의 영향력과 권력은 점점 더 커지게 될 터였다. 결국 왕정복고 체제를 무너뜨린 것은 언론이었다.

1830년의 총선 결과 야당이 압승하자 샤를 10세는 긴급 칙령 4개 조항을 선포했는데, 그중 하나가 언론 규제 강화였다. 이에 신문들은 격렬하게 반발했다. 44명의 기자가 반대 성명을 내고 왕의 칙령을 거부했다. 경찰의 탄압에도 불구하고 신문은 발간되었고, 사람들은 혁명을 외쳤다. 마침내 7월 27일부터 29일까지 '영광의 3일' 혁명으로 부르봉 왕가가 멸망하면서 샤를 10세는 망명길에 올랐다. 발자크는 7월혁명 당시 언론의 역할을 간과하지 않았다. 세나클의 회원 레옹 지로는 품위 있고 근엄한 신문 창간을 언급하면서, 언젠가 언론이 부르봉 왕가를 몰아낼 것임을 예고한다. 소설의 무대는 왕정복고 때지만, 발자크가 이 소설을 집필한 것은 7월왕정 체제하에서다. 정부 여당에 위협을 가하는 세나클 회원들의 신문 창간은 7월혁명 당시 작가가 목격했던 언론의 역할을 상기시킨다. 이렇듯 발자크는 언론의 병폐를 혹독하게 비판하는 동시에, 진실된 언론의 막대한 영향력을 강조하면서 언론 탄압의 무용성을 지적한다.

발자크가 언론계의 현황을 그토록 상세히 그릴 수 있었던 것은 언론계에서의 실제 경험 덕분이다. 1829년 이후 명성을 얻게 된 발자크는 1830년 4월부터 1년 넘게 신문과 잡지에 많은 글을 썼다. 당시 주로 관여했던 잡지는 '언론계의 나폴레옹'이라 불렸던 에밀 드 지라르댕이 주도하는 《르볼레르(도둑)》 《라실루에트》《라모드》 등의 잡지였다. 발자크는 지라르댕과 더불어 정부에 반대하는 젊은 지식인 그룹에 속했으며, 주로 자유주의 성향의 잡지에 글을 썼다. 하지만 그가 참여했던 잡지는 대부분 문예지였고,《라코티디엔》이나《주르날 데 데바》 등의 왕당파 신문이나《르쿠리에 프랑세》와《르콩스티튀시오넬》 같은 자유주의 신문처럼 정치색이 짙은 신문에는 참여하지 않았나. 의도적으로 정치와 거리를 두었던 것으로 보인다.

이렇게 정치에 무관심해 보이던 발자크는 돌연 정치 무대의 전면에 나섬과 농시에 1831년 정통 왕당파로 전향한다. 1832년 3월에는 왕당파 잡지 《르레노바테르(개혁자)》의 주요 필진이 되기도 한다.《르레노바테르》의 편집인들은 당시 최고의 인기 작가를 자신들 편에 끌어들이는 것이 당에 도움이 된다고 생각했을 것이다. 그런데 발자크는 7월혁명 직후인 1830년 11월 4일 샤를 필리퐁과 함께 삽화가 들어간 주간지 《라카리카튀르(풍자)》를 창간한 바 있다. 《라카리카튀르》는 도미에, 그랑빌, 트라비에 등 당대 최고의 풍자화가들이 마음껏 재능을 펼치며 루이필리프 정부에 대해 혹독한 비판을 가했던, 대표적 자유주의 성향의 야당지다. 발자크도 4개의 가명을 사용하면서 정부를 비판하는 글을 싣곤 했다.

사실 《르레노바테르》와 《라카리카튀르》는 정치적 성향은 정반대였지만 모두 정부 여당을 비판하는 매체였다. 정통 왕당파는 오를레앙파를 인정하지 않았고, 처음에는 오를레앙파를 지지했던 자유주의파도 루이필리프가 집권 후 점점 보수화됨에 따라 비판적으로 돌아섰던 것이다. 물론 《르레노바테르》의 협력자가 된 1832년 3월 이후, 발자크가 《라카리카튀르》에 기고하는 횟수가 점점 줄어든 것은 사실이다. 그렇지만 정통 왕당파로의 전향을 선포했던 그가 1832년 9월까지도 자유주의 색채가 강한 《라카리카튀르》에 글을 썼다는 사실은 여전히 흥미롭다. 《라카리카튀르》가 당시 상당히 인기를 끈 잡지였던 만큼, 평생 작가를 괴롭혔던 돈 때문이었을 것이라는 추측도 가능하다. 이러한 상황은, 명성과 돈을 위해 저널리즘에 투신한 후 각기 다른 이름으로 자유주의파 신문과 왕당파 신문에 동시에 글을 기고하는 『잃어버린 환상』의 뤼시앵 드 뤼방프레의 모습과 겹쳐진다. 작가의 이러한 언론계 활동이 『잃어버린 환상』 2부 집필의 바탕이 되었을 것이다.

어음의 유통과 법의 남용

　돈은 발자크 작품의 주된 주제다. 『인간극』 전체의 주제를 하나로 말하라면, 나는 망설임 없이 '돈'이라고 할 것이다. 작가들이 아름다움, 숭고함, 영원한 사랑을 노래할 때, 발자크는 "모든 것은 돈이다!"라고 외쳤다. 『인간극』에서 돈은 막연한 관념이 아니라 언제나 구체적 액수로 제시된다. 발자크로 인해 우리는 19세기 당시의 소득수준, 물가, 연금 이율, 부동산 가격, 임대료 등에 대한 정확한 정보를 얻을 수 있다. 경제학자들이 당시의 경제 상황을 가늠하기 위해 발자크 소설을 참고하는 이유다.

　소설에서 언급되는 '돈'은 금화나 은화 같은 주화가 아닌 경우, 국가가 인정하는 공식 화폐가 아니다. 프랑스 사람들은 전통적으로 '종이돈'을 불신했다. 루이 15세 시절 국가의 과도한 빚을 갚기 위해 도입한 존 로(John Law) 지폐 시스템의 붕괴와, 혁명정부가 발행했던 아시냐지폐의 가치 폭락은 프랑스인들에게 종이돈에 대한 트라우마를 심어주었고, 지폐의 보편적 유통을 지연시켰다. 게다가 경제적 어려움 속에서 현금은 아주 귀했다. 따라서 대부분의 경제활동은 어음을 통해 이루어졌다. 정부가 발행하는 지폐가 없었던 것은 아니다. 1800년에 설립된 프랑스 은행이 지폐를 발행했지만, 1840년 이전에는 500프랑 이하의 소액권은 발행하지 않았다. 토마 피케티의 주장을 따르자면, 500프랑은 19세기 초 프랑스 미숙련 노동자의 연평균 소득에 해당한다. 따라서 일상생활에서 지폐가 사용되는 경

우는 극히 드물었고, 1840년까지 유통되던 화폐의 80퍼센트
는 금·은·동으로 만든 금속화폐였다. 금속화폐의 종류로는, 구
리나 청동으로 만든 드니에(약 0.0042프랑)와 리아르(0.0125프
랑), 구리나 은으로 만든 수(0.05프랑), 에퀴 은화(3~5프랑), 그
리고 루이 금화(20프랑) 등이 있었다. 50프랑 미만의 지폐는
1870년에 가서야 등장한다. 즉, 소설 속에 등장하는 '돈'은 대
부분 어음이다. 그런데 어음의 가치는 발행한 사람의 신용도
와 만기일에 따라 가변적이다. 발자크는 『잃어버린 환상』에서
두 개의 어음 관련 일화를 제시해, 어음을 통한 신용거래의 메
커니즘과, 나폴레옹 제국 시절에 완성된 1807년 상법에 따른
채무 관련 소송 과정을 상세히 묘사한다.

첫 번째 일화는 뤼시앵이 자신의 소설 '샤를 9세의 궁수' 원
고를 팔고 출판사에서 받은 어음에 얽힌 일화다. 팡당과 카발
리에 출판사는 당시 많은 출판사가 그랬듯이 자기자본이라
곤 한 푼도 없이 설립된 출판사다. 그들은 작가들에게는 물론
이고 지업사와 인쇄소에도 어음으로 대금을 치르기에, 만일
의 경우 출판한 책들이 실패하더라도 손해 볼 것이 없다. 그
저 조용히 파산 신청을 하면 그만이다. 뤼시앵은 원고를 판
대금으로 6개월, 9개월, 12개월 만기의 어음 5000프랑을 받자
부자가 된 기분이다. 한데 그 어음의 실제 가치는 얼마나 될
까? 그 어음을 현금화하기 위해서는 어음할인업자를 찾아가
야 한다. 센 강변의 어음할인업자 바르베는 3000프랑을 주겠
다고 하고, 생미셸 강변로의 샤부아소는 아예 그 어음의 할인
을 거부한다. 마지막으로 찾아간 푸아소니에르 대로의 사마

농은 1500프랑을 제시한다. 그 말을 들은 뤼시앵은 어음을 집어 들고 가게를 뛰쳐나오며 외친다. "저 인간은 악마인가?"

남아 있던 돈마저 도박으로 날리고 무일푼이 된 뤼시앵은 결국 어음을 현금화하기 위해 코랄리의 후원자였던 비단 상인 카뮈조를 찾아가 코랄리가 처한 어려움을 호소한다. 상업계의 상황에 훤한 카뮈조는 그 어음을 발행한 출판사가 곧 파산할 것임을 예감하고, 회심의 미소를 짓는다. 카뮈조는 어음 뒷면에 '비단 대금으로 수령함'이라는 문구를 넣는 조건으로 뤼시앵에게 4500프랑을 준다. 그 문구로 인해 어음은 상업적 성격을 띠게 될 것이며, 그 어음의 채무자는 상법에 따라 구속될 수 있다. 상사법원 판사이기도 한 카뮈조는 관련 상법 조항을 잘 알고 있었던 것이다. 물론 법에 무지한 뤼시앵이 그런 사실을 알 리 없다.

결국 팡당과 카발리에 출판사는 파산한다. 이어서 출판사가 발행한 어음의 지급 청구가 들어오고, 상법에 따라 그 어음의 배서인은 만기일과 상관없이 즉각적으로 지급보증을 해야 한다. 카뮈조는 이런 상황을 이용해 뤼시앵을 감옥에 보냄으로써, 코랄리를 빼앗아 간 그에게 복수하고자 한다. 그러나 다르테즈의 작품을 혹평한 것을 계기로 미셸 크레티앵과 결투를 벌인 뤼시앵이 부상으로 침대에 누워 있었기에, 상사법원 집행관들은 뤼시앵을 연행하지 못한다. 집행관들로부터 소송 관련 서류를 받은 카뮈조는 코랄리에게 달려가 그 서류를 넘겨준다. 그들 둘 사이에 어떤 거래가 이루어졌는지에 대해 저자는 명확히 밝히지 않는다. 그저 "그녀는 초주검이 되어 올라왔지만, 침울한 상태로 침묵을 지켰다."라는 문장만으로 두 사람 사이의 거래 내용을 충분히 짐작하게 할 따름이다.

두 번째 일화는 뤼시앵이 다비드의 서명을 위조해 발행한 어음에 관한 것이다. 투옥의 위협은 가까스로 모면했지만, 여전히 많은 빚에 허덕이던 뤼시앵은 극단적 절망에 빠진다. 가구는 압류당했고, 양장점과 양복점은 외상값을 재촉한다. 코랄리는 아파 누웠다. 수입은 없다. 돈이 절실했던 그는 고향에 있는 매제 다비드 세샤르의 서명을 완벽하게 위조해 자기 앞으로 각각 1, 2, 3개월 만기의 1000프랑짜리 어음 3장을 발행한다. 매제에게는 편지 몇 줄로 어음 발행 사실을 알린다. 그는 위조 어음을 들고 세샤르의 파리 거래처인 메티비에 지업사로 찾아가고, 상인은 그에게 다비드 명의로 된 어음을 군말 없이 할인해 준다. 처남 때문에 부당하게 채무자가 되고 만 다비드는 그 돈을 갚지 못하고, 결국 구속될 처지에 놓인다. 발자크는 채무 관련 소송과 신병 구속의 과정을 상세하게 묘사함으로써 상인 채무자가 얼마나 혹독한 시련을 겪는지 보여준다.

뤼시앵이 서명을 위조해 3000프랑의 어음을 발행했다는 사실을 알았을 때, 다비드에게는 돈이 한 푼도 없었다. 인쇄소는 수익을 내지 못했고, 다비드는 종이 제조법 발명을 위한 연구에 몰두해 있었다. 파리의 지업사 사장 메티비에는 뤼시앵이 서명한 어음을 앙굴렘의 거래처인 쿠앵테 형제에게 보낸다. 이러한 상황은 호시탐탐 다비드의 종이 제조법 비밀을 알아낼 방법을 궁리 중이던 쿠앵테 형제에게 절호의 기회가 된다. 쿠앵테 형제는 양도된 어음을 이용해 다비드를 위험에 빠뜨림으로써 종이 제조법 발명의 이득을 가로채고자 음모를 꾸민다. 그 과정에서 그들은 소송대리인 프티 클로의 야심을 이용한다. 출셋길을 열어줄 신부와의 결혼을 대가로 프티 클로는 쿠앵테 형제의 음모에 기꺼이 가담한다.

첫 번째 만기일이 지나자 쿠앵테 형제는 합법적 절차에 따라 다비드에게 어음의 상환을 요구하고, 집행관은 상환청구서를 작성해 발송한다. 하지만 다비드에게는 돈이 없다. 다비드의 소송대리인을 맡은 프티 클로는 그에게 시간을 벌어주기 위해, 지급명령, 구속 통보, 압류조서 등, 연이어 날아드는 법률 문서에 거듭 이의를 제기한다. 하지만 사실 이는 쿠앵테 형제의 요청에 따라, 소송비용을 늘려 다비드가 옴짝달싹 못 할 정도로 부채 규모를 키우기 위한 술책이다. 항소심 끝에 결국 지급명령이 떨어지고, 압류 조치가 뒤따른다. 이 판결이 확정되는 순간, 다비드의 채무액은 소송 과정에서 엄청나게 늘어나 있다. 우선 3000프랑의 어음에 소송비용이 추가되면서 갚아야 할 돈은 5275프랑 25상팀이 된다. 이에 더해, 소송대리인에게 기본 수임료와 사례금을 지불해야 한다. 소송 도중 부부간의 재산 분리 신청을 했던 아내 에브도 수임료와 사례금을 내야 하고, 자기 재산을 지키기 위해 소송에 뛰어들었던 아버지 세샤르도 소송비용과 소송대리인 사례금을 지불해야 한다. 그리하여 이들 가족의 부채 총액은 1만 프랑에 육박하게 된다. 원래 채무액 3000프랑의 3배가 넘는 액수다.

발자크는 이 일화를 통해 순진한 인쇄업자이자 진지한 발명가인 다비드가 교활한 상인과 소송대리인의 공모로 인해

막대한 채무에 짓눌려 쓰러져가는 과정을 생생하게 보여준
다. 다비드가 감옥에 가게 된 것도, 원금의 몇 배에 달하는 빚
을 지게 된 것도 모두 상법을 잘 아는 쿠앵테 형제와 프티 클
로의 계략 때문이다. 그러나 대부분 사람이 그러하듯 다비드
는 법을 모른다. 발자크는 말한다. "모든 사람이 알아야 함에
도 그것만큼 모르는 것이 없는데, 그것은 바로 법이다." 가슴
에 와닿는 명언이 아닌가! 다비드는 부채를 해결하기 위해 쿠
앵테 형제와 타협하고, 자신의 종이 제조법 발명권을 넘긴다.
그리고 프티 클로의 충고에 따라, 일상의 평화를 되찾는 대신
법적 투쟁을 포기한다. 복잡한 상법 관련 소송은 이렇게 마무
리된다. 여기에서 발자크는 또 하나의 명언을 남긴다. "나쁜 타
협도 좋은 소송보다 낫다."

　『잃어버린 환상』은 19세기 당시 부채 관련 신병 구속의 메
커니즘과 과다한 소송비용의 사례를 보여주며 당시 상법
의 문제점을 지적한다. 그리고 독자는 작품 곳곳에서 채무
자 발자크의 탄식을 듣는다. 1825년부터 1828년까지 3년 동
안 연이은 사업 실패로 채무자의 고통을 몸소 겪었던 발자크
는 1830년부터 파산에 관한 소설을 쓸 생각을 했고, 그 첫 작
품이 1833년 출판된 『외제니 그랑데』다. 한편, 같은 해에 계획
단계에 있던 작품으로 상인의 파산 과정을 그린 『세자르 비로
토』는 1837년에 출판되었으며, 『잃어버린 환상』은 1836년부
터 1843년 사이에 집필되었다. 1837년은 발자크에게 악몽의
해였다. 그는 1835년 12월에 인수한 문예지 《크로니크 드 파
리》를 7개월 만에 청산함으로써 재정적 어려움을 겪었다. 그

런가 하면 1836년 1월 『골짜기의 백합』 저작권을 놓고 《르뷔 드 파리》의 편집장 뷜로즈를 고소함으로써 긴 소송전에 매달려야 했다. 엎친 데 덮친 격으로, 1837년 5월에는 발자크 작품들을 단행본으로 출간하던 베르데 출판사가 파산하는 바람에 경제적 위기가 가중되었다. 이렇듯 작가이자 언론인으로서 뤼시앵이 겪은 고난과 인쇄업자 다비드가 마주한 파산의 괴로움은 발자크 자신이 겪었던 고통과 다르지 않다. 특히 어음의 유통과 할인이라는 끔찍한 현실을 그토록 상세하고 생생하게 그릴 수 있었던 것은 작가의 구체적 체험에 근거했기에 가능했을 것이다.

*

『잃어버린 환상』은 나를 발자크로 이끌어준 내 인생의 책이다. 고교 시절 『고리오 영감』을 처음 읽었을 때는 사실 발자크라는 작가에 별 흥미를 느끼지 못했더랬다. 아마도 첫 장부터 시작되는 지루한 묘사 때문이었을 것이다. 방대한 『인간극』 세계에 발을 들여놓을 엄두도 나지 않았다. 그러다 대학에서 19세기 소설을 강의하면서 『잃어버린 환상』을 읽었다. 놀라움을 금치 못했다. 발자크가 이런 작가였다니! 밤새 책을 놓을 수 없었다. 그 후 나는 『인간극』을 읽기 시작했고, 점점 그 세계에 빠져들었다. 그렇게 발자크와 함께한 세월이 벌써 30년을 훌쩍 넘었고 드디어 이 책을 번역하기에 이르렀으니, 나로서는 감회가 깊다 하지 않을 수 없다.

『잃어버린 환상』 번역을 위해 쉬지 않고 달려왔다. 길고 고된 여정이었지만 개인적으로 의미 있는 작업이었기에 힘든 줄 몰랐다. 쉬운 문학 번역은 없다. 하지만 발자크의 글은 참으로 고약하다. 관계대명사와 중성대명사와 접속사로 이어지며 한참을 내려가야 겨우 마침표가 보이는 긴 문장, 복잡하게 뒤틀린 문장 구조, 현대어와 쓰임새가 전혀 다른 낯선 어휘, 지나치게 상세함에도 불구하고 도무지 어떤 모습인지 상상하기 어려운 인물과 공간과 상황에 관한 묘사, 은유적 표현, 사회적 역사적 배경지식 없이는 전혀 이해할 수 없는 내용 등으로 끙끙대기 일쑤였다. 그런가 하면 당시의 경제구조도 파악해야 했고, 인쇄술과 종이 제조에 관한 지식도 필요했으며, 프랑스의 사법 체계와 위계도 알아야 했다. 특히 소송 과정 묘사에 쓰인 19세기 프랑스의 법률 용어에 대응하는 우리말 번역어를 찾기는 만만치 않았다.

아이러니는 또 왜 이리 많은지. 나 자신도 이해하는 데 한참 걸렸던 아이러니를 하나만 꼽자면, 세농슈 백작이 '귀족적으로 자크라 불린다'는 구절이다. 자크는 중세 시대의 농민 반란이었던 '자크리의 난'에서도 알 수 있듯이, 당시 하층민 남자 이름의 대명사였다. 작가는 의도적으로 귀족인 그에게 자크라는 이름을 부여했던 것이다. 이렇게 아이러니가 담긴 단어들에 나는 작은따옴표를 붙여, 도처에 숨어 있는 발자크 특유의 냉소와 풍자를 부각하고자 했다. 지극히 일상적인 프랑스 문화에 대한 이해도 요구되었다. 문득 "콜브는 빵에다 마늘쪽을 문지르고 있었다."라는 문장이 떠오른다. 다진 마늘을 바르는 게 아니라, 쪽마늘을 문지른다고? 이리저리 알아본 끝에, 프랑스 남부 지방에서는 부이야베스 같은 스튜에 들어가는 빵 조각의 맛을 돋우기 위해 구운 빵 위에 마늘쪽을 문지르곤 한다는 사실을 확인했다. 또 다른 예로, 출판사가 뤼시앵의 책을 헐값으로 '식료품상(épicier)'에 팔았다는 내용을 들 수 있다. 식료품상이 책을 취급하다니, 지금의 상식으로는 이해되지 않는다. 그러나 19세기 당시 '에피시에'는 식료품뿐 아니라 생필품을 전반적으로 취급하는 일종의 잡화상이었다. 이런 경우가 부지기수다 보니 주석이 많아질 수밖에 없었다.

번역에서 가장 중요한 것은 원전에 대한 충실도임은 이론의 여지가 없다. 그러나 그에 못지않게 내가 중요하게 생각하는 것은 자연스러운 한국어 표현이다. 19세기의 외국 작품이니 어색한 표현은 당연하고, 따라서 독자는 그 불편함을 감수해야 한다는 혹자들의 생각에 나는 동의하지 않는다. 번역자로서의 나의 꿈은 번역서로 느낄 수 없을 만큼 편안하게 프랑스 소설이 읽혔으면 하는 것이다. 그러다 보니 프랑스어로는 무슨 말인지 이해되지만, 그것을 번역했을 때 너무나 어색해지는 문장을 우리 글로 표현하기 위해 적잖은 노력이 필요했다. 한 문장만 예를 들어보자. 원문을 그대로 해서하면 이렇다. '사람들의 마음을 시인의 입에 매달아 놓은 황금 사슬이 당신의 입에서 나오는 것을 보았어요.' 분명 한국어로 옮겨지긴 했지만, 이 문장의 의미를 누가 이해할까? 결국 이 문장을 "나는 당신의 입에서 황금 사슬처럼 빛나는 시구(時句)가 흘러나오는 것을 보았어요. 그 시구에 마음을 빼앗긴 사람들은 시인의 입만

바라볼 뿐이었지요."로 바꾸기 위해 며칠을 고민했던 기억이
새롭다.

언젠가 한 프랑스 친구는 발자크를 번역하는 나를 보고 마
조히스트라고 했다. 고통 속에서 기쁨을 찾는 나는 정말 마조
히스트인가 보다. 아무리 고민해도 풀리지 않는 수학 문제처
럼 수많은 발자크의 문장이 나를 괴롭혔지만, 하루 종일 붙들
고 있어도 몇 줄 번역에 그치는 경우가 허다했지만, 그 고통스
러운 작업은 뭐라 말할 수 없는 기쁨을 주었으니 말이다. 하지
만 라캉의 말대로, 진정한 향락이란 고통을 수반하는 것이 아
니겠는가. 부족한 능력에도 불구하고 나의 미욱한 작업이 발
자크의 진미(眞味·眞美)를 알리는 데 일조할 수 있다면, 그리
하여 발자크 애독자를 한 명이라도 늘릴 수 있다면 그보다 더
큰 기쁨은 없을 것이다.

마지막으로 이 책의 편집을 맡아준 이수은에게 감사를 표
하지 않을 수 없다. 그는 자연스러운 문장을 제안했고, 중요한
오류와 무심히 지나쳤던 실수를 짚어주었다. 그와의 협업은
진정 커다란 즐거움이었다. 30여 년 전, 발자크를 읽고 싶다며
청강을 요청했던 한 국문과 학생과의 인연이 이렇게 다시 이
어졌으니 고마울 따름이다. 어려운 출판 환경에서도 이 두꺼
운 책을 낼 수 있게 애써 준 민음사와 원미선, 김지연 님께도
특별한 감사를 전한다.

2026년 3월

송기정

1799년   5월 20일, 프랑스 중서부에 있는 루아르 강변 도시 투르, 라르메 디탈리가 25번지 (현 나시오날가 47번지)에서 오노레 출생. 아버지 베르나르 프랑수아 발자크는 농촌 출신의 자수성가한 인물로 당시 투르의 군량 공급 부서 책임자였으며, 어머니 안 샤를로트 로르 살랑비에는 파리 마레 지구의 부르주아 집안 출신이었다. 1797년 결혼 당시 아버지의 나이는 쉰하나였고 어머니의 나이는 열아홉으로, 두 사람의 나이 차는 서른둘이었다. 오노레는 출생 직후 근위병의 아내인 유모에게 맡겨져 4년간 양육된다.

1800년   첫째 누이 로르가 태어난다.

1802년   둘째 누이 로랑스가 태어난다.

1804년   발자크 가족, 나시오날가 29번지(현 53번지)의 저택으
          로 이사하고, 지방 유지들이 모이는 살롱을 운영한다.

1807년   아버지가 다른 남동생 앙리가 태어난다.(앙리의 생부
          는 발자크 집안의 친구인 사셰 성의 성주 장 드 마르곤이
          다.) 유년 시절 오노레는 어머니가 혼외자인 앙리를 편
          애한 것에 깊은 상처를 입는다. 훗날 발자크는 어머니
          의 애인인 장 드 마르곤과 우정을 나누고, 그가 소유한
          사셰 성에 머물며 작품을 집필하기도 한다. 사셰 성은
          현재 발자크 박물관(Musée Balzac-Château de Saché)
          이다.

1804년   투르의 르 게 기숙학교를 1807년까지 통학한다.

1807년   6월 22일, 방돔의 오라토리오 수도회 기숙학교 입학해
          6년 동안 생활한다. 발자크의 자전적 소설로 평가되는
          『루이 랑베르』에는 방돔 학교 시절의 불행했던 기억이
          생생하게 표현된다.

1813년   4월 22일, 신경증 악화로 방돔 기숙학교를 그만두고 집
          으로 돌아와 요양한다. 파리 토리니가 50번지의 강세
          르 신부가 운영하는 기숙학교에 입학한다.

1814년   11월, 아버지가 파리의 군수품 조달회사 책임자로 임명
          되면서 발자크 가족은 투르를 떠나 파리 탕플가 40번
          지(현 탕플가 122번지)에 정착한다. 튀랭가 37번지 르
          피트르가 운영하는 학교에 입학한다.

1815년   9월, 다시 강세르 신부가 운영하는 학교로 전학, 동시
          에 샤를마뉴 고등학교에서 수학한다.

1816년   11월 4일, 소르본 대학의 법학부에 등록한다. 동시에
         소송대리인 기요네 메르빌 사무실에서 1819년 초여름
         까지 16개월 동안 수습 서기로 근무한다.

1818년   4월, 발자크의 집과 같은 건물에 있던, 공증인 빅토르
         파세의 사무실에서 서기로 근무한다.

1819년   1월 4일, 법과대학 수료 시험(당시 학위 편제로 '법학 바
         칼로레아')을 통과한다. 7월 말에서 8월 초 사이, 발자
         크 가족은 경제적인 이유로 파리 북쪽 근교 빌파리지
         로 이사한다. 법률가가 되길 원하는 부모의 뜻을 거스
         르고 작가가 되기로 결심한 발자크는 8월, 파리 바스티
         유 광장 근처 레디기에르가 9번지에 있는 월세 5프랑
         의 다락방에 칩거하면서 집필에 몰두한다. 부모는 2년
         간의 유예 기간 동안 오노레에게 월 120프랑의 생활비
         를 지급한다.

1820년   5월, 운문 비극『크롬웰(Cromwell)』완성 후 빌파리지
         가족과 친지들 앞에서 낭독하나 부정적 평가를 받는
         다. 가족들은 그에게 확고한 직업을 가지고 부수적으
         로 글을 쓰는 분별 있는 삶을 살 것을 귀유한다. 9월,
         누이동생 로르, 에콜 폴리테크니크 출신의 쉬르빌과
         결혼한다.

1821년   1월, 부모의 재정지원 중단으로 빌파리지의 본가에
         들어가지만, 문학에 대한 꿈을 버리지 않고『팔튀른
         (Falthurne)』,『스테니 혹은 철학적 오류(Sténie ou les
         Erreurs philosophiques)』,『기도론(Taité de la prière)』,

『팔튀른 II(Falthurne II)』 등의 철학적 종교적 신비주의적 작품들을 계속 집필한다. 9월, 여동생 로랑스가 결혼한다.

1822년   오귀스트 르 푸아트뱅 드 레그르빌과 동업으로 삼류소설을 양산하기 시작한다. 로르 훈, 오라스 드 생토뱅 등의 필명으로, 8편의 소설을 출간한다.

1822년   8월, 빌파리지의 이웃인 로르 드 베르니 부인과 내밀한 관계가 시작된다. 스물두 살 연상인 베르니 부인은 연인이자 어머니로서 발자크에게 조언자이자 후원자 역할을 했다. 그들의 관계는 1836년 부인이 사망할 때까지 지속된다.

1824년   《푀유통 리테레르(Feuilleton littéraire)》라는 문학 관련 신문에 글을 기고하며 저널리스트로서의 첫걸음을 내딛는다. 투르농가 2번지에 작은 아파트 얻는다.

1825년   8월, 동생 로랑스가 사망한다. 9월, 누이 로르의 베르사유 집에 체류하던 중 만난 다브랑테스 공작 부인과 교류를 시작한다. 부인은 나폴레옹 시대의 장군이었던 주노 공작의 과부로, 발자크를 파리 사교계에 입문시키는가 하면, 그에게 나폴레옹에 관한 정보도 제공한다. 공작 부인의 자서전 집필에 도움을 준다.

1825년   이후 1828년까지 인쇄업, 출판업, 활자주조업 등에 투신한다. 자본금은 가족과 베르니 부인에게서 충당한다. 3년간의 사업 실패로 6만 프랑(현재 가치 약 3억 원)의 빚을 진다.

1828년   문학으로 돌아와 역사물에 관심을 보이고, 브르타뉴
         지방에서 일어난 올빼미당의 반혁명 운동을 소재로 소
         설을 쓰기로 결심한다. 9월 17일부터 두 달 동안 브르
         타뉴의 푸제르에 사는 집안의 친구 포므뢸 남작의 저
         택에 기거하면서 증인들의 이야기를 듣고 현지를 답사
         한다. 4월, 빚쟁이들을 피해 파리 남쪽 포부르 생자크
         (일명 파리 천문대 구역)의 카시니가 1번지의 아파트를
         누이의 남편 쉬르빌의 이름으로 계약해, 1836년까지
         그곳에 머문다.

1829년   3월, 자신의 본명으로 출판한 최초의 소설『마지막 올
         빼미당원 혹은 1800년 브르타뉴(Le Dernier Chouan
         ou la Bretagne en 1800)』[1845년,『인간극』총서 출간
         시 『올빼미당원들 혹은 1799년 브르타뉴(Les Chouans,
         ou la Bretagne en 1799)』로 제목 변경]를 출간한다.*
         6월 19일, 아버지 베르나르 프랑수아 드 발자크가 사
         망한다.
         12월에는 익명으로『결혼 생리학(Physiologie du
         mariage)』(『인간극』체계 정립 이후《분석 연구》에 편입)
         을 출간해 큰 반향을 일으키고, 이를 계기로 사교계에
         입성한다.
         1809년, 여동생 로르를 통해 알게 된 쥘마 카로 부인과

---

* 이하『인간극』에 속하는 발자크 작품들은 볼드체로 구분했다. 작품의 발
표 연도는 최초 단행본 출간(première publication) 기준이다.

친분을 맺는다. 카로 부인은 발자크에게 진지한 문학적 조언자의 역할을 하며 상당한 영향을 미친다.

1830년　여러 언론 매체에 시사적인 논평을 다수 발표하는 한편, 본격적으로 문학 작품 생산에 돌입한다. 당시 그가 관여한 신문은 《푀유통 데 주르노 폴리티크(Le Feuilleton des journaux politiques)》, 《라카리카튀르(La Carricature)》, 《르탕(Le Temps)》, 《라실루에트(La Silhouette)》, 《라모드(La Mode)》, 《르볼뢰르(Le Voleur)》 등이다. 특히 7월혁명 직후부터 19차례에 걸쳐 연재한 『파리 통신(Lettres sur Paris)』에서 그는 7월혁명 이후의 체제를 신랄하게 비판한다.

본격적으로 소설 창작에 몰두, '사생활 장면'이라는 제목 아래 여섯 편의 단편{『**라벤데타**(La Vendetta)』, 『불륜의 위험(Les Dangers de l'inconduite)』[1842년, 『**곱세크**(Gobseck)』로 제목 변경], 『**소의 무도회**(Le Bal de Sceaux)』, 『영광과 불행(Gloire et malheur)』[1842년, 『**공놀이하는 고양이 상점**(La Maison du chat-qui-pelote)』으로 제목 변경], 『덕성스러운 여인(La Femme vertueuse)』[1842년, 『**두 집 살림**(Une double famille)』으로 제목 변경], 『**가정의 평화**(La Paix du ménage)』}을 묶어 2권으로 출간한다. 《분석 연구》에 속하는 『**우아하게 사는 법**(Traité de la vie élégante)』을 출간한다.

1831년　4월, 정치 논평 「두 내각의 정치에 관한 앙케트」 발표, 현실정치 참여 야심을 표명한다. 이 해와 이듬해에 국회의원 선거 출마를 계획하나, 재산에 따라 선거권과 피선거권을 부여하는 당시 선거제도에서 피선거권 자격을 갖추지 못해 무위에 그친다. 9월 말에서 10월 초 사이, 익명으로 보낸 카스트리 공작 부인의 편지를 받는다.

8월, '철학 소설'이라는 부제가 붙은 『**나귀 가죽**(La Peau de chagrin)』을 출간해 성공을 거두고 작가로서 입지를 굳힌다. 『**사라진**(Sarrasine)』, 『**엘베르뒤고**(El Verdugo)』, 『**저주받은 아이**(L'Enfant maudit)』, 『**불로장생의 묘약**(L'Élixir de longue vie)』, 『**추방자들**(Les Proscrits)』, 『**미지의 걸작**(Le Chef-d'œuvre inconnu)』, 『**징용군**(Le Réquisitionnaire)』, 『**여인 연구**(Étude de femme)』, 『**플랑드르의 예수그리스도**(Jésus-Christ en Flandre)』, 『두 개의 꿈(Deux rêves)』[1844년, 『**카트린 드 메디치에 대하여**(Sur Catherine de Médicis)』 3부로 편입]을 출간한다.

1832년   정통주의로 정치적 전향을 한다. 카스트리 공작 부인과 관계가 시작되고, 8월에는 그녀와 함께 에스 레 뱅, 제네바 등지를 여행한다. 10월, 제네바에서 공작 부인에게 열렬히 구애하지만 끝내 거절당한다. 이때의 경험은 2년 후 출간되는 『**랑제 공작 부인**(La Duchesse de Langeais)』의 모티프가 된다. 몇몇 여자들과의 결혼을 모색하지만 모두 실패한다. 2월 28일, 발신지가 우크라이나의 오데사이고 발신인은 '외국 여인'이라고만 서명된 한스카 부인의 편지를 받은 바 있다. 11월, 사랑의 좌절로 절망에 빠져 있던 그는 외국 여인으로부터 두 번째 편지를 받고, 그 후 한스카 부인과의 서신 왕래가 시작된다.

『**돈주머니**(La Bourse)』, 『**여인의 의무**(Le Devoir d'une femme)』[1834년, 『**아듀**(Adieu)』로 제목 변경], 『**독신자들**(Les Célibataires)』[1843년, 『**투르의 사제**(Le Curé de Tours)』로 제목 변경], 『**재판관 코르넬리우스**(Maître Cornélius)』, 『**피르미아니 부인**(Madame Firmiani)』, 『**붉은 여인숙**(L'Auberge rouge)』, 『**루이 랑베르**(Louis Lambert)』를 출간한다.

1833년   9월, 서신 교환만 하던 한스카 부인과 뇌샤텔에서 처음 만난다.

『**시골 의사**(Le Médecin de campagne)』, 『**외제니 그랑데**(Eugénie Grandet)』, 『**전언**(Le Messager)』, 『**버림받은 여인**(La Femme abandonnée)』, 『**라그르나디에르**(La Grenadière)』, 『**명사 고디사르**(L'Illustre Gaudissart)』를 출간한다. 《분석 연구》에 속하는 『**발걸음의 이론**(Théorie de la démarche)』을 출간한다.

1834년   자신의 모든 작품을 하나의 체계 속에 집대성하고자 하는 계획을 세우고, 총서의 통일성을 위해 '인물 재등장' 기법 고안한다. 1833년 12월 24일, 제네바에 도착해 가족과 함께 체류 중이던 한스카 부인을 만나 45일간 깊은 교분을 나눈다. 1834년 1월 26일은 "잊지 못할

날"로 기억된다. 6월, 마리아 뒤 프레네와의 사이에서 딸을 얻지만 두 사람의 관계는 오래 지속되지 않는다. 마리 카롤린 뒤 프레네라는 이름의 딸은 후손을 남기지 않은 채 1930년 사망한다. 쥘 상도를 문하생 겸 비서로 삼는다.

10월 한스카 부인에게 보내는 편지에서 자신의 작품 세계 전체의 구상을 밝힌다. 아직 『인간극』이라는 제목은 등장하지 않지만, 작품 총서는 인간사의 다양한 현상을 보여주는 《풍속 연구》, 그러한 현상의 원인을 탐구하는 《철학 연구》, 현상의 원인과 결과를 종합하여 원칙을 세우는 《분석 연구》라는 체계에 따라 구성될 것임을 밝힌다. 「19세기 프랑스 작가들에게 보내는 편지」를 통해 작가의 권리에 대한 각성을 촉구한다. 『**마라나 가문의 여인들**(Les Maranas)』, 『**페라귀스**(Ferragus)』, 『도끼에 손대지 마시오(Ne Touchez pas la hache)』[1840년, 『**랑제 공작 부인**』으로 제목 변경], 『**절대 탐구**(La Recherche de l'Absolu)』, 『똑같은 이야기(Même histoire)』[1842년, 『**서른 살 여인**(La Femme de trente ans)』으로 제목 변경], 『**바닷가의 비극**(Un drame au bord de la mer)』을 출간한다.

1835년　오스트리아 여행. 빈에서 다시 한스카 부인을 만나지만 이후 8년 동안 둘은 서로 만나지 못한 채 서신만 주고받는다. 평생 충실한 친구로 남을 기도보니 비스콘티 백작 부인과 교제를 시작한다. 12월, 독자적 발표 지

면의 확보를 위해 정치·문예지 성격의《크로니크 드
파리(Chronique de Paris)》를 인수하나, 1836년 1월 첫
호를 발행한 지 반년만인 6월에 파산, 다시 한 번 상당
한 금전적 손실을 보게 된다.

『**고리오 영감**(Le Père Goriot)』, 『**황금 눈의 여인**(La Fille
aux yeux d'or)』, 『남편이 둘인 백작 부인(La Comtesse à
deux maris)』[1832년 잡지에 발표 시 제목은 『타협(La
Transaction)』이었으며, 1844년 전집 출간 시 『**샤베르 대
령**(Le Colonel Chabert)』으로 제목 변경], 『**회개한 멜모
스**(Melmothe réconcilié)』, 『사교계의 총아(La Fleur des
pois)』[1842년, 『**결혼 계약**(Le Contrat de mariage)』으로
제목 변경], 『**세라피타**(Séraphîta)』를 출간한다.

<table>
<tr><td>1836년</td><td>1월, 『**골짜기의 백합**』 저작권과 관련해《르뷔 드 파리》
지와《르뷔 데 되 몽드(Revue des deux Mondes, 양세계
평론)》지의 공동 편집장을 맡고 있던 뷜로즈를 고소한
다. 국민군 복무 의무를 수행하지 않아 4월 27일에서
5월 4일까지 감옥에 구금된다. 7월 베르니 부인이 사망
한다. 7~8월, 기도보니 비스콘티 백작의 상속 문제를
해결하기 위해 이탈리아 토리노를 여행하고 스위스를
거쳐 귀국한다. 남장한 마르부티 부인을 여행에 대동한
다. 9월, 빚쟁이들을 피해 카시니가의 집을 버리고 샤
이오에 있는 상도의 다락방으로 피신한다.

『**골짜기의 백합**(Le Lys dans la vallée)』, 『**금치산**
(L'Interdiction)』을 출간한다.</td></tr>
</table>

1837년   2월, 빚쟁이들을 피해 또다시 기도보니 비스콩티 부인
의 도움으로 이탈리아를 여행한다. 5월, 거래하던 베르
데 출판사의 파산으로 경제적 위기가 가중된다. 채권
자 고발로 구속을 피하고자 피신한다. 9월, 파리 근교
세브르의 '레 자르디'에 농가를 사서 증축하고 1838년
그곳에 정착, 농장 운영을 시도하지만 막대한 비용만
날린다. 훗날 제3공화국의 주요 정치인이었던 레옹 강
베타가 이 집의 주인이 되었고, 현재 이 집은 강베타의
유품이 보관된 기념관으로 사용된다.
『노처녀(La Vieille fille)』, 『잃어버린 환상』 1부 「두 시
인」, 『무신론자의 미사(La Messe de l'athée)』, 『파시노 카
네(Facino Cane)』, 『사막에서 피어난 열정(Une Passion
dans le désert)』, 『세자르 비로토(César Birotteau)』를 출
간한다.

1838년   로마 시대 은 채굴지였던 사르데냐의 폐광 개발 계획을
가지고 현지를 방문하나 성공하지 못한다. 후일 사르데
냐의 은광산은 엄청난 매장량을 가진 것으로 판명된
다. 2월 말~3월 초, 노앙에 있는 조르주 싱드의 저택에
머물며 문학적 교분을 나눈다.
『뉘싱겐 은행(La Maison Nucingen)』, 『탁월한 여인
(La Femmes supérieure)』[1844년, 『하급 공무원들(Les
Employés)』로 제목 변경]을 출간한다.

1839년   8월, 작가 협회 회장직을 맡아 저작권 보호를 위한 맹
렬한 활동을 펼친다. 12월, 아카데미 프랑세즈에 출마

하나 고배를 마신다.

『골동품 진열실(Le Cabinet des antiques)』, 『감바라(Gambara)』, 『잃어버린 환상』 2부 「파리의 지방 위인」, 『이브의 딸(Une fille d'Eve)』, 『마시밀라 도니(Massimilla Doni)』, 『베아트리체(Béatrix)』 1부와 2부, 『피에르 그라수(Pierre Grassou)』를 출간한다. 《분석 연구》에 속하는 『현대의 자극제론(論)(Traité des excitants modernes)』을 출간한다.

1840년　　희곡 『보트랭(Vautrin)』의 초연 직후 공연 금지처분을 받는다. 《크로니크 드 파리》의 실패 이후 다시 월간지 《르뷔 파리지엔(Revue parisienne)》을 발간하나, 7월호를 시작으로 총 세 호를 출간한 후 종간한다. 9월, '레 자르디' 집을 압류당하고 채권자들을 피해 가정부이자 정부인 브뢰뇰 부인의 이름으로 임대한 파시 지구의 바스가 19번지, 현재 파리의 레누아르가 47번지의 집으로 이주한다. 발자크는 1847년까지 그곳에서 지낸다. 이 집은 오늘날 발자크 기념관으로 사용된다. 『인간극』이라는 총서 제목을 결정한다. 12월, 작가의 권리 보장을 위해 저작권법을 제안한다.

　　　　　『파리의 대공 부인(Une princesse parisienne)』[1844년, 『카디냥 대공 부인의 비밀(Les Secrets de la princesse de Cadignan)』로 제목 변경], 『피에레트(Pierette)』를 출간한다.

1841년　　9월 작가 협회 회장직을 사임한다. 10월, 퓌른 출판사와 『인간극』을 제목으로 하는 전집 출판 계약을 체결한다. 한스카 부인의 남편 한스카 백작이 사망하지만, 발자크는 이듬해 1월에야 그 소식을 듣는다.

『마을 사제(Le Curé de village)』, 『제드 마르카스(Z. Marcas)』를 출간한다.

1842년   한스카 부인과의 결혼을 위해 전력을 기울인다. 7월과 12월 아카데미 프랑세즈 회원이 되기 위해 출마하나 두 번 다 낙선한다. 『인간극』 총서의 서문을 집필한다.

『두 젊은 부인의 서간(Mémoires de deux jeunes mariées)』, 『위르쥘 미루에(Ursule Mirouët)』, 『가짜 애인(La Fausse maîtresse)』, 『알베르 사바뤼스(Albert Sabarus)』, 『속(續) 여인 연구(Autre étude de femme)』, 『1793년의 미사(Une messe en 1793)』[1846년, 『공포정치 시대의 일화(Un Episode sous la Terreur)』로 제목 변경], 『두 형제(Les Deux Frères)』[1842년, 수정 퓌른 판에서 『가재 잡는 여자(La Rabouilleuse)』로 제목 변경]를 출간한다.

1843년   여름, 상트페테르부르크를 방문해 두 달간 체류하며 8년 만에 한스카 부인을 만난다. 과로와 긴 여행으로 건강이 악화된다.

『어둠 속의 사건(Une ténébreuse affaire)』, 『지방의 뮤즈(La Muse du département)』, 『잃어버린 환상』 3부 「발명가의 고뇌」를 출간한다.

1844년   『인생의 첫출발(Un début dans la vie)』, 『사교계의 영

광과 비참(Splendeurs et misères des courtisanes)』1부
와 2부, 『카트린 드 메디치에 대하여(Sur Catherine de
Médicis)』, 『오노린(Honorine)』, 『떠돌이 왕자(Un prince
de la bohème)』, 『모데스트 미뇽(Modeste Mignon)』, 『고
디사르 II(Gaudissart II)』를 출간한다. 『소시민들(Les
Petits Bourgeois)』은 원고 상태로 중단되었다가 발자크
사후 미완인 채로 『인간극』 전집에 편입되고, 『농민들
(Les Paysans)』은 신문 연재 중단으로 미완 상태로 남았
다가 발자크 사후 한스카 부인의 가필을 거쳐 전집에
수록된다.

1845년　한스카 부인에게 창작에 대한 부담을 토로한다. "참 딱
한 일입니다. 나는 하루에 16시간을 일합니다만, 아직
도 빚이 10만 프랑이 넘습니다. 그리고 나이는 마흔다
섯 살이고요! 슬프기 그지없는 일입니다." 한스카 부인
과 프랑스, 독일, 네덜란드, 벨기에, 이탈리아 등지를 여
행한다. 레지옹도뇌르 훈장을 받는다.
『베아트리체』 3부를 출간한다.(완간)

1846년　한스카 부인과 이탈리아, 스위스 등지를 여행하며 생활
한다. 8월, 퓌른 출판사에서 『인간극』 총서를 16권으로
완간한다. 한스카 부인과 결혼해 살 집으로 포르튀네
가(현 발자크가)의 저택을 매입하고 꾸민다. 한스카 부
인의 임신 소식에 결혼을 앞당길 수 있다는 기대에 부
풀었으나 11월 사산 소식을 듣고 낙담한다.
『본의 아닌 코미디언들(Les Comédiens sans le savoir)』,

『**사업가**(Un homme d'affaires)』, 『**사교계의 영광과 비참**』 3부, 『**현대사의 이면**(L'Envers de l'Histoire contemporaine)』 1부를 출간한다. 1830년부터 여러 차례 수정 및 분재했던 『**부부 생활의 작은 불행**(Petites Misères de la vie conjugale)』《분석 연구》)을 단행본으로 출간한다.

1847년 2월~5월, 한스카 부인이 비밀리에 파리에 체류한다. 6월, 발자크가 유서를 작성한다. 9월, 한스카 부인의 집이 있는 우크라이나의 베르히우냐(Верхівня)로 떠난다.

『**사촌 베트**(La Cousine Bette)』, 『**사촌 퐁스**(Le Cousin Pons)』, 『**사교계의 영광과 비참**』 4부를 출간한다. 신문 연재 중이던 『**아르시의 국회의원**(Le Député d'Arcis)』은 발표를 중단해 미완 상태로 남아 있다가, 발자크 사후 미완 상태로 『인간극』 전집에 편입된다.

1848년 우크라이나에서 6개월 체류한 후 2월 파리로 귀환한다. 2월혁명을 접하고 국회의원 선거 출마를 고려하기도 하나, 9월 다시 우크라이나로 떠나 1850년 4월까지 그곳에 체류한다. 아카데미 프랑세즈에 네 번째 도선, 1849년 1월 선거에서 빅토르 위고의 적극적인 지지를 받았음에도 실패한다.

『**현대사의 이면**』 2부를 신문에 연재한다. 단행본은 발자크 사후인 1854년 출간되고, 1855년 『인간극』 전집에 편입된다.

1849년   1년 내내 우크라이나 베르히우냐의 한스카 부인 집에
         머문다. 건강이 악화된다. 한스카 부인은 러시아 황제
         에게 발자크와의 결혼을 청원하고, 남편 한스카 백작
         의 막대한 상속 재산과 영지를 포기하는 조건으로 허
         락받는다.

1850년   3월 한스카 부인과 결혼한다. 5월 한스카 부인과 함께
         파리로 돌아와 신혼살림을 위해 준비해 둔 포르튀네
         가 14번지 저택에서 지낸다. 계속 와병 중이던 발자크
         는 여러 날 동안 의식불명 상태에 있다가, 8월 18일 밤
         11시 30분에 사망한다. 생필립뒤룰 교회에서 장례식을
         치른 후 페르라셰즈 묘지에 묻힌다. 빅토르 위고의 유
         명한 추도 연설이 이뤄진다. "그 자신도 모르는 사이에,
         그가 원하든 원치 않든, 그가 동의하든 동의하지 않든,
         『인간극』이라는 이 방대하고 비범한 작품의 저자는 혁
         명적인 작가들의 강력한 혈족에 속합니다."
         한스카 부인은 발자크 사후 홀로 살다가 1882년에 생
         을 마친다.

세계문학전집 **488**

잃어버린 환상 3

1판 1쇄 찍음 2026년 3월 24일
1판 1쇄 펴냄 2026년 3월 31일

지은이 오노레 드 발자크
옮긴이 송기정
발행인 박근섭, 박상준
펴낸곳 (주)민음사

출판등록 1966. 5. 19. (제 16-490호)
서울특별시 강남구 도산대로1길 62(신사동) 강남출판문화센터 5층 (우편번호 06027)
대표전화 02-515-2000 팩시밀리 02-515-2007
www.minumsa.com

ⓒ 송기정, 2026. Printed in Seoul, Korea

ISBN 978-89-374-6488-1 04800
ISBN 978-89-374-6000-5 (세트)

* 잘못 만들어진 책은 구입처에서 교환해 드립니다.